Nuova Narrativa Newton

946

Dello stesso autore:

La donna di ghiaccio
La vittima perfetta

Questa è un'opera di finzione. I nomi, i personaggi, i luoghi, le organizzazioni, gli eventi e gli avvenimenti sono frutto dell'immaginazione dell'autore o sono usati in modo fittizio

Titolo originale: *Dark Water*
First published in Great Britain by Bookouture
An imprint of StoryFire Ltd.

Traduzione dall'inglese di Beatrice Messineo
Prima edizione: gennaio 2019

ISBN 978-88-227-2572-1

www.newtoncompton.com

Realizzazione a cura di Caratteri Speciali, Roma
Stampato nel gennaio 2019 da Puntoweb s.r.l., Ariccia (Roma)
su carta prodotta con pasta termomeccanica, senza utilizzo di cloro, proveniente da foreste controllate, nel rispetto delle normative europee vigenti in tema ambientale

Robert Bryndza

La ragazza nell'acqua

Newton Compton editori

A Marta

Su di lei la morte posa come una rugiada
arrivata anzitempo sul più dolce
fiore di tutto il prato.

Romeo e Giulietta, William Shakespeare

Prologo

Autunno 1990

Era una notte fredda di fine autunno quella in cui scaricarono il corpo nella cava dismessa. Era un luogo isolato, e l'acqua lì era molto profonda, lo sapevano. Quello che non sapevano era che qualcuno li stava guardando.

Erano arrivati protetti dal manto della notte, qualche minuto dopo le tre del mattino; avevano superato le ultime case del paese, attraversato la strada sterrata in cui parcheggiavano quelli che volevano andare a fare due passi e raggiunto la vasta distesa del parco. La macchina sobbalzava e sbandava sulla via sconnessa a fari spenti, fino a quando aveva imboccato un sentiero riparato da entrambi i lati da una foresta fitta. Il buio era denso e umido, l'unica luce era quella che s'intrufolava fra le chiome degli alberi.

Non era accaduto nulla di sospetto durante il viaggio. Il motore ruggiva, le sospensioni fischiavano mentre la vettura ondeggiava di qua e di là. Si erano fermati soltanto quando gli alberi avevano cominciato a diradarsi e in lontananza era apparsa l'acqua della cava.

Non sapevano, però, che da quelle parti viveva un vecchio eremita che aveva occupato un cottage ormai quasi interamente reclamato dalla natura selvaggia. Stava osservando il cielo e la sua meravigliosa maestà, quando sulla cresta si era affacciata una macchina, che si era fermata subito dopo. Insospettito, il vecchio si nascose dietro un cespuglio di arbusti e rimase a guardare. Capitava spesso che nel cuore della notte arrivassero ragazzi del posto, drogati o coppiette in cerca di emozioni forti. Era sempre riuscito a spaventarli e mandarli via.

La luna fece brevemente capolino fra le nuvole mentre due figure scendevano dall'auto, sollevavano qualcosa di pesante dal bagagliaio e lo trascinavano fino alla barchetta a remi ormeggiata sulla riva. Il primo uomo salì a bordo e il secondo gli passò il lungo fagotto. C'era qualcosa nel modo in cui si piegava e ricadeva mollemente che fece capire al vecchio, con orrore indicibile, che si trattava di un corpo.

Le morbide onde generate dai remi si propagavano sull'acqua. Il vecchio si premette una mano sulla bocca. Doveva girare i tacchi, subito, e lo sapeva. Ma non ci riusciva. Gli uomini smisero di remare una volta raggiunto il centro dello specchio d'acqua. Una lama di luna comparve di nuovo fra due nuvole, illuminando le increspature dell'acqua causate dalla barca.

Il vecchio trattenne il fiato e osservò le due figure discutere in maniera animata, le loro voci erano un mormorio dal ritmo costante. E poi silenzio. La barca s'inclinò da un lato quando si alzarono, e uno dei due rischiò persino di cadere giù. Una volta trovato l'equilibrio, sollevarono il fagotto e lo gettarono in acqua fra gli spruzzi fragorosi e lo sferragliare delle catene. La luna abbandonò una volta per tutte il suo nascondiglio dietro le nuvole, illuminando la barca e il punto esatto in cui il fagotto si era inabissato – da lì si propagavano numerosi e ampi cerchi concentrici.

Ora riusciva a scorgere le persone sulla barca, aveva una chiara visuale dei loro volti. Il vecchio espirò, aveva trattenuto il fiato per tutto quel tempo. Gli tremavano le mani. Non voleva guai, lui. Aveva passato tutta la vita a tenersi lontano dai casini, ma a quanto pareva quelli riuscivano a trovarlo ovunque. Un vento fresco scosse le foglie secche ai suoi piedi, sentì un forte prurito al naso. Non riuscì a trattenerlo: gli sfuggì un violento starnuto. Gli uomini nella barca sollevarono la testa di scatto e cominciarono a remare freneticamente verso la riva. All'improvviso lo videro. Il vecchio si voltò per scappare, ma inciampò nella radice di un albero e cadde a terra sputando tutta l'aria che aveva nei polmoni.

Sotto la superficie dell'acqua nella cava dismessa era tutto immobile, freddo e buio. Il corpo affondava rapidamente trascinato dai pesi. Giù, giù e sempre più giù, fino a posarsi con un lieve scossone sul gelido fondale fangoso.

Avrebbe riposato lì, immobile e indisturbata, per molti anni, quasi in pace. Ma sopra di lei, sulla terra asciutta, l'incubo era solo agli inizi.

Capitolo 1

Venerdì 28 ottobre 2016

L'ispettore capo Erika Foster si strinse nell'ingombrante giubbotto di salvataggio per ripararsi dal vento ghiacciato, rimpiangendo di non aver indossato qualcosa di più pesante. Il piccolo gommone della polizia metropolitana avanzava tra le acque dell'Hayes Quarry, trascinandosi dietro un trasponder compatto che sondava il fondale. La cava dismessa si trovava al centro di Hayes Common, novanta ettari di bosco e brughiera che fiancheggiavano il villaggio di Hayes, periferia di South London.

«L'acqua è profonda ventitré metri e sette», disse il sergente Lorna Crozier, a capo delle attività di ricerca subacquea. A un'estremità dell'imbarcazione, era china sullo schermo che mostrava i risultati del sonar in variopinte sfumature di viola denso, che si espandevano sul monitor come una ferita.

«Quindi non sarà facile tirare fuori quello che cerchiamo?», domandò Erika, cogliendo il tono della sua affermazione.

Lorna annuì. «Quando ci si avvicina alla soglia dei trenta metri tutto si fa più complicato. I miei sub riescono a stare sotto solo per poco tempo. E la profondità media di un laghetto o di un canale si aggira intorno a un paio di metri. Persino con l'alta marea, il Tamigi non supera i dieci, dodici al massimo».

«Potrebbe esserci qualsiasi cosa là sotto», commentò l'agente John McGorry, schiacciato nel minuscolo sedile di plastica accanto a Erika. L'ispettore seguì lo sguardo del giovane che sorvolava la superficie increspata dell'acqua. La visibilità era ridotta a una manciata di centimetri, poi tutto diventava un miscuglio di ombre scure.

«Vuoi che ti prenda in braccio, per caso?», lo rimproverò quando praticamente le salì sopra per affacciarsi dal gommone.

«Scusa, capo», disse lui con un sorriso, tornando immediatamente al suo posto. «Ho visto un programma su Discovery Channel in cui dicevano che soltanto il cinque per cento dell'oceano è stato mappato, lo sapevi? E l'acqua occupa il settanta per cento della superficie terrestre, il che significa che il sessantacinque per cento del pianeta, esclusa la terra ferma ovviamente, è *inesplorato*...».

Sul ciglio dell'acqua, una ventina di metri più in là, ciuffi di giunchi morti dondolavano spinti dal vento. Sull'erba di fronte alla riva era parcheggiato un veicolo di supporto; lì accanto una squadra di sub stava preparando l'attrezzatura per l'immersione. I giubbotti di salvataggio arancioni erano l'unica nota di colore nell'uggioso pomeriggio autunnale. Le ginestre e l'erica dipingevano il panorama alle loro spalle di un'alternanza di grigi e marroni, più in là s'intravedeva qualche albero spoglio. Il gommone raggiunse la riva della cava e rallentò.

«Giriamo», annunciò Barker, un giovane poliziotto al timone del motore fuoribordo. Effettuò una curva stretta, preparando l'imbarcazione a solcare le acque per la sesta volta.

«Credi che là sotto possa esserci qualche pesce o anguilla di dimensioni, non so, mostruose?», domandò John a Lorna, con gli occhi pieni di entusiasmo.

«Mi è capitato di vedere dei bei pescioni quando facevo immersioni, ma questa cava non sbuca da nessuna parte, perciò tutto ciò che si trova là sotto vi è stato portato», rispose Lorna con un occhio incollato allo schermo.

«Dove sono cresciuto io, a St. Mary Cray, c'era un negozio di animali che vendeva cuccioli di coccodrillo, a quanto si diceva...». Di fronte al sopracciglio alzato di Erika non ebbe il coraggio di finire la frase.

Era sempre su di giri e non la piantava mai di chiacchierare. E su questo l'ispettore poteva anche chiudere un occhio. Ma lavorare con lui la mattina presto la metteva a dura prova.

«Non stiamo cercando un coccodrillo, John, ma dieci chili di eroina in un container impermeabile».

John le lanciò un altro sguardo e annuì. «Scusa, capo».

Erika controllò l'orologio. Quasi le tre e mezza.

«Che valore hanno sul mercato dieci chili?», chiese Barker, ancora al timone.

«Quattro milioni di sterline», rispose Erika tornando a fissare le immagini del sonar che si alternavano sullo schermo.

Il ragazzo fece un fischio. «E immagino che siano stati gettati qui apposta, no?».

Erika annuì. «Jason Tyler, il tizio che abbiamo in custodia, stava aspettando che si calmassero le acque per tornare a prenderli».

Non aggiunse però che potevano tenerlo sotto custodia soltanto fino a mezzanotte.

«Davvero pensava di recuperarli? Anche con una squadra di sub esperti, sarà una bella sfida per noi», disse Lorna.

«Per quattro milioni di sterline su un piatto d'argento? Sì, penso proprio che sarebbe tornato a prenderli», ribatté Erika. «Speriamo di riuscire a rilevare le sue impronte nelle buste di plastica che troveremo dentro».

«Come avete scoperto che l'aveva gettati qui?», chiese Barker.

«Grazie alla moglie», rispose John.

L'agente Barker gli lanciò un'occhiata che soltanto un altro uomo poteva capire e fischiò di nuovo.

«Aspettate. Ecco, qui forse c'è qualcosa. Spegni il motore», ordinò Lorna avvicinandosi di più al minuscolo schermo.

Fra le varie sfumature di viola brillava una piccola sagoma nera. L'agente Barker spense subito il motore fuoribordo facendo piombare la cava nel silenzio assoluto, interrotto soltanto dallo sciabordio dell'acqua causato dal rallentamento del gommone. Si alzò e raggiunse la collega.

«Stiamo esaminando un'area di quattro metri per ogni lato della barca», disse Lorna, muovendo la mano minuta sopra la chiazza sul monitor.

«Sì, la scala è corretta», concordò Barker.

«L'abbiamo trovati, secondo voi?», domandò Erika con la speranza che si gonfiava nel petto.

«Può darsi», rispose Lorna. «Ma magari si tratta di un vecchio frigorifero. Non lo sapremo finché non saremo laggiù».

«Ti immergerai oggi stesso?», le domandò l'ispettore cercando di mantenere un atteggiamento positivo.

«No, mi tocca restare sulla terra ferma, purtroppo. Ho già fatto un'immersione ieri e devo rispettare dei periodi di riposo», rispose Lorna.

«Dove sei stata ieri?», domandò John.

«A Rotherhithe. Abbiamo dovuto recuperare il corpo di un suicida nel lago, nella riserva naturale».

«Wow, deve essere pazzesco trovare un cadavere sott'acqua, no?».

Lorna annuì. «L'ho trovato io. A tre metri di profondità. Stavo nuotando con zero visibilità e a un certo punto ho sfiorato con le mani un paio di caviglie, ho tastato più su e c'erano le gambe. Era praticamente in piedi sul fondale».

«Cavoli. In piedi sul fondale?», fece John.

«A volte capita. Ha a che fare con la composizione del gas corporeo e con il processo di putrefazione».

«Dev'essere affascinante. Mi sono arruolato da pochi anni, questa è la prima volta che collaboro con l'unità subacquea», commentò John.

«In realtà troviamo tonnellate di roba orribile. La cosa peggiore è quando t'imbatti nei sacchi pieni di cuccioli».

«Che razza di bastardi. Faccio la poliziotta da venticinque anni, ma ogni volta mi sorprendo di fronte agli abissi di depravazione che può toccare la gente». Erika notò che per un istante tutti si voltarono a fissarla: stavano cercando di calcolare quanti anni avesse, era evidente. «Allora, questa anomalia? Quanto ci mettete a scendere giù e tirarla a secco?», chiese riportando l'attenzione sullo schermo.

«La segnaleremo con una boa e ci passeremo sopra un'altra volta», rispose Lorna spostandosi sul lato del gommone per sistemare una boa di segnalazione alla corda. Rovesciò i pesi in acqua, che scomparvero velocemente nel liquido scuro e profondo lasciando visibile soltanto l'estremità della corda sottile. La boa di segnalazione rimase lì a galleggiare mentre l'agente Barker accendeva il motore e faceva partire il gommone.

Un'ora più tardi gli agenti avevano battuto l'intero specchio d'acqua della cava e identificato tre possibili anomalie. Erika e John erano scesi sulla terraferma per scaldarsi un po'. Mentre quella giornata di fine ottobre giungeva al termine, si stringevano nel furgoncino dell'unità subacquea con in mano due tazze di polistirolo piene di tè e osservavano i sommozzatori all'opera.

Lorna era in piedi sulla riva, teneva in mano un capo della corda chiamata *jackstay*. La corda finiva in acqua, toccava il fondale della cava per poi risalire a sei metri di distanza dal bagnasciuga. Il gommone era ancorato accanto alla prima boa di segnalazione e controllato dall'agente Barker, che teneva l'altro capo della *jackstay*. Erano passati dieci minuti da quando i sub si erano immersi in acqua. Erano partiti dai capi opposti della corda, per ispezionare ciascun lato del fondale fino a incontrarsi nel mezzo. Accanto a Lorna c'era un altro sommozzatore della squadra, chino su una ricetrasmittente grande come una ventiquattrore. Erika sentiva le voci dei sub che comunicavano grazie alle radio all'interno delle maschere.

«Zero visibilità, ancora niente… Dovremmo incontrarci al centro fra poco…», diceva la voce tintinnante alla radio.

Erika fumava nervosamente la sua sigaretta elettronica, accendendo di rosso il LED all'estremità. Espirò una nuvola di vapore bianco.

L'avevano trasferita al dipartimento di polizia di Bromley da tre mesi, ma stava ancora cercando di adattarsi al nuovo team, di trovare un equilibrio con la squadra. Solo pochi chilometri la separavano dal suo vecchio distretto di Lewisham, South London. Ma pochi chilometri potevano fare un'enorme differenza, se passavi dalla periferia di Londra all'inizio della contea di Kent. E lei stava cominciando ad abituarsi. C'era un'atmosfera più paesana da quelle parti.

Guardò John, che era al telefono una ventina di metri più in là: sorrideva mentre parlava. Chiamava sempre la sua ragazza, non appena ne aveva occasione. Riagganciò un momento dopo, e si avvicinò di nuovo.

«I sommozzatori stanno ancora cercando?», domandò.

Erika annuì. «Nessuna buona notizia... Se penso che dovrò rilasciare quel piccolo bastardo...».

Il piccolo bastardo in questione era Jason Tyler, uno spacciatore di bassa lega che nel giro di breve tempo era riuscito a prendere il controllo dei traffici al confine fra Kent e South London.

«Continuate a tenere la corda tesa, la sento un po' allentata...», disse il sommozzatore alla radio.

«Capo?», chiese John con un filo di imbarazzo.

«Sì?»

«Prima era Monica, la mia ragazza, al telefono... Lei, noi, vorremmo invitarti a cena».

Erika si voltò a guardarlo, tenendo sempre un occhio puntato su Lorna che riavvolgeva appena la *jackstay* con i piedi ben piantati sulla riva. «Come?»

«Le parlo spesso di te... Bene, s'intende. Le ho detto quante cose ho imparato al tuo fianco, e che il lavoro è diventato molto più interessante. Mi sproni a essere un detective migliore, sei una vera fonte di ispirazione... Comunque, Monica vorrebbe preparare le lasagne. Sono davvero buone. E non lo dico perché è la mia ragazza, sono sul serio...», ma non terminò la frase.

Erika stava fissando lo spazio che divideva Lorna dal gommone, sei metri all'incirca. La luce stava svanendo in fretta. I sommozzatori dovevano essere vicinissimi a incontrarsi al centro ormai. Se fosse successo, si sarebbero ritrovati con un pugno di mosche in mano.

«Allora, che ne dici, capo?»

«John, siamo nel bel mezzo di un caso importante», lo rimproverò Erika.

«Non intendevo oggi. Un altro giorno, magari? A Monica farebbe molto piacere incontrarti. E se vuoi portare qualcuno, per noi va bene. Il signor Foster, forse?».

Erika si voltò a guardarlo. Negli ultimi anni in polizia erano circolati mille pettegolezzi sul suo conto, perciò la sorprese scoprire che John non ne sapesse nulla. Fece per rispondere, ma venne preceduta da un urlo della squadra di supporto. Li chiamavano a riva.

Corsero da Lorna e dall'agente, ancora chino sulla piccola ricetrasmittente. Sentirono uno dei sub che diceva: «C'è qualcosa incastrato sotto il fango... Ma mi serve aiuto per tirarlo fuori... Come sono messo con il tempo?». La voce metallica riecheggiò nell'aria fredda, seguita da una piccola interferenza, bolle nel respiratore, mentre l'agente rispondeva al sommozzatore a dieci metri di profondità.

Lorna si voltò verso Erika: «Ci siamo, credo. Potrebbe essere quello che stavamo cercando».

Capitolo 2

Con il calare della sera, la temperatura precipitò notevolmente. Erika e John camminavano avanti e indietro nel cono di luce proiettato dai veicoli di supporto, mentre gli alberi alle loro spalle si erano dissolti in una nube di oscurità che minacciava di inghiottirli tutti.

Uno dei sommozzatori, inguainato nella tuta di gomma, riemerse dopo un po' dalla riva scoscesa della cava. Teneva in mano quella che sembrava una grossa valigetta di plastica ammuffita e coperta di fango. Erika e John si fecero avanti per aiutare la squadra a tirarlo su. John aveva una piccola telecamera digitale e cominciò a filmare il sub con la valigetta. Appoggiarono il reperto su un telo di plastica quadrato steso sull'erba e si fecero tutti da parte mentre l'agente si spostava di qua e di là per riprendere da angolazioni diverse la scatola ancora chiusa.

«Okay, capo», disse. «Sto filmando».

Erika si era infilata un paio di guanti di lattice e aveva in mano delle tenaglie. Si inginocchiò di fronte alla scatola e cominciò a studiarla per bene.

«Ci sono due chiavistelli chiusi da un lucchetto su ciascun lato del manico, e sulla valigia vedo anche una valvola di equalizzazione della pressione», disse indicando un bottoncino coperto di fango sotto un manico. Ruppe entrambi i lucchetti con le tenaglie, mentre John filmava. La squadra di sommozzatori osservava la scena a distanza, illuminata dal cono di luce gettato dalla telecamera digitale.

Erika svitò lentamente la valvola di pressione, che si sganciò con un lungo sibilo. Slacciò i chiavistelli e sollevò il coperchio. La luce della telecamera digitale illuminava l'interno della valigetta, rimbalzando sulle file ordinate di pacchettini pieni di una polvere rosata e grigiastra.

Non appena li vide, il cuore le saltò di gioia.

«Eroina per un valore di mercato di quattro milioni di sterline», disse.

«È orribile, ma non riesco a staccarle gli occhi di dosso», mormorò John mentre si chinava per fare un primo piano.

«Grazie, grazie a tutti», disse Erika voltandosi verso i volti silenziosi dell'unità subacquea che la circondavano. Le risposero tutti con un sorriso.

Dalla ricetrasmittente si levò un'interferenza: proveniva dall'altro sub rimasto in acqua. Lorna si avvicinò e cominciò a parlare nella radio.

Erika richiuse con attenzione il coperchio.

«Okay, John, chiama la centrale. Dobbiamo portarla là in sicurezza. E chiedi al sovrintendente Yale di avvertire la scientifica, devono tenersi pronti per il rilevamento delle impronte non appena arriviamo. Non la perdiamo di vista nemmeno per un secondo finché non sarà al sicuro, capito?»

«Sì, capo».

«Prendimi anche una busta per le prove bella grossa nella macchina».

John scattò subito ed Erika si alzò, fissando la scatola dall'alto.

«Ho vinto, Jason Tyler», mormorò. «Ti ho incastrato, e stavolta te ne starai dentro per un bel po'».

«Ispettore capo Foster», disse Lorna, allontanandosi dalla ricetrasmittente e raggiungendo Erika. «Uno dei nostri sub stava ricontrollando l'aerea. E ha trovato qualcos'altro».

Quindici minuti più tardi, Erika aveva messo via il container d'eroina e John era tornato armato di telecamera per filmare il secondo sub che riemergeva dall'acqua. Teneva in braccio un oggetto scuro e deformato. L'appoggiò su un nuovo telo steso sull'erba. Si trattava di un fascio di grossi fogli di plastica legati insieme con delle vecchie catene arrugginite e attaccati a quelli che sembravano dei pesi da palestra. Era lungo all'incirca un metro e cinquanta, non di più, e si era ripiegato su se stesso. La plastica era così vecchia e usurata che pareva sbiancata con la candeggina.

«L'hanno trovato a un metro di distanza dal container di plastica, affondato per metà nel limo della cava», disse Lorna.

«Non è pesante. Dentro deve esserci qualcosa di piccolo, sento che si sposta», aggiunse il sub.

L'appoggiò sul telo di plastica e tutta la squadra piombò nel silenzio, spezzato soltanto dal cigolio dei rami distanti mossi dal vento.

Erika sentiva la paura che le mordeva lo stomaco. Fece un passo avanti, rompendo la quiete assoluta.

«Posso riavere le tenaglie, per favore?».

Se le infilò sotto il braccio e calzò un nuovo paio di guanti. Alla fine si mise all'opera, facendo saltare le catene arrugginite e sottili, che però erano tutte intrecciate, più e più volte. La plastica si era rovinata tanto da diventare rigida e scricchiolava ogni volta che Erika rompeva una catena e un po' di acqua ricadeva sul prato.

Nonostante il freddo, si rese conto che stava sudando. I teli di plastica erano stati avvolti e ripiegati numerose volte e, mentre rimuoveva i vari strati, Erika pensò che qualunque cosa ci fosse là dentro doveva essere piuttosto piccola. Sentiva solo l'odore dell'acqua stagnante: un sentore stantio, spiacevole, che le fece scattare dentro un campanello d'allarme.

Mentre si preparava a togliere l'ultimo foglio di plastica, si accorse che la squadra intorno a lei era ammutolita. Lei stessa si era scordata persino di respirare. Così si riempì d'aria i polmoni e rimosse l'ultimo telo di plastica consunta.

La luce della telecamera illuminò il piccolo scheletro all'interno: un mucchio di ossa sotto un sottile strato di limo. Dei vestiti non era rimasto quasi niente, solo qualche lembo di tessuto marrone appeso alla gabbia toracica. Intorno alla spina dorsale, ancora attaccata al bacino, c'era una cinta sottile con la fibbia arrugginita. Il teschio si era staccato ed era finito in mezzo a una serie di costole incurvate. Qualche ciuffo confuso di capelli era rimasto attaccato al cranio.

«Oh mio Dio», mormorò Lorna.

«È davvero piccolo… Sembra lo scheletro di un bambino», disse Erika con un filo di voce.

Piombarono improvvisamente nel buio quando John corse con la telecamera verso la riva della cava, dove s'inginocchiò e vomitò violentemente nell'acqua.

Capitolo 3

Pioveva forte quando Erika rimontò in macchina. Le gocce martellavano sul tettuccio dell'auto e la luce blu delle volanti e dell'unità dei sommozzatori arrivava sfocata dal parabrezza sommerso d'acqua.

Il van dell'anatomopatologo fu il primo a lasciare la cava. Il sacco per cadaveri che conteneva il corpicino era sembrato così piccolo quando l'avevano caricato nel retro della vettura. Nonostante tutti gli anni passati in polizia, Erika si sentiva comunque scossa. Ogni volta che chiudeva gli occhi, rivedeva quel teschio minuscolo con i ciuffi sporadici e le orbite vuote e fisse. Le domande le affollavano la mente. *Chi potrebbe mai gettare un bimbo in una cava? C'entra qualche guerra fra gang? Ma Hayes è una zona ricca e prospera con un basso tasso di criminalità.*

Si passò una mano fra i capelli umidi e si voltò verso John.

«Tutto bene?»

«Scusa, capo. Non so perché... Avevo già visto un mucchio di cadaveri... Non c'era neanche sangue».

«Sta' tranquillo, John».

Erika accese il motore dopo che i due veicoli di supporto e quello che trasportava il container d'eroina le passarono davanti. Inserì la marcia e li seguì immediatamente. Guidarono in silenzio mentre le luci del convoglio funebre illuminavano la foresta che si apriva su entrambi i lati del sentiero. Provò una punta di dispiacere ripensando al suo vecchio lavoro nella squadra omicidi alla centrale di Lewisham Row. Adesso faceva parte della squadra anticrimine organizzato. Sarebbe stato un altro agente a scoprire chi fosse quel corpicino finito a dieci metri di profondità nella gelida oscurità della cava.

«Abbiamo trovato il container. Era proprio dove la moglie di Jason Tyler ci aveva detto di cercare», commentò John, cercando di trovare il lato positivo.

«Dobbiamo ottenere un riscontro con le impronte digitali, altrimenti non ci serve a nulla», rispose Erika.

Uscirono dal parco e attraversarono Hayes. Le luci scintillavano nelle vetrine dei supermercati, nei ristorantini di fish and chips e nei chioschetti in cui erano esposte file e file di maschere di Halloween, tutte appese con quegli occhi vuoti e i nasi aquilini e grotteschi.

Erika non riusciva proprio a godersi il trionfo per il ritrovamento del container di eroina. Non poteva smettere di pensare al piccolo scheletro. Da quando era in polizia, era stata a lungo a capo di squadre antidroga. I nomi cambiavano – unità antidroga, narcotici, criminalità organizzata, squadre speciali – ma la guerra contro lo spaccio non finiva mai e mai sarebbe stata vinta. Arrestavano uno spacciatore e già ce n'era un altro pronto a prendere il suo posto, a riempire il vuoto con maggiore abilità e scaltrezza. Così aveva fatto Jason Tyler, e presto qualcun altro avrebbe rimpiazzato lui. Insapona, risciacqua, insapona, risciacqua.

Gli omicidi, invece, erano diversi: gli assassini potevano essere presi e rinchiusi per sempre.

Le volanti si fermarono al rosso di fronte alla stazione di Hayes. Un fiume di pendolari armati di ombrelli attraversò la strada.

La pioggia tamburellava ancora sul tettuccio della macchina. Erika chiuse gli occhi per un istante. L'immagine dello scheletro steso sulla sponda della cava si riaffacciò nella sua mente. Un'auto alle sue spalle suonò il clacson ed Erika saltò sul sedile riaprendo di scatto gli occhi.

«È verde, capo», l'avvertì John con calma.

Avanzarono lentamente, la rotatoria più avanti era ancora

intasata. Erika guardò fuori dal finestrino, osservando la gente che si affrettava per la strada e cercando di cogliere le loro espressioni.

Chi è stato? Chi può aver fatto una cosa simile?, pensò. *Voglio scoprirlo. Voglio trovarlo. Voglio sbatterlo in cella, buttare via la chiave e...*

L'auto alle sue spalle strombazzò di nuovo. Erika vide che il traffico era defluito e avanzò verso la rotonda.

«Prima mi hai chiesto se sono sposata», disse.

«Volevo solo sapere se ti faceva piacere portare qualcuno a cena...».

«Anche mio marito era un poliziotto. È morto durante una retata antidroga, due anni e mezzo fa».

«Cazzo. Non lo sapevo. Non avrei detto nulla se... Scusa».

«Tranquillo. Pensavo che ormai lo sapessero tutti».

«Non sono proprio un tipo da gossip. E comunque sei sempre la benvenuta a cena. Non scherzavo mica: le lasagne di Monica sono davvero fantastiche».

Erika sorrise. «Grazie. Magari quando avremo chiuso con questa storia».

John annuì. «Lo scheletro... è di un bambino, vero?», domandò con un filo di voce.

L'ispettore annuì. All'imbocco della rotonda, il furgoncino dell'anatomopatologo tirò dritto e poi svoltò a destra. Lo guardarono allontanarsi fra le case. Le volanti che trasportavano il container con l'eroina, invece, girarono a sinistra. Erika le seguì con riluttanza.

La centrale di polizia di Bromley era un edificio a tre piani che si affacciava su High Street, dal lato opposto della stazione ferroviaria.

Erano le sette passate e i pendolari correvano al riparo sotto le pensiline di Bromley South, la loro corsa era accelerata dalla pioggia torrenziale e dall'arrivo del fine settimana. I primi gruppi di festaioli del venerdì sera andavano nella direzione opposta. Le ragazzine si stendevano le giacche striminzite sopra la testa per non bagnare i vestitini ancora più striminziti, mentre i ragazzi in pantaloni e camicia si riparavano con le copie gratuite dell'«Evening Standard».

Erika superò la stazione e imboccò la rampa che portava ai parcheggi sotterranei della centrale, sempre seguendo le due volanti con i lampeggianti accesi che fiancheggiavano l'auto con l'eroina.

I corridoi del piano terra della centrale di Bromley erano pieni di poliziotti che cominciavano il turno di notte: volti scuri e meditabondi alla prospettiva di passare la serata a combattere con ragazzini ubriachi.

Il capo di Erika, il sovrintendente Yale, aspettava il team – lei, John e i sei agenti che trasportavano il container – ai piedi della scalinata principale, che conduceva agli uffici del dipartimento indagini criminali. Salì le scale insieme a loro. Aveva il volto paonazzo sormontato da una massa ispida di capelli rossi, e sembrava sempre che qualcuno l'avesse strizzato a forza nella sua uniforme: troppo piccola, di una taglia almeno, per quel fisico prorompente.

«Ottimo lavoro, Erika», disse tutto sorridente, fissando il container nella busta per le prove. «I tecnici della scientifica sono sopra, aspettano di rilevare le impronte».

«Signore, oltre al container abbiamo trovato...», cominciò Erika.

Yale si fece serio. «Dei resti umani, sì. Asteniamoci dal commentare il caso».

«Signore, lo scheletro era avvolto nella plastica. Si tratta di un bambino...».

«Erika, siamo a un punto cruciale qui. Non deconcentrarti».

Raggiunsero la porta di un ufficio, un agente in borghese li aspettava. Gli si illuminarono gli occhi quando vide il container di plastica.

«Ecco qua, vediamo di trovare delle impronte e inchiodare Jason Tyler!», disse il sovrintendente Yale. Si tirò su la manica per controllare l'orologio sommerso fra i peli del braccio, e aggiunse: «Abbiamo tempo fino alle otto e trenta di domattina. Non è molto, perciò diamoci da fare!».

Capitolo 4

L'ondata di sollievo ed euforia arrivò all'una del sabato mattina, quando da uno dei pacchetti sigillati di eroina nel container saltarono fuori le impronte di Jason Tyler. Avevano un riscontro.

La squadra di Erika lavorò senza sosta per tutto il weekend fino all'udienza di lunedì mattina, durante la quale Tyler fu incriminato senza possibilità di uscire su cauzione.

Quel pomeriggio stesso, Erika bussò alla porta dell'ufficio di Yale. Il capo stava giusto per infilarsi il cappotto per andarsene.

«Vieni a bere qualcosa, Erika? Te lo meriti. Il primo giro lo offro io», sorrise.

«Ho appena letto la dichiarazione che ha rilasciato alla stampa sul caso di Jason Tyler, signore», disse. «Ha omesso la scoperta del cadavere».

«Non volevo che offuscasse i nostri successi e, a giudicare da ciò che avete rinvenuto, si tratta di un vecchio caso. Non ha niente a che vedere con Tyler. La cosa principale, comunque, è che non è un nostro problema. È stato passato alla squadra omicidi».

Prese il cappotto e andò di fronte allo schedario di fianco alla porta, dove aveva appeso con lo scotch un piccolo specchietto. Si passò il pettine fra la massa ribelle di capelli rossi.

Erika si rendeva conto che non le aveva risposto con severità, il capo era semplicemente realista.

«Allora, andiamo a bere?», le chiese voltandosi.

«No, grazie. Sono a pezzi. Penso che me ne andrò dritta a casa», rispose.

«D'accordo. Complimenti, comunque», le disse Yale dandole una pacca sulla spalla prima di uscire.

Erika tornò al suo appartamento a Forest Hill e si fece una doccia. Quando uscì dal bagno avvolta nell'asciugamano, il cielo fuori si era fatto scuro e tetro, e dalla finestra del patio vedeva la nebbia che aleggiava nel suo piccolo quadrato di giardino. Chiuse le tende, accese la TV e si rimise sul divano.

Nelle ore seguenti, lo scheletro la perseguitò nei sogni in un'infinita ripetizione di immagini: il momento in cui aveva tolto l'ultimo strato di plastica e aveva visto il teschio con i ciuffi di capelli ancora attaccati al cranio... la cintura sottile che avvolgeva la colonna vertebrale...

Lo squillo del telefono la svegliò di colpo.

«Erika, ciao. Sono Isaac», le disse una voce gentile. «Hai da fare?». Da quando si era trasferita a Londra due anni e mezzo prima, l'anatomopatologo Isaac Strong era diventato un suo caro amico e collega fidato.

«No, sto guardando un film». Si stropicciò gli occhi e mise a fuoco lo schermo. «Ci sono Sarah Jessica Parker e Bette Midler che volano su una scopa seguite da un'altra strega con una aspirapolvere».

«Ah, *Hocus Pocus*. Da non credere, è già di nuovo Halloween».

«Già, questo è il mio primo Halloween a Forest Hill. Non è il massimo stare al piano terra, per quanto riguarda dolcetti e scherzetti», disse Erika, togliendosi l'asciugamano dalla testa con la mano libera. I capelli erano quasi asciutti.

Isaac rimase in silenzio per qualche istante. «Non è una telefonata di cortesia, Erika. Riguarda i resti che avete rinvenuto venerdì alla cava di Hayes».

S'immobilizzò seduta stante con l'asciugamano in mano. «Cosa è successo?»

«Mi hanno chiamato per un'autopsia urgente sabato mattina e, quando ho finito, ho letto il tuo nome sui documenti, così ho dato uno sguardo per vedere di cosa si trattava».

«Pensavo che il caso fosse stato preso in carica da una squadra omicidi ormai, no?»

«Sì, è così, e ho già parlato con qualcuno di loro. Ma adesso non riesco a contattarli. Ho pensato che tu invece avresti risposto e che avresti voluto sapere che cosa ho scoperto».

«Certo che lo voglio sapere. Che cosa puoi dirmi?»

«Sono all'obitorio di Penge. Tra quanto puoi raggiungermi?», le domandò.

«Parto subito», disse lei, buttando a terra l'asciugamano e correndo a vestirsi.

Capitolo 5

All'obitorio, i passi di Erika riecheggiavano nel lungo corridoio di pietra che portava alla sala autopsie. Raggiunse la porta in fondo e la videocamera al muro si voltò verso di lei, ronzando quasi in segno di saluto. La spessa porta di metallo vibrò e si aprì, lasciandola passare.

La stanza era fresca, priva di luce naturale. Una fila di celle frigorifere immacolate occupava una parete, mentre al centro della sala c'erano quattro tavoli per le autopsie investiti dal bagliore delle lampade fluorescenti. Quello più vicino alla porta era coperto da un telo blu. Vi era stato sistemato il piccolo scheletro, ricostruito, con le ossa di una sfumatura scura di marrone.

Il dottor Isaac Strong dava le spalle a Erika ma, quando la sentì entrare, raddrizzò la schiena e si girò verso di lei. Era alto e magro, indossava un camice blu, una cuffia stretta dello stesso colore e una mascherina bianca. La sua assistente, una giovane cinese che lavorava in rispettoso silenzio, stava spostando dei campioni sigillati su un banco di lavoro dietro al tavolo autoptico. I guanti di lattice scricchiolarono quando raccolse una bustina di plastica contenente un ciuffo di capelli e ne esaminò l'etichetta.

«Ciao Erika», disse Isaac.

«Grazie per avermi chiamato», rispose l'ispettore fissando lo scheletro alle spalle dell'amico.

C'era una puzza sgradevole: un misto di acqua stantia, decomposizione e l'aroma corposo del midollo osseo. Spostò lo sguardo sul viso pallido e stanco di Isaac. Lui tirò giù la mascherina, sollevò le sopracciglia perfette e le sorrise rompendo subito il muro di formalità. Erika rispose con un mezzo sorriso. Non lo vedeva da settimane. La loro era un'amicizia forte ma, di fronte alla morte, in un contesto tanto formale, mantenevano un contegno professionale. Si scambiarono un cenno, ricalandosi subito nei ruoli di anatomopatologo e ispettore capo.

«La procedura mi impone di contattare Scotland Yard e trasmettere le informazioni alla unità crimini gravi, e così ho fatto, ma ho pensato che avresti voluto sapere cosa ho scoperto».

«Hai contattato l'unità crimini gravi? Vuoi dire che hai già identificato il corpo?», chiese Erika.

Isaac sollevò una mano. «Lasciami spiegare tutto dall'inizio», rispose. Si avvicinò al tavolo dell'autopsia, dove le ossa sudicie contrastavano con il candore sterile del telo su cui erano stati ordinatamente sistemati i resti. «Lei è la Lan, la mia nuova assistente», disse, presentando la giovane elegante. La ragazza si voltò e annuì, soltanto gli occhi erano visibili sotto la mascherina.

«Bene. Come puoi vedere, il teschio è intatto: non presenta fratture o abrasioni», continuò Isaac sollevando con cura un ciuffo ingarbugliato di capelli castani e mostrando l'ossatura liscia della nuca. «Manca un dente, l'incisivo sinistro superiore», spiegò spostando la mano guantata sulla fila di denti ingialliti. «E tre costole sul fianco sinistro, in prossimità del cuore, sono rotte». Indicò i tre frammenti di costola esposti. «Il corpo è stato avvolto e stretto nella plastica che ha provveduto a preservare lo scheletro. In genere nei fiumi, nei laghi e nelle cave ci sono lucci, gamberi d'acqua dolce, anguille e tutta una serie di microbi o batteri che banchetterebbero volentieri su un corpo. La plastica in pratica l'ha protetto da tutto, tranne da quei microrganismi che si sono cibati della carne».

Isaac le mostrò un carrellino d'acciaio inossidabile su cui aveva disposto i sacchetti con il materiale rinvenuto sullo scheletro.

«Abbiamo trovato diverse fibre di lana e una serie di bottoni che suggeriscono che avesse indosso un cardigan», spiegò Isaac, sollevando un sacchetto con dei frammenti marroni e logori riassemblati alla bene e meglio. Mise giù la prova e ne raccolse un'altra. «C'è anche una cintura composta da materie plastiche sintetiche. Come vedi il colore è andato, ma la fibbia è rimasta allacciata». Erika notò che la cinta doveva essersi stretta attorno a una vita davvero minuscola. «C'era anche un piccolo pezzo di nylon legato ai capelli: credo fosse un nastro...». Isaac rimase in silenzio raccogliendo il sacchetto più piccolo, contenente un ciuffo di capelli castani e una sporca striscia sottile di un qualche materiale.

Erika rifletté per un istante, sorvolando con lo sguardo il mucchio di prove. Lo scheletro, piccolo e vulnerabile, sembrava fissarla con le sue orbite vuote.

«Avevo una cinta simile anch'io a otto anni. Queste cose appartenevano a una bambina, vero?», chiese indicando le prove.

«Sì», rispose Isaac con un filo di voce.

«Qualche idea sull'età?». Erika sollevò lo sguardo aspettandosi una risposta vaga. Sicuramente il suo amico le avrebbe risposto che era ancora troppo presto per dirlo con certezza.

«Credo si tratti del cadavere di una bambina di sette anni che si chiamava Jessica Collins».

Erika rimase senza parole, spostando lo sguardo da Isaac a Lan per qualche istante. «Cosa? E come fai a saperlo?»

«Stabilire il sesso dai resti di un corpo può essere davvero complicato, soprattutto se la morte è avvenuta prima della pubertà. La piccola quantità di vestiti rinvenuti ha spinto l'ufficiale a capo della omicidi ad azzardare un'ipotesi, richiedendo i file di tutti i bambini fra i sei e i dieci anni scomparsi negli ultimi trent'anni. Ci siamo concentrati sulle denunce nell'area di South London e nelle zone di confine del Kent. Chiaramente ci sono denunce di scomparsa ogni giorno, ma per fortuna la maggior parte dei minori vengono ritrovati. Una volta ottenuti i nomi, abbiamo fatto esaminare le impronte dentali da un odontoiatra forense, che ha trovato una corrispondenza con una bambina scomparsa nell'agosto del 1990. Si chiamava Jessica Collins».

Lan si allontanò dal tavolo, tornando poco dopo con una cartella. Isaac la prese e tirò fuori una lastra, tenendola controluce.

«È arrivata insieme al rapporto dell'odontoiatra forense. Purtroppo non ho più una lavagna luminosa, quella vecchia si è fulminata e sto aspettando le nuove lampadine», disse desolato. «Uno dei rischi della digitalizzazione delle radiografie... Questa risale a un esame dentale del 1989. Jessica Collins stava giocando a croquet in giardino quando la palla l'ha colpita alla mascella. Aveva sei anni. Non so se riesci a vederlo: non c'era nulla di rotto, ma i raggi X mostravano che i denti davanti erano leggermente rientrati e storti, e anche l'arcata inferiore era irregolare. C'è una corrispondenza perfetta».

Osservarono entrambi lo scheletro: i denti storti e marroni dell'arcata superiore e l'osso liscio della mascella che svelavano l'identità del corpo.

«Nel corso dell'autopsia sono riuscito a estrarre una piccola quantità di midollo osseo che manderò presto in laboratorio, ma è soltanto una misura di sicurezza: posso già confermare che si tratta di Jessica Collins». Ci fu un lungo momento di silenzio.

Erika si passò una mano tra i capelli. «Idee sulla causa della morte?»

«Abbiamo tre costole rotte sul lato sinistro. Si tratta di fratture pulite che potrebbero indicare un trauma da corpo contundente al cuore o ai polmoni. Non ci sono graffi né segni di qualche tipo sulle ossa che possano far pensare a una ferita da coltello o a un altro oggetto tagliente. Inoltre manca l'incisivo sinistro, che però non si è rotto. È venuto via per intero, ma non posso dire con esattezza come. Trattandosi di una bambina di sette anni, potrebbe anche essere un dente da latte caduto...».

«Quindi mi stai dicendo di no?»

«Già. Considerando che il corpo è stato avvolto nella plastica e gravato da pesi, però, dobbiamo tenere in conto l'ipotesi dell'omicidio».

«Certo».

«Quando ti sei trasferita in Inghilterra tu? In che anno?», chiese Isaac.

«Nel settembre del 1990», rispose Erika.

«Ricordi niente del caso di Jessica Collins?».

L'ispettore si fermò a riflettere per qualche momento, passando in rassegna i vari ricordi del trasferimento dalla Slovacchia all'Inghilterra. Aveva diciotto anni, aveva iniziato a lavorare come ragazza alla pari per una famiglia con due bambini piccoli.

«Non saprei. Non parlavo ancora inglese e faticavo ad adattarmi alla nuova cultura. Per i primi mesi lavoravo in questa casa e me ne stavo in camera mia, senza TV...». Si fermò quando si accorse che l'assistente di Isaac la stava fissando con interesse. «No, non mi sembra di averne mai sentito parlare».

«Jessica Collins è scomparsa il pomeriggio del 7 agosto 1990. Era uscita di casa per andare al compleanno di un'amichetta, che abitava nella strada dopo la sua. Ma non è mai arrivata alla festa. E non è stata mai più trovata. Come se fosse scomparsa nel nulla. Il caso era su tutti i giornali», disse Isaac.

Estrasse un altro foglio dalla cartella. Era la fotografia di una bambina bionda e sorridente. Indossava un vestitino rosa con una cintura dello stesso colore, un cardigan blu e dei sandali bianchi con una variopinta fantasia floreale. Nella foto, era in piedi di fronte a una spessa porta di legno in un salotto, o così sembrava.

C'era qualcosa nell'ampio sorriso di quella bambina e nei denti inferiori leggermente storti che era ancora impresso nella mascella spoglia sul tavolo dell'autopsia. A Erika vennero i brividi.

«Sì, ora ricordo», disse con un filo di voce, riconoscendo vagamente la bambina della foto. Tutti i giornali avevano usato quell'immagine.

«E ora come ora, siamo le uniche tre persone al mondo che sanno cosa le è successo», disse Lan, parlando per la prima volta.

Capitolo 6

Era ormai buio quando Erika uscì dall'obitorio di Penge e si mise in macchina, diretta verso casa. C'era un po' di traffico. Man mano che la luce svaniva, la nebbia bassa avanzava inghiottendo i tetti delle case a schiera e dei negozi su entrambi i lati della strada. Anche sul suo cuore calò il buio. Per tutta la sua carriera, i casi erano andati e venuti, ma ce n'era sempre stato qualcuno che la toccava più da vicino. Jessica aveva sette anni quando era morta.

Verso la fine del 2008 Erika era rimasta incinta, quasi per sbaglio. Aveva finito per litigare con suo marito, Mark, perché lui voleva tenere il bambino, ma lei no. Alla fine aveva deciso di abortire. Mark non era d'accordo, ma le aveva detto che le sarebbe stato accanto qualunque decisione avesse preso. L'aborto era stato effettuato in uno stadio ancora preliminare della gravidanza, ma lei aveva sempre avuto la certezza che si trattasse di una femmina. Se l'avesse tenuta, avrebbe avuto sette anni adesso.

Le strade si alternavano, tutte grigie e tetre, e sul viso cominciò a scorrerle qualche lacrima. L'anno dopo l'interruzione di gravidanza era stato piuttosto duro: Erika oscillava fra il sollievo e il disgusto, incolpava se stessa e Mark, che non si era opposto con più fermezza. Un figlio avrebbe cambiato così tante cose nella sua vita. Mark si era offerto di restare a casa con il bambino e fare il padre casalingo. Se avesse davvero lasciato il lavoro, non sarebbe stato in servizio quel giorno maledetto in cui gli avevano sparato.

Erika, fra lacrime e singhiozzi, staccò una mano dal volante per asciugarsi gli occhi quando una donna con un bambino piccolo sbucò da una fila di macchine parcheggiate lungo il marciapiede e si piazzò in mezzo alla strada. L'ispettore fece appena in tempo a inchiodare, l'auto si fermò con un forte stridio dei freni.

La donna era giovane e indossava un pesante bomber rosa. Sollevò la mano in segno di scuse e trascinò per un braccio il bimbo, vestito da scheletro di Halloween. Il piccolo girò la testa e il teschio fissò i fari accesi dell'auto. Erika chiuse gli occhi. Quando li riaprì, erano spariti.

Arrivata a casa, accese il riscaldamento e senza neanche togliersi il cappotto si preparò una bella tazza di caffè. Si sedette sul divano di fronte al suo computer. Aprì subito Google e scrisse: «Jessica Collins scomparsa». Uscì un'intera pagina di risultati ed Erika cliccò sul primo link, un articolo di Wikipedia.

Jessica Marie Collins (nata l'11 aprile 1983) è scomparsa il pomeriggio del 7 agosto 1990 poco dopo essere uscita da casa dei suoi genitori in Avondale Road, Hayes, nella contea di Kent, diretta alla festa di compleanno di una compagna di scuola.

Alle 13:45 di quel 7 agosto, Jessica è uscita da sola per raggiungere il civico 27 di Avondale Road, a breve distanza da casa sua, dove si sarebbe tenuta la festa. Ma non vi è mai arrivata. L'allarme è stato lanciato soltanto alle 16:30, quando i suoi genitori, Martin e Marianne Collins, sono andati a prenderla.

La scomparsa ha attirato immediatamente l'attenzione dei media e il caso è stato trattato da tutte le principali testate britanniche.

Il 25 agosto 1990 è stato fermato e interrogato il trentatreenne Trevor Marksman, che però è stato rilasciato quattro giorni dopo senza nessun capo d'accusa. Le indagini della polizia si sono protratte per tutto il 1991 e il 1992, ma sono state ridimensionate verso la fine del 1993.

Non ci sono stati altri arresti e il caso rimane aperto. Il corpo di Jessica Collins non è mai stato ritrovato e il mistero è tutt'ora irrisolto.

Erika controllò su Google Earth la posizione della cava di Hayes. Meno di tre chilometri e mezzo da Avondale Road, dov'era scomparsa Jessica.

«Di sicuro avranno perlustrato la cava quando la bambina è scomparsa, no?», mormorò fra sé e sé. Caricò i risultati di Google Immagini e trovò una foto dell'appello della polizia metropolitana dell'agosto del 1990. I genitori di Jessica erano seduti dietro l'immancabile tavolo delle conferenze stampa, pallidi e smunti, insieme agli agenti della polizia metropolitana.

«Ventisei anni», disse Erika. Chiuse gli occhi e subito un'immagine prese forma davanti a lei. Uno scheletro dalle orbite vuote e la mascella spalancata, con ancora i denti attaccati.

Si alzò per preparare un altro po' di caffè, quando il telefono squillò. Era il sovrintendente Yale.

«Scusa se ti disturbo nel bel mezzo della tua serata libera, Erika, ma ho appena fatto una lunga chiacchierata con l'avvocato di Jason Tyler. Il suo assistito vuole darci i nomi di quattro suoi soci e ha intenzione di consegnarci e-mail e bonifici bancari».

«Messa così sembra quasi che gli stiamo vendendo una casa!».

«Sai bene cosa c'è in palio, Erika. Possiamo consegnarlo alla procura certi di ottenere un buon risultato e una condanna quasi sicura. Dovresti esserne fiera».

«Grazie, signore. Ma l'idea che Tyler sconti una pena ridotta non mi rende poi tanto orgogliosa».

«Andrà comunque in prigione».

«Certo, ma quando lo rilasceranno? Che farà? Aprirà una fabbrica di candele? Non credo. Ricomincerà a spacciare».

«Erika, ma che ti prende? Abbiamo ottenuto quello che volevamo. È fuori dal giro: prenderemo anche i suoi soci e toglieremo di mezzo i fornitori».

«La moglie e i figli? Che faranno?»

«Testimonieranno, probabilmente in videoconferenza, ed entreranno nel programma di protezione».

«La moglie si occupa della madre anziana e di due zie».

«Ed è tutto molto triste, Erika, ma immagino che sapesse le conseguenze quando è salita sul carro di Jason Tyler. O pensava che tutti quei soldi e la casa costosa provenissero da una fabbrica di candele?»

«Ha ragione. Mi dispiace, capo».

«Non fa niente».

Erika restò in silenzio per qualche istante e tornò all'articolo di Wikipedia che stava leggendo.

«Lo scheletro trovato nella cava di Hayes è stato identificato. Si tratta di Jessica Collins, una bambina di sette anni scomparsa nel 1990».

Yale fischiò dall'altro capo del telefono. «Cristo, avete trovato proprio lei?»

«Sì, conosco l'anatomopatologo, mi sta tenendo aggiornata».

«E chi è il poveraccio a cui hanno assegnato il caso?»

«Non lo so, ma vorrei propormi io come capo delle indagini».

Ci fu un lungo momento di silenzio. Quella frase le era sfuggita di bocca ancora prima di rendersene conto.

«Ma di che stai parlando, Erika?», disse Yale. «Sei stata messa alle mie dipendenze come membro della squadra anticrimine organizzato».

«Ma, signore, ho scoperto io i resti. Rientra nella nostra giurisdizione. Il caso venne inizialmente gestito oltre i confini del nostro distretto, ma...».

«Ma molte cose sono cambiate dal 1990, Erika. Noi non trattiamo i rapimenti e gli omicidi, lo sai benissimo. Ci occupiamo di minacce di morte, traffico di droga, gruppi criminali di vario livello, fra cui anche le gang etniche, e commercio d'armi su larga scala...».

«Sì, ma quando mi hanno assegnato alla sua squadra lei si è lamentato. Ha detto che le sono stata appioppata come la zia bisbetica che nessuno vuole invitare a Natale!».

«Non ho detto proprio così, Erika. Comunque ora sei un membro *importantissimo* della squadra».

«Signore, io posso risolvere il caso. Conosce anche lei la mia percentuale di successi nelle indagini più complesse. Ho delle capacità uniche che potrebbero segnare una svolta in un omicidio di portata…».

«Eppure dopo tutti questi anni sei ancora ispettore capo. Ti sei mai chiesta perché?».

Dall'altro capo del telefono, Erika ammutolì.

«Mi sono espresso male, mi dispiace», disse il sovrintendente. «Ma la risposta è comunque no».

Capitolo 7

Poco prima delle nove, Erika parcheggiò e attraversò la strada per raggiungere l'abitazione del comandante Marsh. Abitava vicino a lei, ma in una zona costosa e più residenziale di South London, nei pressi di Hilly Fields Park. La sua casa si affacciava sullo skyline londinese, scintillante in mezzo al buio. Gruppetti di bambini con i costumi da Halloween vagavano per le strade seguiti dai genitori. Chiacchiere e risate arrivarono fino alle orecchie di Erika, che aveva aperto il cancello del vialetto e ora bussava alla porta di Marsh con il pesante battente di ferro. Soltanto due mesi prima Paul Marsh era il capo di Erika alla centrale di Lewisham Row. Poi lei aveva dovuto togliere il disturbo, e non certo tra gli applausi. Stava ancora cercando di mettere a punto il discorso che gli avrebbe rifilato quando la moglie, Marcie, comparve al cancello insieme alle loro gemelline, Rebecca e Sophia. Le bimbe avevano due costumi da principessa delle fate identici ed entrambe tenevano in mano una zucca di plastica piena di dolcetti. Avevano i capelli scuri. Marcie indossava un paio di leggings neri di lycra, una giacca stretta dello stesso colore e delle orecchie appuntite. Si era truccata da gatta. Erika non riuscì a trattenere una punta di fastidio per la scelta del costume.

«Erika, che ci fai qui?», chiese Marcie. Le due bimbe sollevarono lo sguardo verso di lei. Chissà quanti anni avevano, cinque, sei? Non se lo ricordava proprio.

«Scusa, Marcie. So che non vuoi che mi presenti a casa, ma stavolta è davvero importante. Devo solo parlare con Paul… Non risponde al cellulare».

«Hai provato alla centrale?», disse stringendosi accanto a lei sulla soglia della porta. Erika fece un passo indietro.

«Non risponde neanche lì».

«Be', qui non c'è».

«Dolcetto o scherzetto!», gridò una delle bambine sollevando la sua zucca di plastica.

«Dolcetto o scherzetto! Possiamo stare sveglie fino a tardi stanotte!», strillò l'altra togliendo di mezzo la prima zucca con la sua. La porta era aperta e Marcie si voltò a guardare le figlie.

«Oh, cielo. Non ho nessun dolcetto», disse Erika rovistando nelle tasche. «Però con queste potete comprarne un po'!». Tirò fuori due banconote da cinque sterline e ne mise una per zucca. Le bimbe spostavano lo sguardo da Erika a Marcie, non sapendo se potevano accettare o meno.

«Wow, com'è gentile Erika, vero? Dite grazie, bambine!», ordinò Marcie. Ma la sua espressione sembrava dire tutt'altro.

«Grazie, Erika», squittirono loro. Erano davvero carine ed Erika rispose con un sorriso.

«Però ricordatevi di lavare i denti dopo tutti quei dolcetti».

Le bimbe annuirono con solennità e l'ispettore tornò a rivolgersi a Marcie.

«Scusa ancora, ma devo davvero parlare con Paul. Sai dov'è?»

«Aspetta un momento…». Marcie spinse le bimbe dentro casa e disse loro di prepararsi per andare a letto. Salutarono Erika con la manina e sparirono dietro la porta. La madre la chiuse.

«Non ti ha detto niente?»

«Non mi ha detto cosa?», chiese Erika, sorpresa.

«Ci siamo separati. Si è trasferito tre settimane fa». Marcie incrociò le braccia e solo allora Erika notò la lunga coda nera che pendeva dai leggings. Dondolava per il vento.

«No, mi dispiace. Non ne sapevo nulla, davvero… Non lavoro più con lui ormai».

«Dove sei adesso?»

«A Bromley».
«Non mi dice mai nulla».
«E quindi, dove abita adesso?»
«Starà nell'appartamento di Foxberry Road finché non troveremo un'altra soluzione…».
Si fissarono per qualche secondo, in silenzio. Certo, Erika faceva un po' di fatica a prendere sul serio Marcie vestita da gattina. Un soffio di vento gelido vorticò intorno alla casa. Le bambine al piano di sopra urlarono.
«Devo andare, Erika».
«Mi dispiace molto, Marcie».
«Sul serio?», le domandò bruscamente.
«Certo, perché me lo chiedi?»
«Ci vediamo», rispose Marcie. Entrò e chiuse la porta, con un ultimo sventolio della coda.
Erika tornò alla macchina e si fermò a guardare quella stupenda casa. Le luci al piano di sopra si accesero.
«Che hai combinato, Paul, brutto idiota?», mormorò rimontando in macchina.

Capitolo 8

Erika parcheggiò di fronte al civico 85 di Foxberry Road, che si stagliava alto e incombente sopra di lei. Era l'ultima di una lunga fila di case a schiera a tre piani che partiva dalla stazione ferroviaria di Brockley.

Sollevò lo sguardo verso la finestra all'ultimo piano. Due anni prima aveva preso in affitto quell'appartamento da Marsh e ci aveva passato un lunghissimo inverno. Oltre allo shock di trovarsi in una nuova città e alla solitudine di una casa spoglia e arredata solo in parte, aveva persino dovuto subire l'irruzione di un aggressore mascherato che per poco non l'aveva uccisa.

«Potrebbe risparmiarsi davvero tante noie se solo rispondesse al telefono?», disse Erika quando Marsh le aprì il portone. Indossava un pesante paio di pantaloni del pigiama a fantasia scozzese e una T-shirt scolorita di Homer Simpson. Aveva l'aria esausta e i capelli color sabbia sembravano più radi di quanto ricordasse.

«Ciao anche a te», le rispose. «È per lavoro o hai portato da bere?»

«Sì alla prima, no alla seconda».

Marsh alzò gli occhi al cielo. «Avanti, entra».

L'appartamentino non era cambiato molto nei diciotto mesi trascorsi dal suo trasloco. L'anonimo arredo IKEA conferiva all'ambiente un tono freddo ma pratico. Entrando nel soggiorno, Erika evitò di sbirciare nel bagno aperto. Era da lì che l'aggressore si era introdotto in casa: si era arrampicato sul retro dell'edificio, aveva sfondato la ventola e aperto la finestra. Quella notte Erika aveva rischiato grosso. C'era mancato davvero poco che ci lasciasse le penne. L'aggressore la stava strangolando e si era salvata soltanto grazie a una collega, l'ispettore Moss. Ripensò a lei e a tutti gli altri membri della squadra omicidi alla centrale di Lewisham Row: le mancava lavorare fianco a fianco con loro.

La nostalgia non fece che rafforzare la sua determinazione. Si sedette sul divano, invitata da Marsh. Il comandante prese il cellulare e l'accese, poi andò in cucina e lavò un paio di tazze sporche impilate sul lavandino.

«Venerdì sera ho recuperato un container di eroina dalla cava di Hayes, per un valore complessivo di quattro milioni di sterline. Abbiamo stabilito un collegamento con…».

«Jason Tyler. Sì, ho visto. E tutto questo solo un paio di mesi dopo aver cambiato lavoro. Congratulazioni».

«Grazie. I sub hanno trovato anche dei resti umani semisommersi nel limo della cava. Non sono collegati al caso di Tyler…». Erika gli raccontò in breve tutto quello che aveva scoperto fino a quel momento.

«Gesù. Avete trovato Jessica Collins?», disse. Lei annuì. «Sento che stai per arrivare al punto», aggiunse Marsh aprendo il mini-frigo e tirando fuori una bottiglia di latte.

«Sì, mi serve il suo aiuto. Vorrei che il caso Jessica Collins mi venisse affidato».

Marsh si fermò per un istante con il latte in mano, poi lentamente aprì il cartone e cominciò a riempire due tazze.

«Ne hai parlato con il tuo sovrintendente?»

«Sì».

«E ha detto di no. Vero?».

Erika annuì. «Avrebbe dovuto vederla. Quello scheletro… così piccola e vulnerabile, tre costole rotte. L'avevano avvolta in un paio di teli di plastica e buttata in acqua. Non sappiamo neanche se era ancora viva quando è andata a fondo. E il suo assassino è ancora a piede libero».

Marsh versò acqua calda in una piccola teiera.

«So che hanno assegnato il caso a una squadra omicidi, ma che le indagini non sono cominciate sul serio. È il mio distretto».

«Ma con tutti i tagli il tuo sovrintendente non avrà spazi di manovra».

«Lo stesso vale per qualsiasi dipartimento della polizia metropolitana. Ma questo caso deve pur finire da qualche parte, no? A Bromley abbiamo le risorse e il personale necessari. E l'ufficiale che ha trovato il corpo sono io. Non è affatto una forzatura. Lei è un comandante ora. Ha il potere di farlo».

Marsh rimise il latte nel frigo.

«Sai che il commissario aggiunto Oakley ha chiesto la pensione anticipata? Non ho lo stesso rapporto con il suo rimpiazzo».

«E chi sarebbe?», chiese Erika.

«Non verrà annunciato ufficialmente prima di domattina».

«Andiamo, a me può dirlo. Non vado mica a bussargli a casa...». Marsh sollevò un sopracciglio. «Va bene, prometto che non lo farò con lui».

«Con lei. Il nuovo commissario aggiunto è Camilla Brace-Cosworthy». Marsh infilò una bustina nella teiera e poi versò il tè nelle tazze. «Il tuo sguardo dice tutto, Erika».

«Mi faccia indovinare. Ha frequentato Oxford?»

«Cambridge. Si è unita alle forze di polizia tramite il corso accelerato».

«Quindi non ha esperienza sul campo?»

«Non è questo il punto al giorno d'oggi».

«Ma che significa? Ci sono agenti che operano sul campo ogni giorno, ripuliscono le strade dalla feccia. E ancora una volta hanno promosso ai livelli più alti una persona che non sa nulla della vita fuori dal guscio delle scuole di élite e delle vacanze in campagna».

«Ora sei ingiusta, non la conosci neanche». Le passò una tazza di tè. «Ti porti addosso un bel po' di risentimento».

«E?»

«E niente, mi godo le tue invettive. Sono divertenti quando non sono dirette a me». Sorrise.

«Senta, signore. So che sono una vera idiota quando mi ci metto. E del resto se non mi fossi comportata così in passato potrei essere sovrintendente a quest'ora. Cavolo, potrei essere persino sovrintendente capo...».

«Vacci piano adesso».

«Ho imparato la lezione. La prego, può mettere una buona parola con le persone giuste e farmi assegnare le indagini del caso Jessica Collins? So di poter prendere il bastardo che le ha fatto questo. Quello stronzo, o magari quella stronza, è ancora là fuori da qualche parte, e dopo tutti questi anni sicuramente pensa di averla fatta franca. Ma io lo prenderò».

Marsh, accanto a lei sul divano, bevve un sorso di tè.

«Sai che è successo al responsabile dell'indagine sulla sua sparizione, l'ispettore capo Amanda Baker? L'hanno buttata fuori dal caso».

«Se è per questo io sono stata buttata fuori da tre grossi casi. Ma mi sono spezzata la schiena per farmeli ridare e li ho risolti».

«Amanda non era come te. Be', sì, era un ufficiale brillante, ma non abbastanza forte qui». Si toccò la fronte con l'indice. «Era una dei primi ispettori capo donna della polizia metropolitana e la prima in assoluto a dirigere un caso di così alto profilo. Le hanno messo tutti i bastoni fra le ruote, a partire da colleghi e superiori per arrivare fino alla stampa. Si chiedevano come avesse fatto un ispettore capo donna a ottenere un ruolo tanto importante. Giravano le voci più assurde».

«E come aveva fatto?»

«È stata una decisione dei piani alti. Erano stati commessi molti errori durante i primi giorni della scomparsa di Jessica, la polizia doveva rispondere a un sacco di domande scomode. La mossa di piazzare una donna a capo delle indagini è servita per distogliere l'attenzione e focalizzarla su una storia positiva, riportando la polizia sotto una buona luce».

«Ai piani alti credevano che potesse farcela?»

«Sì, ma non sapevano che nei mesi immediatamente precedenti all'incarico si era rivolta a un analista».

«Come mai?»

«A quei tempi, parliamo della fine degli anni Ottanta, si dava per scontato che un ufficiale donna dovesse affrontare casi di stupro. Amanda aveva il compito di raccogliere le prove sulla scena del crimine e fornire sostegno morale alle vittime nel corso di tutta l'orribile procedura. Il problema per lei era che non sapeva prendere le distanze, separarsi dal lavoro. Rimaneva in contatto con le vittime per settimane, mesi e persino anni dopo la conclusione del caso. Ha salvato un mucchio di donne dall'abisso, ma le è costato uno sforzo emotivo enorme. E nessuno aiutava lei. Stavano per metterla in malattia prima di affidarle le indagini di Jessica Collins. Poi il caso si fece sempre più grande, mentre le piste e le prove svanivano nel nulla. Era come se Jessica fosse scomparsa per magia. Alla fine Amanda ebbe un esaurimento nervoso. È un calice avvelenato, Erika. Meglio starne alla larga, dai retta a me».

«Mi conosce. Sa che non crollo sotto pressione», rispose Erika con calma. «Crollerò soltanto se sarò costretta a girare per anni su questa grande giostra, che fa scendere uno spacciatore solo per farne salire un altro subito dopo».

Rimasero in silenzio per qualche istante, seduti sul divano a bere il tè.

«Signore, la prego. Si tratta di una bambina di sette anni rapita nel bel mezzo della strada. Dio solo sa cosa le è successo, cosa le hanno fatto. E poi l'hanno buttata come un sacco dell'immondizia nel fondale di una cava, per ben ventisei anni. Pensi se avessero fatto la stessa cosa a Sophia o Rebecca…».

«Erika, no! *Non* mettere in mezzo le mie figlie!», la ammonì Marsh.

«Jessica avrà pur avuto un padre… Solo lei può farlo».

Marsh si strofinò gli occhi, si alzò e andò alla finestra.

«Posso metterci una buona parola, tutto qui. Non ti prometto niente».

«Grazie», rispose Erika, «e per quanto riguarda il sovrintendente Yale, io non sono mai stata qui, e non abbiamo mai tenuto questa discussione».

«Non vuoi chiedermi di Marcie?», disse il comandante dopo una lunga pausa.

«No. Se avesse voluto parlarne l'avrebbe fatto, immagino».

Marsh si appoggiò alla parete, lo sguardo colmo di sofferenza.

«Grazie», disse. «Stiamo provando ad aggiustare le cose. Per adesso ci siamo presi una pausa». Erika sollevò un sopracciglio. «Parole sue, non mie. Voleva una "pausa" per capire...». La voce gli si spezzò. «Ha conosciuto un altro».

«È stata lei a tradire?», chiese Erika, sorpresa.

«Sì, con un tizio del corso d'arte. Ha ventinove anni. Va in palestra. Come potrei mai...?»

«Marcie la ama. Le stia vicino, le ricordi il suo amore».

«Pensavi che fossi stato io a tradire lei?», le chiese Marsh tutt'a un tratto.

«Sì». Sembrava ferito.

«Avanti, signore, sa cosa intendo. Lei occupa una posizione di potere. Nel nostro lavoro ci sono molte donne single, e il potere è un grande afrodisiaco».

«Ah, sì?», le chiese con uno sguardo torvo.

«Certo. Almeno per certe donne. Lo sa anche lei, no?».

Marsh annuì. «Ti va un'altra tazza di tè? O magari qualcosa di più forte?»

«No, meglio che vada».

«Se vuoi puoi restare», disse lui con voce vellutata.

«Cosa? Vivo praticamente in fondo alla strada...».

«No, intendevo che è tardi e...».

«No, non ho intenzione di restare», disse Erika alzandosi e afferrando il cappotto sul divano.

«Be', potresti anche dirlo più educatamente!».

«Lei ha due figlie piccole. E solo perché Marcie ha deciso di guardarsi intorno, non significa che debba farlo anche lei».

Improvvisamente rosso in viso, la fulminò con uno sguardo arrabbiato. «Non intendevo niente del genere! Volevo solo dire che potresti dormire sul divano».

«*So* che cosa voleva dire. Il divano è lungo un metro e venti e questo è un bilocale senza altre stanze...».

«Porca miseria!», urlò Marsh. «Era solo un'offerta gentile a un'amica...».

«Non sono stupida, signore».

«Sì che lo sei. Sei maledettamente stupida! Come può una persona tanto brillante sul lavoro essere così stupida nella vita privata?».

Erika strinse il cappotto e uscì dall'appartamento. Scese a passo di marcia le scale e si sbatté il portone alle spalle. Arrivò di fronte alla macchina e rovistò nelle tasche, ma le chiavi si erano impigliate in un filo.

«Merda!», urlò contro le chiavi. «Merda, merda, merda!». Alla fine riuscì a tirarle fuori strappando la cucitura, aprì l'auto e salì. Picchiò il pugno sul volante, appoggiando la testa contro il sedile.

«Potevo gestirla meglio, molto meglio. Devo essere stupida per davvero», mormorò.

Capitolo 9

Erika arrivò alla centrale di Bromley martedì mattina presto. S'imbatté subito nel sovrintendente Yale che usciva dal bagno degli uomini al piano terra, con una copia del «The Observer» sottobraccio.

«Erika, posso parlarti un momento?».

L'ispettore annuì e seguì il capo nel suo ufficio. Yale chiuse la porta e andò a sedersi, aggiustandosi la camicia sulla pancia sporgente. Le fece cenno di accomodarsi, tamburellò le dita sulla scrivania e aggiustò la cornice con la foto di sua moglie e i due figli piccoli. Lei era bionda e mingherlina, ma entrambi i bambini avevano ereditato i capelli rossi e indomabili di lui, acconciati in un caschetto alla *Little Orphan Annie*.

«Mi ha appena chiamato il nostro nuovo commissario aggiunto», disse dopo qualche secondo di pausa.

«Camilla Brace-Cosworthy?», chiese Erika cercando di mascherare l'eccitazione.

«Sì. Pensavo che volesse presentarsi e invece…».

«Perché l'ha chiamata?»

«Perché vuole incontrarti».

«Vuole incontrare me? Davvero?». Erika non sapeva bene che faccia fare. Doveva mostrarsi scioccata? E se sì, fino a che punto? Non era certo famosa per la vasta gamma di emozioni che sapeva mostrare. Perciò optò per un modesto "occhi sgranati per la sorpresa".

«Sì, davvero. Non ho alcuna influenza sul nuovo commissario aggiunto. È in carica da un giorno appena, eppure vuole già incontrarti per il caso di Jessica Collins... Sai qualcosa che io non so? E bada che non vincerai mai un Oscar per le tue capacità di recitazione».

«No, signore», rispose Erika, pensando che non aveva tutti i torti.

«Sono il tuo capo, Erika, e ne abbiamo già discusso! Ti ho spiegato che non abbiamo né il tempo né le risorse per metterci a indagare su un caso così vecchio. Ma questa non era la risposta che volevi sentirti dire, ovviamente, e adesso mi tocca sorbirmi le telefonate del commissario aggiunto». Yale era davvero arrabbiato adesso, aveva il viso più rosso del solito.

«Io non le ho parlato».

«E con chi hai parlato?»

«Con nessuno».

Yale si appoggiò allo schienale.

«A quanto pare hai nove vite, Erika. Il comandante Marsh mi ha letteralmente supplicato perché ti trovassi un posto nella mia squadra, quindi sospettavo già che voi due aveste un legame *speciale*».

Erika raddrizzò la schiena, ma cercò di restare calma. «Abbiamo seguito l'addestramento insieme, signore. Lavoravamo fianco a fianco in strada. Era uno degli amici più stretti del mio defunto marito. E comunque è sposato».

«Be', in ogni caso all'incontro sarà presente anche il comandante Marsh. Lo sapevi?»

«No, non lo sapevo, signore. Però voglio dirle che le sono riconoscente per l'opportunità che mi ha concesso».

Yale annuì senza convinzione. «Ti aspettano alle undici. Devi presentarti al suo ufficio a Scotland Yard». Non attese una risposta, ma si mise subito a lavorare al computer. Erika intuì che il colloquio era terminato.

«Grazie, signore».

«Mi serve anche il rapporto conclusivo sul caso di Jason Tyler. Lo voglio sulla mia scrivania entro la fine della giornata».

«Certo. Grazie, signore».
Si alzò per congedarsi.
«Erika, anche i gatti finiscono le vite. Usa quelle che ti restano con saggezza», disse sollevando lo sguardo e fissandola negli occhi per un istante. Poi si rimise a lavoro.

Capitolo 10

Il commissario aggiunto Camilla Brace-Cosworthy sedeva dietro alla sua scrivania, schiena dritta e sguardo determinato. Era un'elegante signora di cinquant'anni suonati, ma ancora nel fiore dell'età. Indossava l'uniforme di ordinanza della polizia metropolitana, con tanto di camicia bianca e foulard a quadri. I capelli biondi e lunghi fino alle spalle avevano una piega impeccabile e il trucco perfetto sembrava pronto per essere immortalato dalle telecamere.

«Entra pure, Erika. Accomodati, prego», disse, enfatizzando quel "prego" con il suo accento snob. «Ovviamente conosci già il comandante Marsh», aggiunse, indicando l'ufficiale seduto accanto a lei con uno sventolio delle unghie rosse lucide.

«Sì, salve signore», rispose Erika accomodandosi sulla sedia di fronte alla scrivania. «Congratulazioni per la sua nuova nomina, signora».

Camilla incassò elegantemente il complimento e s'infilò un paio di occhiali da vista neri, firmati.

«Solo il tempo dirà se sono all'altezza delle aspettative», rispose con gli occhi più grandi dietro le lenti. «Allora, il caso di Jessica Collins. Hai trovato i suoi resti venerdì e sono già stati ufficialmente identificati, giusto?»

«Sì, signora».

Erika vide che Camilla aveva un rapporto sulla sua scrivania, lo spaginava mentre la interrogava.

«Hai fatto parte di diverse squadre omicidi, sia a Londra che a Manchester, giusto?»

«Sì, signora».

Camilla chiuse il rapporto e si tolse gli occhiali, mordicchiando una delle asticelle per qualche istante.

«Il tuo trasferimento a Bromley è stato chiaramente una retrocessione. Perché hai preso questa decisione?»

«Erika si sentiva sottovalutata», si intromise Marsh.

«Si era liberato un posto da sovrintendente, ma la promozione mi è stata negata. Per questo mi sono sentita sottovalutata», lo corresse Erika. «Dal suo predecessore, signora. È stato quando ho catturato con successo l'omicida nota come Ombra della notte, che...».

«Che ha compiuto atti terribili. Lo so, lo so», esclamò Camilla. Dal suo tono di voce Erika non capiva bene se provasse orrore o ammirazione.

«Quando ho saputo che non avrei ottenuto la promozione ho chiesto spiegazioni al comandante Marsh, che all'epoca era il mio responsabile, e ho minacciato di andarmene. Lui non se l'è fatto ripetere due volte».

Erika lanciò uno sguardo a Marsh dall'altro lato della scrivania, che la fissava con la fronte corrugata. Si rendeva conto anche da sola che non si stava presentando nel migliore dei modi.

«Ma è stato proprio il comandante Marsh a insistere perché tu venga messa a capo delle indagini nel caso Collins», disse Camilla.

«Credo che Erika abbia ancora tanto da offrire...», provò a spiegare Marsh.

Camilla si rimise gli occhiali e controllò di nuovo il rapporto che aveva sotto mano.

«Hai avuto una carriera piuttosto movimentata, Erika. Oltre all'Ombra della notte, vedo che hai effettuato l'arresto del pluriomicida Barry Paton...».

«Lo Strangolatore di York, signora».

«È tutto scritto qui. Lo Strangolatore di York ha ucciso otto studentesse. Il tuo è stato un vero colpo di genio, a quanto pare.

Lo hai identificato grazie al filmato di una telecamera a circuito chiuso, che aveva ripreso il suo riflesso in una vetrina di fronte a un bancomat».

«Sì. Mi manda ancora una cartolina di ringraziamento a Natale e nel giorno del compleanno».

Marsh sorrise, Camilla no. «Non hai avuto altrettanto fortuna in altri casi, però. Sei stata sospesa per due anni, durante i quali ti hanno tenuta sotto inchiesta».

«Ma poi mi hanno scagionata, signora».

«Lasciami finire. Sei stata sospesa e tenuta sotto inchiesta. Hai guidato una retata antidroga in una casa nei pressi di Manchester che si è risolta con la morte di cinque ufficiali, uno dei quali era tuo marito».

Erika annuì.

«Come hai fatto a riprenderti da una prova simile?», chiese Camilla, studiandola attentamente.

«Mi sono fatta aiutare da un professionista. Mi sono sentita smarrita, mi sono chiesta se davvero volevo continuare a lavorare nelle forze di polizia. Ma alla fine sono tornata e i risultati ce li ha davanti».

«Devo essere sicura che la riapertura di questo caso sia in buone mani. Perché ritieni di essere la persona giusta per questo incarico?»

«Non nutro ambizioni di carriera. Mi dedico a ogni caso con tutta me stessa. Qui si tratta di una bambina di sette anni, indifesa, ritenuta scomparsa. Qualcuno l'ha gettata in quella cava come un sacco di immondizia e io voglio scoprire chi è stato. Voglio giustizia per Jessica. Voglio che la sua famiglia possa andare avanti e piangerla».

Erika si appoggiò allo schienale, sudata.

«Giustizia per Jessica. Potremmo usarlo come slogan», disse Marsh.

«No». Camilla gli scoccò un'occhiata di rimprovero. «Erika, ti dispiacerebbe aspettare fuori? Grazie».

Erika uscì in sala d'attesa e si mise a sedere. Le era capitato così tante volte di pensare che la sua carriera fosse finita, e ora si trovava di fronte all'inizio di una nuova avventura. *O forse sto per fare il passo più lungo della gamba? Sto correndo verso un burrone?* Nel giro di pochi minuti, il telefono della segretaria squillò. Le venne chiesto di rientrare.

Camilla si stava infilando la giacca della polizia, sistemandosi i capelli, mentre Marsh sedeva paziente dietro alla scrivania.

«Erika, ho il piacere di informarti che ti ho scelto come responsabile delle indagini del caso Jessica Collins», le disse.

«Grazie, signora. Non se ne pentirà».

Camilla s'infilò con cura il cappello di lana intrecciata. «Spero proprio di no». Fece il giro della scrivania per stringerle la mano. «Santo cielo. Quanto sei alta. Hai problemi a trovare dei pantaloni che ti stiano bene?».

Erika rimase senza parole per qualche istante. «Ehm, sì, prima sì. Ma ora con lo shopping online è molto più semplice...».

«Già, è proprio vero», disse Camilla con una calorosa stretta a due mani. «Bene. Io devo scappare a un incontro con il commissario. Il comandante Marsh ti spiegherà i dettagli».

«Porti i miei saluti a Sir Brian», disse Marsh.

Camilla annuì e li accompagnò alla porta.

Erika e Marsh presero l'ascensore in completo silenzio.

«Mi è sembrato tutto fin troppo facile», disse Erika alla fine.

«Non lo vuole nessuno, quel caso», le spiegò Marsh. «Quelli della omicidi non vedevano l'ora di appiopparlo a qualcun altro. Dirigerai il tutto dalla sala operativa di Bromley. Sarò io il tuo supervisore e dovrai fare rapporto direttamente a me».

«E il sovrintendente Yale?»

«Non ha già fin troppe grane?»

«Pensa che abbia tramato alle sue spalle».

«Infatti è così».

«Ma non era nulla di personale».

«Con te tutto sembra personale, Erika».

«E questo che vuol dire?».

Marsh sbuffò, gonfiando le guance. «Non so mai cosa pensi veramente. Sei così diretta che a volte diventi brutale. Non ti fidi quasi di nessuno».

«E?»

«Ed è difficile lavorare con questi presupposti».

«Se fossi un ispettore capo uomo staremmo facendo questa conversazione in un ascensore? Mi avrebbe chiesto che cosa penso?».

Marsh le lanciò un'occhiataccia e poi distolse lo sguardo.

«Qual è il problema? È per l'altra sera?».

Il comandante fissò il pavimento per qualche istante e poi puntò di nuovo gli occhi su di lei. «Devi fare il tuo lavoro, Erika, e devi farlo bene».

«Certo, signore».

«Farò inviare alla centrale di Bromley tutti i documenti e il materiale relativo alle due indagini precedenti», disse Marsh, in tono efficiente. «Devi organizzare e mettere subito in moto la sala operativa. Incontrerò la tua squadra per il briefing domani pomeriggio alle tre».

«È lei il responsabile del caso o sono io?»

«Sei tu, ma dovrai fare rapporto a me e io dovrò fare rapporto al commissario aggiunto. Inoltre dovrai collaborare con il sovrintendente Yale, dato che utilizzerai le sue risorse».

«Posso scegliere i membri della squadra?»

«Entro limiti ragionevoli».

«Bene. Voglio gli ispettori Moss e Peterson. Sono entrambi degli ottimi elementi».

Marsh annuì. L'ascensore arrivò finalmente al piano terra e le porte si spalancarono. Uscirono insieme in sala d'attesa.

«Erika, nelle vecchie indagini sono stati fatti dei casini immensi. Uno dei sospettati ha fatto causa alla polizia e ha ottenuto un risarcimento di trecentomila sterline… Abbiamo evitato per un pelo un'inchiesta ufficiale».

«E me lo dice *ora*».

«Cerca solo di non fare sciocchezze, Erika. Scopri cosa è successo a Jessica Collins. Qual è la prima cosa che hai intenzione di fare come responsabile del caso?»

«Devo dire alla famiglia Collins che abbiamo trovato Jessica», rispose Erika, con il cuore pesante.

Capitolo 11

Marianne Collins aprì il portone di casa e trascinò dentro le buste della spesa e la piccola borsa nera porta abiti. Sistemò i sacchetti sulla scura moquette rossa ai piedi della scalinata di legno, e si fermò a riprendere fiato. Era un pomeriggio buio e tetro. Aveva lasciato le luci accese, ma al suo ritorno l'ingresso scintillante non le era sembrato affatto più accogliente. C'era un silenzio assoluto, interrotto solo dal ticchettio dell'orologio in soggiorno. L'intera casa sembrava immersa in una atmosfera cupa e sinistra.

Appoggiò la borsa sull'appendiabiti di fianco alla porta e aprì con cautela la zip. C'era un involucro di plastica dentro, dal quale si levò una vampata di odori di prodotti chimici da lavanderia. Con estrema attenzione, Marianne tirò fuori un piccolo cappottino rosso sistemato su una gruccia imbottita. Un tempo era stato di un'intensa sfumatura cremisi, ma i lavaggi frequenti nel corso degli anni l'avevano scolorito.

Marianne sollevò lo sguardo verso una foto appesa alla parete, fra l'appendiabiti e uno specchio a figura intera. Era stata scattata l'11 aprile 1990. Jessica era seduta su un'altalena del parchetto locale, con i capelli biondi che riflettevano la luce del sole. Indossava il cappottino rosso, un paio di jeans e un maglioncino degli Orsetti del Cuore. Marianne appese lentamente il cappotto e ne sfiorò i bottoni. Avevano mantenuto l'originale lucentezza rossa. Si avvicinò e affondò il viso nella stoffa. Le avevano regalato quel cappottino per il suo settimo compleanno: l'ultimo che avevano potuto festeggiare.

Tenere in vita la memoria della figlia dopo ventisei anni era una vera e propria lotta. Di sopra, in un cassetto del comò, custodiva una delle sue magliettine in un sacchetto sottovuoto. Ma nel corso degli anni l'odore si era fatto stantio, e aveva finito per prendere il profumo della sua crema per le mani. Sembrava che il tempo fosse intenzionato a cancellarle ogni ricordo.

Quando le lacrime cominciarono a scendere allontanò il viso dal cappottino. Si asciugò gli occhi e sfilò le scarpe eleganti che metteva sempre per andare al supermercato. Si guardò allo specchio. Aveva raccolto i capelli grigi e lunghi fino alle spalle in una coda con la riga in mezzo, che sembrava trascinare verso il basso il viso pieno di rughe da entrambi i lati. Si tolse anche la giacca e l'appese di fianco al cappottino rosso. Alle sue spalle, riflesso nello specchio, c'era un grosso quadro della Vergine Maria. Marianne infilò la mano nella tasca della gonna e sentì i grani del rosario intrecciati alle sue dita nodose: cominciò a recitare le prime parole della preghiera, ma si ricordò presto che c'era del gelato nella busta della spesa che doveva assolutamente mettere in frigo.

Si fece il segno della croce e portò i sacchetti in cucina. Accese il bollitore e infilò una bustina di tè nella sua tazza preferita. Nei ventisei anni che erano passati la stanza non era cambiata molto, se non per qualche mano di vernice e occasionali acquisti di elettrodomestici nuovi. Quello era il terzo frigorifero. Appeso allo sportello c'era un grosso foglio di carta bianco con un disegno che Jessica aveva fatto all'asilo quando aveva quattro anni.

Marianne aprì il frigo e sistemò nel ripiano la pancetta, il formaggio e il gelato. Richiuse lo sportello e si fermò per qualche istante a guardare il disegno: piccole impronte di manine colorate di giallo, rosso e verde. Linee bianche e sottili si intersecavano nei palmi là dove la pittura non era penetrata. La copia originale era custodita in un altro cassetto, avvolta nella stoffa. Dopo diversi anni in bella mostra, con orrore e sgomento Marianne si era accorta che la pittura stava sbiadendo e perciò l'aveva fatto scansionare. E persino la copia originale era stata ristampata più e più volte. Marianne sfiorò il foglio con un dito, notando che gli angoli cominciavano ad arricciarsi.

Il dolore aveva messo radici profonde nel suo cuore: era diventato parte di lei ormai. Continuava a versare lacrime su lacrime, ma aveva imparato a convivere con quell'agonia, come con una compagna fedele. Guardare il cappottino, il disegno, vedere di sfuggita le foto di Jessica mentre superava la camera da letto e andava in bagno: faceva tutto parte della sua routine, così come il dolore.

Il bollitore si spense e Marianne versò l'acqua nella tazza, lasciando cadere la bustina di tè e spingendola a fondo con il cucchiaino. Stava per versare anche il latte, quando lo squillo del campanello risuonò per tutta casa. Guardò l'orologio: le quattro appena passate.

Non aspettava visite e nessuno si presentava a casa sua senza avvisare.

Capitolo 12

Sulla soglia del civico 7 di Avondale Road, Erika fissava nervosamente il portone di legno massiccio. Al suo fianco c'erano John e la detective in pensione Nancy Greene, una donnina minuta ed esuberante con i capelli grigi e a spazzola. Avevano parcheggiato in fondo alla strada e percorso il vialetto in discesa che si apriva su un modesto cortile punteggiato da vasi in terracotta. Ciascuno ospitava un'ortensia, ormai secca e marrone, che frusciava al soffio del vento. Le siepi all'inizio del cortile separavano la casa dalla strada, la luce arancione dei lampioni si insinuava fra i rami spogli.

«Comincia a fare notte presto», disse Nancy, rompendo il silenzio. E poi aggiunse: «C'è qualcuno in casa: vedo una luce accesa dalla finestra». Suonò di nuovo il campanello, proprio mentre il portone si apriva.

«Salve, Marianne», sorrise debolmente Nancy.

Era la prima volta che Erika vedeva una donna così pallida da sembrare sbiadita. Marianne aveva una pelle cerea e segnata dal tempo, gli occhi erano grigi con delle profonde borse scure. Anche i capelli erano grigi come l'acciaio. Le ricadevano sulle spalle, coprendo le orecchie. Indossava un dolcevita grigio a maniche lunghe, un cardigan di lana nera e una longuette dello stesso colore. Da una catenina che aveva al collo pendeva un pesante crocifisso di legno. Spostava continuamente lo sguardo fra Nancy, Erika e John.

«Marianne, loro sono l'ispettore capo Erika Foster e l'agente John McGorry», li presentò Nancy.

Sia John che Erika mostrarono i distintivi alla signora, che li guardò appena.

«Nancy? Perché sei qui? Si tratta di Laura o di Toby? Stanno bene?». Aveva una voce acuta, con un lieve accento irlandese.

«Sì, stanno tutti bene», rispose Nancy. «Tuttavia...».

«Possiamo entrare, per favore?», chiese Erika. «È molto importante che le parliamo in privato, signora Collins. Il detective Greene, ha gentilmente accettato di accompagnarci in quanto vostro vecchio agente di collegamento. Quando sua figlia è scomparsa...».

«Di che si tratta? Spiegami», chiese Marianne stringendo la mano di Nancy.

«Possiamo entrare, Marianne? Per favore», ripeté Nancy, stringendole la mano a sua volta.

La signora annuì e si spostò di lato per farli accomodare. Li accompagnò in un ampio salotto, elegante ma un po' freddo, con i mobili in legno scuro, la carta da parati di una tonalità molto profonda di rosso e delle tende verdi e spesse che si abbinavano al resto dell'arredamento.

«Prego, accomodatevi. Gradite del tè? L'ho appena fatto», disse Marianne, sforzandosi di parlare con voce allegra e leggera.

«No, grazie», rispose Nancy.

Si sedettero sul lungo divano accanto alla finestra. Erika notò un grosso dipinto della Vergine Maria sul caminetto di legno intagliato. Lanciò un veloce sguardo alla stanza e contò quattro crocifissi di varie dimensioni appesi alle pareti. Le foto incorniciate di Jessica occupavano tutte le superfici disponibili: erano sui tavolini sparsi in giro e sul davanzale della finestra, e molte si concentravano sul pianoforte all'angolo. A parte questo, tuttavia, sembrava che la stanza non venisse mai usata. Non c'erano riviste, televisione o libri. Marianne restò in piedi, intrecciando il rosario fra le dita.

«Abbiamo provato a telefonare al resto della famiglia, ma non siamo riusciti a metterci in contatto con nessuno», disse Nancy.

«Sono tutti in Spagna. Toby e Laura sono andati a trovare il padre con la sua nuova, be', non è proprio la moglie...».

«Abbiamo bisogno di parlare con loro...», disse Nancy.

Le dita di Marianne cominciarono a muoversi più velocemente, i grani del rosario frusciavano dondolando e sbattendole contro la gonna. Il labbro inferiore iniziò a tremare e gli occhi si riempirono di lacrime. «Fatemi fare un po' di tè. Lo bevete tutti il tè?»

«Marianne, ti prego, siediti», le chiese Nancy.

«Faccio quello che voglio in casa mia!», urlò all'improvviso.

«D'accordo. Ma, ti prego Marianne, calmati. Ho bisogno che ascolti attentamente quello che sto per dirti», continuò Nancy, alzandosi e prendendole le mani.

«No! No! NO!».

«L'ispettore Foster mi ha telefonato oggi perché ero al tuo fianco quando...».

«No!».

«Quando Jessica...».

«No. Non pronunciare il suo nome. Non hai il diritto di pronunciare il suo nome!».

Erika lanciò un'occhiata a John. Era muto come un pesce, pallidissimo. Nancy continuò a parlare dolcemente alla signora Collins. «Quando Jessica è scomparsa».

«No. No...».

Nancy si voltò verso Erika e le fece cenno di proseguire.

«Signora Collins, venerdì sera io e l'agente McGorry eravamo alla cava di Hayes per delle indagini di routine e abbiamo trovato dei resti umani. Uno scheletro».

Marianne adesso era caduta in un completo silenzio. Aveva gli occhi gonfi e lucidi. Scosse la testa e cominciò a indietreggiare finché non si ritrovò con la schiena contro il muro. Nancy non la lasciò neppure per un istante.

«Lo scheletro... Si tratta di Jessica», disse Erika con un filo di voce.

Marianne continuava a scuotere la testa. Le lacrime le scendevano senza sosta lungo le guance.

«No. Vi siete sbagliati! Jessica tornerà, qualcuno la troverà. È là fuori da qualche parte. Solo che non si ricorda chi sia la sua vera famiglia. Ho appena fatto lavare il suo cappottino...».

Erika e John rimasero immobili.

«Mi dispiace, Marianne. Hanno trovato Jessica». Anche Nancy aveva gli occhi lucidi. «L'hanno identificata grazie all'impronta dentale».

«Signora Collins», disse Erika in tono calmo. «Dobbiamo informare suo marito, sua figlia Laura e suo figlio Toby. Sono tutti in Spagna, giusto? Ha un recapito telefonico? Vorremmo avvertirli prima di diffondere un comunicato stampa ufficiale».

«Sì», mormorò Marianne, con gli occhi ancora spalancati e increduli.

«Cosa posso fare per te, Marianne?», le chiese Nancy.

Marianne voltò lentamente la testa verso di lei e all'improvvisò caricò il braccio e le affondò un pugno in faccia. Nancy barcollò all'indietro con il naso pieno di sangue e inciampò contro il tavolino.

«Fuori da casa mia! Tutti quanti!», gridò Marianne. «Fuori! FUORI!».

John ed Erika corsero subito da Nancy, che aveva il volto ridotto a una maschera di sangue. Marianne continuava a urlare e si accasciò contro il muro.

Da fuori arrivavano i rumori delle auto che parcheggiavano lì davanti e dei flash che scattavano senza sosta. La notizia era trapelata, la stampa assediava la casa. Ancora una volta.

Capitolo 13

Una quindicina di chilometri più in là, in una casetta a schiera nel quartiere residenziale di Balham, nella parte sud-orientale di Londra, un televisore rônzava e sfarfallava all'angolo di un salotto disordinato. Il pomeriggio scompariva dietro nuvole basse e grigie, mentre l'ex ispettore capo Amanda Baker se ne stava sdraiata su una poltrona rovinata con la testa china sul petto, addormentata. Le luci erano spente e il bagliore della TV le danzava sul doppio mento e la pelle cadente del volto. Neanche le risate alte e improvvise del pubblico in studio riuscirono a svegliarla. Sul tavolino c'erano un posacenere straripante e un bicchiere di vino bianco lasciato a metà – tutto quel che restava della seconda bottiglia che aveva aperto. Aveva stappato la prima alle nove e mezza di quella mattina, quando si era accorta che le tazze della colazione erano ancora tutte buttate nel lavandino e che i frullati e i dolcetti erano ormai immangiabili.

La casa era stata elegante un tempo, arredata in modo freddo e impeccabile, proprio come appariva la sua proprietaria. Adesso però aveva un aspetto sciatto, sempre come la proprietaria. Nel camino elettrico brillava un finto fuoco rosso e arancione, la ciotola del cane lì davanti era ricoperta da uno spesso strato di polvere.

All'ingresso il telefono cominciò a squillare, sovrastando fastidiosamente il ronzio della TV, finché non scattò la segreteria. Fu allora che Amanda si svegliò.

«Che c'è?», disse, ancora mezza addormentata.

Seguì un suono acuto, simile a un latrato. Amanda si strofinò il volto con una mano e si alzò pesantemente dalla poltrona, ciondolando verso la cucina con il cervello annebbiato e gli occhi sfocati. Passò qualche minuto a rovistare fra il cibo in scatola nella credenza, quando all'improvviso le tornò in mente una cosa. Sandy, il suo cane, era morto un paio di mesi prima. Si fermò di colpo, appoggiandosi al bancone. Le lacrime cominciarono a cadere dolcemente sulla superficie coperta di briciole. Si asciugò gli occhi con la manica, sentendo per un istante l'odore cattivo del suo stesso alito.

All'ingresso il telefono tuonò di nuovo e Amanda andò a rispondere, reggendosi alla ringhiera delle scale.

«Pronto, è l'ex ispettore capo Amanda Baker?», disse una voce giovanile, femminile e acuta.

«Con chi parlo?»

«Chiamo per chiederle una dichiarazione sul caso Jessica Collins ora che la polizia ha trovato il corpo».

Amanda restò di sasso, incapace di formulare una risposta.

«Pronto?», la esortò impaziente la sua interlocutrice. «Era lei l'ufficiale responsabile del caso, finché non è stata cacciata...».

«Ho chiesto la pensione anticipata...».

«Venerdì hanno scoperto lo scheletro di Jessica Collins nella cava di Hayes...».

«Abbiamo setacciato la cava qualche settimana dopo la sua scomparsa. Non c'era traccia di lei», la interruppe Amanda, parlando più a se stessa che alla donna al telefono.

Dal punto in cui si trovava, riusciva a vedere la televisione ancora accesa in salotto: ULTIM'ORA, recitava lo schermo. E in basso, la striscia in sovraimpressione annunciava: TROVATI I RESTI DI JESSICA COLLINS, SCOMPARSA NEL 1990. L'audio era al minimo, ma l'inquadratura mostrava Marianne e Martin Collins che parlavano al microfono, accanto a lei stessa, più giovane, durante la conferenza stampa indetta dalla polizia nel 1990. Alle loro spalle, c'era il vecchio logo della polizia metropolitana su uno sfondo bianco.

«Allora, ha qualche commento a riguardo?», domandò la giovane al telefono. La voce sembrava profondamente interessata, sentiva l'odore del sangue. In TV un'agente di polizia, alta e bionda, leggeva una dichiarazione. Il nome balenò in un angolo dell'inquadratura: ISPETTORE CAPO ERIKA FOSTER.

«Ha qual-che com-men-to al ri-guar-do?», ripeté la ragazza sillabando ogni parola, palesemente scocciata dal suo lungo silenzio. «Erano state ritrovate delle foto di Jessica nella casa di un maniaco sessuale della zona. L'avete arrestato, ma poi l'avete lasciato andare, non è vero?»

«Non ho avuto scelta! Non c'erano abbastanza prove».

«E lui è ancora a piede libero. Pensa che sia il responsabile della morte di Jessica? Da come si è comportata nei mesi seguenti, sembrerebbe di sì. Pensa di avere le mani sporche di sangue?»

«Mi lasci in pace!», urlò Amanda. E scaraventò giù la cornetta.

Non appena toccò il supporto, però, il telefono cominciò a squillare di nuovo. Amanda s'inginocchiò sul pavimento e, facendosi spazio fra pile di vecchi giornali, riviste e corrispondenza varia, afferrò il cavo e lo staccò dal muro. Il telefono si zittì all'istante. Corse in salotto e alzò il volume.

«Porgiamo le nostre più sentite condoglianze alla famiglia Collins. Il caso è stato riaperto e stiamo seguendo attivamente diverse nuove piste. Grazie a tutti».

L'inquadratura si allargò, mostrando Erika Foster che rientrava nella centrale di polizia di Bromley insieme ad altri due ufficiali. La linea tornò allo studio della BBC, seguirono le altre notizie del giorno.

Amanda si accasciò a terra, cercando di respirare profondamente. Tremava come una foglia.

«No, no, no… non sta succedendo davvero», mormorò.

Fra un cumulo di vecchia spazzatura, vide spuntare un piccolo pupazzetto di gomma a forma di coniglio. Era di Sandy. Allungò un braccio, lo prese e lo strinse al petto. Cominciò a piangere a dirotto – per Jessica, per il caro Sandy e per la vita che avrebbe dovuto avere.

Quando finalmente smise di piangere, si asciugò gli occhi con la manica e andò verso la cucina. Poco dopo aprì la terza bottiglia di vino.

Capitolo 14

Pioveva e il cielo era buio quando Erika raggiunse l'entrata del pronto soccorso dell'ospedale di Lewisham. Era stata una giornata lunga, le sembrava di non essersi mai fermata neppure un istante.

Attraverso i tergicristalli vedeva l'agente Nancy Green che l'aspettava sotto la tettoia. Un'ambulanza si allontanò dall'ingresso mentre l'anziana signora che era a bordo veniva portata dentro con una barella. Superò le porte scorrevoli con un braccio malmesso che spuntava da sotto la coperta rossa, in preda agli spasmi del dolore.

Erika fermò la macchina di fronte all'entrata e abbassò il finestrino. «Dobbiamo fare in fretta, sta per arrivare un'altra ambulanza».

Nancy aveva un grosso quadrato di garza appiccicato al naso, punteggiato qua e là di sangue. Aprì la portiera e saltò su, stringendo una piccola busta di carta in mano.

«Rotto. Due fratture. E mi hanno anche messo sei punti», disse sfiorandosi cautamente la garza mentre si accomodava sul sedile del passeggero.

La bendatura le faceva somigliare il naso a un becco, e con quei grandi occhi marroni Erika aveva l'impressione di trovarsi di fronte a un gufo. La aiutò ad allacciare la cintura e poi mise in moto.

«Grazie di essere qui. Con tutto questo caos, non mi aspettavo che venissi tu», disse Nancy.

«Volevo controllare che stessi bene. È stata mia l'idea di portarti insieme a noi da Marianne. Ma non è stato proprio un gran piano...».

Nancy scivolò sul sedile e posò il capo sul poggiatesta. «Tu dici?». Si lasciò sfuggire una risata amara. «Ho visto la dichiarazione in TV nella sala d'attesa. Di dove sei? Hai un lieve accento del Nord ma sembri, non saprei, polacca?»

«Sono slovacca», rispose Erika, cercando di nascondere il fastidio. Non ci azzeccava mai nessuno. «Ma ho imparato l'inglese a Manchester...».

«Io non potrei mai vivere al Nord. Sono nata e cresciuta a Londra. Sopporto a malapena mezza puntata di *Coronation Street*, quando vedo i titoli di coda è sempre un sollievo». Erika si morse un labbro e aumentò la velocità dei tergicristalli per combattere la pioggia che cadeva a secchiate. «Marianne sta bene?», chiese Nancy.

«L'agente McGorry l'ha portata da un dottore, che le ha prescritto qualcosa per dormire. Il resto della famiglia ha prenotato un volo, saranno di ritorno a Londra stasera. Abbiamo dovuto avvertirli per telefono. Non avrei voluto che le cose andassero così, ma la stampa si è già messa in moto». Raggiunsero l'uscita e si fermarono dietro a una macchina che tentava di immettersi nel traffico. «Dove ti porto, Nancy?»

«Abito dall'altro lato di Dulwich. Va' verso Forest Hill».

L'auto davanti a loro si allontanò, il traffico dell'ora di punta assediava la strada. Un furgoncino rallentò permettendo a Erika di immettersi e lei lo ringraziò con un cenno. La pioggia cadeva senza sosta sui tettucci delle macchine che si stendevano di fronte a loro.

«Mi sono detta che magari in cambio del passaggio potresti darmi qualche consiglio», disse Erika.

«Ah, quindi c'era un secondo fine, eh?», rispose Nancy. Provò a voltarsi verso di lei, ma il dolore la fece trasalire.

«Vorrei darmi una mossa col caso. Sei sempre stata tu l'agente di collegamento con la famiglia da quando Jessica è scomparsa?»

«Sì. Anche troppo a lungo, a dirla tutta. Trovi ogni dettaglio nei rapporti, ma se vuoi posso farti un riassunto... Accidenti, quanto fa male», disse con una smorfia. Aprì il sacchetto di carta e tirò fuori una pillola dalla scatola delle medicine, buttandola giù senza neanche un goccio d'acqua.

«Devo chiedertelo, hai intenzione di sporgere denuncia?», chiese Erika, avanzando di poco in mezzo al traffico.

«Nei confronti di chi? Di Marianne? Cielo, no, quella povera donna ne ha passate già abbastanza», rispose Nancy appoggiando di nuovo la testa al sedile. «Anche se un po' ce l'ho con quei maledetti dottori. Mi hanno dato pochissimi antidolorifici...».

«Ti ha tirato un pugno in piena faccia con una corona di rosario intrecciata alle dita».

«Un tirapugni cristiano», rise Nancy. «Marianne non è mai stata una donna violenta, nonostante tutte le delusioni che ha dovuto sopportare nel corso degli anni. Lavorare come agente di collegamento a volte ti fa sentire come una ruota di scorta. Vorresti essere in strada, in mezzo all'azione, e tutto quello che fai invece è preparare il tè e rispondere al telefono».

«L'agente di collegamento è una figura importante».

«Lo so, ma in un certo senso sono stata contenta di essermi beccata un pugno in faccia oggi. Nei rapporti non si parla mai delle tazze di tè che hai preparato o dei consigli che hai fornito. Questo invece finirà nero su bianco. È il mio addio finale a questo caso».

«Quanto tempo hai passato con la famiglia di Jessica dopo la sua scomparsa?»

«I primi mesi, dall'agosto del 1990 in poi, ho praticamente vissuto con loro. Marianne e Martin stavano ancora insieme».

«E quando hanno divorziato?»

«Non hanno divorziato. Hai visto anche tu che stringeva il rosario in mano: una cosa come il divorzio non esiste nel suo mondo. Si sono separati nel '97, hanno resistito più di quanto mi aspettassi. Quando una coppia perde un bambino, lo stress li divide inevitabilmente. Ma c'era il piccolo Toby, che all'epoca aveva solo quattro anni e che per un po' ha fatto da collante. Laura invece è molto più grande, aveva già finito il primo anno di università. Ha rimandato il secondo per restare a casa, e invece sarebbe dovuta partire: lei e Marianne si sono massacrate a vicenda. A un certo punto, Marianne ha cancellato tutto il resto riversando ogni energia nella ricerca di Jessica. Toby era ancora piccolino, e Laura si è trovata costretta a badare a lui».

«Quanti anni ha Toby adesso?»

«Ventinove. È gay. Sua madre non l'ha mai accettato, com'era prevedibile».

«E vive da queste parti?»

«No, a Edimburgo. Laura invece è sposata e ha due bambini, vive a North London. Martin è in Spagna. Ha lasciato la casa a Marianne. È milionario. Credo che si assicuri sempre che non le manchi nulla… Si trascina tutto il giorno per la casa come se fosse Miss Havisham. Con il cuore a pezzi. Al contrario di quel personaggio, però, Marianne passa costantemente l'aspirapolvere. L'hai visto, no? Quel posto è immacolato».

«E Martin che fa in Spagna?»

«Costruisce case vacanze per ricchi espatriati. Guadagna una fortuna. Vive a Malaga con la compagna, più giovane di lui, e i due figli piccoli».

Erika non se la stava prendeva affatto per il traffico: Nancy era una miniera d'oro d'informazioni.

«Sai come si sono conosciuti Martin e Marianne?», le chiese.

«In Irlanda. Lui è irlandese, Marianne invece è nata in Inghilterra ma è cresciuta a Galway. Ha incontrato Martin a un circolo di giovani cristiani. È rimasta incinta a diciassette anni e hanno dovuto sposarsi… Ho capito di aver guadagnato la fiducia di Nancy quando me l'ha confidato. Erano gli anni Settanta in Irlanda. All'inizio è stata dura per loro, ma pian piano lui si è fatto strada nell'edilizia fino a quando si sono trasferiti a Londra nel 1987, poco dopo la nascita di Jessica. Tempismo perfetto: durante il boom immobiliare hanno fatto un sacco di soldi. Laura invece aveva quattordici anni quando si sono trasferiti, credo che per lei sia stata più dura. Ha dovuto lasciare tutti gli amici e la casa in Irlanda».

«È da lì che sono cominciati i problemi?».

Nancy annuì, e il dolore le ricordò che aveva il naso bendato. Il traffico adesso scorreva meglio e riuscirono a raggiungere il semaforo.

«Credo che per Laura sia stato difficile ambientarsi qui. Erano stati poveri per tutta la sua infanzia e i soldi sono arrivati soltanto quando ormai era già grande. I suoi erano abbastanza ricchi da viziare Jessica e Toby: frequentavano un mucchio di attività extrascolastiche. Jessica faceva danza classica... Era davvero una meraviglia quella bambina».

Avanzarono ancora un po' in mezzo al traffico, superando i negozi chiusi di Catford High Street. Erano rimasti aperti solo il supermercato West Indian e un centro scommesse. Attraverso le vetrine illuminate s'intravedeva un gruppetto di uomini riuniti intorno a uno schermo.

«Davvero pensi di poter risolvere il caso, dopo tutti questi anni?», chiese Nancy.

Se Erika nutriva dei dubbi, non aveva di certo nessuna intenzione di condividerli. «Risolvo sempre i miei casi», rispose.

«Be', buona fortuna allora... Sta' attenta, però. L'altra poliziotta che era stata incaricata delle indagini, quell'Amanda Baker, è impazzita alla fine».

«In che senso è impazzita?»

«Tutti quegli anni al dipartimento indagini criminali, a trattare con le vittime di stupro, hanno lasciato il segno. E poi il caso di Jessica. Non c'erano testimoni oculari. Jessica era uscita di casa quel pomeriggio per andare a una festa di compleanno in fondo alla strada e si era come dileguata nel nulla. Non è mai arrivata a destinazione e nessuno ha visto niente. L'unico sospettato era Trevor Marksman, un maniaco sessuale del posto.

Un paio di settimane dopo la scomparsa, hanno trovato a casa sua foto e video della bambina al parco con Marianne e Laura».

«E lo hanno arrestato?»

«Sì, ma aveva un alibi di ferro. Era appena uscito di galera e viveva in un centro di riabilitazione. Nella giornata del 7 agosto non si è mai allontanato. Diversi testimoni l'hanno confermato, compresi due agenti di custodia. Solo lui aveva un movente. Era già stato condannato per il rapimento di una minore al parco, anche lei bionda e molto simile a Jessica. Alla fine Amanda non ha avuto altra scelta, è stata costretta a rilasciarlo. L'hanno tenuto sotto sorveglianza, ma con il tempo l'ispettore ha sviluppato una vera ossessione nei suoi confronti e ha cominciato a molestarlo. Lui si divertiva a infastidirla, a prenderla in giro per i suoi fallimenti sul caso. Alla fine Amanda ha superato il limite e ha aizzato un gruppo di donne del posto, delle vigilanti. Nel cuore della notte gli hanno tirato una bomba molotov nella buca delle lettere. È sopravvissuto, ma ha riportato delle ustioni terribili».

«E la colpa è ricaduta su Amanda?».

Nancy annuì. «Trevor Marksman si è procurato un avvocato e ha fatto causa alla polizia. Ha ottenuto trecentomila sterline. Si è trasferito in Vietnam, quel porco bastardo. Amanda ha chiesto la pensione anticipata – più di quanto si meritasse, direi – ma ormai la sua reputazione era distrutta. Ho sentito che ha il fegato praticamente rovinato dalla cirrosi… Ecco, gira a sinistra».

Il viaggio era finito, con sommo dispiacere di Erika. Lasciò la strada principale, dove ormai il traffico scorreva normalmente. Superarono uno spazioso pub e qualche venditore di kebab. Il quartiere aveva un'aria residenziale.

«Ecco, sono arrivata», disse Nancy.

Le file di case a schiera erano interrotte da uno scialbo blocco di cemento che ospitava diversi appartamenti. Erika accostò.

«Grazie per il passaggio. Adesso credo proprio che mangerò

qualcosina e mi prenderò un'altra di queste», disse slacciandosi la cintura di sicurezza. Pioveva ancora a dirotto. Si tirò su il cappuccio ma, sfiorando per sbaglio la benda, trasalì di dolore.

«Secondo te chi è stato? Chi ha ucciso Jessica?», le chiese Erika allungandosi sul sedile del passeggero.

«Solo Dio lo sa... magari è successo soltanto che qualcuno l'ha messa sotto ed è scappato», disse Nancy abbassandosi verso di lei. E poi aggiunse: «Ora che avete trovato il corpo di Jessica, c'è una sola persona che è davvero scomparsa nel nulla... Quella che l'ha presa».

Capitolo 15

Era ormai tardi quando Erika fece ritorno alla centrale di Bromley. Come sala operativa le avevano assegnato un ampio ufficio open space all'ultimo piano. Non riusciva a togliersi dalla testa le parole di Nancy: *Ora che avete trovato il corpo di Jessica, c'è una sola persona che è davvero scomparsa nel nulla... Quella che l'ha presa.*

Avevano aggiunto delle scrivanie in più e un tecnico era impegnato a connettere i loro computer al sistema informatico Holmes, sistemando i cavi che correvano sotto il pavimento. Alcuni agenti che ancora non conoscevano erano al telefono. Altri due, un uomo e una donna, si stavano dando da fare per mettere insieme le prove raccolte finora e sistemarle sulla lavagna bianca che ricopriva la parete di fondo.

In un angolo troneggiava una gigantesca mappa di South London e della zona confinante della contea di Kent. Una poliziotta minuta dai capelli corti e neri stava appendendo delle foto che ritraevano la cava di Hayes e il civico 7 di Avondale Road. Un ufficiale sovrappeso con i capelli biondo sabbia e denti da coniglio, invece, stava disponendo altre immagini sul tavolino a fianco a lei. Erano tutte foto di Jessica Collins vestita per andare alla festa di compleanno e dello scheletro esaminato nell'obitorio. Un'altra mostrava i resti marroni e cenciosi degli indumenti rimasti sott'acqua per tanti, tanti anni.

«Salve, sono l'ispettore capo Erika Foster», disse Erika.

«Io sono l'agente Knight», rispose la donna sventolando una mano. «E lui è l'agente Crawford».

«So parlare da solo», la sgridò lui e tese il braccio per stringere la mano a Erika. Aveva il palmo freddo e sudaticcio.

Knight lo ignorò e continuò a parlare. «Stiamo ricostruendo la cronologia degli eventi con tutti gli spostamenti di Jessica fino a quel 7 agosto in cui è uscita da casa sua, al numero 7 di Avondale Road. Mi sto basando sulla denuncia della scomparsa e su tutte le dichiarazioni rilasciate, ma le annotazioni relative al caso presenti nel sistema Holmes sono piuttosto scarne».

Il sistema informatico Holmes veniva usato da tutte le forze di polizia della nazione per catalogare e indicizzare il materiale dei vari casi. L'avevano introdotto nel 1985, ma ci erano voluti diversi anni perché i vari distretti lo adottassero completamente. Knight proseguì: «L'agente McGorry ha preso in consegna le copie cartacee dei vecchi documenti del caso. Dovrebbe tornare fra poco, credo sia andato a prendere qualcosa da mangiare».

«Questo chi è?», domandò Erika raccogliendo un'immagine ingiallita. Era la foto segnaletica di un uomo sui trentacinque anni con gli occhi freddi e azzurri, i capelli biondi e unti e il viso grassoccio.

«Trevor Marksman», rispose Crawford, chinandosi per prendere la foto. «Un brutto ceffo con la passione per i bambini, eh? Comunque, adesso è così».

Sfogliò fra le varie immagini sul tavolino e sollevò il ritratto di un uomo con il viso e il collo sfregiati da orrende bruciature. Guardava fisso nell'obiettivo, con la pelle rossa e lucida. L'unica cosa immutata rispetto alla prima fotografia erano quegli occhi azzurri che spuntavano dagli innesti di pelle. Non aveva capelli, ciglia o sopracciglia.

«Vive in Sudafrica», disse Erika prendendo in mano la foto. La teneva per i bordi: non voleva neppure sfiorare quel viso.

«Sì, abbiamo il suo indirizzo di Durban, ma non so se è aggiornato», rispose Knight. «Ci sto lavorando».

«Ci sto lavorando anch'io. Cioè, ci stiamo lavorando insieme», aggiunse Crawford. C'era un non so che di infantile nelle sue parole, come se volesse far vedere a Erika che anche lui si stava dando da fare.

L'ispettore gli restituì la foto.

«Non dire che ha la passione per i bambini, scherzi su una cosa orribile. Di' stupratore o pedofilo, okay?». Crawford prese la fotografia arrossendo e annuì. «Credete di riuscire a finire per domattina?»

«Certo, signora», rispose Knight.

«Chiamami capo, per favore».

«Va bene, capo».

John entrò nella stanza con un sacchetto di cibo d'asporto in una mano e una Coca nell'altra. Si avvicinò a Erika infilandosi in bocca una manciata di patatine.

«John, mi dicono che abbiamo le copie cartacee dei documenti sul caso Collins, giusto?».

John sventolò la mano davanti alla bocca. «Oh, mi scusi. Scotta», disse con la bocca piena. Mandò giù il boccone con un bel sorso di Coca. «Mi perdoni, capo. Non mangio da stamattina. Comunque sì. Abbiamo anche il rapporto ufficiale dell'autopsia effettuata dal dottor Strong. È tutto sulla sua scrivania».

«E dov'è la mia scrivania?»

«Nel suo ufficio».

«Ho un ufficio?»

«Già, da quella parte».

Erika si voltò e vide che in fondo alla sala operativa c'era uno stanzino delimitato da pareti di vetro. Era pieno di fascicoli che le arrivavano fino al petto. Andò verso la porta, con John al seguito. In mezzo a tutti gli scatoloni riuscì a scorgere una scrivania.

«Di chi è stata l'idea di piazzarli tutti qua? E io come dovrei fare per entrare?», s'infuriò.

«Non sapevo che ce ne fossero così tanti. Ho solo detto di lasciare il materiale nel suo ufficio...».

«E questo è tutto? Non c'è nient'altro?», chiese.

«È tutto. L'unità crimini gravi ci ha inviato tutto ciò che aveva. Alcuni scatoloni riportano la data, in ordine cronologico dal 1991 al 1995, altri solo i nomi di diversi luoghi, e ce ne sono parecchi senza neanche un'etichetta. Ci hanno messo dentro di tutto e…».

Il telefono nell'ufficio di Erika cominciò a squillare. John l'aiutò a trascinare fuori una pila di materiale in modo che potesse infilarsi dentro e rispondere. Era Marsh.

«Hai dato uno sguardo ai vecchi rapporti del caso?», le chiese senza preamboli.

«Ci ho appena messo mano, signore. Letteralmente».

«Stai compilando una lista di sospettati? Vorrei darci uno sguardo il prima possibile».

«Ho fatto una bella chiacchierata con la signora Greene, l'agente di collegamento con la famiglia durante le vecchie indagini. Mi ha fornito una buona panoramica, ma mi servono più uomini per passare al vaglio tutta questa roba», disse Erika guardandosi intorno sconcertata.

«D'accordo, vedrò che posso fare. Hai visto i giornali?».

Mentre il comandante parlava John le passò una copia bagnata e mezza sgualcita dell'«Evening Standard». La scoperta del cadavere di Jessica era in prima pagina.

«Sì, ce l'ho proprio qui».

«Non so per quale ragione hanno dimenticato di includere il numero della sala operativa. Ma Colleen Scanlan e l'ufficio stampa se ne stanno già occupando e dovrebbero aggiungerlo nell'edizione online nel giro di qualche minuto. Martin Collins arriverà nel Regno Unito stasera sul tardi, insieme al resto della famiglia. Ha chiesto di incontrare per prima cosa il responsabile del caso e l'ufficio stampa, domattina».

«Signore, domattina per prima cosa riunirò la squadra per il briefing», rispose leggermente seccata. «E poi avevo già in mente di parlare con la famiglia…».

«Be', Martin Collins vuole assicurarsi che il caso venga trattato come si deve, dopo il fiasco dell'ultima volta. Erika, non possiamo fallire».

«Sto cercando di sbrogliare la matassa, signore. Non scherzavo quando le ho chiesto dei rinforzi. Dobbiamo esaminare tutto il materiale nel più breve tempo possibile. E poi potrò stilare una lista di sospettati».

«D'accordo, ci penso io», rispose Marsh. E riattaccò.

Erika si allungò su una pila di scatoloni e riagganciò. John si mordeva nervosamente un labbro, notando il fastidio palese di Erika.

«Ha chiamato anche il sovrintendente Yale. Sta ancora aspettando il rapporto sul caso Tyler… Dice che gliel'aveva promesso per ieri».

«Accidenti!».

«Sicura che non vuole una patatina?», domandò John porgendole il pacchetto. Erika ne prese una e se la cacciò in bocca, fiondandosi sullo scatolone su cui era scritto 7 AGOSTO 1990.

«Ricominciamo dal principio», disse. Cominciava a sentirsi intimorita.

Capitolo 16

Il mattino seguente Erika arrivò alla centrale di Bromley con gli occhi stanchi e arrossati. Aveva fatto tardi la sera prima, indagando fra i vecchi documenti sul caso Collins e finendo il rapporto richiesto da Yale. Aveva dormito solo qualche ora.

Quando scese dall'auto nel parcheggio sotterraneo, sentì un fischio alle sue spalle. Voltandosi si ritrovò di fronte a due volti familiari che le venivano incontro.

«Capo! Che bello rivederti!», gridò l'ispettore Moss. Era una donna bassa e robusta, con i capelli rossi corti sistemati dietro le orecchie e il viso spruzzato di lentiggini. Le corse incontro e strinse Erika in un abbraccio stritolante e pieno di calore.

«Non vedeva l'ora di incontrarti», commentò un agente di colore che le raggiunse qualche secondo dopo. Era l'ispettore Peterson, bello e affascinante nel suo completo nero ed elegante.

«Va bene, va bene. Non respiro», disse Erika fra le risate. Moss la liberò e fece un passo indietro.

«Pensavo che ti fossi dimenticata di noi».

«È stato un periodo folle. Mi hanno assegnato qui come ruota di scorta e all'improvviso hanno cominciato a sommergermi di casi», rispose Erika sentendosi in colpa per non aver mantenuto i contatti con i suoi vecchi colleghi.

«Avanti, Peterson. Abbraccia il capo anche tu», scherzò Moss.

Il ragazzo alzò gli occhi al cielo. «È bello rivederti, capo». Sorrise e le diede una pacca sulla spalla.

Pure Erika gli sorrise, poi scese un silenzio imbarazzato.

«Vi servono i permessi per il parcheggio?», chiese.

«Solo uno. Siamo venuti con la mia macchina: Peterson sta aspettando che gliene assegnino una», rispose Moss.

«La mia è morta sotto il sole la settimana scorsa, all'altezza della rotonda The Sands», disse. «Un vero incubo, è successo nel bel mezzo dell'ora di punta. Auto che strombazzavano come matte, fumo dal cofano. Sono dovuto uscire e mettermi il giubbotto catarifrangente».

«Dovevi vederlo con quel giubbotto, capo. Gli stava *davvero* alla grande. Gli ho detto di non metterlo anche oggi perché…».

«Ma va' a quel paese, Moss», disse Peterson.

«Fa solo il modesto, capo. Quel colore gli faceva risaltare gli occhi… un vero piccolo Idris Elba».

Erika scoppiò a ridere. «Scusa, Peterson», gli disse.

«Fa niente», sorrideva anche lui.

Si era scordata quanto fosse divertente lavorare insieme a Moss e Peterson, e non si era resa conto che le mancavano. Andarono in fondo al parcheggio e chiamò l'ascensore.

«È bello avervi entrambi qui, grazie. Anche se temo che ci sarà ben poco da ridere oggi. Questo è un caso bello tosto».

La sala operativa era già piena quando raggiunsero l'ultimo piano. Erika presentò Moss e Peterson al resto della squadra e scoprì con sommo piacere che le erano stati assegnati altri sei agenti del dipartimento indagini criminali per esaminare i documenti del caso.

Osservò bene i volti che la fissavano pieni di aspettative.

«Buongiorno a tutti. Innanzitutto voglio ringraziarvi per esservi messi a disposizione con così poco preavviso…». Proseguì illustrando brevemente gli sviluppi della vicenda Jessica Collins. «Con questo caso riapriamo un vero e proprio vaso di Pandora. Anzi, non un vaso: sarebbe più corretto parlare di una montagna di scatoloni», si corresse alludendo ai documenti che intasavano il suo studio. «Dobbiamo focalizzarci tutti quanti sui fatti collegati alla scomparsa di Jessica. Lasciate perdere le ipotesi, per ora. Non possiamo prevedere come i media tratteranno la scoperta dei resti della bambina, ma dobbiamo tenerci sempre un passo avanti a loro. La sfida adesso è molto più impegnativa che negli anni Novanta. Abbiamo telegiornali, social media, blog e forum online: tutti assimilano informazioni per poi rivomitarle ventiquattr'ore su ventiquattro. Insomma, i documenti ammassati lungo quella parete devono essere riesaminati da cima a fondo, e in fretta. Ho bisogno che le dichiarazioni dei testimoni vengano controllate e ricontrollate. Voglio sapere ogni cosa sulla cava di Quarry. Per cosa veniva usata negli anni passati? Perché il corpo di Jessica non era mai stato trovato? Sto andando proprio ora a incontrare la famiglia Collins, che di sicuro avrà un mucchio di domande da farmi. Ho bisogno che vi diate da fare con questo caso».

A quel punto l'agente Knight si alzò per illustrare la cronologia degli eventi antecedenti la scomparsa di Jessica Collins.

«Devo scendere nel dettaglio per quanto riguarda i luoghi, capo?», domandò.

«Immagina che non sappiamo nulla: viviamo lontano da Hayes e non abbiamo mai sentito parlare di Jessica Collins. Questa è la prima volta che veniamo a conoscenza del fatto… E ricordate», aggiunse Erika, «non esistono domande stupide. Se qualcosa non vi quadra, fatelo presente».

L'ispettore capo si appoggiò a una scrivania, mentre Knight si posizionava di fronte alla gigantesca cartina di quattro metri quadrati alla parete.

«Questa mappa copre complessivamente un'area di trentadue chilometri. Al centro si trova Central London e in fondo, dunque a sud, ci sono i confini della contea di Kent. E qui ci siamo noi, a Bromley», disse indicando un grosso cerchio rosso sulla cartina. «Ci troviamo a quattro chilometri da Hayes. È una cittadina di pendolari: molte delle persone che vivono qui lavorano a Londra e impiegano circa trenta minuti di treno per raggiungere la metropoli. Inoltre il tasso di pensionati è sopra la media nazionale. I prezzi delle case sono alti, a livello demografico la popolazione è in prevalenza bianca».

Knight fece un cenno a Crawford, che spostò il portatile sulla scrivania e attivò il proiettore. Su un quadrato vuoto della lavagna bianca apparve un'altra mappa su scala più ampia. Knight si spostò in un angolo e continuò il discorso. «Questa è una mappa più dettagliata del paese di Hayes e del parco limitrofo. Qui potete vedere la strada principale e la stazione ferroviaria. Questa vasta macchia verde è Hayes Common, un'area in cui si alternano foresta e brughiera, attraversata da sentieri, ippovie e diverse altre strade. Con i suoi novanta ettari è una delle aree pubbliche più vaste di Greater London. Esistono molteplici punti d'accesso al parco: Prestons Road, West Common Road, Five Elms Road, Croydon Road, Baston Road, Baston Manor Road e Commonside. La cava di Hayes, dove sono stati rinvenuti i resti di Jessica Collins, si trova qui». Indicò la zona sudorientale del parco, dove Croydon Road, Baston Road e Commonside attraversavano la vegetazione creando una specie di triangolo rovesciato. «La cava è stata creata fra il 1906 e il 1914. Si estraevano sabbia e ghiaia. Nel corso degli anni è stata riempita e svuotata due volte: durante la seconda guerra mondiale, quando Hayes Common ospitava una base militare e dei cannoni antiaerei, e nel 1980, per volontà di un gruppo di archeologi coinvolti in un più ampio scavo alla ricerca di relitti dell'Età del bronzo. In seguito, si è lasciato che la cava si riempisse d'acqua. Il comune di Bromley ha avanzato per ben due volte la richiesta di destinare la cava alla pesca commerciale, ma la mozione è stata sempre respinta in quanto il parco è considerato un luogo di interesse naturale, e pertanto è protetto».

Si spostò dall'altro lato della mappa in silenzio, mentre le varie strade si proiettavano sul suo volto come un reticolo di vene e arterie.

«Ora passerò a illustrarvi la cronologia degli eventi antecedenti la scomparsa di Jessica Collins. Jessica viveva qui insieme alla sua famiglia, al numero 7 di Avondale Road, a meno di un chilometro e mezzo dalla cava di Hayes. Il punto d'accesso più vicino è da Baston Road. Come potete notare, tutte le abitazioni di Avondale Road sono case indipendenti con giardino. È una zona ricca. Sabato 7 agosto 1990, alle 13:45, Jessica è uscita di casa per recarsi alla festa di compleanno di una compagna di scuola, Kelly Morrison, che abitava al civico 27 di Avondale Road. Si trattava di una breve passeggiata, cinquecento metri appena. Ma non è mai arrivata alla festa. L'allarme è stato lanciato soltanto alle 15:30, quando la madre di Kelly ha chiamato Marianne per chiederle dove fosse Jessica».

Fece un altro cenno a Crawford, che si avvicinò al computer e cliccò sul mouse. Sulla lavagna comparve l'homepage del sito web di Perez Hilton, che mostrava una foto di Kim Kardashian all'uscita di uno Starbucks.

«Ops!», rise. «Colpa mia. Ma scommetto che non sono l'unico che si tiene al passo con le Kardashian».

Nella stanza calò un silenzio mortale. Alcuni agenti sparpagliati per la sala operativa si scambiarono dei sorrisetti di scherno. Moss incrociò lo sguardo di Erika e sollevò un sopracciglio.

«Eccoci qua», disse arrossendo. L'immagine proiettata sulla lavagna cambiò di nuovo, ora era una schermata di Google Street View. Knight lo guardò storto e proseguì.

«Qui è dove Baston Road si allontana dal parco e diventa Avondale Road». La visuale di Google Street View avanzava a scatti, superando le immagini delle case che si affacciavano su Avondale Road. «Come vedete tutte le abitazioni sono ampie, due o tre piani. Sono separate dalla strada, molte sono protetta da alte siepi o alberi... Ecco, qui stiamo superando il civico 7, casa Collins... E adesso proseguiamo verso il 27. Sto cercando di ottenere le immagini della via così com'era ventisei anni fa».

Google Street View avanzava fra case più eleganti. Si vedeva persino un postino, immortalato mentre camminava con il volto offuscato e la mano nella borsa. Più giù s'intravedeva una donna che sbucava da uno dei vialetti con un cane di piccola taglia al guinzaglio. Era di spalle, si vedevano solo i capelli biondi, corti e ricci.

«Ora superiamo il civico 27, la casa di Kelly Morrison, amica di Jessica. A questo punto Avondale Road devia nettamente a sinistra e diventa Marsden Road». Con un altro scatto in avanti, la visuale di Google Street View mise a fuoco una grande villa giallo burro con delle maestose colonne a segnarne l'entrata. «Questo adesso è lo Swann Retirement Village, una casa di cura, ma ventisei anni fa era un centro di riabilitazione per pregiudicati colpevoli di reati sessuali. Ai tempi, la natura del centro non era di dominio pubblico. La notizia è venuta fuori soltanto dopo la scomparsa di Jessica, quando uno dei residenti, Trevor Marksman, è diventato il principale sospettato del caso. Nella sua camera all'ultimo piano sono stati trovati foto e video amatoriali di Jessica. Inoltre un vicino l'ha visto aggirarsi intorno alla casa della vittima il pomeriggio del 5 agosto, il pomeriggio del 6, sempre intorno alla stessa ora, e la mattina del 7. È stato arrestato due settimane dopo e trattenuto per l'interrogatorio, ma non c'erano prove – a parte le foto e i video di Jessica – che potessero legarlo alla sua scomparsa».

«Ma si trattava di un centro di riabilitazione *pieno* di molestatori: ci saranno stati altri sospettati oltre Trevor Marksman, o no?», chiese Moss.

«Sì, ma le norme di sicurezza erano molto rigide, e alle tredici e trenta del 7 agosto si teneva l'incontro settimanale fra residenti e agenti di custodia. Hanno fatto l'appello a quell'ora e non mancava nessuno. L'incontro è terminato alle quindici e trenta, ma nessuno è uscito. E solo allora la madre di Kelly Morrison ha telefonato a Marianne Collins chiedendole dove fosse Jessica. Subito dopo hanno cominciato a cercarla».

«Adesso abbiamo un cadavere, però», disse Moss.

«Abbiamo i resti di Jessica, ma ventisei anni sott'acqua hanno cancellato ogni prova forense», rispose Erika.

Knight continuò: «Tutti i parenti prossimi di Jessica hanno un alibi. Marianne e Martin erano a casa con Toby. Una coppia di vicini è andata a trovarli intorno alle tredici e quaranta. Erano due anziani, ora deceduti, il signor e la signora O'Shea. Erano con loro anche quando Jessica è uscita e se ne sono andati solo quando è stato lanciato l'allarme. La figlia maggiore, Laura, era a più di trecentocinquanta chilometri di distanza, in campeggio sulla penisola di Gower, in Scozia, con il fidanzato dell'epoca, Oscar Browne. Erano partiti presto il giorno prima».

Si voltò a guardare gli agenti nella stanza. «Gli interrogatori porta a porta non sono stati di grande d'aiuto: molti dei vicini erano in vacanza e chi si trovava sulla scena del crimine aveva un alibi di ferro. Come avete visto anche voi su Google Street View, la maggior parte delle case non ha una vista su Avondale Road: abbiamo un buco di due ore in cui può essere accaduto di tutto. C'erano pochissimi negozianti e i postini di sabato pomeriggio non passano. Le telecamere di sicurezza non coprivano l'intera area e non ci sono autobus che attraversano la via».

Per qualche istante nella stanza calò il silenzio, finché Crawford non riaccese la luce. Erika si posizionò accanto alla cartina, quasi invisibile con i neon accesi.

«Grazie. E magari, Crawford, potresti usare il computer solo per ragioni di lavoro».

«Certo, mi dispiace molto. Non succederà più», farfugliò.

Erika proseguì: «Ho bisogno della piena concentrazione da parte vostra. E se qualcuno sente che sta perdendo il filo, di tanto in tanto, non deve far altro che guardare questa foto». Indicò l'immagine dell'autopsia, in cui lo scheletro di Jessica era steso sul telo azzurro come un puzzle appena completato. «Diamoci una mossa con questo materiale. E comunque, non dobbiamo demoralizzarci. In questi rapporti potrebbe esserci ancora molto da scovare e noi abbiamo il beneficio del senno di poi. Vorrei che vi divideste gli scatoloni. Ne risponderete all'ispettore Moss. Dovete ricontrollare tutte le prove a carico di Trevor Marksman, e vorrei anche che prestaste attenzione al responsabile delle vecchie indagini, l'ispettore capo Amanda Baker...».

«Conoscevo Amanda», l'interruppe Crawford. «Ho lavorato a questo caso nel 1990».

«E perché non l'hai detto prima?», chiese Erika. Tutti gli agenti nella stanza si voltarono verso Crawford, in piedi accanto alla porta. Lui gonfiò le guance prima di rispondere.

«Oh, ehm, be', mi ero ripromesso di farlo alla prima occasione. È stato tutto così movimentato...».

«Ci siamo parlati ieri mentre preparavi questa riunione insieme all'agente Knight. Non hai pensato che fosse rilevante? Magari avresti potuto confidarci qualche dettaglio in più, non trovi?».

Tutti stavano fissando Crawford. Lui gonfiò di nuovo le guance, un'abitudine che già cominciava a dare sui nervi a Erika.

«È stato detto molto sull'ispettore Baker...», cominciò. «Ho sempre pensato che si fosse trovata ad affrontare troppe pressioni da entrambi i lati. Da una parte c'era la famiglia Collins che la criticava e le dava il tormento, dall'altra quelli dei piani alti, che la aggiravano e si muovevano per conto proprio senza informarla. Una vera ingiustizia».

«Questo lo sappiamo. Puoi dirci altro?»

«Uhm. Ho fatto parte delle squadre di ricerca ad Hayes Common e intorno alla cava, nell'agosto e nel settembre del 1990. Anche i sub hanno setacciato le acque. Noi... Loro non hanno trovato nulla».

«Quindi Jessica doveva essere ancora in vita, oppure l'hanno uccisa da un'altra parte e si sono sbarazzati del corpo in seguito», commentò Erika.

«Non avevo accesso alle informazioni della sala operativa. All'epoca ero un poliziotto semplice, pieno di entusiasmo... La vita non mi aveva ancora affossato», scherzò con una risatina imbarazzante.

Seguì qualche istante di silenzio e Crawford si agitò goffamente accanto alla porta. Aveva ancora il viso rosso e chiazzato. Erika si appuntò mentalmente di controllare il suo dossier. Doveva avvicinarsi alla cinquantina, ma non l'aveva mai visto alla centrale di Bromley nei tre mesi che aveva passato lì.

«Va bene. Allora, ragazzi, la priorità di tutti è ricontrollare le prove. Una volta che sapremo che cosa c'è in quegli scatoloni, potremo andare avanti. Ci rivediamo domattina per aggiornarci sui progressi».

La stanza riprese vita. Erika raggiunse Moss e Peterson, seduti accanto al suo ufficio.

«Peterson, vieni con me. Andremo a parlare con la famiglia Collins. Moss, tu tieni d'occhio le cose qui e…». Puntò il dito verso Crawford, che stava combattendo contro il filo del caricabatterie del PC che si era intrecciato.

«Vuoi che cerchi il suo fascicolo?»

«Sì, ma sii discreta».

Moss annuì ed Erika lasciò la sala operativa insieme a Peterson.

Capitolo 17

Un uomo alto, snello e abbronzato aprì la porta del numero 7 di Avondale Road. Era completamente rasato, soltanto una lieve ombra sulle tempie lasciava intendere che in realtà fosse calvo, e sul volto sfoggiava una rada barbetta nera, tendente al grigio. Indossava dei pantaloni neri, una camicia blu scuro con le maniche arrotolate che mettevano in mostra gli avambracci muscolosi e un paio di mocassini neri di pelle che dovevano costare una fortuna. Quando si presentò come il signor Martin Collins, Erika rimase a bocca aperta. Era un arzillo ultrasessantenne, giovanile ed elegante. Che differenza con Marianne, che sembrava una pensionata in tutto e per tutto.

«Siamo in salotto», brontolò con l'accento irlandese ancora pesante.

Erika e Peterson lo seguirono lungo il corridoio. Martin si lasciava dietro una scia di dopobarba costoso che contrastava nettamente con l'odore di chiesa della casa.

Erika si presentò insieme a Peterson. Marianne sedeva in fondo al divano, di fronte al camino. Vestiva di nero dalla testa ai piedi, il suo pallore spettrale ancora più accentuato. Teneva stretto il rosario nella mano destra, con i grani che le affondavano nella pelle. Accanto a lei era seduta una donna bruna e attraente sulla quarantina. Era truccata pesantemente e indossava un completo griffato nero con sotto una camicetta bianca. Gli occhi castani sembravano iniettati di sangue e distaccati.

«Lei è mia figlia Laura», disse Marianne, indicandola.

Laura si alzò e strinse la mano a Erika e Peterson. C'era anche un affascinante giovane seduto sulla poltrona accanto al divano. Anche lui indossava un impeccabile completo nero griffato. Si alzò e si presentò. Era Toby. Al suo fianco c'era un indiano alto e slanciato con i capelli neri lunghi fino alle spalle. Indossava a sua volta un completo nero, di seta però.

«Lui è il mio fidanzato, Tanvir», aggiunse Toby.

Si strinsero tutti la mano. Marianne si morse il labbro e lanciò uno sguardo implorante a Martin.

«Che c'è?», chiese Toby.

«Tobes. Tua madre aveva chiesto che fosse presente solo la famiglia», spiegò Martin.

«Tanvir è la mia famiglia e volevo che fosse qui con me. Nessuno avrebbe aperto bocca se Laura avesse portato il marito o i bambini...».

«Ma non l'ho fatto», lo interruppe Laura. «Todd è a casa con Thomas e Michael».

Strinse la mano libera della madre nella sua. Toby aprì la bocca per ribattere.

«Vorrei fare a tutti le nostre condoglianze. Capiamo che questo è un momento difficile», disse Erika.

Trovarsi di fronte all'intera famiglia riunita era uno shock: sembravano tutti così vivaci ed eleganti in confronto a Marianne.

«Certo. Prego, sedetevi pure, agenti», disse la signora Collins. Indicò una coppia di sedie con lo schienale alto posizionate di fronte al divano. Erika e Peterson si accomodarono. «Innanzitutto vi prego di scusarmi per quanto è accaduto ieri. Non so davvero che cosa mi sia preso».

«Ho parlato con Nancy e, anche se le lesioni a un pubblico ufficiale sono un reato serio, non intendiamo sporgere denuncia. Considerando le circostanze particolari», spiegò Erika.

«Sono così mortificata...».

«Vi andrebbe una bella tazza di tè, magari?», le interruppe Tanvir, alzandosi. Rimasero tutti immobili per qualche istante.

«Sarebbe molto gentile da parte sua, grazie», rispose Peterson.

«Ma se non sai neanche dov'è tutto il necessario», lo sgridò Marianne.

«Lo sa come si usa un bollitore. E di sicuro le tazze sono sempre nello stesso posto sopra il microonde», rispose Toby.

Tanvir rimase dov'era, leggermente in imbarazzo.

«Sì, gradirei anch'io un po' di tè», disse Erika, sorridendogli.

«Lasciate che lo prepari io», disse Marianne alzandosi a sua volta.

«Non è mica contagioso, mamma», sbottò Toby.

«Toby! Dio santo», lo sgridò Martin.

«Tanvir, sono sicura che sei una brava persona, ma...», cominciò a dire Marianne.

«Basta!», alzò di nuovo la voce Martin. «Vuoi perdere anche tuo figlio oltre a tua figlia? Lascia che Tan prepari quel maledetto tè!».

Tanvir uscì dal salotto. Marianne si premette sugli occhi un fazzolettino arrotolato, Laura le si avvicinò e le strinse di nuovo le mani.

«Come puoi dire una cosa simile, Martin?», sibilò Marianne.

«Oh, ma fammi il piacere!», le rispose lui. Non si mise a sedere, ma continuò a camminare avanti e indietro di fronte alle tende. Erika si rese conto che doveva prendere il controllo dell'incontro il più in fretta possibile.

«Va tutto bene», disse. «So che è un momento difficile».

«Hai sentito, Toby?», disse Martin. «Un momento difficile. Oggi saremmo dovuti essere solo noi. Tutta la famiglia insieme, per una volta, senza...».

«Che cosa dici, Martin? La famiglia non sarà mai *tutta* insieme. Come puoi scordarti di Jessica!», gridò Marianne.

«Gesù. Non intendevo questo. Davvero pensi che mi sia scordato di lei?», le urlò Martin. «Non hai il monopolio del dolore... Cristo santo. Tutti quanti soffriamo a modo nostro...».

«Smettila di nominare il nome di Dio!».

«Papà», li interruppe Laura.

«No. Non ho intenzione di starmene zitto e lasciarmi accusare perché non piango abbastanza o perché non soffro nel modo giusto!». Avanzò verso il divano e puntò il dito dritto in faccia a Marianne. «Io amavo quella bambina. Farei qualsiasi cosa per passare ancora un minuto con lei, vorrei che fosse qui con noi… Vorrei tanto averla vista crescere in tutti questi…». Gli si spezzò la voce e voltò le spalle al resto della famiglia.

«Ascoltate, non vogliamo intrometterci negli affari di famiglia più del necessario», disse Erika. «Avete chiesto di parlare con noi: cerchiamo di concentrarci su chi vi ha fatto tutto questo».

Anche Laura adesso piangeva insieme alla madre, mentre Toby sedeva impassibile sulla poltrona, con le braccia incrociate sul petto.

«Oh, io so chi è stato», disse Marianne. «Quel bastardo maledetto di Trevor Marksman. L'avete arrestato?»

«A questo stadio delle indagini, dobbiamo vagliare tutti gli aspetti del caso», provò a spiegare Erika.

«Oh, non rifilateci queste stronzate da poliziotti», disse Martin. «Parli in modo comprensibile!».

«Va bene, signor Collins. Il caso che abbiamo ereditato è molto complesso. Quando Jessica è scomparsa, ventisei anni fa, c'erano pochissimi testimoni. Dobbiamo ripercorrere la vecchia indagine, che come sa ha diverse pecche, e studiarla passo passo».

«Lui dov'è? Marksman?»

«Stando alle ultime notizie che abbiamo sul suo conto, vive in Vietnam».

«Il Vietnam, eh? Un posto che brulica di poveri bambini innocenti. Pensate solo a che cosa può fare con trecentomila sterline là!», sbottò Martin.

«Quell'uomo, quell'uomo orribile. Che giustizia è quella che permette a una persona del genere di far causa alla polizia e ottenere tutti quei soldi? Così da potersene andare via libero e felice?», chiese Marianne.

«Non c'erano prove sufficienti contro di lui, all'epoca», spiegò Erika.

«Ho visto dei programmi in TV. Di sicuro adesso potete fare qualcosa di più con la scientifica, no?», chiese Martin. «Cose che all'epoca non potevano essere fatte».

«Quando abbiamo trovato i resti di Jessica... Be', è rimasta sott'acqua tanti anni. Quello che la scientifica può fare non è...».

Tutta la famiglia rimase in silenzio a fissarla, elaborando la notizia che Jessica era stata gettata in acqua.

Erika proseguì: «Ho già risolto due casi rimasti aperti per tanto tempo e ho messo su la migliore delle squadre possibili. So che tanta gente ha gettato la spugna con il caso di Jessica, ma vi assicuro che io non lo farò. Prenderò il bastardo che le ha fatto questo e lo consegnerò alla giustizia. Avete la mia parola».

Martin spostò lo sguardo da Erika a Peterson e annuì.

«D'accordo, bene, spero che manteniate la parola», disse con gli occhi lucidi che si riempivano di lacrime. «Ha l'aria di una di cui ci si può fidare». Si voltò e prese una sigaretta dal pacchetto che aveva in tasca e l'accese.

«Vuoi scoparti anche lei?», disse Marianne. Nella stanza calò il silenzio. «Non lo sapevate? Si scopava quella troia della detective, Amanda Baker».

«Marianne, zitta...», si difese Martin.

«No, perché dovrei starmene zitta? Ci sei andato a letto. E pensare che quella donna mi consolava, sapeva bene come mi sentivo. Mi confidavo con lei».

«È successo molto tempo dopo che si era messa a lavorare sul caso!», urlò Martin.

«E questo lo rende accettabile?», disse Marianne, scattando in piedi, un po' barcollante.

«E poi sarei io la vergogna della famiglia», disse Toby a Erika e Peterson, commentando la questione come se non lo toccasse.

«Basta!», urlò Laura. «Basta, tutti quanti. Qui si tratta di Jessica! Mia... nostra sorella, che non ha mai avuto la possibilità di crescere, che sarebbe dovuta essere qui con tutti noi! E l'unica cosa che riuscite a fare è litigare!». Con il dorso della mano si asciugò le lacrime che le scendevano sul viso, scavando dei solchi sullo strato di fondotinta che le copriva le guance.

«Va tutto bene, tesoro», disse Marianne cercando di abbracciare Laura, che si scrollò togliendosela di dosso.

«Quando possiamo vederla? Vorrei tanto vederla», fece Laura.

«Anch'io lo vorrei», ripeté Marianne.

«Anch'io», disse Toby.

«Certo. I resti di Jessica vi verranno consegnati quando il medico legale avrà finito di esaminarli», rispose Erika.

«Che cosa le sta facendo?», domandò Laura.

«Sta conducendo vari esami per determinare, per quanto possibile, come è morta».

«Ha sofferto? Vi prego, ditemi che non ha sofferto», la supplicò Marianne.

Erika fece un respiro profondo. «Isaac Strong è uno dei migliori medici legali del Paese e, oltre a questo, è un uomo davvero rispettoso. Jessica è in ottime mani».

Marianne annuì e sollevò lo sguardo verso Martin. Dava ancora le spalle al resto della famiglia e se ne stava appoggiato alla parete, a testa bassa. La sigaretta gli si era spenta in mano.

«Martin, vieni qui, tesoro», gli disse. Lui raggiunse il divano, si sedette accanto a Marianne e le affondò il viso nel collo singhiozzando a bassa voce. «Va tutto bene, va tutto bene», lo consolò, mettendogli una mano sulla schiena e stringendolo più forte. Anche Laura abbracciò la madre e piansero insieme.

«Io me la ricordo a malapena», disse Toby con gli occhi lucidi, rivolgendosi a Erika e Peterson.

Tanvir tornò con un vassoio pieno di tazze di tè e l'appoggiò sul tavolino. Erika non desiderava altro che andarsene da quella casa, con quell'atmosfera oppressiva e l'arredamento tetro: i ritratti della Vergine Maria esprimevano una malinconia sinistra, in quell'aria lugubre.

«Vorremmo fare un nuovo appello e ci chiedevamo se voleste partecipare come… famiglia», disse Erika. Annuirono tutti. «L'addetta stampa vi spiegherà quando e come avrà luogo».

«Ci sono dei nuovi sospettati?», domandò Laura.

«Non ancora, ma stiamo lavorando sulle nuove informazioni che abbiamo ottenuto».

«Per esempio?», chiese la donna con tono tagliente.

«Be', innanzitutto il fatto che abbiamo rinvenuto i resti di Jessica nella cava di Hayes. Posso chiedervi che cosa sapete a riguardo? Siete mai stati lì con Jessica?»

«E perché mai saremmo dovuti andare in quella vecchia cava?», rispose Marianne. «A Jessica piaceva ballare, andare nei negozi di animali…».

«Io ci andavo a pesca là», disse Toby. «Quando avevo dodici o tredici anni… Oh, Gesù, doveva essere già là sotto. Ci andavo in barca. E lei è rimasta lì per tutto questo tempo». Tanvir si sedette sul bracciolo della poltrona e gli strinse la mano.

Marianne lo vide, ma distolse lo sguardo. Poi fu Peterson a prendere la parola. «So che è dura, ma devo chiederti di chi era la barca. Chi aveva modo di utilizzare un'imbarcazione?»

«Era del mio amico Karl. Ed era un gommone, più che una barca», disse Toby. «Ma io e Karl avevamo tredici anni ai tempi della pesca. Quando Jessica è scomparsa ne avevo quattro».

«Tutto riconduce sempre a Trevor Marksman», disse Martin, sollevando lo sguardo e asciugandosi gli occhi. «Il comune ha pensato che non ci fosse nulla di male a mettere un maledetto centro di riabilitazione per pedofili proprio in fondo alla via! Avete visto le foto che le ha fatto? E c'era pure un video, un *video*, di quando era al parco con Marianne e Laura!».

«Lui è il primo nella lista dei sospettati e lo interrogheremo di nuovo», disse Erika.

Martin scosse la testa. «Ho scritto a una deputata del posto chiedendo se fosse possibile avviare un'inchiesta sulla prima indagine. E sa cosa ha fatto?»

«No, non lo so», rispose Erika.

«Mi ha mandato un fottuto modulo prestampato. Non ha neanche avuto la cortesia di scrivere qualcosa di suo pugno su un foglio. Nella mia azienda assumo segretarie che hanno appena il diploma, eppure loro sono in grado di scrivere una risposta come si deve. E la deputata? Sa che per entrare in Parlamento non servono qualifiche speciali...?». Aveva ripreso a camminare avanti e indietro. Marianne, Toby e Laura lo osservavano. «E voi due, che qualifiche avete?»

«Siamo agenti di polizia», rispose Peterson.

«Sì? Be', Marksman, quel delinquente ignorante, si è procurato un avvocato d'ufficio che vi ha denunciati tutti, ottenendo la bellezza di trecentomila sterline».

«È stato davvero spiacevole», disse Erika. E mentre quelle parole le uscivano di bocca, si rese conto che l'avrebbero fatto solo arrabbiare di più.

«Be', io ho un mucchio di soldi e non mi serve un difensore d'ufficio. E state attenti, perché anche l'ex fidanzato di Laura è un avvocato, ed è un vero squalo!».

«Papà», lo ammonì Laura, lanciandogli un'occhiataccia.

«Oscar Browne è socio della Fortitudo Chambers Legal Firm e si è già detto pronto a lavorare per me».

«Oscar Browne», ripeté Erika, ripensando ai rapporti sul caso che aveva già controllato. «Era il tuo ragazzo ai tempi della scomparsa di Jessica, giusto?»

«Sì, giusto», rispose Laura, asciugandosi le lacrime.

«Ed eravate entrambi in campeggio in Scozia quando è accaduto?», domandò.

«Sì. Siamo tornati non appena l'abbiamo saputo. L'abbiamo scoperto dal telegiornale...». Adesso le tremava visibilmente il labbro inferiore.

«E sei rimasta in contatto con Oscar?»

«Be', lui è sposato e ha dei figli adesso, come me, ma ci siamo sempre sentiti. Certe situazioni creano legami importanti».

Erika notò che Martin continuava a camminare nervosamente per il salotto, con il viso paonazzo.

«Il bastardo che ha ucciso Jessica se n'è andato in giro tranquillamente per ventisei anni. Libero di ridere e scherzare e fare quello che voleva, perché voi inutili incompetenti non avete saputo fare il vostro lavoro. Vi siete lasciati scivolare le prove fra le dita. Come ha fatto a scomparire in quel modo? Mia figlia ha solo attraversato questa maledetta strada: ci vuole meno di un secondo eppure NESSUNO L'HA VISTA!».

Con quest'ultima frase, rovesciò a terra il vassoio con il tè: tazze e piattini si frantumarono sul pavimento.

«Signore, la prego, deve calmarsi», disse Peterson avvicinandosi a Martin.

«E tu non dirmi di calmarmi! Non puoi venire a casa mia e...».

«Questa non è più casa tua, Martin», gridò Marianne. «E sei tu che non puoi venire qui a rompere quello che ti pare». Si inginocchiò sul pavimento e cominciò a raccogliere i frammenti più grandi di porcellana.

«Mamma, così finirai per tagliarti», disse Toby con un filo di voce, inginocchiandosi accanto a lei e distogliendole dolcemente le mani.

Laura continuava a spostare lo sguardo dal fratello alla madre; il padre, paonazzo in viso, camminava senza sosta.

Martin tirò un calcio alla parete e Marianne gli urlò di nuovo di smetterla.

«Signor Collins, si calmi all'istante o sarò costretta ad ammanettarla e farla salire sulla volante», intervenne Erika, alzando la voce. «È davvero questo ciò che vuole? Ci sono un mucchio di giornalisti qui fuori che non vedono l'ora di lanciarsi su una nuova storia. E un padre in manette sarebbe proprio un bocconcino succulento per loro». Questa frase calamitò l'attenzione di Martin, che solo allora sollevò lo sguardo verso Erika. «Allora, ha intenzione di calmarsi, per favore?».

Il signor Collins annuì, come un bambino sgridato dalla maestra. «Mi dispiace», disse strofinandosi il viso con una mano.

«Non posso neanche immaginare cosa deve aver passato la vostra famiglia», rispose Erika.

«Ci ha distrutti». Scoppiò di nuovo a piangere e Marianne si avvicinò per consolarlo, seguita da Toby e Laura. Tanvir, in piedi in un angolo, scambiò un'occhiata con Peterson.

«D'accordo, per oggi basta così. Vi serve tempo. State un po' insieme. Noi rivedremo le dichiarazioni dei testimoni e magari torneremo a farvi delle domande su ciò che non ci è chiaro. Uno dei miei agenti si terrà in contatto con voi», disse Erika.

Fece un cenno a Peterson e uscirono alla svelta.

Capitolo 18

Dopo l'incontro con la famiglia Collins, Erika e Peterson salirono nell'auto parcheggiata di fronte al numero 7 di Avondale Road.

«È stato… terribile», disse Peterson, strofinandosi gli occhi stanchi. «E inutile, credo».

«Sono tutti legati dallo stesso atroce dolore. Non sono neanche riuscita a dir loro quando potranno vedere i resti di Jessica. Questo caso è…». Si fermò in tempo, prima di dire *irrisolvibile*. «Dunque, Martin Collins andava a letto con Amanda Baker…».

«Il che aggiunge altre… complicazioni», concordò Peterson.

«Sarai proprio contento che ti abbia scelto per seguire questo caso», scherzò Erika con voce mesta.

«Mi sei mancata… Voglio dire, mi è mancato lavorare con te, ai casi, insieme a Moss, ovviamente», rispose Peterson affrettandosi a chiarire. Erika lo fissò per un istante e poi tornò a guardare fuori dal parabrezza.

«Jessica è scomparsa proprio qui». Indicò la strada costeggiata da una fila di querce enormi e spoglie, con i rami che si allungavano verso il cielo grigio. «È freddo, non ti pare?»

«Accendo il riscaldamento?», domandò Peterson.

«No, intendo il viale. La zona. Sembra fredda, ostile. Con tutte queste case eleganti e costose, lontane dalla strada, quasi invisibili».

Il gruppetto di fotografi stazionava ancora sul marciapiede di fronte al cortile. Avevano scattato qualche foto a Erika e Peterson mentre entravano e uscivano dall'abitazione. Un signore basso con i capelli grigi tentò di avvicinarsi alla casa, così Erika accese per qualche istante le sirene e il lampeggiante. L'uomo saltò per lo spavento, voltandosi e notandoli. Erika lasciò il lampeggiante acceso e chiamò la centrale affinché mandassero un poliziotto. Per un istante i fotografi puntarono gli obiettivi sulla macchina, tornando poi a tenere d'occhio la casa.

«Secondo te Martin Collins non ha avuto una reazione un po' teatrale là dentro?», chiese Peterson.

«Che vuoi dire?», rispose Erika.

«C'era un non so che di forzato in tutta quella faccenda del vassoio rovesciato. Se avesse lanciato qualcosa o non so… se se la fosse presa con uno di noi, avrei capito».

«Credi che nasconda qualcosa?».

Peterson scosse la testa. «Hanno indagato a fondo su di lui? E che sappiamo sui suoi affari?»

«Ha guadagnato un mucchio di soldi con il boom immobiliare degli anni Ottanta. La famiglia Collins si è trasferita qui dall'Irlanda nel 1987, praticamente al verde, e già nel 1990 abitavano qui…».

«Pensi che qualcuno abbia rapito Jessica?»

«Non ne ho idea. Non si è mai parlato di un riscatto?»

«No. È scomparsa e basta, e tutto è esploso in seguito. La sua famiglia, le indagini della polizia…».

Lei sollevò lo sguardo verso la strada e si slacciò la cintura. «Facciamo una passeggiata».

Scesero entrambi dall'auto, catturando per un attimo l'attenzione dei giornalisti che tennero pronte le telecamere. Erika e Peterson cominciarono a camminare verso il civico 27. Le case alla loro sinistra si trovavano a un livello inferiore rispetto alla strada, i vialetti avevano tutti una leggera pendenza verso il basso. A destra, invece, gli edifici sorgevano su un'altura e dunque le stradine private erano in salita.

«Ecco, ci siamo. Ci vogliono due minuti», disse Peterson quando arrivarono di fronte al civico 27. Era un edificio di due piani color crema, con finte colonne sul davanti. Il vialetto era stato asfaltato da poco e la pioggia scivolava sulla superficie liscia come una cascata di gocce di mercurio.

«Dal 1990 la casa ha cambiato due volte proprietario», disse Erika. Rimasero lì di fronte per qualche istante, guardando da un lato e dall'altro. «Il centro di riabilitazione che ospitava Trevor Marksman è laggiù», aggiunse.

Continuarono a camminare per qualche altro minuto e raggiunsero un punto in cui la strada piegava bruscamente a sinistra. Di fronte, annidata nel centro della curva, sorgeva una villa di tre piani. Le mura erano giallo burro, mentre i telai delle finestre e le colonne erano bianche. Sul prato ben curato era affisso un cartello bianco su cui era scritto a caratteri dorati: SWANN RETIREMENT VILLAGE. I vetri delle finestre scintillavano e riflettevano il grigiore del cielo, come se fossero occhi spenti. Un grosso corvo nero atterrò sul cartello. Emise un verso sinistro, con le piume che brillavano come le lettere dipinte sul legno.

I due agenti si voltarono e poterono contemplare la via nella sua interezza. Scendeva fino alla loro macchina, parcheggiata sul marciapiede a poca distanza dalla zona in cui sciamavano i giornalisti. Su entrambi i lati, le siepi formavano un muro alto e lungo.

«Mi immagino Jessica qui, così vicina a casa, ma completamente sola. Avrà urlato? Qualcuno avrà sentito che la portavano via dietro queste siepi spesse?», disse Erika.

«E poi perché buttarla in una cava a pochi chilometri da casa sua? E se fosse stato qualcuno che abitava in questa strada? Queste case sono enormi. Avranno dei seminterrati».

«Ho letto nei rapporti che le case del circondario sono state perlustrate: quasi tutti i proprietari hanno concesso alla polizia la possibilità di dare un'occhiata».

«Quindi è svanita e basta», commentò Peterson. Il corvo gracchiò ancora, quasi concordasse con lui. «E adesso, capo?»

«Adesso credo che dovremmo andare a trovare Amanda Baker», rispose Erika.

Ripresero a camminare, tornando verso la macchina. Il poliziotto che l'ispettore aveva richiesto arrivò insieme a loro e parcheggiò di fianco al marciapiede. Abbassò il finestrino ed Erika e Peterson andarono a parlargli.

Nessuno se ne accorse ma, in mezzo al gruppo di giornalisti, con una fotocamera appesa al collo, c'era un uomo alto e scuro con addosso un giubbotto cerato. Al contrario degli altri, a lui non interessava cosa avveniva in casa Collins. Stava osservando attentamente Erika e Peterson, cercando di indovinare la loro prossima mossa.

Capitolo 19

Amanda Baker viveva nell'ultima casa a schiera di una via residenziale di Balham, nella parte sud-occidentale di Londra. Il piccolo cortile d'ingresso era incolto e disordinato e la vernice grigia delle finestre a ghigliottina era scrostata. In strada non c'era nessuno, e non appena Erika e Peterson parcheggiarono cominciò a piovere.

Il cancelletto di legno se ne stava abbandonato sul vialetto, rotto, e dovettero passarci sopra per raggiungere il portone. Suonarono il campanello e rimasero in attesa, ma non rispose nessuno. Erika andò di fronte alla sudicia finestra all'entrata e diede un'occhiata al salotto. Riuscì soltanto a mettere a fuoco il televisore nell'angolo, che trasmetteva un programma pomeridiano sulle vendite all'asta. All'improvviso apparvero due occhi socchiusi, incorniciati da lunghi ciuffi di capelli grigi, che la fecero saltare per lo spavento. La sconosciuta cercò di mandarla via con uno sventolio della mano, coperta dalla manica troppo lunga di un maglione di lana.

«Amanda Baker? Salve, sono l'ispettore capo Foster», disse Erika tirando immediatamente fuori il distintivo dal cappotto e premendolo contro il vetro della finestra. «Sono insieme al mio collega, l'ispettore Peterson. Vorremmo scambiare due parole con lei a proposito del caso Collins».

La donna avvicinò di nuovo il viso alla finestra e strizzò gli occhi per esaminare i due distintivi.

«Niente da fare, mi dispiace», rispose. E chiuse le tende.

Erika bussò sul vetro.

«Ispettore capo Baker. Ci serve il suo aiuto: sarebbe fondamentale conoscere la sua opinione sui fatti».

Le tende si scostarono appena, lasciando intravedere di nuovo il viso. «Fatemi ricontrollare i distintivi».

Peterson si avvicinò alla finestra e schiacciò il suo contro il vetro. La donna strizzò gli occhi attraverso lo strato di sporco. Una rete di rughe le circondava le labbra.

«Passate dal cancello sul retro», disse alla fine, richiudendo definitivamente le tende.

«Che problema ha con il portone?», si lamentò Peterson, costretto a lasciare il portico riparato per incamminarsi di nuovo sotto la pioggia.

Corsero lungo la staccionata ammuffita che circondava il cortile. All'altra estremità sbucò una mano e uno dei pannelli si aprì verso l'interno.

L'ex ispettore capo Amanda Baker era un donnone. Indossava un cardigan lungo e sformato e una T-shirt nera sopra un paio di leggings scuri, abbinati a un paio di Crocs nere da cui spuntavano dei calzettoni di lana neri e spessi. Aveva il viso gonfio e arrossato e un doppio mento carnoso. I capelli ingrigiti erano lunghi e unti, legati in una coda bassa.

«Trenta bigliettoni», annunciò tendendo una mano.

«Le chiediamo solo di parlare un po' del caso», rispose Erika.

«E io vi chiedo solo trenta bigliettoni», rispose Amanda. «So come funziona il gioco: voi allungate un paio di banconote a una vecchia bagascia o a qualche spacciatore e loro vi dicono quello che hanno da dire. E io ne ho molta di roba da dire su questo caso». Tese di nuovo la mano e agitò le dita.

«Ma lei era un agente di polizia», disse Peterson.

Amanda lo squadrò dall'alto in basso, evidentemente colpita dal suo fascino.

«Un tempo, tesoro. Adesso sono solo una vecchia strega che non ha niente da perdere».

Si avvicinò per richiudere il pannello.

Erika sollevò le mani. «D'accordo, d'accordo», e fece un cenno a Peterson.

L'agente alzò gli occhi al cielo, prese il portafoglio e passò ad Amanda una banconota da venti e una da dieci.

La donna annuì, si infilò i soldi nel reggiseno e fece cenno ai due poliziotti di seguirla lungo un piccolo vialetto umido. Superarono la finestra di un bagno con una ventola che ronzava stancamente, gettando all'esterno la puzza dell'urina e dei detersivi. Sbucarono in un giardino sul retro, incolto, con dei sacchi dell'immondizia ammassati in un angolo.

Arrivati alla porta di servizio, Amanda si pulì la suola delle Crocs su uno zerbino sottile. Ironico, pensò Erika. A vederla da fuori, sembrava una casa in cui ti conviene pulirti le scarpe *all'uscita*. La cucina un tempo doveva essere stata elegante, ma ora era sporca e piena zeppa di piatti da lavare e cestini straripanti. Di fronte alla lavatrice accesa, c'era la cuccetta di un cane. Ma la bestia non si vedeva da nessuna parte.

«Accomodatevi pure in salotto. Volete un po' di tè?», disse con voce roca da fumatrice accanita.

Erika e Peterson lanciarono uno sguardo veloce alla cucina sudicia e annuirono.

Attraversarono il corridoio, superando una scalinata di legno che portava a un pianerottolo tetro e buio. C'erano vecchi giornali dappertutto, alcuni sistemati di fronte alla porta di ingresso in torri alte fino al petto. Il soggiorno era pieno di mobili. Pareti e soffitto erano ingialliti dalla nicotina.

«Lo vuoi bere davvero il tè?», bisbigliò Peterson.

«No, ma se ci fa guadagnare tempo utile per parlarle...», mormorò Erika.

«Be', con trenta sterline abbiamo di sicuro un'ora», sbottò Peterson.

Fu interrotto da qualcuno che bussava contro la finestra. Un viso si schiacciò contro il vetro sporco. Amanda comparve all'istante alle loro spalle, andò alla finestra e l'aprì.

«Come va, Tom?», disse.

Videro soltanto una mano che le passava una manciata di lettere e due bottiglie di Pinot grigio. Erika si avvicinò alla finestra e scoprì che si trattava del postino. Amanda tirò fuori le trenta sterline che aveva nascosto nel reggiseno e gliene passò venti. L'uomo si allontanò fischiettando.

«Che c'è?», disse Amanda vedendo le loro facce. «Trattamento da VIP».

«Be', di solito certe cose non arrivano con la posta», rispose Peterson.

«Non ti va un bicchierino?»

«Sono in servizio», disse lui con tono glaciale.

«Vi porto il vostro tè, allora», fece lei. «Sedetevi pure».

«Ecco risolti i miei dubbi sulla porta d'ingresso», commentò Peterson quando Amanda li lasciò soli.

«Potresti sforzarti di essere un po' più educato?», disse Erika.

«Cioè? Vuoi che mi ubriachi con lei bevendo vino consegnato per posta?».

Nonostante la situazione, Erika scoppiò a ridere. «No, però non essere così scostante. Flirta un po', potrebbe tornarci utile. Tieni presente il quadro generale».

Peterson spazzò via un paio di giornali e delle cartacce vuote di barrette di cioccolato e si sedette sul divano. Nel soggiorno c'erano due sofà fatiscenti, un tavolo e qualche sedia. Il televisore era sul ripiano di un grosso mobile che dominava tutta la parete, pieno di libri e riviste.

Erika si avvicinò a una cornice appesa al muro che spiccava in mezzo al resto dell'arredamento. Era di plastica dorata, con una fantasia intrecciata. La foto a colori era leggermente rovinata e sbiadita in basso, dove si era insinuata l'umidità. Ritraeva una Amanda Baker magra e giovane con indosso l'uniforme della polizia: calze nere spesse, gonna, giacca e berretto. Sotto spuntavano i capelli neri e lucenti. Era in piedi di fronte all'Hendon Police College insieme a un altro poliziotto che teneva il cappello sotto il braccio. Mostravano i distintivi, sorridendo entrambi verso l'obiettivo.

«Sapevo che l'avreste notata all'istante», disse Amanda, portando nella stanza un vassoio con due tazze di tè fumanti e un generoso bicchiere di vino.

«Ho riconosciuto il poliziotto», disse Erika prendendo una tazza e tornando a osservare la foto.

«L'agente Gareth Oakley. Abbiamo lavorato insieme nell'unità crimini gravi negli anni Settanta. Avevamo lo stesso grado, allora. Adesso lo conoscerete come il commissario aggiunto Oakley».

«Dev'essere stata tosta. Una donna nell'unità crimini gravi negli anni Settanta...».

Amanda si limitò ad alzare un sopracciglio.

«Oakley non è cambiato per niente. Aveva meno capelli allora di adesso. Quanti anni aveva qui?», chiese Erika, osservando la capigliatura rada.

Amanda scoppiò a ridere. «Ventitré. Ha cominciato a mettersi la parrucca quando è stato promosso ispettore capo».

«Quello è il commissario aggiunto Oakley?», intervenne Peterson, intromettendosi nel discorso.

«Ci siamo addestrati insieme a Hendon, promossi nel 1978», rispose Amanda. Si buttò pesantemente a sedere sull'ampia poltrona accanto alla finestra. Erika si accomodò vicino a Peterson.

«Oakley è appena andato in pensione. L'avranno ricoperto di soldi con la liquidazione», disse Peterson. La frase rimase sospesa nell'aria, nessuno rispose. Rimasero in silenzio per qualche istante.

«Allora, siamo venuti qui per chiederle qualche informazione su Jessica Collins in maniera informale. Il caso è stato affidato a me», annunciò Erika.

«Ah sì? Perché, chi hai fatto incazzare?», scherzò tristemente Amanda, bevendo un sorso di vino e tirando fuori un pacchetto di sigarette dalla tasca del cardigan. «È un calice avvelenato, quello che ti hanno dato. Ho sempre pensato che l'avessero buttata nella cava... Ma l'abbiamo perlustrata due volte, senza trovare nulla...». Fece una breve pausa per accendere la sigaretta, inspirando profondamente. «Quindi tocca a te scoprire se l'hanno tenuta nascosta da qualche parte o se hanno semplicemente spostato il cadavere, giusto?»

«Lei era convinta che il colpevole fosse Trevor Marksman?»

«Sì», annuì senza abbassare lo sguardo. «Ed è bruciato per questo. Sai che ti dico? Lo rifarei ancora».

«Quindi ammette di sua spontanea volontà di aver spinto quelle persone a lanciare una bomba molotov in casa sua?»

«Non ti viene mai voglia di farti giustizia da sola?»

«No».

«Andiamo, Erika. Mi sono informata sul tuo conto. Tuo marito è stato ammazzato da uno spacciatore, insieme a quattro tuoi colleghi. L'assassino è scappato lasciandoti mezza morta. Dimmi che non ti piacerebbe passare un'ora in una stanza con lui armata di mazza da baseball». Picchiettò la sigaretta sopra un grosso posacenere strabordante sul tavolino accanto a lei, senza mai smettere di guardare Erika negli occhi.

«Sì, mi piacerebbe», rispose Erika.

«Qui ti volevo».

«Ma non lo farei mai. Noi siamo poliziotti, il nostro lavoro è portare giustizia, non farcela da soli. Hai anche avuto una relazione con Martin Collins?»

«Me lo sono scopato. Tra lui e Marianne era finita ormai. Era passato un anno e mezzo dalla scomparsa di Jessica. Ci siamo avvicinati. Mi pento più di questo che di Marksman, ma mi ero innamorata».

«E lui? Era innamorato?», domandò Peterson.

Amanda sollevò le spalle e bevve un altro lungo sorso di vino. «Penso spesso che questa sia l'unica cosa buona che sono riuscita a fare per quella famiglia. Non sono stata in grado di trovare la figlia. Ma almeno Martin non ci pensava quando era con me».

«Ora che abbiamo trovato Jessica, pensa ancora che sia Trevor Marksman il responsabile?», chiese Erika.

Amanda fece un tiro di sigaretta. «Io credo che se qualcosa sembra maledettamente lampante, allora è vera... Tuttavia doveva esserci qualcuno che lavorava con lui. E penso che dopo averla rapita, l'abbia tenuta nascosta da qualche parte».

«L'ha fatto tenere sotto sorveglianza, no?», domandò Peterson.

«Sì, ma dal giorno in cui Jessica è scomparsa a quando abbiamo iniziato a puntargli gli occhi addosso è passata all'incirca una settimana, una settimana e mezza... Credo che l'abbia fatto durante quel periodo».

«Ho dato uno sguardo al suo fascicolo», annunciò Erika.

«Oh, ma va? Non mi dire», rispose Amanda strizzando gli occhi per il fumo.

«Dopo il caso Collins, è stata spostata nella squadra antidroga e poi accusata di spaccio di cocaina».

«Ero fottutamente brava come poliziotta. Ho aperto la strada alle donne come te. E tu, vent'anni fa, saresti stato solo il ragazzo di colore da mostrare al mondo per far finta di rispettare le diversità. Ora invece siete accettati, presi sul serio, ma vi scordate sempre di chi ha combattuto per voi nelle forze di polizia».

«Quindi dobbiamo tutto a lei, giusto? E chi sarebbe, la Rosa Parks della polizia metropolitana?», rispose Peterson. Fra i tre calò un silenzio imbarazzato. Erika gli lanciò un'occhiataccia.

«Siamo qui soltanto per sentire la sua versione dei fatti», disse Erika.

«La mia versione?»

«Esatto. Com'era lavorare sul caso. Informazioni di prima mano. Io mi sto muovendo alla cieca, con risme e risme di documenti da esaminare».

Amanda restò in silenzio per qualche momento e si accese un'altra sigaretta. «Nell'unità crimini gravi ero l'unica donna e dunque mi assegnavano tutti i casi di stupro. Mi prendevo cura di quelle ragazze, raccoglievo campioni, le sostenevo, le aiutavo. Non ignoravo mai una chiamata, sono stata accanto a ognuna di loro per mesi mentre i maledetti bastardi che le avevano violentate erano in custodia cautelare. Le vittime mi stringevano la mano in tribunale, durante tutto il processo. Nessuno mi ha mai sostenuto. Gli uomini, quelli che si ubriacavano al pub ed esigevano scopate gratuite dalle puttane, venivano promossi. E poi, quando finalmente ho ottenuto il caso di Jessica Collins, mi hanno fatto sentire come se avessi superato il limite, come se stessi pretendendo troppo».

«Mi dispiace», rispose Erika.

«Non devi dispiacerti. Ma non devi neanche giudicarmi. Prima o poi arrivi al punto in cui capisci che se giochi secondo le regole non vai da nessuna parte...». Indicò la foto appesa alla parete con la punta della sigaretta. «Quel coglione di Oakley è finito a fare il commissario aggiunto». Schiacciò il mozzicone nel posacenere pieno, disintegrandolo. «Lavoravamo spesso insieme ai vecchi tempi. Una volta ci trovavamo a Catford High Street, erano le tre del mattino e un tipo ci minacciava con un coltello... A un certo punto afferra Oakley e gli punta la lama direttamente alla gola, e lui si caga addosso. Non in senso metaforico: si sporca proprio le mutande. Il ragazzino con il coltello, già nervoso e paranoico, sente l'odore, dà di matto e scappa via. Oakley si è salvato grazie alla sua stessa merda. E se ci pensi è ironico che, qualche anno dopo, l'hanno nominato pure membro dell'Ordine dell'Impero britannico per il suo lavoro contro il crimine a mano armata... Io l'ho aiutato quella notte, gli ho dato una mano a pulirsi e ho tenuto la bocca chiusa. Eravamo legati allora. Diversi anni dopo, le cose si sono messe male per me; lui era sovrintendente capo e se n'è fregato altamente. Mi ha lasciato a marcire da sola!».

Fremeva di rabbia ormai e si accese un'altra sigaretta. Rimasero tutti seduti e in silenzio per qualche istante. L'orologio ticchettava rumorosamente, una macchina sfrecciò di fronte alla casa e il cielo fuori sembrava essersi fatto ancora più scuro. Erika guardò Peterson e gli fece cenno di togliere il disturbo.

«Solo un'altra cosa», disse Amanda. Esitò per un attimo, strofinandosi il volto. «Il corpo che avete trovato nella cava di Hayes. Abbiamo perlustrato la zona per ben due volte, ad agosto e settembre 1990, senza trovare nulla, ovviamente. Da quelle parti viveva un tizio, un vecchio che aveva occupato un cottage proprio lì. L'abitazione era minuscola, ma aveva uno scantinato. L'abbiamo setacciato. Niente neanche lì. Ma qualche mese dopo il vecchio si è impiccato».

«E?», domandò Erika.

«Non so. Se Trevor Marksman aveva un complice… magari era lui».

«Si ricorda il suo nome?»

«Si faceva chiamare il Vecchio Bob. Non ci stava del tutto con la testa, ma non sembrava violento. Un paio di anni prima avevano chiuso un ospedale psichiatrico e l'avevano schiaffato in strada. Più che altro, ecco, era un sempliciotto. Mi ha colpito molto il fatto che si sia avvelenato per poi impiccarsi».

«Si è anche avvelenato?», chiese Erika.

«Già».

Il telefono dell'ispettore squillò ed Erika domandò scusa e rispose.

«Sicuro che non ti va un bicchiere di vino? Una birra magari?», disse Amanda strizzando l'occhio a Peterson attraverso il fumo della sigaretta.

«No. Sono in servizio», rispose l'agente.

«Non vorrai *sbattermi…* di nuovo il distintivo in faccia?», disse lei, spalancando gli occhi.

Peterson fu sollevato vedendo rientrare Erika.

«Era Crawford», disse.

«Crawford, l'ispettore?», chiese Amanda. Le si illuminò lo sguardo.

«Sì, lavorava con lei al caso nel 1990, vero?»

«Sì. Un piagnucolone seccante. Sempre a implorare un cenno d'approvazione, senza mai cercare di guadagnarselo. Gli piace far finta di essere terribilmente impegnato…».

«Be', grazie mille per tutto ciò che ci ha detto. Non la disturbiamo ulteriormente», disse Erika. «Avrebbe qualcosa in contrario se dovessimo contattarla di nuovo in futuro? Dobbiamo esaminare tutte le prove e magari potremmo aver bisogno di un chiarimento su qualche punto. Sempre se è disponibile».

«Certo, sono più che disponibile», rispose lei spegnendo la sigaretta e posando gli occhi su Peterson.

«Che ne pensi?», chiese Erika quando rimontarono in macchina. «La casa vicino alla cava è una buona pista. Almeno ci permette di concentrarci su qualcun altro oltre a Trevor Marksman».

«Ma è morto, capo».

Ci rimuginarono sopra per qualche istante.

«E poi a livello personale sento di aver bisogno di una doccia. Quella era una molestia sessuale bella e buona», aggiunse.

«È stato orribile, vero? Ma anche un buon allenamento. Adesso sai come ci si sente a essere trattati come una donna», rispose Erika.

«Che voleva Crawford?», chiese Peterson mentre lei metteva in moto.

«La famiglia Collins può vedere i resti di Jessica».

«Credi che sia il caso? Non c'è che…».

«Uno scheletro, sì. Ma ne hanno il diritto. E Marianne ha insistito tanto per vedere la figlia».

Erika innestò la marcia. Si allontanarono da casa di Amanda.

Un centinaio di metri più in là, una macchina blu era infilata fra le auto parcheggiate lungo il marciapiede. Un uomo dai capelli scuri sedeva al volante. Aveva seguito Erika e Peterson fin lì dalla casa dei Collins, stando bene attento a non farsi notare.

E ora li spiava mentre andavano via. Infilò una mano nella tasca del lungo giubbotto cerato, tirò fuori il telefono e digitò un numero.

«Sono Gerry», disse, parlando con un leggero accento irlandese. «L'agente che manda avanti lo spettacolo, Erika Foster, è appena uscita dalla casa di Amanda Baker. È insieme a un altro poliziotto di colore».

Restò in silenzio. Ascoltava la voce dall'altra parte. A un certo punto l'interruppe: «Adesso calmati. Sapevamo che sarebbe andata a trovare Amanda... Be', dipende da quanto è confuso il suo cervello dopo tutte quelle droghe e l'alcol. C'è ancora la possibilità che riesca a fare due più due, ora che hanno un corpo. E poi quella Foster è brava, ha le palle». Alzò gli occhi al cielo. «Ascolta, posso continuare a seguirla come uno scemo per tutta la settimana, ma ci serve qualcosa di più, dovremmo sorvegliare le mail, il telefono... Ci serve qualcuno da dentro... D'accordo, me ne starò buono e aspetterò. Ma ricordati, abbiamo i minuti contati, sotto molti aspetti. Ricordalo».

Gerry riattaccò mentre una giovane biondina usciva dal portone di fronte. Spingeva un passeggino. Nonostante la pioggia, indossava dei leggings stretti e il cappotto aperto mostrava una profonda scollatura. Gerry la squadrò dall'alto in basso e le fece l'occhiolino, lei rispose con un sorriso schivo.

Mise in moto l'auto e partì.

Capitolo 20

Più tardi, quella sera, Erika e Moss si trovavano nella camera ardente dell'obitorio di Penge. Di fronte al vetro, in attesa che le tende si scostassero, c'erano Marianne, Martin, Laura e Toby Collins.

Si erano vestiti elegantemente per l'occasione, in nero da capo a piedi. L'unica punta di colore era la rosa che Marianne stringeva in mano. Moss guardò Erika e alzò un sopracciglio. Il tempo passava, i secondi si trascinavano in avanti, eppure avevano detto che era già tutto pronto. C'era un gran silenzio nella stanza, sentivano persino il ronzio dei neon dall'altra parte del vetro. Proprio quando Erika pensò che fosse arrivato il momento di rompere il silenzio, la tenda cominciò lentamente ad aprirsi. Per un attimo l'ingranaggio s'inceppò ma ripartì subito, scoprendo lo scheletro di Jessica Collins.

Marianne singhiozzò e si avvicinò al vetro, appiattendosi con tutto il corpo. I resti di Jessica erano stati sistemati su un tavolo, sopra un lenzuolo azzurro. Isaac aveva spiegato a Erika il perché di quella scelta: meglio usare l'azzurro, perché un lenzuolo bianco avrebbe fatto risaltare lo scolorimento delle ossa.

«Ciao tesoro, siamo qui. Ci prenderemo cura di te adesso», diceva Marianne con una mano premuta sul vetro. «Ci sono papà e Toby, e anche Laura. La tua mamma è qui». Si voltò verso Martin. «La vedo, è qui. Guarda, Martin, guarda: quelli sono i suoi capelli. Sono i capelli della mia bambina».

Isaac aveva sistemato il teschio in modo che la nuca poggiasse su un cuscino bianco e sottile e i ciuffetti di capelli ruvidi ricadessero sul tavolo. Anche se lo scheletro era a pezzi, il corpo di Jessica appariva integro, come se stesse riposando in pace.

Laura si lasciò sfuggire un singhiozzo e uscì di corsa dalla stanza. Toby e Martin si voltarono per vedere dove fosse andata e poi si avvicinarono al vetro, dove Marianne stava recitando una preghiera sottovoce, disegnando un alone di condensa con il suo respiro. Erika fece cenno a Moss di restare con loro e uscì.

Todd, il marito di Laura, aspettava in corridoio insieme ai due bimbi piccoli. Era un uomo attraente, con i capelli scuri e gli occhi marrone chiaro. Laura, di spalle a Erika, era in ginocchio e abbracciava i figli, stringendoli forte, uno per braccio. Piangeva, li baciava e diceva: «Siete al sicuro. Siete con me. Non lascerò mai che vi accada nulla. Lo prometto». I visetti confusi fissavano Erika mentre la madre li sommergeva con il suo affetto.

Presto arrivò anche Tanvir, il compagno di Toby, insieme a due caffè presi alla macchinetta. Ne passò uno a Todd, che l'accettò con un sorriso.

«Non vi perderò mai d'occhio. Siete troppo preziosi», diceva Laura abbracciando i bambini sempre più forte.

«Laura», disse Todd, piegandosi per liberare i figli dalla morsa della madre. «Piano. Così li spaventi».

Aveva l'accento americano, notò Erika. Laura lasciò andare i figli, accorgendosi solo allora dell'ispettore in piedi nel corridoio.

«Che c'è in quella stanza, mamy?», chiese uno dei bambini. Erano gemelli.

«La polizia ha trovato il...».

«Laura, niente dettagli abbiamo detto», la interruppe Todd.

«Niente dettagli? Todd. *Dettagli?* Jessica non è un dettaglio! Non la cancelleremo dalla nostra esistenza con un colpo di spazzola!», gridò Laura scattando in piedi.

«Tesoro, non intendevo questo», rispose Todd. Si alzò anche lui e strinse Laura tra le braccia. Lei gli affondò il viso nel petto e cominciò a piangere disperata. I due bambini si voltarono verso Erika con gli occhi spalancati, impauriti.

Erika s'inginocchiò accanto a loro e sorrise. «Ciao, io sono Erika. Voi come vi chiamate?»

«Thomas e Michael», rispose uno. «Io sono Thomas, lui è Michael. Si vergogna». Annuirono entrambi con un'arietta saggia e poi si girarono di nuovo verso il padre. Indossavano due paia identiche di jeans e lo stesso maglioncino verde.

«È tutto a posto, ragazzi, la mamma è molto triste, ma stiamo bene», disse Todd accarezzando i capelli di Laura.

«Vi piace la cioccolata? C'è un distributore proprio qui dietro», intervenne Erika. Todd la ringraziò con un cenno del capo.

«Sì, io ci sono appena stato. C'è un mucchio di cioccolata buonissima», aggiunse Tanvir.

Attraversarono lo stretto corridoio, girando l'angolo alla fine. Lì c'erano il distributore e un altro gruppetto di sedie. I gemelli corsero di fronte al vetro per scegliere cosa mangiare.

«Io voglio un Mars. C'è scritto B4», disse Thomas.

«Anch'io», fece eco Michael.

Tanvir infilò le monetine nella macchinetta e premette il tasto.

«Un'occasione piuttosto particolare per conoscere la famiglia del tuo compagno, eh?»

«Non li avevi mai incontrati?»

«Ho conosciuto Laura, Martin, Kelly e i bambini in Spagna».

«Kelly sarebbe la compagna di Martin?»

«Sì, esatto... È davvero simpatica. Vorrebbero tanto sposarsi ma Marianne, be', l'hai vista anche tu. È molto cattolica».

«Che ti ha raccontato Toby di Jessica, se posso chiedere?».

Tanvir si abbassò per prendere i due Mars dalla macchinetta e li diede ai gemelli.

«Si sente in colpa».

«Ma non aveva solo quattro anni quando è scomparsa?»

«Si sente in colpa perché ha solo pochi ricordi di lei. Rammenta le liti fra Laura e la madre. Brutte, a volte anche violente».

«Chi era violenta?»

«Entrambe. Ha presente la cucina di casa loro?»

«Vagamente».

«C'è una grossa dispensa sul retro. Un tempo aveva un sistema di raffreddamento che la rendeva una specie di cella frigo. Toby dice che una notte è sceso a prendere da bere e ha sentito dei rumori da dentro. Ha aperto e ha trovato Laura. Marianne l'aveva chiusa dentro».

«Ma ne è certo?».

Tanvir si strinse nelle spalle. «Me lo ha raccontato una sera, circa un anno fa. Avevamo bevuto un po' e mi ha confidato un paio di cose sui suoi genitori».

«Con il padre ha un buon rapporto?»

«Sì. Ottimo. Non si direbbe mai, guardando Martin. Può sembrare uno di quegli sportivi omofobi, ma è stato sempre buono con me e con Tobes. E anche la sua compagna è gentile».

«Perché mi stai dicendo tutto questo?», domandò Erika.

«Non lo so. Magari sono stanco che la mia – la *nostra* – vita venga svilita da Marianne solo a causa della sua religione. È convinta di essere una persona migliore di noi».

«Lei è mai stata cattiva con Toby?»

«Oh, cielo, no! Lui era, anzi è tutt'ora, il suo bambino...».

«Che succede qui?», li interruppe una voce. Toby spuntò da dietro l'angolo in fondo al corridoio. Stava fissando Erika e Tanvir. I gemelli si erano seduti su una panca un po' più giù e mangiavano la loro cioccolata sporcando tutto quello che c'era da sporcare.

«L'ispettore Foster mi stava chiedendo di tua madre: voleva sapere se reggerà lo shock. La polizia teme che possa avere un esaurimento».

Erika in un primo tempo rimase sorpresa dalla bugia bella e buona di Tanvir, ma non si lasciò spiazzare e gli diede manforte.

«Ci sono molti gruppi di sostegno qui. Posso darvi qualche contatto», disse.

«Mamma ha la chiesa: è tutto quello che le serve, dice... Tan, entreresti con me? Vorrei che la vedessi».

«Va bene. E tua madre?»
«Abbiamo perso tutti Jessica, mica solo lei», rispose Toby.
Così se ne andarono e Todd venne a riprendere i figli insieme a Laura, che aveva gli occhi gonfi e rossi.
Più mi addentro in questo caso e più i segreti si infittiscono, pensò Erika.

Capitolo 21

Si era fatto tardi, ma Amanda Baker non riusciva a dormire. Se ne stava seduta sulla poltrona con una penna e un quaderno A4. Dopo aver parlato con i detective, aveva ricominciato a pensare al caso Collins – non con il solito risentimento amareggiato, ma con una nuova voglia di risolverlo. Aveva cominciato mettendo per iscritto tutto ciò che riusciva a ricordare, e ben presto aveva riempito mezzo quaderno. La televisione era accesa, ma con il volume azzerato, e per la prima volta dopo anni si sentiva viva e piena di determinazione. Ricordava quasi tutto del periodo passato dietro a quel caso. Semmai erano gli ultimi quindici anni a essere confusi, scivolati via nella nebbia dell'alcol e delle droghe. Si era persino data una regolata con il vino. Sollevando lo sguardo dal quaderno, notò che era soltanto al terzo bicchiere.

Qualcuno bussò piano alla finestra. Si tolse gli occhiali e si alzò dalla poltrona. Scostò la tenda e, dall'altro lato del vetro, le apparve un viso familiare. Quando aprì la finestra l'aria fredda riempì la stanza, portando con sé un fresco sentore di ozono. Crawford strizzò gli occhi sotto la luce proveniente dal soggiorno.

«Ho sentito il tuo messaggio», le disse.

«Hai un aspetto orribile», rispose Amanda sorridendo.

«Perché non ti guardi allo specchio?».

Lei si lasciò sfuggire una risatina rauca e gli tese la mano. «Vieni, arrampicati. La porta è bloccata».

Lui la strinse e si sollevò sul cornicione, tutto rosso in faccia per lo sforzo. Una volta dentro, si fermò in mezzo al salotto a riprendere fiato.

«È passato un bel po'», disse. «Anni, da quando noi...».

Amanda annuì. Nei punti in cui la luce gli colpiva il capo, Amanda notò gli ultimi ciuffi di capelli color sabbia che spuntavano dalla testa leggeri come zucchero filato.

«Vuoi qualcosa da bere?», gli chiese.

«Sì, mi farei volentieri un bicchiere. È stata una giornata infernale». Si strofinava il viso nervosamente.

Amanda uscì dal soggiorno e tornò poco dopo con la bottiglia e un altro bicchiere.

«L'hai proprio lasciato andare questo posto», le disse, prendendo il calice.

«E tu hai lasciato andare te stesso», rispose Amanda, brindando e buttando giù tutto d'un fiato. Gli tolse dalle mani il bicchiere e li appoggiò entrambi sul tavolino accanto alla poltrona. Si voltò e lo guardò negli occhi.

«Mia moglie mi ha lasciato», disse Crawford.

«Mi dispiace».

«Si è portata via i bambini. La casa...».

«Shhh, così rovini l'atmosfera», disse Amanda, avvicinandosi e premendogli un dito sulle labbra. Gli slacciò il cappotto, tirandolo giù fino a metà braccia. Lui la fissava a bocca aperta, pieno di desiderio. Amanda spostò le mani sulla sua pancia prominente fino alla vita. Gli slacciò i pantaloni.

«Oh», disse Crawford quando le tirò giù la zip e gli infilò la mano nelle mutande. Chiuse gli occhi, rabbrividendo. «Oh, Amanda...».

Lei gli abbassò le mutande e lo spinse sul divano. «Siediti e sta' zitto», gli ordinò inginocchiandosi sul pavimento fra le sue gambe.

Crawford buttò la testa all'indietro e cominciò a respirare affannosamente. Pochi minuti dopo, era tutto finito. Con un po' di difficoltà, Amanda riemerse dalla moquette e prese il pacchetto di sigarette sul tavolo.

«Ci voleva proprio. Ci sai ancora fare, sai? Sei la migliore», disse Crawford tirandosi su le mutande e i pantaloni. «C'è altro vino?»

«Certo», rispose Amanda. Prese la bottiglia e gli riempì il bicchiere.

Lui lo prese e, tutto soddisfatto, si rimise a sedere sul divano e bevve un lungo sorso.

«Ho sentito che sei sul caso Collins», disse Amanda accendendo la sigaretta.

«È il karma», rispose alzando gli occhi al cielo e facendo un altro sorso. «Sai, mi piace qui, Amanda. Sento che posso rilassarmi. Mia moglie era così fissata con la pulizia».

«Come sta andando il caso?», gli chiese lei.

Crawford rise. «Sai che non posso dirtelo».

Amanda fece un altro tiro di sigaretta.

«Io scommetto di sì».

Crawford scattò sulla sedia. «Un momento, non mi hai mica chiamato per…».

«Cosa? Una botta e via fra vecchietti? Era uno dei motivi».

«Non ti credo», rispose lui, sbattendo il calice sul tavolo. Si alzò e andò a raccogliere il cappotto dal pavimento.

«Voglio solo sapere come va il caso Collins. Tutto qui, Crawford».

«Perché non imparo mai? Sei solo una stronza manipolatrice».

«Ora sono una stronza, un minuto fa ero "la migliore"».

«Sì, be', ora ci vedo meglio».

«Ah, la tua super vista postcoitale. E io, Crawford?»

«Tu cosa?»

«Io mi sento ancora insoddisfatta. Sotto vari aspetti».

Crawford fece per andare alla finestra, ma Amanda incrociò le braccia al petto e gli bloccò la strada.

«Non così in fretta. Forse ti sei scordato tutti i segreti che so sul tuo conto…».

«Sul *nostro* conto, Amanda. Eri coinvolta anche tu nella vendita di droga confiscata», sibilò.

Amanda sollevò le spalle. «È proprio questo il lato positivo di non avere nulla da perdere. Parlo per me, ovviamente. Tu hai un divorzio all'orizzonte. La vita sarà diventata costosa dopo la separazione, con il mantenimento, il monolocale in affitto. E poi dovrai pure negoziare l'affidamento dei bambini. A *te* serve il tuo lavoro».

«Che cosa vuoi?», le rispose con i pugni serrati. Era diventato completamente rosso.

«Te l'ho detto. Solo essere informata sul caso… Se dovessero servirmi delle fotocopie, o roba del genere, ci penserai tu».

Crawford la guardò per un istante, gli occhi colmi d'odio.

«E va bene. D'accordo. Posso andare, adesso?»

«Non ancora. Voglio sentirmi soddisfatta».

«Ti ho appena detto che ci sto».

«Sto parlando di un altro tipo di *soddisfazione*», ribatté lei. Strinse le dita intorno all'elastico dei leggings e li tirò giù fino alle caviglie.

«Sai che non mi piace», rispose Crawford osservando quel corpo nudo dalla vita in giù. La carne pallida. Il folto ciuffo di peli neri.

«Tutti dobbiamo fare cose che non ci piacciono, Crawford. Solo così si sopravvive», disse spingendolo in ginocchio. «Ora datti da fare».

Capitolo 22

L'ospite di Amanda Baker se ne andò decisamente tardi. Nella sua macchina, Gerry rimase a guardare l'ingloriosa uscita di scena di Crawford. L'agente sbucò dalla finestra, raggiunse la sua auto e partì di corsa.

Gerry aspettò ancora un po' e poi si avvicinò alla casa di Amanda Baker. Una spessa coltre di nuvole nascondeva la luna e il lampione in strada era rotto: la zona era immersa in un fitto manto di oscurità.

Attraversò di soppiatto il vialetto e spiò dentro la finestra. Amanda dormiva accasciata sulla poltrona, con la testa di lato, mentre la TV nell'angolo trasmetteva un documentario. Pastinache giganti nuotavano nell'oceano, accompagnate dalla voce solenne di un narratore.

Gerry posò la mano sul davanzale e tirò su la finestra a ghigliottina. Non era chiusa; salì velocemente e si aprì. Infilò una gamba e scivolò dentro. Richiuse la finestra alle sue spalle e tirò la tenda.

Era in piedi di fronte ad Amanda adesso. Osservava quel viso cadente e addormentato, con la bavetta che le brillava a un angolo della bocca. Sulla moquette c'erano due bottiglie vuote di vino. Sulla poltrona Amanda si mosse all'improvviso, allungando le gambe. Gerry afferrò di corsa il posacenere pesante che aveva di fronte, pronto a spaccarglielo in testa. Ma lei riprese subito il ritmo lento del suo leggero russare.

Le opzioni erano due: piazzare una cimice a batteria da qualche parte o trovare una presa nascosta a cui attaccare una minuscola scatola nera dotata di SIM. Osservò la stanza, il disordine era assoluto, c'erano libri e riviste ovunque; le prese erano quasi introvabili, difficili da raggiungere. Si sentiva puzza di fumo, ma nel soffitto c'era un rilevatore. Montò sul divano e piazzò velocemente la piccola cimice nella custodia di plastica dell'apparecchio. Si attivava al suono della voce e la batteria durava diversi giorni.

Scese dal divano e s'inoltrò nel corridoio. Il telefono era sul tavolino, la luce rossa della carica scintillava nel buio. Mentre allungava la mano per afferrare la cornetta, sentì un cigolio nelle assi del pavimento e s'immobilizzò di colpo. Fuggì di corsa, superando la porta di fronte alla ringhiera; si ritrovò in una stanza vuota piena di spazzatura.

Amanda gli passò di fronte, le assi cigolavano sotto il suo passo pesante, diretto in cucina. Accese la luce e Gerry sentì lo scroscio dell'acqua e lo scricchiolio di qualche contenitore di medicine. Presto la luce si spense e Amanda gli passò di nuovo davanti, salendo le scale stavolta, un po' barcollante.

Gerry riemerse dall'ombra e lavorò in fretta, afferrando la cornetta e infilando una cimice anche lì.

Si bloccò in mezzo al corridoio, attirato dal rumore delle molle del letto al piano di sopra. Ormai la sua vista si era abituata all'oscurità. Era tentato di salire su e divertirsi un po' con lei. Era chiaro che non era nelle condizioni di opporre resistenza. Ma doveva restare concentrato. Si sarebbe divertito a tempo debito. Superò lentamente le scale, notando che i gradini erano belli alti.

Lo tenne a mente – *per la prossima volta* – e uscì dalla finestra, scivolando di nuovo nell'oscurità.

Capitolo 23

Il mattino seguente il cielo era grigio e terso, ma faceva un gran freddo. Erika e Peterson parcheggiarono nel piccolo sentiero di ghiaia all'entrata del parco di Hayes, dal lato di Croydon Road. Si abbottonarono bene i cappotti prima di scendere dalla vettura e seguirono il percorso che virava bruscamente a sinistra intorno a un gruppetto di alberi per poi sterzare di nuovo a destra. Le piante celavano la vista del parcheggio, delle case e della strada. Si affacciarono sulla vasta distesa verde del parco.

«Cavolo, in un attimo sembra di essere finiti nel bel mezzo del nulla», commentò Peterson.

«Gli alberi attutiscono addirittura i rumori della strada», disse Erika, notando il silenzio inquietante.

La ghiaia scricchiolava sotto i loro piedi mentre avanzavano fra i tronchi spogli, così vicini tra loro che il bosco era tutto buio.

«A questo punto mi immagino degli occhi rossi che ci osservano dai meandri della foresta», aggiunse Peterson, «come nel romanzo *Il vento fra i salici*».

L'erba e l'erica erano coperte di rugiada, il sole non era ancora abbastanza alto da asciugarle. L'aria era densa di nebbia, eterei ricci bassi che fluttuavano intorno agli agenti a ogni loro passo.

«E se il colpevole fosse passato proprio di qua con Jessica?», disse Erika. Rimuginarono entrambi su quell'idea.

«Aveva già avvolto il corpo nella plastica? O l'ha fatto una volta arrivato sulle sponde dell'acqua?»

«Questa di Croydon Road è l'entrata più vicina alla cava e

noi camminiamo già da...», Erika controllò l'orologio, «cinque minuti».

«Forse non era da solo», disse Peterson, infilando le mani in tasca.

Gli alberi cominciavano a distanziarsi man mano che il sentiero di ghiaia s'incurvava e, in lontananza, scorsero la cava. L'acqua immobile rifletteva il cielo grigio e la nebbia galleggiava bassa. Il sentiero terminava a una novantina di metri dalla cava. Per raggiungerne le sponde rocciose dovettero attraversare una striscia di muschio spugnoso e irregolare. A Erika non sembrava proprio che fosse passata solo una settimana da quando era stata lì con la squadra subacquea.

«Chiunque sia stato deve per forza aver usato una barca», disse. «Il corpo è stato ritrovato a un centinaio di metri dalla riva».

Peterson si abbassò a raccogliere un sassolino e poi lo gettò verso l'acqua.

«Sei, non male», commentò Erika contando i cerchi che si propagavano sull'acqua.

«Nessuno avrebbe avuto la forza di lanciare il corpo di una bambina così lontano dalla riva», disse Peterson.

Proseguirono, le gambe si muovevano veloci come le loro menti. In certi punti il sentiero intorno alla cava si assottigliava e qua e là c'erano delle rocce da scavalcare, e anche piccoli alberi contorti con i rami che pendevano sull'acqua da aggirare.

«Non vedo il cottage da nessuna parte», disse Erika. E tirò fuori la mappa.

«In ventisei anni gli alberi saranno cresciuti, e poi...», rispose Peterson.

«Aspetta», lo interruppe Erika quando arrivarono di fronte a un'intricata massa di rovi e giunchi. «Quello non è un tetto?». Indicò una striscia di tegole rosse che s'intravedeva fra i ramoscelli secchi e i convolvoli.

Si avvicinarono al cespuglio, che era fitto e tagliente in alcuni punti, e pure bagnato di rugiada. Da quella distanza ravvicinata, Erika riusciva a vedere i vetri rotti che riflettevano la pallida luce del sole. Provarono ad andare avanti ma, con tutti quei rovi, alberi e sottobosco, era impossibile.

«Oh, Signore, qui bisogna tornare preparati, con dei rinforzi e un paio di guanti», disse Peterson, togliendosi una spina enorme dal polpastrello del pollice.

«Hai ragione, dobbiamo tagliare tutto», rispose Erika, con lo sguardo fisso sul tetto che spuntava fra la vegetazione.

Stavano tornando indietro, sfuggendo al fitto sottobosco che tentava di trattenerli, quando un labrador beige comparve di fronte a loro con una pallina da tennis logora in bocca. Si fermò lì davanti e si sedette, appoggiando la zampa sulla pallina.

Erika la raccolse, scagliandola verso gli alberi in lontananza. Il cane la rincorse freneticamente e la riportò indietro. Fra quegli stessi alberi, videro spuntare una donna che, lentamente, si avvicinava a loro sul ciglio dell'acqua.

«Una ficcanaso del posto. Potrebbe essere utile farci una chiacchierata», disse Peterson.

«Ha un'aria un po' eccentrica», rispose Erika vedendola avanzare.

La donna indossava una vecchia tuta, verde e larga, abbinata a un cappello del Chelsea da cui spuntavano i lunghi capelli grigi e una sciarpa del Manchester United.

Erika lanciò un altro paio di volte la pallina al cane, che continuava a riportargliela indietro. Quando la donna fu abbastanza vicina, notarono che ai piedi aveva un paio di scarpe da ginnastica viola: una suola si era staccata e pendeva per metà. Portava con sé una vecchia borsa consunta, piena di castagne, o così sembrava. Il viso era segnato dalle intemperie e pieno di rughe, sull'angolo destro della bocca s'intravedeva una cicatrice di una ferita che probabilmente era stata ricucita male, unendole le labbra e conferendo al viso un ghigno perenne.

«Serge, qui», urlò al labrador. «Vi sta dando fastidio?». Aveva un tono di voce raffinato e borghese, un po' catarroso. Il cane le corse subito incontro. Lei guardava con aria incuriosita Erika e Peterson.

«No, è un bravo cagnolone. Salve, sono l'ispettore capo Foster», disse Erika, mostrandole il distintivo. «E lui è l'ispettore Peterson».

«Sappiate che è perfettamente legale *raccogliere* castagne», si sbrigò a dire. «Ci volevano addirittura due agenti per questo?»

«Noi non...», provò a rispondere Erika.

«Chiamano la polizia pure quando prendi delle maledette more dalle siepi, lo sapevate? Voglio dire, ma vi rendete conto? Sono i frutti di Dio e lui li ha messi sulla Terra per tutti noi».

«Non siamo qui per le castagne o qualsiasi altra cosa lei stia raccogliendo», disse Erika.

«Oh, certo che le sto raccogliendo. Guardi un po' quante!». Aprì la borsa: dentro c'era un mucchio di castagne ammassate l'una sull'altra, marroni e scintillanti.

«Stiamo indagando sulla morte di Jessica Collins. Magari ha sentito al telegiornale che il corpo è stato rinvenuto nella cava», le rispose Erika.

«Non ce l'ho la televisione», tagliò corto la donna. «Ma ascolto Radio 4 e ho sentito la notizia. Brutto affare. L'avete trovata laggiù, vero?», aggiunse, indicando la cava con il capo.

«Sì. Lei vive qui intorno da tanto tempo?»

«Ci vivo da tutta la mia vita: ottantaquattro anni».

«Complimenti», le disse Peterson, ma in cambio non ottenne altro che un'occhiataccia.

«Che cosa sa dirci di quel cottage laggiù, fra il sottobosco?», domandò Erika.

La donna allungò il collo verso il punto indicato dall'agente, strabuzzando gli occhi. Il viso si increspò ancora di più.

«Seconda guerra mondiale: veniva utilizzato come alloggio e magazzino per la base aerea che c'era qui. Facevano tutto in gran segreto. Credo che qualcuno ci sia rimasto dentro anche dopo la guerra, ma poi è sempre stata vuota. È deserta da anni ormai... Il

Vecchio Bob ci ha vissuto a lungo, in maniera ufficiosa, anche se non abbastanza da rivendicare l'usucapione, povero bastardo».

Erika e Peterson si scambiarono uno sguardo.

«Sa dove si trova ora?», domandò Erika, incalzandola per ottenere altre informazioni.

«Parecchi anni fa l'hanno trovato lì. Stecchito». Dondolò il capo verso il cottage.

«Sa come si chiamava?»

«Ve l'ho detto, era il Vecchio Bob».

«Sì, ma il nome ufficiale?»

«Bob Jennings».

«E lei come si chiama?», le domandò Erika.

«Perché devo dirvi come mi chiamo? Non vi serve il mio nome per farmi delle domande».

«Ci sono pochi testimoni della morte di Jessica Collins. Anzi, diciamo che non ci sono proprio. Aveva solo sette anni quando l'hanno gettata in acqua. Hanno avvolto il corpo nella plastica, lasciandola marcire sul fondale per ventisei anni. Non sappiamo neanche se fosse ancora viva quando l'hanno buttata giù…».

La donna rimase a bocca aperta. «Povera bambina…».

Peterson fece un passo avanti e sfoggiò il suo sorriso magico. «Magari ci verranno in mente altre domande da farle, signora. E la sua vasta conoscenza della zona potrebbe esserci di fondamentale aiuto».

Lei lo fissò per qualche istante e poi, voltandosi verso Erika, disse: «Ci sta mica provando con me?»

«No, certo che no», rispose subito Peterson, imbarazzato.

«Lo spero proprio! È così che lavorate voi della polizia?».

Erika soffocò una risata e rispose: «Le assicuriamo che prendiamo estremamente sul serio il nostro lavoro, e in particolar modo questo caso. Un'esperta della zona potrebbe rivelarsi davvero utile…».

La donna li squadrò di nuovo da cima a fondo, le rughe sul suo volto si facevano sempre più profonde.

Erika andò avanti: «Secondo alcune dichiarazioni, un uomo dai capelli scuri si aggirava intorno alla casa di Jessica il giorno in cui è scomparsa. La polizia non l'ha mai rintracciato, ma dopo aver scoperto il corpo qui abbiamo ragione di credere che si trattasse di Bob Jennings».

«Bob? Colpevole di omicidio? No, no, no. Era un tipo strano, è vero. Un sempliciotto. Ma rapire una bambina? No, non l'avrebbe mai fatto».

«E perché ne è così sicura?», le chiese Erika.

«Perché ho vissuto qui per tutta la mia vita. So riconoscere un uovo marcio quando lo vedo. Ora, se abbiamo finito, vi auguro una buona giornata».

Chiamò il cane con un fischio e se ne andò in fretta, con il labrador al seguito.

«È disposta ad aiutarci allora, visto che conosce benissimo questa zona?», le gridò dietro Erika. Ma la donna ignorò la sua domanda e continuò a camminare.

La videro scomparire nel fitto della foresta, con la suola staccata che sbatteva senza sosta.

«Provarci con lei...», borbottò Peterson. «Ma chi si crede di essere?»

«La verità è che sa molto di più di quanto vuole ammettere», rispose Erika. Corse verso gli alberi, seguita a ruota da Peterson. Ma quando svoltarono l'angolo non trovarono nessuno.

«Dov'è finita?», chiese Erika. Davanti a loro serpeggiava solo lo stretto sentiero che si inoltrava fra gli alberi. I ricci di nebbia infestavano ancora l'aria e un silenzio sinistro scese di nuovo sui due agenti.

«Magari era un fantasma», disse Peterson.

«Anche il cane?».

Restarono lì immobili per qualche momento. Erika prese il cellulare. «Moss, sono io. Puoi controllare se c'era anche una barca alla cava di Hayes? Vedi se nei registri del comune si parla mai di un'imbarcazione requisita. Sono sempre pedanti con questioni del genere... E poi, scopri a che cosa serviva esattamente la cava, il tipo di sabbia o ghiaia che ne estraevano. Magari qualche dato sulla sua storia ci aiuterà a trovare una pista... È solo un azzardo».

«A volte un azzardo è proprio quello che ci vuole», disse Peterson. Si voltò verso la cava, nascosta dalle foglie e dall'erica. «E pensare che per tutti questi anni è sempre stata qui, a meno di due chilometri da casa», disse.

Capitolo 24

Quella notte Erika dormì male. Sognò di affogare nelle acque scure e gelide della cava di Hayes. C'era la luna piena e lei lentamente scendeva giù, sempre più giù, su quel fondale immenso e luminoso come la superficie lunare. Provava a nuotare ma gli arti non rispondevano, i polmoni urlavano. Ondate di limo si sollevavano tutt'intorno a lei, occludendole la vista. Poi svanirono. E vide Jessica in piedi sul fondale. Non era uno scheletro. Indossava i vestiti scelti per il compleanno della sua amichetta, i capelli biondi le fluttuavano intorno come un'aureola, la stoffa oscillava spinta dalle correnti. I sandali colorati aleggiavano sopra il limo. Sotto il braccio teneva un pacchetto avvolto in una carta da regalo a pois.

Jessica sorrideva: nella fila davanti le mancava un dente e da quella finestrella uscivano le bollicine. Si stava allontanando, fluttuando, senza muovere le braccia o le gambe, con il regalo ancora stretto sotto il braccio.

Sul fondo della cava Erika notò una fila di case. Era Avondale Road coperta di limo, le querce formavano un'oscura linea d'ombra. Una luce brillò in lontananza, una, due volte. E Jessica cominciò a percorrere sempre più velocemente la strada sommersa. Dietro di lei Erika scalciava e sbracciava, nuotando in fretta mentre il limo continuava a bloccare i suoi movimenti. Alla fine riuscì a raggiungere la bambina, l'afferrò per un braccio e cominciò a nuotare verso la superficie. Ma non appena le sue dita si chiusero intorno al polso della bambina, la pelle cominciò a staccarsi dal braccio, scoprendo le ossa. Poi fu il turno del viso, la cute cadeva strato dopo strato, lasciando solo un teschio con le orbite vuote. Quando Erika finalmente riuscì a tornare in superficie, di Jessica non restava che uno scheletro.

L'ispettore prese lunghe boccate d'aria fredda e, man mano che la sua vista si abituava all'ombra, distinse due sagome sul ciglio della cava.

Si risvegliò urlando. Le lenzuola erano bagnate di sudore, eppure aveva i brividi. Era ancora buio fuori, la sveglia vicino al letto segnava le quattro e trenta del mattino. Si alzò e fece una doccia. Rimase sotto il getto per molto tempo, cercando di scaldare le ossa ancora tormentate dai brividi freddi della nuotata nella cava. Quando l'acqua calda finì, si asciugò e si mise la sua vestaglia pesante. Andò in cucina. La sera prima John le aveva sottoposto un mucchio di rapporti da controllare, così si preparò un caffè e si sedette a esaminare le cartelle che si era portata a casa.

Erika arrivò alla centrale di Bromley poco prima delle otto e, uscita dall'ascensore al piano terra, si trovò di fronte a un gran trambusto. Un gruppetto di agenti si era radunato intorno a un carrello della spesa che conteneva un pupazzo per la notte di Guy Fawkes. Era un finto poliziotto imbottito con vecchi giornali. La testa era un palloncino, su cui avevano disegnato con un pennarello un viso triste e due occhi enormi. Gli avevano messo anche il berretto da agente, da cui spuntava una terribile parrucca rossa. I buontemponi erano stati beccati dal sovrintendente Yale, e ora si beccavano una bella strigliata.

«Quindi invece di pensare al terrorismo, con il livello di allerta che è stato innalzato, voi avete deciso di cazzeggiare con questa roba?»

«Signore, stasera è la notte di Guy Fawkes e ci stiamo preparando per andare a Great Ormond Street», rispose una poliziotta che indossava il giubbotto catarifrangente e il gilet antitaglio.

«E se qualcuno dei piani alti fosse arrivato per un'ispezione a sorpresa, eh? E vi avesse trovato a perdere tempo con queste stronzate?»

«Abbiamo finito il turno, signore. Abbiamo solo pensato che se avessimo tenuto l'uniforme saremmo riusciti a racimolare più soldi», rispose un altro agente.

«Questa me la dovete proprio spiegare».

Erika notò una sbalorditiva somiglianza fra il pupazzo e il sovrintendente.

«Guy Fawkes non era forse un terrorista?», disse un agente magrolino con le mani in tasca e la faccia da moccioso. «Potremmo parlare di terrorismo, tipo divulgazione, insomma».

«Volete un richiamo ufficiale, per caso?», sbottò Yale. «Levatevi dai piedi subito. E portate via questo coso!».

Gli agenti alzarono i tacchi e se ne andarono a gambe levate. Uno di loro borbottò: «Guy Fawkes ha tentato di far saltare in aria il Parlamento, vero?»

«Buongiorno, signore», disse Erika cercando di mantenere un'espressione seria.

«Ti pare un buon giorno?», le rispose il capo. L'ispettore stava per aprire bocca, ma il sovrintendente chiaramente non voleva sentire la sua risposta. «I legali di Jason Tyler ci stanno complicando la vita. A noi e alla procura. Adesso si rifiuta di darci i dati informatici se non gli offriamo una sospensione della pena».

«Porca miseria», si limitò a dire Erika. Avrebbe voluto aggiungere che è quello che si ottiene negoziando con gli spacciatori, ma decise di lasciar perdere. Il capo scosse la testa e si allontanò nel corridoio, continuando a borbottare.

Erika invece salì le scale che portavano alla sala operativa all'ultimo piano. Con sua grande sorpresa, vide che erano arrivati già quasi tutti. Era venerdì ed era ormai passata una settimana da quando avevano scoperto i resti di Jessica – sette giorni in cui non avevano fatto altro che lavorare senza sosta.

Nella sala i telefoni squillavano e quasi tutte le scrivanie erano occupate. L'agente Knight stava aggiornando l'angolo della lavagna in cui erano riportate tutte le informazioni, compreso un profilo di Amanda Baker.

«'Giorno, capo. Posso parlarti un attimo?», chiese Moss. Si alzò di corsa dalla scrivania, intercettando Erika che procedeva spedita verso il suo ufficio. Infilò in bocca l'ultimo pezzo di ciambella buttandolo giù con un sorso di caffè.

Erika posò la borsa sulla scrivania, notando che le avevano consegnato un'altra pila di documenti da controllare.

«Come ti sembra la squadra, Moss?»

«È un bel gruppo. Crawford è un po' un coglione, ma purtroppo ne ho visti di più grossi».

Erika alzò gli occhi al cielo.

«Niente battute di prima mattina?»

«Meglio di no», sorrise Erika.

«La segretaria di tale Oscar Browne, avvocato della Corona, ti ha lasciato un paio di messaggi ieri sera tardi. Vuole incontrarti nel suo ufficio».

«A proposito di quale caso?», domandò Erika, sedendosi alla scrivania.

«Il caso Collins, capo».

«Un momento», rispose. Aveva già sentito quel nome. «Oscar Browne. Non è l'ex fidanzato di Laura Collins? Quello con cui era andata in campeggio il giorno in cui Jessica è scomparsa?»

«Esatto. Andavano all'università insieme. Lui ha fatto carriera e adesso è un avvocato famoso».

«E perché mi vuole vedere?»

«Per parlare?»

«E di cosa?»

«Dice che vuole discutere con te faccia a faccia. Ho insistito per saperne di più, ma non si è sbottonato».

Erika distolse lo sguardo, puntando gli occhi sulla sala operativa. Sentiva di essere già arrivata a un vicolo cieco con quel caso, ed era certa che la pila di scartoffie sulla sua scrivania non avrebbe fatto altro che metterla di fronte alla sua incapacità di trovare un sospettato.

«Vedi se ha tempo oggi, in tarda mattinata. Intanto portami tutto quello che abbiamo su di lui. Avrà rilasciato una dichiarazione all'epoca, no? Aveva un alibi, giusto?»

«Sì, ce l'aveva. Era andato in campeggio con Laura in Galles. Marianne li ha salutati il giorno prima che Jessica scomparisse. E un tipo che lavorava nel campeggio ha confermato di averli visti arrivare. Dice che si ricorda di Oscar perché è stato l'unico tizio di colore che ha visto in tutta l'estate».

Erika sollevò un sopracciglio. John bussò alla porta ed entrò con un altro mucchio di scartoffie.

«'Giorno, capo. Ho trovato qualcosa su Bob Jennings, l'uomo che viveva nel cottage vicino alla cava di Hayes. Ha vissuto a Bromley per tutta la vita, è entrato e uscito un paio di volte da diversi ospedali psichiatrici di Kent. Ha qualche precedente penale, ma si tratta più che altro di furtarelli, roba da niente. Nel 1986 ha rubato sei banane da un fruttivendolo, nel 1988 ha sgraffignato una collana dalle vetrine di Ratners. Niente atti di violenza. Il comune ha tentato spesso di trovargli una sistemazione, ma lui ha sempre rifiutato».

«Quindi possiamo presumere che sia per questo che è finito a occupare il cottage vicino alla cava?», disse Erika.

«Continuo a cercare», rispose John.

«È lui il nostro indiziato principale? Un tizio morto che ha rubato sei banane e una collana da quattro soldi?», domandò Moss. Erika la ignorò. «E va bene, capo. Do la conferma per l'incontro con Oscar Browne. Vuoi un po' di caffè? Si direbbe proprio che ne hai bisogno».

«Sì, grazie, Moss». Erika si abbandonò contro lo schienale massaggiandosi gli occhi. Quel caso sembrava gonfiarsi fino a esplodere da tutte le parti, ormai fuori controllo.

Capitolo 25

Quel pomeriggio Erika salì sul primo treno ad alta velocità da Bromley e arrivò mezz'ora dopo alla stazione Victoria di Londra. La Fortitudo Chambers Legal Firm si trovava vicino all'Apollo Theatre, pochi minuti a piedi. Era un edificio di mattoncini rossi, in cui regnava un'atmosfera severa.

L'atrio era imponente e opulento, con le mura di pietra e i soffitti altissimi; alla reception sedeva una donna impassibile che accompagnò Erika all'ufficio di Oscar Browne all'ultimo piano. La vista sullo skyline londinese era splendida.

«Ispettore capo», disse Browne alzandosi e facendo il giro della scrivania per stringerle la mano. «Posso offrirle qualcosa? Tè? Caffè? Acqua?»

«No, grazie», rispose Erika.

Era un uomo alto e distinto, con i capelli scuri spolverati di bianco. Indossava un completo su misura e un paio di scarpe costose. Era un ventenne all'epoca della scomparsa di Jessica, quindi adesso doveva avere quarantasei anni. Erika si sedette sulla comoda poltrona di fronte alla scrivania. Era il classico ufficio di un avvocato di grido: tappeti alti, legno lucido e segretaria onniveggente. L'avevano scelta con cura, pensò Erika: non così appariscente da distrarre i colleghi, ma abbastanza attraente da poter rappresentare una società giovane e dinamica. Oscar aspettò che la donna se ne andasse, poi ricominciò a parlare.

«Sono rimasto davvero colpito quando ho sentito che avete ritrovato il corpo di Jessica. Ventisei anni sono volati via in un attimo, mi sembra successo soltanto ieri». Aveva una voce piena e teatrale. Sicuramente ne faceva buon uso in tribunale, pensò Erika.

«Non credo che per la famiglia Collins siano passati tanto in fretta», rispose.

«No, ovviamente no. State seguendo qualche pista? Avete dei sospettati?».

Erika inclinò il capo e lo fissò direttamente negli occhi. «Non sono venuta qui per parlarle delle nostre piste o dei nostri sospettati, signor Browne. In effetti, perché sono qui?».

Oscar sorrise. I denti erano di un bianco accecante. «Sono ancora in contatto con la famiglia Collins e ho visto con i miei occhi come sono state svolte le prime indagini. È stato stressante e dannoso per l'intera famiglia».

«So bene cosa è successo».

«Mi hanno chiesto di agire come loro portavoce».

«Ma lei è un legale, non un PR, giusto?»

«Giusto».

«Quindi capisce bene che c'è un conflitto di interessi. Lei è un potenziale testimone dei fatti accaduti ventisei anni fa e...».

«Potrei essere anche un sospettato», Oscar terminò la frase per lei.

Erika rimase in silenzio.

«Sono un sospettato?». Le sorrise di nuovo.

«Signor Browne, non discuterò i dettagli del caso con lei».

«Allora posso dirle una cosa da cittadino preoccupato?», le chiese.

«Certamente».

«Durante la prima indagine della polizia metropolitana la situazione è andata fuori controllo. L'impressione che ne ho avuto è che abbiano vinto i cattivi. Un mucchio di domande sono rimaste senza risposta: in particolare, ci siamo chiesti se l'inchiesta sia stata condotta dalla persona giusta, e se certe cose non siano sfuggite».

«Lei era insieme a Laura Collins, giusto? Quindi ha di certo un alibi?».

Quella domanda lo irritò. «Un alibi?». Si appoggiò allo schienale e sfoderò un altro dei suoi sorrisi disarmanti. «All'epoca rilasciai agli agenti una dichiarazione completa, insieme a Laura. Eravamo in campeggio».

«Nella penisola di Gower, in Galles?»

«Sì, una zona spettacolare del Paese».

«Come mai avete scelto proprio il Galles?»

«Studiavamo entrambi a Swansea all'università. È vicino. Ci eravamo già andati con un paio di amici a Pasqua e volevamo tornarci come si deve, solo noi due».

«Ha ancora rapporti stretti con Laura?»

«Non li definirei proprio stretti. La nostra relazione non è durata a lungo, ci siamo lasciati agli inizi del 1991».

«Perché?»

«Nel settembre del 1990 avremmo dovuto iniziare entrambi il secondo anno. Io studiavo legge, lei matematica. Ovviamente si è presa un anno sabbatico. Lei ha frequentato l'università?»

«No», disse Erika. Quella risposta le uscì con un'inflessione ostile che non avrebbe voluto far trapelare.

«Be', lasci che le dica una cosa: la vita universitaria è molto chiusa e intensa. Ho incontrato un'altra ragazza, Laura era dispiaciuta e anch'io, ma ci siamo lasciati in modo del tutto amichevole. E ci sono sempre stato per lei».

«Quindi l'ha scaricata?»

«Non la metterei così. Laura ammetterebbe che è stato un anno terribile, non sapeva come gestire la situazione, e...».

«Cosa?»

«Era diventata intrattabile. Ma non la biasimo per questo. Neanche un po'». Enfatizzò le ultime tre parole battendo il palmo sulla superficie levigata della scrivania.

«Eravate in campeggio nel bel mezzo del nulla. Come avete fatto a scoprire che Jessica era scomparsa?»

«Mi sta interrogando?»

«Credevo di parlare con un cittadino preoccupato».

Lui sorrise di nuovo. «C'era un bar al campeggio. Il giorno dopo la partenza abbiamo visto il servizio al telegiornale. Siamo ripartiti immediatamente... Come le ho detto, è tutto nella dichiarazione che ho rilasciato ai tempi».

«Avrebbe potuto risparmiarmi il viaggio e dirmi tutte queste cose per telefono, allora».

«Mi piace incontrare la gente di persona... Ho sentito Marianne al telefono diverse volte. Teme che non vogliate riesaminare il ruolo giocato da Trevor Marksman nella scomparsa di Jessica. Per via della causa civile che ha vinto contro la polizia metropolitana».

«Telefonerò a Marianne e la rassicurerò. Stiamo tenendo d'occhio tutte le persone coinvolte. Trevor Marksman attualmente vive in Vietnam».

«Ah, sì? E dove?».

Erika dovette spremersi le meningi, ma alla fine le tornò in mente.

«Abbiamo il suo indirizzo di Hanoi».

«E sapete anche che ha passato sedici mesi in carcere di recente, per aver molestato dei bambini in Vietnam?».

Erika non rispose subito.

«È stato appena riaperto un vecchio caso, non abbiamo ancora avuto accesso a questa informazione», gli rispose, cercando di celare il suo fastidio.

«E sapete che Marksman è tornato nel Regno Unito e vive a Londra, attualmente?»

«Che cosa?»

«Dunque non ne sapevate niente?».

Erika fece del suo meglio per mantenere la calma. Oscar aprì il cassetto della scrivania e tirò fuori una grossa busta di carta, posandola sul ripiano di fronte a lei.

«È tutto qui dentro. Il suo indirizzo, quello temporaneo di

Hanoi, la società che ha creato per gestire le sue proprietà immobiliari. È piuttosto ricco».

Erika prese la busta.

«Come ha ottenuto queste informazioni?»

«Ho fatto delle ricerche. Sono un avvocato, è il mio lavoro... Ora capisce perché ho preferito parlarle di persona? In caso avesse bisogno di contattarmi, le lascio il numero diretto dell'ufficio».

Prese un biglietto da visita dalla scrivania e con una penna stilografica nera sottolineò il suo numero. Due volte. Erika non riusciva più a trattenere il fastidio che le montava dentro. Si guardarono negli occhi per qualche istante e poi Browne le tese la mano.

«La ringrazio per il tempo che mi ha dedicato, agente. Spero di poterla aiutare ancora».

«Certo, grazie», rispose lei.

Oscar Browne sfoggiò il suo sorriso smagliante, ma Erika non ricambiò. E lasciò immediatamente il suo ufficio.

Una volta fuori dallo studio, l'ispettore s'infilò nella prima stanza vuota che trovò e aprì la busta. Poi chiamò subito la sala operativa. Rispose Peterson, a cui raccontò con rabbia ciò che era accaduto.

«Com'è possibile che non ne sapevamo niente?», gli domandò. «Ho fatto la figura dell'idiota».

«Capo, dobbiamo riesaminare troppe informazioni del passato. Era compito mio scoprire di più su di lui, ma siamo letteralmente sommersi qui».

«Lo so», rispose. «Non ci crederai mai, ma Trevor Marksman vive in un maledetto attico a Borough High Street!».

«Vuoi andare a trovarlo?»

«Non ancora. Mi serve tempo per pensare», rispose.

«Che vuoi che dica alla squadra? Li faccio tornare anche domani?»

«Sì», rispose Erika. «Non possiamo battere la fiacca. Non siamo neanche lontanamente vicini a trovare un sospettato».

Terminò la chiamata e raggiunse la stazione. Aveva deciso di andare a trovare una persona. Una persona che avrebbe capito come si sentiva.

Capitolo 26

Era già buio quando Erika bussò alla finestra di Amanda Baker. Solo pochi istanti e le tende si scostarono e la finestra si aprì. L'ex detective rimase a bocca aperta trovandosi di fronte a Erika, con una bottiglia di vino sotto il braccio.

«Ho pensato di eliminare il postino», disse l'ispettore mostrandole il regalo.

Amanda inclinò la testa, diffidente.

«È una visita di cortesia. Più o meno», aggiunse.

«"Più o meno". E va bene. Vuoi passare dal retro?», le chiese.

«La finestra andrà benissimo».

La padrona di casa le tese la mano, aiutandola a montare sul davanzale. Erika si accomodò sul divano, mentre Amanda sparì in cucina a preparare il tè. Quando tornò in salotto con due tazze fumanti, Erika notò un non so che di diverso in lei. Camminava con un passo più deciso, indossava vestiti puliti e i lunghi capelli grigi erano lavati e raccolti in uno chignon fermato da due matite. Aveva persino riordinato il soggiorno e sul tavolino accanto alla poltrona c'erano un posacenere pulito e una pila di quaderni. Uno era aperto, pieno di scarabocchi neri e intricati.

«Sicura che non vuoi niente di più forte? Non sei in servizio, giusto?»

«Sicura, grazie», rispose Erika, prendendo la tazza di tè. «Mi sembra di essere perennemente in servizio».

«Ho bevuto solo due bicchieri oggi. In genere a quest'ora sto scolando la seconda bottiglia», disse Amanda sedendosi sulla poltrona.

«E cos'è successo?»

«Avete trovato il corpo di Jessica Collins, ecco che è successo. Mi ha aiutato, in un certo strano modo».

«E come?»

«Non essere riuscita a trovarla è una colpa che mi perseguita da sempre. Passavano le settimane, i mesi e poi gli anni, e io non avevo niente. Non c'erano prove, e la situazione presto iniziò a degenerare. A un certo punto cominciai a pensare che si trattasse di un grosso scherzo. Hai presente quei programmi con le telecamere nascoste, tipo "Candid Camera"? Quelli in cui organizzano scherzi alla gente?».

Erika annuì.

«A volte pensavo che un giorno o l'altro Jessica sarebbe spuntata dal nulla insieme a un tizio con un microfono, urlando: "Ta-daaaaaa!" Ci sei cascata, detective Baker!". E a quel punto la piccola mi avrebbe abbracciato, i colleghi della centrale sarebbero usciti allo scoperto e ridendo saremmo andati tutti insieme al pub. E Jessica sarebbe tornata a casa da Martin e Marianne».

«Probabilmente è il caso più difficile a cui abbia mai lavorato», disse Erika. «Non ho problemi ad affrontare situazioni spinose o a dar la caccia a un sospettato. Ma qui non abbiamo *niente*. Ho letto i tuoi rapporti. Delle sessanta famiglie di Avondale Road, ventinove erano in vacanza e i residenti di altre tredici case erano fuori il pomeriggio del 7 agosto. Gli altri vicini c'erano, ma nessuno ha visto niente».

Amanda annuì e prese il quaderno, sfilando una delle matite che aveva tra i capelli. «Ho scritto un mucchio di roba, magari può esserti d'aiuto. Di sicuro aiuta me. Ho sbloccato una parte di cervello che non usavo da anni».

«Il cervello del detective», concordò Erika.

«Perquisimmo tutti i cortili di Avondale Road, quelli davanti e quelli sul retro, per controllare che nessuno avesse scavato fosse di recente». Amanda sfogliò qualche pagina. «Il 13 agosto setacciammo il giardino del civico 34 con un rilevatore di metano».

«Un momento, nei rapporti non compare nulla a proposito», disse Erika.

«Non mi sorprende. Lì ci abitava John Murray, l'allora capo del consiglio di Bromley».

«Cos'è che vi ha spinti a controllare proprio il suo giardino?»

«C'erano segni di scavo nel cortile sul retro. Ci parve sospetto».

«E perché non c'è niente nei rapporti?»

«La politica locale. Il consiglio ha molto più potere di quanto si possa pensare. Un paio di cose sono "scomparse"».

«Credi che questo John Murray fosse coinvolto nella scomparsa di Jessica?»

«No. Cercava solo di proteggere la propria reputazione. La sonda registrò qualcosa nel suo giardino, così lo feci rivoltare da cima a fondo. Ma trovammo solo il cadavere putrefatto di un gatto. Un randagio che la domestica aveva seppellito lì qualche settimana prima, senza dire nulla ai padroni di casa. I giornali lo vennero a sapere e pubblicarono una foto della buca. Dovemmo tirar giù un gazebo e la pavimentazione. La moglie aveva appena fatto rifare tutto». Si accese una sigaretta. «Riuscirono a ottenere il rimborso dall'assicurazione, ma ormai il suo nome era legato alla scomparsa di Jessica. E poi c'era Bob Jennings. Aveva stretto un patto con le autorità locali, a proposito del centro di riabilitazione, e non disse nulla».

«Non c'è niente su di lui nei rapporti».

«Non era un sospettato. Tuttavia, fece dei danni pazzeschi nascondendoci i dettagli sul centro di riabilitazione. Venni a sapere che l'istituto si trovava lì soltanto qualche giorno dopo, e poi perdemmo altro tempo per stare addosso a Trevor Marksman. È questo che mi ha sempre infastidito. Aveva un alibi, ma forse lavorava con un complice e ha avuto una finestra di tempo di diversi giorni per agire prima che lo prendessimo».

Erika bevve un sorso di tè e ripensò alla busta nella sua borsa, con dentro tutti i dettagli sugli spostamenti di Marksman e sul suo ritorno nel Regno Unito.

«Mi prendeva in giro durante l'interrogatorio, dopo l'arresto… È stato devastante doverlo rilasciare».

«Ma hai continuato a tenerlo d'occhio, no?», chiese Erika. L'atmosfera nella stanza divenne glaciale.

Amanda annuì, fissandola con aria seria. «Gli ho dato la *caccia*, cazzo», ringhiò.

Capitolo 27

Una decina di chilometri più in là, all'ultimo piano di un grattacielo di Morden, South London, Gerry sedeva in un'angusta cameretta e origliava la conversazione al computer.

Dagli auricolari arrivava la voce roca di Amanda Baker, chiara e distinta, fastidiosamente vicina alle sue orecchie. Probabilmente era seduta sulla poltrona proprio sotto il rilevatore di fumo, pensò Gerry.

«Tenemmo Marksman sotto controllo per un paio di settimane», disse. «Non faceva altro che andarsene in giro per Londra, faceva delle passeggiate ridicolmente lunghe. Aveva l'abbonamento per i mezzi, e trascorreva giornate intere a gironzolare per la città, passando da un autobus all'altro. Ci rendemmo subito conto che sapeva che gli stavamo con il fiato sul collo… E ora capisco anche perché ci teneva lontani da Hayes…».

Seguì qualche istante di silenzio, interrotto solo dal tintinnio di una tazza che veniva appoggiata sul piattino e poi sul tavolo.

«E che cosa avete fatto?». Era la voce di Erika.

«Mi sforzai di tenere alto il morale del team. Nessun agente era più disposto a seguire Marksman nei suoi lunghissimi giri dell'oca, ma dovevamo continuare a tenerlo d'occhio, assicurarci che non fosse solo un modo per scoraggiarci… Sai perché era finito dentro?»

«No».

La voce di Amanda: «Quando viveva a West London, nei pressi di Earls Court, Marksman rapì una bambina di cinque anni. Stava passeggiando per Cromwell Road, vicino alla stazione della metro, dove ci sono tutte quelle vecchie case a schiera di quattro piani. Scorse una bambina che giocava da una finestra. Si fermò, cominciò a parlarle e la convinse ad andare con lui. Le raccontò che era un amico della madre, che viveva solo qualche porta più giù. Le disse di avere un cucciolo. E lei lo seguì. In seguito la drogò e la portò in un capanno degli attrezzi a un chilometro e mezzo di distanza. La tenne lì per tre giorni. E la violentò. Aveva solo cinque anni. Era gennaio e faceva un freddo cane, per questo pensò che il capanno degli attrezzi fosse un buon nascondiglio, per via del gelo. C'era la neve, nessuno ci andava là. Solo un passante, a spasso con il cane, lo vide entrare nel capanno con una busta piena di giochi e diede l'allarme. Quando la trovarono aveva addosso solo la camicia da notte, era terrorizzata e aveva preso la polmonite...».

«Che ne è stato di lei?»

«È guarita. Ma non so dove sia ora. Se si sia mai ripresa o se sia riuscita a vivere una vita normale».

Ci fu un momento di quiete. Gerry fissò lo schermo. Le sottili linee colorate del grafico avevano smesso di muoversi.

«Per questo l'ho fatto». Fu Amanda a rompere il silenzio. «Per questo mi sono fatta giustizia da sola. Volevo che quel bastardo bruciasse vivo. Volevo che provasse dolore, tanto dolore, come se camminasse sulla superficie del sole stesso... Ci rimasi malissimo quando scoprii che era sopravvissuto, che l'incendio non l'aveva ucciso. Ma forse non è un male che sia andata così. Hai visto che aspetto ha adesso?»

«Sì». Di nuovo la voce di Erika, bassa.

«Sì, be', è un vero mostro. Prima aveva un aspetto ordinario, invece. Almeno adesso non può avvicinarsi alle bambine senza spaventarle a morte».

Sulla scrivania accanto al computer, Gerry vide che lo schermo del suo iPhone si stava illuminando. Si assicurò che il PC stesse registrando la conversazione, si tolse le cuffie e rispose.

«Funziona. Ricevo un buon segnale da casa di Amanda Baker. C'è anche Erika Foster con lei, adesso», disse.

«Perché è lì? Che succede?», gli rispose una voce.

«Rilassati. Non sa che pesci prendere. Non ha nulla fra le mani. È tornata a trovare Amanda per conto suo. Di sicuro per sentirsi meglio».

«E i telefoni?», domandò la voce misteriosa.

«Sono riuscito ad hackerare quello di Amanda, no problem. Ha un semplice Android, sono riuscito a bucarlo con un trojan. Partecipa a un mucchio di quiz a premi in TV. Hai presente, quelli in cui chiami a tariffa maggiorata? Non si è neanche accorta del messaggio vuoto, e l'ho cancellato. E lo stesso con Crawford».

«E quella Foster? Bisogna spiare anche lei».

«È rischioso. È sveglia e intelligente. Se scopre il tentativo di hackeraggio...».

«Devo sapere cosa sta succedendo».

«Te l'ho già detto, cazzo. Non ha niente».

«Vedi di stare attento. Ricordati con chi stai parlando». Il tono era glaciale.

Gerry si appoggiò allo schienale e mise i piedi sulla scrivania. «Sono i tuoi occhi e le tue orecchie».

Un secondo di silenzio.

«Entra nel telefono della detective. Se c'è qualche intoppo, farò in modo che non risalgano a te. Hai la mia parola».

«D'accordo», rispose Gerry. «Mi ci metto subito».

Capitolo 28

Era tardi quando Erika uscì dalla casa di Amanda Baker. Ora riusciva a capire un po' meglio quella donna, anche se ancora non poteva perdonarle di aver spinto un gruppo di vigilanti a gettare una molotov in casa di Trevor Marksman. Entrò nella macchina parcheggiata lungo la strada buia, mise la sicura e accese la luce.

Tirò fuori i documenti dalla spessa busta di carta e li sfogliò di nuovo. Trevor Marksman era davvero ricco sfondato. La corte gli aveva riconosciuto un risarcimento di trecentomila sterline nel 1993, soldi che poi aveva investito saggiamente, diventando milionario. Osservò la fotografia del prestigioso condominio di Borough, vicino a London Bridge, in cui viveva adesso.

Prese il cellulare e chiamò Marsh, che rispose dopo un paio di secondi appena.

«Scusi se la chiamo così tardi».

«Sono le nove. Sono sveglio», le rispose.

«Tutto bene? Sembra un po' giù».

All'altro capo Marsh sospirò. «Non ho chiuso occhio in questi giorni... Marcie vuole stabilire ufficialmente degli orari di visita per le bambine. Non le piace che mi presenti così all'improvviso. Come se non fosse casa mia, dannazione!».

«Mi dispiace, signore...».

«No, è solo colpa mia. Lavoro troppo. Hai chiamato tu, comunque. Immagino non volessi parlare del mio matrimonio, giusto?»

«Uh, no...».

«Di che si tratta?»

«Trevor Marksman. Come gli sono andate le cose dopo il processo?»

«Ha ottenuto un risarcimento. La polizia metropolitana ha dovuto sborsare una cifra enorme, se pensi che erano i primi anni Novanta. Con tanto di scuse ufficiali. Ci fu una grossa polemica da parte della stampa, per il fatto che la polizia dovesse delle scuse a un pedofilo».

«Voglio parlargli».

«No, Erika. Se lo porti dentro aprirai il vaso di Pandora».

«Non voglio interrogarlo come sospettato. Voglio parlarci in qualità di testimone».

«Testimone?»

«Sì. Nessuno ha visto niente: i vicini, la gente del posto, nessuno. L'unica persona che sappiamo con certezza che teneva d'occhio Jessica prima della sua scomparsa è Trevor Marksman. Sì, è un depravato: ma se mettiamo da parte questo dettaglio per un istante, potremmo scoprire che ha visto o sentito qualcosa».

«Ma non ha mai detto nulla».

«Qualcuno glielo ha mai chiesto?».

Silenzio dall'altro capo della linea.

«E va bene. Ma dovrai chiedergli se ha voglia di parlare, dovrai essere diplomatica. Certo, vive in Vietnam, dovrai inventarti qualcosa. Skype, magari».

«Non è in Vietnam. È tornato. Vive a Londra».

«Ma che diavolo dici? E perché non lo sapevamo?»

«Perché non è tenuto a informarci. È stato accusato di stupro ai danni di una minore e ha scontato una condanna in prigione prima del 1997, anno del Sex Offenders Act. Che come sa non è retroattivo, quindi non riguarda i colpevoli di reati antecedenti al 1997».

«Dunque vuoi soltanto parlargli?»

«Sì».

«E hai chiamato per dirmelo?»

«Le presento la nuova Erika. Mi comporto come da manuale, informo i miei superiori».

«Sparane un'altra. Così mi fai solo ridere».

«Sembra proprio che lei abbia bisogno di una risata…».

«Erika…».

«Cosa?».

Ancora silenzio dall'altra parte. Le era parso che Marsh fosse sul punto di chiederle qualcosa.

«Niente. Tienimi aggiornato e non fare cazzate», le disse alla fine, chiudendo la chiamata.

Capitolo 29

Erika e Peterson si diedero appuntamento sul treno delle nove e trenta, destinazione London Bridge. Lui salì a Sydenham, una fermata prima di lei, e le tenne il posto fino a Forest Hill. Lo trovò seduto accanto al finestrino: sembrava di umore tetro, voglia di parlare pari a zero – il che era un bene, pensò Erika, considerando le poche ore di sonno che aveva sulle spalle. Aveva pensato di portare Moss all'incontro con Marksman, ma l'ispettore le stava fornendo un aiuto inestimabile dirigendo la sala operativa in maniera a dir poco impeccabile. Aveva pensato anche a John, ma tutto quel chiacchiericcio la mattina presto l'avrebbe fatta impazzire. E poi con Peterson sentiva di poter contare sull'appoggio di un agente più esperto.

«Sarà un inverno maledettamente lungo», le disse mentre il treno rallentava e superava il gigantesco inceneritore dopo la stazione di New Cross Gate. Le nuvole erano basse, gli edifici incombevano sulle rotaie.

Scesero dal treno a London Bridge, sbucando su Borough High Street. La strada era intasata, i turisti si riversavano nel Borough Market, dove file di bancarelle natalizie vendevano le prime decorazioni e l'odore del vin brulé si alzava nell'aria fredda inondando le vie. Passarono sotto al cavalcavia della stazione, avanzando per un po' nel fiume della folla finché non raggiunsero una serie di alti cancelli in ferro battuto.

«Come ci è finito Trevor Marksman in un posto come questo?», chiese Erika, osservando la corte pavimentata che s'intravedeva fra le sbarre.

Peterson trovò subito il numero dell'appartamento e suonò il campanello.

«Certe volte viene da chiedersi se esiste veramente un Dio», rispose cupamente.

In realtà quella era una domanda che lei non si poneva quasi mai, pensò Erika.

«Siamo venuti a parlargli in qualità di testimone», gli ricordò notando il cipiglio che aveva sul volto. «Potrebbe rivelarsi utile».

Peterson stava per risponderle quando udirono un crepitio dal citofono. Una voce gli chiese di mostrare dei documenti identificativi alla telecamera. Entrambi gli agenti tirarono fuori i distintivi e li premettero contro le minuscole lenti. Un momento dopo, gli enormi cancelli scivolarono silenziosamente indietro.

Erika e Peterson entrarono in una spaziosa corte circondata da un piccolo e curato giardino. I cancelli si richiusero alle loro spalle. All'improvviso erano schermati dal frastuono e dalla confusione della strada principale.

«Non è lui l'uomo che ci sta aspettando?», chiese Erika mentre si avvicinavano alla spaziosa vetrata all'ingresso di un alto edificio di mattoncini rossi. In lontananza scorgevano un uomo alto e pelato.

«No, non è lui. Ha un assistente», le rispose Peterson.

Quando lo raggiunsero, l'uomo li salutò educatamente con un cenno del capo. Aveva la carnagione chiarissima e la testa pelata e scintillante. Una cicatrice rosa gli attraversava la fronte scomparendo dietro l'orecchio sinistro.

«Buongiorno, agenti. Potrei controllare di nuovo i distintivi?», chiese con gentilezza. Aveva un lieve accento sudafricano e sotto la divisa, notò Erika, nascondeva un fisico molto muscoloso. Gli mostrarono i distintivi e lui li studiò attentamente, sollevando ogni tanto lo sguardo verso gli agenti. Alla fine, soddisfatto, annuì e disse: «Prego, entrate».

L'ascensore li portò fino in cima, aprendosi su un piccolo

pianerottolo. Fra due portoni blu scintillanti c'era un grosso tavolino nero laccato, su cui spuntava un vaso alto e slanciato decorato con una delicata fantasia di rose. Un'eleganza quasi sinistra: Erika ripensò con affetto al pianerottolo di fronte al suo appartamento e al minuscolo tavolino tappezzato di volantini e copie gratuite del giornale locale.

«Come si chiama lei?», domandò Erika. L'uomo era rimasto in silenzio per tutto il tempo nell'ascensore.

«Joel», rispose, con occhi grigi e distanti. «Per favore, toglietevi le scarpe prima di entrare», aggiunse aprendo il grosso portone sulla sinistra.

Si trovarono di fronte a uno spazioso salotto open space, con una graziosa moquette blu pastello bordata da rose bianche su sfondo crema. Era un ambiente caldo e accogliente, nell'aria aleggiava l'odore quasi soverchiante dei profumatori. Joel controllò che si togliessero le scarpe ed Erika notò il disagio lampante di Peterson.

«Prego, entrate».

Attraversarono il salotto. C'era una gran quantità di mensole lungo le pareti; dei divani chiari circondavano un tavolino da caffè ampio e basso. Era ricoperto da libri di fotografia, fra cui spuntavano le immagini di bambini piccoli; una, in particolare, mostrava una ragazzina con un costume rosso seduta in riva al mare. Stava facendo un castello di sabbia e i suoi enormi occhi azzurri fissavano l'obiettivo con un'espressione seria. Anche sulle pareti c'erano foto incorniciate di bambini. Per Erika era come se tutta la loro innocenza fosse stata catturata in una frazione di secondo ed esposta nell'appartamento, così da poter essere divorata in qualsiasi momento. Non c'era nulla di illegale in quelle foto, ma vederle incastrate come tessere di quel grande puzzle che era la vita di Trevor Marksman rendeva l'insieme a dir poco inquietante.

La stanza curvava verso sinistra e lì trovarono un uomo seduto sulla poltrona davanti a un'enorme finestra panoramica.

Si affacciava sul Tamigi, sovrastato da un cielo grigio e cupo. L'acqua agitata era solcata da un rimorchiatore solitario, che trainava lentamente una lunga chiatta.

«Trevor Marksman?», chiese Peterson.

L'uomo si voltò e, per qualche istante, Erika rimase senza parole. Il cranio era coperto di pelle, ma sembrava che la cute non fosse sempre stata su quel volto. Era come se avessero srotolato un panno e gliel'avessero adagiato maldestramente in faccia. Intorno agli occhi la pelle era dolorosamente tirata, privandolo quasi totalmente delle palpebre. Le labbra erano inesistenti.

«Accomodatevi, prego», disse. Gli veniva difficile pronunciare con chiarezza certe consonanti. Indossava un paio di pantaloni larghi e una camicia sbottonata sul collo: le cicatrici delle ustioni continuavano anche lì. Le mani erano scorticate, le dita simili ad artigli. Solo sul pollice sinistro e l'indice destro erano rimaste le unghie.

«Grazie per aver accettato di incontrarci», disse Erika, appoggiando la borsa a terra e togliendosi il cappotto.

Notò che Peterson stava fissando Marksman con uno sguardo pieno di rabbia. Anche lei provava ribrezzo nei suoi confronti, ma dovette lanciare un'occhiataccia all'agente per spingerlo a darsi una calmata e concentrarsi. Erika poggiò il cappotto sullo schienale della sedia e si accomodò, con Peterson al suo fianco.

«Gradite un po' di tè o del caffè?», domandò Trevor. Aveva gli occhi azzurri e glaciali: Erika li ricordava dalla foto segnaletica che aveva visto, scattata quando era stato arrestato e interrogato nell'agosto del 1990. Ora era come se la fissassero da dietro una maschera di Halloween.

«Caffè, grazie», rispose Erika.

«Joel, saresti così gentile da provvedere?», disse Marksman. Parlava con una voce roca, sofferente. Joel sorrise e sparì dietro un angolo, con ogni probabilità in direzione della cucina.

«Non so cosa farei senza Joel. Soffro di disturbi cardiaci. Praticamente non riesco a fare due passi senza dovermi mettere a sedere».

«Niente più agguati ai bambini nel parco, allora. O Joel fa anche questo per lei?», chiese Peterson.

«Conosciamo il suo passato, ma non siamo qui per parlarne». Erika rassicurò il padrone di casa, voltandosi verso Peterson e gelandolo con lo sguardo.

«Ho commesso un solo crimine...», rispose Marksman.

«Già. Ha rapito e violentato una bambina», disse Peterson. «L'ha persino drogata».

«Ho pagato per questo. Sette anni di prigione. E me ne sono pentito ogni singolo giorno», rispose con la sua voce roca. Cominciò a tossire, coprendosi la bocca priva di labbra con la mano ad artiglio. Indicò un bicchiere con una cannuccia sul davanzale della finestra panoramica, proprio vicino a Peterson. Ma l'agente si appoggiò allo schienale e incrociò le braccia. Fu Erika ad alzarsi e prenderlo, avvicinandolo alla bocca di Marksman. Il suono dell'acqua risucchiata dalla cannuccia riempì la stanza, seguito dal gorgoglio del bicchiere vuoto.

«Grazie», disse, appoggiandosi allo schienale. «A quanto pare la voce e le corde vocali non possono guarire dai danni causati dal fumo. Il dottore ha detto che è stato come fumare diecimila sigarette in una volta sola».

Erika posò il bicchiere e tornò a sedersi. Marksman prese il fazzoletto infilato in un lato della poltrona e si pulì il viso. Notò che Peterson continuava a guardarlo con astio. Così posò il fazzoletto e si portò una mano sul cuore. Lentamente, e dolorosamente, si slacciò i primi tre bottoni della camicia, scoprendo il petto ustionato su cui riposava un bellissimo crocifisso d'argento. Non aveva i capezzoli, notò Erika.

«Ho chiesto perdono a Dio. Gliel'ho chiesto, e lui mi ha perdonato. Lei crede nel perdono, agente Peterson?»

«Sono l'ispettore Peterson», rispose lui con freddezza.

«Ed è anche un ispettore che crede nel perdono?»

«Ci credo, ma credo anche che certe cose non vadano proprio perdonate».

«Immagino si riferisca a quelli come me».

«Può scommetterci». Erika gli lanciò un'altra occhiataccia, ma Peterson continuò lo stesso. «Il prete della nostra parrocchia ha violentato mia sorella quando aveva solo sei anni. Ha minacciato di ucciderla se avesse detto qualcosa a qualcuno».

Marksman annuiva con aria consapevole. «Il sacerdozio attira il meglio e il peggio dell'umanità. Si è pentito?»

«Si è pentito?»

«Ha chiesto perdono...».

«So che cosa significa!», sbottò Peterson. «L'ha fatto! Ma ha violentato mia sorella, una bambina. Né le parole né le preghiere possono cambiare quello che è successo!».

Marksman stava per rispondere, ma Peterson ormai andava a ruota libera: «È morto ancora in servizio, per cause naturali; non hai mai dovuto rispondere alla giustizia. E mia sorella? Be', a lei non è stato concesso il lusso di una morte placida. Si è suicidata e...».

«Peterson, siamo qui per interrogare il signor Marksman in qualità di testimone», disse Erika con tono piatto. «Calmati, adesso».

Gli aveva parlato prima dell'incontro, raccomandandosi di mantenere la calma. Ma l'agente che aveva davanti in quel momento aveva il respiro affannato e non staccava neanche un momento lo sguardo da Trevor Marksman, fragile e ingobbito sulla sua poltrona.

«Mi dispiace per la sua perdita», disse Marksman con una calma esasperante. Come nella foto che aveva visto Erika, le cicatrici sul viso formavano quasi una maschera dietro la quale spuntavano quegli occhi azzurri e freddi. A un certo punto la pelle sopra l'occhio s'increspò, ed Erika dedusse che stava sollevando quello che un tempo era stato un sopracciglio.

Peterson scattò in piedi, scaraventando la sedia a terra. Afferrò Marksman per il colletto della camicia prima ancora che Erika potesse reagire. Lo sollevò dalla poltrona con tutta la sua forza, ma gli occhi del padrone di casa non tradivano il minimo segno di paura. Se ne stava lì, appeso e inerme nella morsa di Peterson.

«Come si chiamava?», gli chiese con un filo di voce, il volto a pochi centimetri di distanza da quello dell'agente.

«Cosa?»

«Sua sorella. Come si chiamava?», ripeté Marksman con una calma che dava alla testa.

«Non devi neanche permetterti di chiedermi il suo nome!», urlò Peterson scuotendolo forte. «NON DEVI PERMETTERTI, SPORCO BASTARDO!».

«Peterson! James. Lascialo stare! SUBITO», disse Erika cercando di bloccargli le braccia. Ma lui continuava a scuotere Marksman.

«Non lo scegliamo noi di essere così, sai», gracchiava il padrone di casa, con la testa che balzava avanti e indietro.

All'improvviso Joel apparve al fianco di Erika e con un avambraccio poderoso strinse il busto di Peterson.

«Lascialo andare o ti spezzo il collo», disse placidamente.

«Siamo ufficiali di polizia. Diamoci tutti una calmata, okay?», disse Erika spostandosi per guardare Peterson negli occhi.

«Questa è una chiara aggressione. Una reazione rientrerebbe perfettamente nei miei diritti», rispose Joel.

«Nessuno farà niente. Peterson, lascialo andare, e tu, toglili le mani di dosso», ordinò Erika. Seguì un attimo di stallo, ma poi Peterson mollò la presa su Marksman che ricadde sulla poltrona come un sacco di patate. Anche Joel lasciò Peterson, ma gli rimase addosso, con le narici dilatate.

«Levati dai piedi», disse Peterson.

«Non ci pensare neanche, amico», rispose Joel.

«Peterson, vorrei che te ne andassi. Ti chiamo più tardi… Vattene, ORA!», gli ordinò Erika.

L'agente se ne andò con un'ultima occhiataccia. Pochi secondi dopo sentirono sbattere il portone di casa.

Si rimisero a sedere. Joel si avvicinò a Marksman e gli abbottonò la camicia, aiutandolo a risistemarsi. Il padrone di casa sollevò una mano e Joel uscì di scena.

«Mi dispiace per quanto è accaduto», si scusò Erika. «Sono venuta per porgerle delle domande in qualità di testimone, e mi aspettavo che fosse trattato di conseguenza».

Marksman annuì. «È gentile da parte sua».

«No. È solo il mio lavoro... Ho controllato la dichiarazione che ha rilasciato e le trascrizioni degli interrogatori effettuati nell'agosto del 1990. Lei ha affermato di aver seguito Jessica il 5 e il 6 del mese e di averla osservata la mattina del 7. Di fronte a casa sua, giusto?»

«Giusto».

«Perché?».

Marksman inspirò, esausto. «Ero innamorato di lei... Ecco, ho notato la sua espressione. Ma deve capire che non posso controllare i miei sentimenti. Mi disgustano i miei desideri, ma non posso controllarli. Era una bambina bellissima. La vidi per la prima volta a un'edicola di Hayes, poco dopo essere uscito di prigione. Era insieme a sua madre, verso l'inizio della primavera del 1990, forse. Indossava un vestitino blu e aveva i capelli legati con un elastico dello stesso colore. Scintillavano al sole. Teneva per mano il fratellino, gli faceva il solletico e ridevano. La sua risata. Era come musica. Ho sentito la madre che dava il loro indirizzo all'edicolante mentre pagava, e così ho iniziato a... be', a guardarli».

«E come le sembravano i Collins? Come famiglia, intendo».

«Felici, spensierati. Anche se...».

«Cosa?»

«In due occasioni, al parco, insieme a Jessica e alla madre c'era anche la sorella».

«Laura?»

«Aveva i capelli scuri», disse Marksman.

«Sì, era Laura».

«Jessica stava giocando sulle altalene, mentre sua madre e Laura erano sedute su una panchina e litigavano di brutto».

«Per cosa?»

«Non lo so. Non riuscivo a sentire da dove mi trovavo».

«E dove si trovava?»

«Su una panchina all'altro lato del parco».

«È da lì che ha scattato le foto a Jessica?»

«E ho girato il video, sì. Avevo vinto una videocamera a un gioco a premi». Le pupille gli si illuminarono per un istante a quel ricordo. La pelle intorno agli occhi si riempì di grinze. «La lite si fece piuttosto violenta. Marianne colpì Laura in faccia con uno schiaffo. L'ho vista anche schiaffeggiare Jessica sulle gambe, in diverse occasioni. Ma erano altri tempi, immagino. Ora la gente ne resterebbe scioccata; allora era normale sculacciare i figli. E i cattolici poi, loro sì che sanno bene come punire il prossimo».

«Laura aveva compiuto vent'anni e la madre ancora la schiaffeggiava, vero?».

Marksman annuì e abbassò il capo, la pelle ustionata si arricciava come carta crespa. «Ma anche lei schiaffeggiava la madre, e non ci andava mica piano». Rise, in affanno.

«Che è successo a tutti i video e alle foto?»

«Sono stati confiscati dalla polizia».

«Ha fatto delle copie?», domandò Erika.

«No. E non mi sono mai stati restituiti. Non so perché: era solo un video girato in un parco».

«Ha mai visto qualcuno di sospetto lì intorno?».

Rise di nuovo. «A parte me?»

«Trevor. Le sto chiedendo aiuto».

«Non lo so. C'era sempre un mucchio di gente in quel posto: genitori, bambini. Capitava ogni tanto che si vedesse qualche negro, ma non ci hanno messo molto a capire che era meglio girare alla larga...».

«Non utilizzi quella parola».

«È mai stata ad Hayes? Una città davvero ricca, la popolazione è bianca come il latte. Ora come allora».

«Possiamo…?»

«C'era un tipo strano. Un tale Bob Jennings».

Erika raddrizzò la schiena. «Bob Jennings?».

Trevor annuì.

«E che faceva?»

«Lo conosce già?»

«Mi dica soltanto cosa faceva, per favore».

«Lavorava come giardiniere per il comune. Era un po' tardo, di sicuro lo pagavano poco». Si lasciò sfuggire un'altra risata rauca.

«Che c'è di così divertente?»

«Gli piaceva nascondersi fra i cespugli del parco. Aveva un debole per le matrone anzianotte e con le tette grosse».

«Lo hanno mai arrestato?».

Trevor si strinse nelle spalle. «E chi lo sa. Di sicuro quello era già il terzo o quarto incarico che ricopriva per il comune. Prima aveva fatto lo spazzino. Quella stronza acida di sua sorella metteva sempre una buona parola con le persone giuste, nascondeva la polvere sotto il tappeto. Una famiglia di proprietari terrieri, ha presente? Voce da snob, scopa nel sedere».

«Chi è sua sorella?»

«L'onorevole Rosemary Hooley. Una vera stronza. Non so se è ancora viva, ma probabilmente sì: quelli con il sangue blu non schiattano mai».

Erika s'immobilizzò per un istante.

«Un attimo, viveva ad Hayes?».

Trevor annuì.

«E aveva una cicatrice sul labbro?»

«Sì, è lei. Aveva un pastore tedesco, tanti anni fa, e un giorno la morse in faccia. Mi ricordo che Bob si arrabbiò tanto quando gli dissi che forse lei aveva cercato di succhiarglielo e il cane si era arrabbiato. Sa, a certa gente piace fottersi gli animali». Era evidente che Trevor stava cercando di farla arrabbiare. Rise di nuovo, ma la risata si dissolse in un altro attacco di tosse. Apparve subito Joel, insieme a un bicchiere d'acqua.

«Credo che gli serva una pausa», disse.

«Non si preoccupi. Ho finito», rispose Erika alzandosi e riprendendo cappotto e borsa. «Grazie».

Uscì alla svelta e corse verso l'ascensore. Tirò fuori il telefono e chiamò Peterson.

Capitolo 30

Erika trovò Peterson appoggiato alla ringhiera sul Tamigi, con una tazza di plastica di caffè in una mano e una sigaretta nell'altra. Sopra di lui torreggiava il Golden Hinde II, un galeone inglese ora usato come museo che si ergeva dal proprio ormeggio, nero e dorato contro il grigiore del fiume. Soffiava un freddo vento sferzante, ma a Erika il contrasto con l'atmosfera calda e nauseante dell'appartamento di Trevor Marksman non dispiaceva affatto.

«Ti ho preso un caffè», le disse Peterson, chinandosi a raccogliere un'altra tazza che aveva in mezzo ai piedi. «Forse si è raffreddato».

«Grazie», le rispose Erika, bevendone un sorso.

«Hai preso il suo caffè? Quello che ti ha offerto Marksman?»

«No».

«Bene».

«Ti dispiace offrirmi una sigaretta?»

«Pensavo che avessi smesso», rispose Peterson.

«Inizio di nuovo».

Le porse il pacchetto, Erika ne prese una e l'accese.

«Mi dispiace. Non avrei dovuto chiederti di venire con me. Non ci ho pensato», disse.

«È tutto a posto. Lasciamo perdere».

«Però ci ha fornito una pista. E l'ha fatto senza rendersene conto».

Peterson si voltò a guardarla e, per la prima volta in quella mattinata, i suoi occhi brillarono.

Passeggiarono lungo il Thames Embankment ed Erika gli raccontò il resto dell'incontro. Si fermarono a mangiare un panino a Charing Cross e salirono sul treno diretto ad Hayes. Come al solito, la compagnia ferroviaria aveva allestito solo un paio di vagoni.

«Perché quella signora non ci ha detto che Bob Jennings era suo fratello?», chiese Erika, parlando a bassa voce. Tutti i sedili erano occupati e furono costretti a restare in piedi, ritagliandosi un piccolo spazio in fondo alla carrozza affollata.

«Non ha voluto neanche darci il suo nome, se è per questo», rispose Peterson.

«Sì, ma sapeva che avevamo scoperto lo scheletro di... tu-sai-chi, tu-sai-dove», bisbigliò Erika.

Di fronte a loro si era infilata una signora piuttosto bassa, aveva una rivista ma li stava fissando. Distolse lo sguardo quando entrambi si voltarono verso di lei.

«Voglio parlare con lei e me ne frego se è la discendente di una famiglia dell'aristocrazia terriera o che so io. Odio tutte queste scemenze», disse Erika. «In Slovacchia abbiamo un mucchio di problemi, ma per fortuna il sistema classista ce lo siamo risparmiato».

Dalla stazione di Hayes raggiunsero l'indirizzo fornito dalla sala operativa con una breve camminata. Rosemary Hooley viveva in una delle lussuose villette di Croydon Road, all'entrata di Hayes Common. Si affacciavano tutte su un parcheggio di ghiaia e sul parco; ampi giardini separavano le proprietà dalla strada tranquilla. Man mano che gli agenti si avvicinavano alla vecchia canonica dove abitava Rosemary, il lieve odore di legna bruciata che aleggiava nell'aria crebbe d'intensità. Quando arrivarono a destinazione, Erika spinse il piccolo cancelletto bianco all'ingresso. Il cottage era sormontato da un tetto di paglia e il giardino era tenuto in condizioni perfette, con un prato impeccabile con qualche foglia secca qua e là. Da una finestra ad angolo scorsero un accogliente e raffinato salottino, e in fondo intravidero Rosemary Hooley: era nel cortile sul retro, intenta a raccogliere le foglie cadute. Indossava sempre la stessa tuta, con il cappello del Chelsea FC e la sciarpa del Manchester United. Il labrador chiaro doveva averli sentiti, perché arrivò di corsa da un angolo abbaiando a più non posso.

«Serge!», gridò Rosemary, raggiungendolo dopo qualche istante attraverso un altro cancelletto. Quando vide Erika e Peterson si fermò e sospirò profondamente, appoggiando il rastrello a terra. «Ah... Sapevo che vi avrei rivisti. Tè?»

«Volentieri, grazie», rispose Erika.

Rosemary si tolse i guanti consumati e fece cenno agli agenti di seguirla.

Una lucida cucina Aga verde dominava la cucina, riparandoli con il suo calore dal freddo esterno. Rosemary si tolse il cappello, ma non il cappotto e gli stivali di gomma, e cominciò a rovistare nei cassetti tirando fuori tazze, latte, zucchero e un vecchio piatto a motivi cinesi con del pan di Spagna. Erika e Peterson, a disagio, sedevano intorno a un tavolo di legno su cui erano ammassate vecchie copie del «Radio Times», un'autoradio con i fili penzolanti e una ciotola di banane annerite. Al centro dormivano due gatti ossuti, uno con una zecca enorme sulla testa.

Rosemary si avvicinò e porse il dolce a Erika. Afferrò il primo gatto e lo buttò sul pavimento. La bestiolina atterrò agilmente sulle quattro zampette. Poi passò all'altro micio, quello con la zecca in testa, e con un movimento rapido gli staccò il parassita di dosso. Fece scendere dal tavolo anche lui e sollevò la zecca controluce.

«Ecco, vedete, bisogna toglierla con tutta la testa...». La mostrò a Peterson, stringendola fra le dita mentre dimenava le zampette sottili, e l'agente distolse lo sguardo palesemente disgustato.

La donna si avvicinò al lavandino e lasciò cadere l'insetto nello scolo, attivando il tritarifiuti che subito ruggì. Erika notò che non si era lavata le mani quando tornò da loro con il vassoio del tè e si offrì di servire la torta.

«Allora. Il cadavere di quella bambina trovato in fondo alla cava... Brutta faccenda... Davvero orribile», disse bevendo un sorso di tè. Gliene cadde un po' sul mento, se lo asciugò con la manica della tuta.

«Pochi giorni fa le abbiamo chiesto della casa vicino alla cava...», cominciò a dire Peterson.

«Lo so. C'ero anch'io, me lo ricordo».

«Ci ha detto che un uomo aveva occupato la villetta... Bob Jennings. Perché non ci ha detto anche che era suo fratello?», domandò Erika.

«Non me l'avete chiesto», rispose lei senza tanti giri di parole.

«Glielo chiediamo ora. E gradiremmo sapere tutta la storia. La cava è una scena del crimine e suo fratello viveva proprio lì. Per quanto tempo ha occupato il cottage?», chiese Erika.

Rosemary bevve un altro sorso, un po' intimorita adesso. «Anni... Non saprei, undici forse. A quel poveraccio mancavano solo pochi mesi per poter richiedere l'usucapione. Ma poi è morto».

«In che periodo, esattamente, ha vissuto lì?», domandò Erika.

Rosemary si appoggiò allo schienale e rifletté per qualche momento. «Sarà stato dal 1979 fino all'ottobre del 1990, credo».

«E quando è morto?»

«Se n'è andato a fine ottobre, nel 1990». La donna si accorse dell'occhiata che si scambiarono di soppiatto i due agenti. «Cosa? È importante?»

«Ha un certificato di morte, per caso?»

«No, non qui», rispose incrociando le braccia.

«Come stava suo fratello mentalmente?», domandò Peterson.

Rosemary rimase in silenzio e per la prima volta il suo volto rugoso si distese un poco. «Mio fratello era un'anima smarrita. Una di quelle persone che scivolano fra le crepe della società».

«Aveva difficoltà nell'apprendimento?»

«Non abbiamo mai ottenuto una vera e propria diagnosi. Era il figlio maggiore e, all'epoca, ti mettevano all'ultimo banco e ti trattavano come un delinquente. Non c'erano tutti questi psicologi di oggi. È riuscito a trovare solo dei lavoretti per il comune... Ho provato anche a tenerlo qui con me, ma camminava nel sonno o spariva a qualsiasi ora lasciando la porta aperta. A quei tempi c'era ancora mio marito e nostra figlia era piccola. Non potevamo farlo restare. Prima scompariva per settimane, poi risbucava fuori di botto. Io gli davo da mangiare, gli prestavo un po' di soldi. È andato in prigione due volte, per furto, ma roba da niente. Vedeva qualcosa di luccicante in un negozio, se ne innamorava e lo prendeva. Tutto qui. Senza malizia».

«Mi dispiace doverglielo chiedere, ma l'hanno mai sospettato della scomparsa di Jessica Collins?», domandò Erika.

Di fronte a quell'insinuazione l'atteggiamento della donna mutò all'istante. «Come vi permettete! Mio fratello aveva molti difetti, ma di certo non era un assassino di bambini. Mai. Non era quel tipo di persona e, anche se lo fosse stato, non sarebbe mai riuscito ad architettare una cosa del genere».

«E se qualcuno l'avesse usato?», domandò Peterson.

La videro perdere gradualmente tutta la sua compostezza, agitandosi sempre di più. «Certo, era un caso complesso, non è vero? È scomparsa senza lasciare traccia... Facevo parte anch'io del gruppo di volontari che sono andati a cercarla: abbiamo perlustrato ogni centimetro del parco. E anche i giardini privati».

«La polizia l'ha mai interrogato?»

«Non lo so. No! Non dovreste saperle voi queste cose?»

«Come le ho già detto, mi dispiace doverle fare tutte queste domande...».

«C'è stata un'indagine approfondita! E dopo ventisei anni lei viene qui a chiedermi se mio fratello ha ucciso una bambina di sei anni?»

«Signora Hooley, stiamo solo chiedendo informazioni, nulla di più», disse Peterson. «E a essere sinceri, non abbiamo capito per quale motivo è stata così evasiva al parco, quando ci siamo incontrati».

«Evasiva? In che senso evasiva? Mi avete fatto una domanda: chi viveva nella casa vicino alla cava? E io ho risposto Bob Jennings... Perché ci si aspetta che tutti ci comportiamo sempre come se fossimo in un maledetto confessionale? Non vi ho mentito, mi sono solo limitata a rispondere alla domanda che mi avete fatto».

«Ma sapeva che avevamo scoperto i resti di Jessica, no?»

«Sì, ma mio fratello è morto da tanti anni. Dovete scusarmi, magari si è trattato di... come lo chiamate voi? Un momento di vuoto?»

«Suo fratello conosceva o frequentava Trevor Marksman? È stato arrestato nel 1990, quando Jessica Collins è scomparsa».

«No. Mio fratello non "frequentava" un pedofilo ex galeotto».

«Ha ancora la chiave del cottage vicino alla cava?».

Rosemary alzò gli occhi al cielo. «No. Stava lì abusivamente, dubito che ne avesse una».

«Che cosa ne ha fatto degli effetti personali di suo fratello?»

«Non possedeva praticamente niente. Quel poco che c'era l'ho dato in beneficenza. Aveva una catenina d'argento di san Cristoforo che ho fatto seppellire insieme a lui».

«Si è suicidato, secondo lei?».

Rosemary fece un respiro profondo e si incupì appena. «No. Non era proprio da lui. Figuriamoci impiccarsi, poi: non poteva sentirsi nulla intorno al collo, aveva una vera fobia. Da bambino non si faceva neanche mettere il cravattino, era impossibile abbottonargli la camicia. Per questo non era istruito: lo avevano cacciato da tutte le scuole che aveva frequentato. La catenina di san Cristoforo di cui vi ho parlato la teneva al polso. Perciò no, non credo che abbia fatto un cappio e ci abbia infilato la testa dentro...». Gli occhi della donna si inumidirono e tirò fuori un fazzolettino dalla manica. «Ora, credo che abbiate approfittato fin troppo del mio tempo e della mia ospitalità... Se vorrete chiedermi altro, ci terrei che fosse presente il mio avvocato».

La temperatura era precipitata quando Erika e Peterson uscirono dal cancello. Dalle finestre della casa videro che Rosemary era tornata in giardino. La pila di foglie che aveva raccolto era in fiamme adesso. In una mano stringeva una latta, benzina probabilmente. La strada si colorò d'arancione.

«Credi che Bob Jennings possa essere il nostro uomo?», chiese Peterson mentre si incamminavano verso la centrale.

«È possibile, ma non saprei», rispose Erika. «Dobbiamo recuperare i video girati da Marksman al parco. Potrebbe esserci anche Bob Jennings. È solo un'ipotesi, ma potrebbe rivelarsi una pista utile per un appello».

«Se è stato davvero lui, dovremo dimostrare che un tizio morto ha ucciso Jessica», commentò Peterson.

«Voglio scoprire quando è morto. E voglio vedere un certificato che lo provi».

«Credi che sia ancora vivo?»

«Non so più che pensare», rispose Erika.

Capitolo 31

Quella domenica Erika concesse alla squadra il primo giorno libero dopo più di una settimana. Anche lei aveva provato a rilassarsi a casa: sapeva che un po' di riposo l'avrebbe rimessa a nuovo, ma già in tarda mattinata stava per prendere a testate le pareti. Così arrivò alla centrale di Bromley appena dopo pranzo, per cercare i video che la polizia aveva confiscato a Trevor Marksman. Passò ore a sfogliare i vari rapporti alla ricerca di qualche cassetta, DVD o persino una memory card, ma niente. Decise allora di scendere nel vasto magazzino della centrale, dov'erano custodite le prove dei vecchi casi, armata soltanto di un numero di serie.

Lungo il tragitto s'imbatté in Crawford.

«Non pensavo di trovarla qui», le disse lui.

«Potrei dire la stessa cosa», ribatté Erika, squadrandolo dall'alto in basso in attesa di una risposta. Crawford indossava un paio di jeans e una felpa, con sopra il cappotto. Il sudore gli brillava sulla fronte.

«Ho dimenticato qui il cellulare...». Non appena finì la frase, un telefono cominciò a squillargli nella tasca del cappotto. Lo tirò fuori e rifiutò la chiamata. «L'altro cellulare», aggiunse.

«D'accordo», rispose Erika.

Tornò indietro con la sua tazza di tè, Crawford la seguì nella sala operativa. Erika fece finta di controllare qualche scartoffia, spiandolo con la coda dell'occhio mentre l'agente si chinava a guardare sotto la scrivania.

«Credevo che mi fosse caduto. Ma qui non c'è».

«È venuta la donna delle pulizie stamattina. Com'è fatto?»

«Ehm, è un Samsung. Smartphone, modello vecchio. Con la cover rotta dietro».

«Terrò gli occhi aperti».

Crawford rimase lì impalato per qualche momento e poi se ne andò. Erika si avvicinò alla finestra e lo osservò mentre usciva dalla centrale e attraversava la strada parlando animatamente al telefono. Si appuntò mentalmente di tenerlo d'occhio.

Rimase in centrale fino a dopo le sei, quando concluse una lunga e polverosa ricerca nel magazzino che non portò a nulla. Contattò telefonicamente l'unità crimini gravi, le rispose una ragazza. Le dettò il numero di serie che aveva trovato nei rapporti, ma non ebbe in cambio nessuna nuova speranza. La ragazza le promise vagamente di indagare.

Così Erika tornò a casa, si fece la doccia e si preparò per l'appuntamento che aveva per la serata. Una cena fissata da tempo, a cui non vedeva l'ora di andare. Con Isaac Strong.

Arrivò poco prima delle otto. Il dottore viveva a Blackheath, in una moderna casa a schiera dotata di un'innata eleganza che metteva sempre Erika a suo agio. Aveva in mente di fermarsi a dormire, così avrebbe potuto bere liberamente. Isaac le aprì la porta con indosso un paio di jeans, una T-shirt e un grembiule blu. Un delizioso odorino di pollo arrosto e rosmarino la raggiunse sulla soglia.

«Ciao! Oh, bene. Allora, prima di farti entrare devo sottoporti a un bel controllo qualità», le disse sorridendo. Erika sollevò le due bottiglie di vino rosso che aveva portato e Isaac si piegò a leggere le etichette. «Vino slovacco, interessante. È la prima volta per me», disse.

«Viene dai vigneti di Radošina: è buonissimo ed *è* gradito anche dalla famiglia reale inglese. Quindi per una vecchia reginetta come te direi che è perfetto!».

«Che sfacciata», le rispose abbracciandola forte.

Erika lo seguì in cucina, arredata con eleganti toni pastello in stile rustico francese: credenze bianche dipinte a mano, piani di lavoro in legno chiaro. Dal lavandino di ceramica bianca Isaac estrasse un cestello del ghiaccio che custodiva una bottiglia di prosecco.

«Iniziamo con un po' di bollicine», annunciò versandole un bicchiere.

Erika si guardò intorno, domandandosi per l'ennesima volta se, come medico legale, Isaac avesse scelto deliberatamente di evitare ogni superficie metallica per la sua cucina. Lo osservò a lungo mentre le versava da bere.

«Come te la passi?», gli chiese. Ultimamente non aveva avuto modo di parlargli di nulla all'infuori del lavoro.

«Bene», rispose meccanicamente lui. «Un brindisi all'amicizia», aggiunse, facendo tintinnare i bicchieri.

«Sicuro? Non è sano tenersi tutto dentro», disse Erika. Si riferiva alla morte del fidanzato di Isaac, Stephen, avvenuta qualche mese prima.

«Non riesco a piangerlo senza provare una grande rabbia nei suoi confronti... Era una relazione unilaterale. Io lo amavo e lui... Non so neanche quanto gli importasse di me», disse Isaac con un filo di voce.

«Credo che tu gli abbia dato l'amore e la stabilità di cui aveva bisogno», rispose Erika.

«E sottolineo la parola "dato". Non ho fatto altro che dare, senza ricevere nulla in cambio».

Seguì un silenzio imbarazzante, durante il quale Isaac si avvicinò ai fornelli e mise una padella sul fuoco. «Apprezzo che non cerchi di riempirmi di sciocchezze, ma il mio modo di elaborare tutta la faccenda è non parlarne... So che non è salutare».

«Non esiste mica una prassi», rispose Erika. «Io ci sono per te, sempre».

«Grazie... Adesso cambiamo argomento».

«D'accordo, di che vuoi parlare?».

Isaac girò un cucchiaio nella padella e lo sistemò sul ripiano. «Non vorrei parlare di lavoro stasera, ma è saltata fuori una cosa dagli esami sul midollo osseo di Jessica Collins», disse.

«Che cosa?», domandò Erika, abbassando il bicchiere.

«Nel campione estratto dalla tibia destra era presente un alto tasso di un composto chimico chiamato piombo tetraetile».

«Puoi ripetere, per favore?»

«Piombo tetraetile. È un composto chimico, un ingrediente che si aggiungeva alla benzina per migliorarne le prestazioni. È illegale ora, è stato eliminato dalla filiera di produzione nel 1992».

«Quando la benzina è diventata senza piombo», terminò Erika.

«Esatto. So che non hai mai modo di staccare dal lavoro, ma ho pensato che questo avresti voluto saperlo», disse. Si avvicinò al tavolo e le riempì il bicchiere.

«E perché ce n'era così tanto nel midollo osseo?»

«Ovviamente non ho avuto modo di confrontare i risultati con quelli di altri campioni di tessuto o di sangue, ma le condizioni in cui il corpo è stato avvolto e lasciato in fondo al lago hanno preservato le ossa».

«Era giovane e in salute, mangiava a sufficienza e da quello che ho letto era una bambina amata e curata».

«Questi livelli indicano che potrebbe essere stata esposta a grandi quantità di benzina prima di morire o che esse abbiano contribuito al decesso».

«Il che rinforza la mia teoria che sia stata rapita e tenuta nascosta per un po' prima che il corpo venisse buttato nella cava... Potrebbe essere stata esposta ai vapori mentre la tenevano prigioniera».

«Questo spetta a te scoprirlo».

«Odio quando dici così».

«È sempre un piacere aiutarti», sorrise sarcastico.

Erika bevve un lungo sorso di prosecco e con l'indice disegnò dei cerchi sulla condensa del bicchiere. «In che stato si trova un corpo dopo essere stato sepolto per ventisei anni?»

«Sepolto come?», le chiese.
«In una tomba convenzionale, con la bara».
«Dipende».
«Da cosa?»
«Dal tipo di cassa e dalle condizioni della sepoltura. A volte si vedono dei corpi in condizioni sorprendenti dopo tanti anni sotto terra. Le casse di mogano spesso rallentano il processo di decomposizione. Le bare più economiche si erodono più in fretta, lasciando il corpo in balia della terra e degli organismi. Perché? Pensi di riesumare qualcuno?».
Si alzò e raggiunse il bancone, tornando con una ciotola di mandorle tostate.
«Non so. Forse. Dovrò spiegarne il motivo, ovviamente. Vorrei comprovare la causa della morte». Erika prese una manciata di mandorle e se le cacciò in bocca, assaporandone il gusto salato e croccante.
«Qual era la causa dichiarata?»
«Sto ancora aspettando di vedere il certificato di morte. Ho un sospettato che è morto ventisei anni fa...». Gli parlò velocemente di Bob Jennings. «Il decesso è stato classificato come suicidio, ma sua sorella dice che non era da lui».
«Se si parla di veleno o di qualche osso rotto le tracce rimangono visibili, ma dopo ventisei anni rischieresti di sconvolgere per niente i familiari».
«Si è impiccato, o almeno così sostengono i documenti».
«D'accordo, dopo tutto questo tempo non ci sarebbe molto da esaminare. Degli organi non rimane granché. Ma se il collo si è rotto, dovrei essere in grado di vederlo».
«E per quanto riguarda le ossa? Se anche lui avesse alti livelli di piombo tetraetile nelle ossa...»
«Ma come faresti a collegarlo direttamente a Jessica Collins?».
Erika sospirò. «Hai ragione».
«E ricorda che la riesumazione di un corpo, soprattutto dopo tutto questo tempo, deve essere giustificata in tribunale. E un'i-

potesi non basta… Cambiando completamente argomento: quanta fame hai?»

«Sto morendo», rispose con un sorriso.

«Quindi mangerai anche il dolce?»

«Mangio sempre il dolce. Ora come ora, è l'unica cosa di cui sono sicura», rispose.

Capitolo 32

Erika fece le scale due gradini alla volta verso il secondo piano della centrale di Bromley. Aveva una cartella ricolma di appunti e controllò per la quinta volta che fosse tutto in ordine.

Era lunedì, le prime ore del pomeriggio. Erano passati dieci giorni dalla scoperta dei resti di Jessica Collins, e doveva vedere i suoi superiori per aggiornarli sui progressi.

Superò le doppie porte e si scontrò con il sovrintendente Yale, facendogli rovesciare la tazza con su scritto "Chi è il capo?" piena di tè.

«Whoa! Rallenta, Erika», esclamò lui, balzando all'indietro per far cadere la bevanda sulla moquette e non sulle sue scarpe.

«Scusi, signore!», rispose Erika.

«Come sei elegante», le disse osservando il tailleur nero. «La cavalleria è già arrivata: c'è il comandante Marsh, il commissario aggiunto Brace-Cosworthy e *pure* quell'ufficio stampa con gli occhi storti...».

«Colleen Scanlan. Mi dispiace per il tè», ripeté Erika passandogli un fazzoletto. «E mi dispiace anche che l'abbiano cacciata dal suo ufficio, signore. Il comandante Marsh mi ha informato solo un'ora fa che il commissario aggiunto era da queste parti e voleva essere aggiornata...».

«Non fa così caldo qua dentro, o no? Hai un velo di sudore sul labbro», la interruppe mentre asciugava le goccioline sulla tazza.

Erika si pulì e fece un passo avanti. «Scusi, signore, ma devo proprio correre...».

«Arresteremo tutti i complici di Jason Tyler questo pomeriggio», le urlò dietro. «Lo abbiamo messo alle strette, minacciando di levare i figli alla moglie. E così ha cantato: abbiamo i nomi di sei complici, più le credenziali d'accesso ai conti PayPal che stavano utilizzando. Pare che daremo una bella ripulita!».

«Congratulazioni, signore. È una notizia fantastica. Aggiorniamoci più tardi...».

Yale la vide scomparire dietro le doppie porte.

«"Aggiorniamoci più tardi", come no. Ti saresti potuta tenere il caso, Erika, e prenderti tutta la gloria. Magari ci sarebbe scappata pure una promozione», borbottò con una punta di tristezza. Bevve un altro sorso di tè e scese di nuovo le scale.

Erika bussò alla porta ed entrò nell'ufficio. Camilla, il commissario aggiunto, sedeva dietro la scrivania di Yale. Indossava una camicia bianca candida e ben stirata. I capelli biondi, lunghi fino alle spalle, erano pettinati con la riga a sinistra che lasciava scoperta la fronte alta. Il viso era pallido e raggrinzito e sulle labbra sfoggiava uno strato di rossetto così spesso e rosso che se qualcuno l'avesse lanciata contro il muro ci sarebbe rimasta attaccata, pensò Erika. Marsh se ne stava chino su un tavolino sulla sinistra, con gli occhi stanchi e la camicia stropicciata. Evidentemente non era ancora tornato con Marcie, rifletté Erika. Colleen Scanlan, l'addetto stampa della polizia metropolitana, era seduta a destra insieme ai suoi appunti impilati in un angoletto della scrivania. Continuava a spostare lo sguardo da Erika a Marsh, a Camilla. Indossava un completo grigio e modesto e, come accade alle donne ultracinquantenni, si era arresa a un taglio di capelli spietatamente corto. I ciuffetti marroni le schizzavano ovunque.

«Scusate, sono un po' in ritardo», disse Erika.

«Si sieda, ispettore Foster», rispose Camilla. «Ho approfittato di questi momenti di calma per far raffreddare il mio caffè. Era bollente, vero Paul?». Afferrò la tazza bianca e bevve un sorso, lasciando sul bordo lo stampo rosso delle labbra.

«Sì, fanno davvero un buon caffè alla centrale», rispose Marsh.

«Proprio una bella scoperta», concordò lei.

Erika non riusciva mai a capire se Camilla parlasse in tono sarcastico o se fosse semplicemente il suo modo di fare conversazione. Anche Colleen bevve cautamente un sorso di caffè e annuì, concordando con loro.

«Bene», disse Camilla osservando Erika che prendeva posto e sistemava gli appunti sul tavolo. «Hai una lista di sospettati da sottopormi?». Tese la mano, perfetta e curata. Le unghie fresche di manicure tintinnavano in attesa.

«Vorrei discuterne con voi prima di mettere per iscritto il nome di eventuali sospettati», rispose Erika.

«Capisco», disse Camilla. «In pratica vuoi che facciamo noi il tuo lavoro, giusto?»

«Non è quello che ho detto, signora».

«E allora cos'è che hai detto? Illuminaci, ti prego...». Aveva il vizio di addolcire qualsiasi frase con una finta gentilezza che mandava Erika fuori di testa.

«Nell'esiguo arco di tempo trascorso dalla riapertura del caso, ho identificato un solo possibile sospettato. Bob Jennings, un tipo solitario che occupava il cottage di fronte alla cava di Hayes».

«Questa è una buona notizia. E perché non vuoi aggiungerlo ufficialmente alla lista dei sospettati?»

«Bob Jennings è morto ventisei anni fa: tre mesi dopo la scomparsa di Jessica. Si è impiccato nella casa che stava occupando».

«Per il senso di colpa, secondo te?»

«È possibile. Ma ho anche il sospetto che si tratti di un tentativo di depistaggio, per questo sono restia ad accusarlo ufficialmente». Erika li mise al corrente di ciò che Rosemary Hooley le aveva detto riguardo al suicidio del fratello. «Hanno perlustrato la cava ben due volte dopo la scomparsa di Jessica. Il suicidio è avvenuto poco dopo il secondo giro di perlustrazione».

«La polizia ha controllato la casa?»

«Sì, l'hanno controllata insieme alla cava. Tuttavia, da quel 7 agosto 1990 al giorno in cui è stata gettata in acqua, Jennings potrebbe aver nascosto Jessica in casa, magari anche per un breve periodo. Stamattina ho ricevuto queste foto, conservate nei registri del comune di Bromley».

Camilla ne sollevò una e s'infilò gli occhiali. La sottile catenina d'oro dondolava qua e là mentre ispezionava l'immagine. Una fotografia di Jennings, con un viso rubicondo, il naso largo e rosso e una folta massa di capelli scuri appena brizzolati.

«Ho avuto i risultati degli esami tossicologici eseguiti sui resti di Jessica Collins. Il campione di midollo osseo analizzato presenta una concentrazione insolitamente alta di una sostanza chiamata piombo tetraetile. È un composto chimico che...».

«Veniva aggiunto alla benzina per migliorarne le prestazioni, prima che si passasse a quella senza piombo», terminò Camilla.

«Esattamente, signora. Ho sentito anche Rosemary Hooley stamattina e mi ha confermato che Bob Jennings possedeva un generatore a benzina nel cottage. Il che rafforzerebbe la teoria secondo la quale Jessica è stata tenuta prigioniera nel cottage ed esposta ai vapori della benzina».

Camilla si fermò a riflettere per qualche istante, poi passò la foto a Marsh.

«So che hai incontrato Trevor Marksman, giusto?»

«Sì, e Trevor ha confermato che conosceva Bob Jennings. Non so se volesse creare scompiglio o provocarci, ma mi ha fatto il suo nome di sua spontanea volontà. Per quanto ne sappiamo noi, Marksman ha un alibi per il 7 agosto 1990 e più o meno una settimana dopo è stato messo sotto stretta sorveglianza. Non l'hanno mai collegato a Bob Jennings, ma magari i due erano complici. Bob potrebbe aver aiutato Trevor a rapire Jessica». Erika continuò, dicendo che stava cercando di risalire ai video della telecamera di Marksman requisiti come prova.

«Sembra proprio che tu abbia un bel po' di roba tra le mani, Erika», rispose Camilla. «Tuttavia ci sono ancora troppi se e troppi ma e il nostro uomo è morto ormai, il che ci rende alquanto difficile interrogarlo».

«Per questo vorrei portare una squadra sul posto, signora, insieme alla scientifica, per rivoltarlo da cima a fondo. Ho controllato la planimetria e sembra che ci sia uno scantinato. Le probabilità sono basse, ma il DNA di Jessica potrebbe essere ancora presente. E se lo trovassimo potrei chiedere di riesumare la salma di Bob Jennings, sempre nella speranza di rinvenire qualche traccia organica. Ma sono entrambe ipotesi azzardate».

«Soprattutto la seconda, Erika, ma tienimi comunque aggiornata. Però continua su questa pista, non ti fermare con le indagini». A quel punto Camilla rivolse l'attenzione verso Colleen, che raddrizzò la schiena in preda all'agitazione.

«Vorrei indire una conferenza stampa con tutta la famiglia fra pochi giorni. Un nuovo appello per ottenere informazioni. Magari rinfrescherà la memoria a qualcuno. Erika, se riuscissi a trovare in tempo il video perduto di Trevor Marksman sarebbe una gran cosa. Potrebbe celare qualcosa di utile per l'appello», disse Camilla.

«Certo, signora», rispose Erika.

«Colleen, puoi metterti d'accordo con il comandante Marsh per quanto riguarda l'appello? Io sarò via nei prossimi giorni. Magari potrà darsi una stirata alla camicia, prima di andare in onda».

Marsh abbassò lo sguardo e si allisciò la camicia con le mani.

«Sissignora», rispose Colleen. «Pensavo di chiamare la famiglia Collins al completo».

«Molto bene. Una famiglia unita, con dei valori, fa sempre bella figura. Io sarò lontana, ma assisterò».

Finita la riunione, Erika scese insieme a Marsh nel parcheggio sotterraneo. Si fermarono a chiacchierare per qualche istante, fino a quando non videro spuntare Camilla dall'ascensore con una tuta da motociclista e la ventiquattrore in mano. Rimasero a bocca aperta. Il commissario aggiunto raggiunse una scintillante Yamaha grigia e argento, infilò la valigetta nel bauletto e tirò fuori il casco argentato e un paio di guanti. Sollevò la visiera e montò in sella.

«Contro il traffico è imbattibile», urlò mentre il motore rombava. Sfilò davanti a loro e sfrecciò verso la rampa fino alla strada scivolosa.

«Come mai non le ha offerto un passaggio? Sarebbe potuto salire sul sellino posteriore», disse Erika.

«Divertente. Il sellino posteriore equivale a una promozione. Il commissario aggiunto è proprio un personaggio».

«Ha un non so che di predatorio. Ce la vedo a organizzare dei party scambisti in cui tutti buttano le chiavi della macchina in una ciotola sul pavimento».

«È sposata con un giudice della Corte suprema», disse Marsh aprendo la portiera della sua auto.

«Be', allora sono di sicuro i re dei party».

«Fa' il tuo lavoro, Erika. Quella non è una che perde tempo».

«Certo, capo. La terrò aggiornata sull'ispezione del cottage alla cava di Hayes. E la prossima volta stiri la camicia».

Marsh alzò gli occhi al cielo e montò in macchina. Un'uscita di scena molto meno impressionante.

Capitolo 33

«Allora, come sei finito al capolinea?», domandò la ragazza bruna. Fumava una sigaretta appoggiata alla ringhiera del balcone. Si sventolò un ciuffo di capelli lunghi dietro la spalla e si voltò verso Gerry. Lui se ne stava in piedi all'altro capo della ringhiera, con addosso solo un paio di pantaloni della tuta. La ragazza lo divorava con gli occhi, facendo scivolare lo sguardo dai pettorali alla peluria sottile che gli circondava l'ombelico. «Morden, dico. È il capolinea della metro», aggiunse.

«Non è il capolinea», rispose lui con una voce bassa e minacciosa. «Dipende dai punti di vista: sotto molti aspetti è l'inizio».

Osservò la ragazza che aveva incontrato al supermercato di Morden High Street. A vederla sembrava maggiorenne, e sperava proprio fosse così. Addosso aveva soltanto una T-shirt bianca che le aveva dato lui e le copriva a malapena il fondoschiena. Aveva un culo pazzesco, pensò. Tutto in lei era maledettamente pazzesco. E ne era ben consapevole, la ragazza. L'uccello gli si irrigidì nei pantaloni.

«Parli sempre per enigmi?», sorrise lei. «Che ci fai qui? Di che ti occupi?». Fece un ultimo tiro di sigaretta e lanciò il mozzicone giù dal balcone. Lo guardarono cadere lentamente e atterrare sul tettuccio di una BMW. «Cazzo. Non è la tua, vero?», chiese con una risatina, sventolando di nuovo i capelli.

«No, non è mia».

Camminò piano verso di lui. Se aveva freddo a piedi nudi sul pavimento di cemento di certo non lo dava a vedere. Gerry non le aveva offerto ciabatte o calzini. Si voltò a guardarlo in faccia e lentamente si tolse la T-shirt. I seni sodi spuntarono da sotto il tessuto non appena sollevò le braccia sfilandosela sopra la testa. Aveva un piercing a un capezzolo, un'asticella di metallo. Sull'altro le era rimasto il segno di un altro piercing, insieme a una cicatrice. Chissà se le piaceva il sesso violento, si domandò Gerry.

La ragazza gli sorrise per un istante, godendosi la ferocia con cui i suoi occhi le scrutavano il corpo nudo, poi allungò un braccio oltre la ringhiera e lasciò cadere la T-shirt.

«Quella sì che è mia», le disse Gerry mentre la maglietta fluttuava giù per poi raggiungere il mozzicone sul tettuccio della macchina.

«È solo una T-shirt».

Le tirò uno schiaffo in piena faccia. Forte.

«Non è solo una T-shirt», le rispose.

La ragazza si sfiorò il labbro con una mano, ma la paura si dissolse in fretta. Premette il corpo contro il suo.

«Scopami. Qui», mormorò.

«No».

«No?», sospirò. «Sicuro?», si voltò e gli premette le natiche contro l'uccello. «Puoi farmi quello che vuoi…». Gli prese la mano e se la portò sulla vita, facendosela lentamente scivolare in mezzo alle gambe. Gerry non ci mise il minimo trasporto ma, non appena le dita le sfiorarono i peli pubici, la ragazza cominciò a gemere e sospirare. Lui tirò subito via la mano.

«Che c'è?», domandò lei.

«Tutte queste stronzate da porno, i gemiti, i gridolini, mi fanno venire voglia di darti uno schiaffo».

La ragazza si voltò verso di lui e incrociò le braccia. Tutta la sensualità si dissolse di colpo. Ora non era che una ragazza nuda su un balcone.

«Vuoi che ti vada a prendere la maglietta?», gli chiese.

«Voglio che tu te ne vada e basta».

Lei gli guardò il petto, desiderando il calore di quel corpo. Era sola, lo capì subito, e voleva restare.

«Ma sono appena arrivata...», si lamentò.

Gerry la colpì in faccia, afferrandola forte per i capelli e avvicinando il viso al suo. La ragazza aveva il respiro affannato, lo fissava stordita. Da una narice le colò una goccia di sangue.

«Ora hai afferrato il concetto?», le disse.

La spinse via e lei corse immediatamente dentro. Gerry si accese un'altra sigaretta e dalla porta aperta la vide scoppiare a piangere mentre raccoglieva i jeans e le mutandine dal divano e se li metteva. Senza mai togliergli gli occhi di dosso, la ragazza si rivestì in fretta e furia e si dileguò sbattendosi la porta alle spalle.

Gerry tornò sul balcone e aspettò per qualche minuto. La ragazza spuntò dalle scale al piano terra e scappò via nell'oscurità. Il ticchettio dei tacchi si dissolse lentamente in lontananza.

«Cazzo», disse Gerry. Erano le quattro del mattino. Sperò che quella faccenda non gli creasse casini. Che quell'idiota tornasse a casa senza un graffio.

Finì la sigaretta e scese piano quelle scale che puzzavano di piscio, superando gli altri appartamenti, i graffiti alle pareti, i vetri rotti e l'immondizia sui pianerottoli, finché non arrivò alla BMW parcheggiata. Lì riprese la sua maglietta. Era un'anonima T-shirt bianca senza marca, ma l'aveva indossata in ben due missioni in Iraq. Era la sua maglietta fortunata. Se la mise e risalì le scale.

Aprì la porta dell'appartamento e andò in camera da letto. Toccò il mouse, riaccendendo il computer in stand-by e si sedette.

Trovò il programma con il trojan nascosto nel messaggio di testo. Vide che erano le quattro e trenta, e premette INVIO.

Capitolo 34

Nelle prime ore del mattino seguente – il sole non era ancora sorto del tutto – un convoglio di auto della polizia solcava il sentiero di ghiaia che attraversava il parco di Hayes. Erika si era portata tutta la squadra per setacciare il cottage, supportata da qualche agente del dipartimento. Il convoglio parcheggiò sul ciglio dell'acqua, nel punto esatto in cui due settimane prima si era messa al lavoro con l'unità subacquea. Si gelava quella mattina, e tutti si stringevano nelle loro divise invernali.

La squadra, dieci uomini in totale, ascoltò in semicerchio le direttive imposte da Erika. Poi presero una tazza di tè o caffè e osservarono lo schiarirsi del giorno, il buio che si colorava di diverse sfumature di azzurro finché l'acqua non rifletté il grigiore dell'alba nel cielo invernale.

Di tanto in tanto qualche passante con il cane al guinzaglio si affacciava tra l'erica fermandosi a curiosare, finché un poliziotto fermo a una novantina di metri dal convoglio non lo invitava a proseguire. Avevano delimitato con il nastro della polizia l'ampio fazzoletto d'erba di fronte alla cava, seguendo tutto il perimetro, compresa una grossa zona di terra incolta che girava intorno alla proprietà.

Gran parte della mattinata la impiegarono a ripulire la zona dagli sterpi e dalla vegetazione incolta, mentre nell'aria gelida risuonavano i lamenti acuti delle tenaglie.

Erika aspettava impazientemente di fronte a una camionetta della polizia, insieme a John, Moss e Peterson, che bevevano il loro tè e sbattevano i piedi a terra per scaldarsi. Qualche minuto dopo le nove, il cellulare di Erika squillò ma la chiamata s'interruppe non appena lo estrasse dalla tasca per rispondere.

«È la terza volta questa mattina che mi chiamano con un numero anonimo», disse fissando lo schermo irritata.

«Pubblicità, ci scommetto», rispose Moss, soffiando sul tè bollente. «C'è stato un periodo in cui mi chiamavano tutte le sere, non appena mi sedevo a tavola per la cena. Celia andava fuori di testa».

«Mi è arrivato pure un messaggio vuoto oggi, alle quattro e mezza del mattino. Sempre da un numero nascosto», disse Erika.

«Io lo farei controllare, capo. Non l'hai aperto, vero?».

Erika fece di no con la testa.

«Io non ho mai ricevuto SMS da un numero nascosto», commentò Peterson.

«Ah, quindi tutte le ragazze delle tue hotline ti lasciano messaggi piccanti direttamente in segreteria?», sorrise Moss.

«Ma smettila», rise Peterson.

A quel punto si avvicinò Crawford. «Di che ridiamo?», disse palesemente desideroso di essere incluso nel gruppo.

«Di Peterson e dei suoi appuntamenti bollenti», rispose Moss.

«Mi piacciono gli scherzi, ma non sono dell'umore per battutine stupide stamattina», tagliò corto Erika.

Abbassarono tutti lo sguardo. Crawford rise nervosamente.

«Ero presente entrambe le volte nel 1990, quando setacciammo la cava». Sospirò con fare drammatico e inclinò il capo verso il bordo dell'acqua. «Ti fa capire quanto scorre in fretta la vita. Avrò quarantasette anni l'anno prossimo», continuò.

«E il cottage? Ricordi se l'hanno controllato entrambe le volte?», domandò Erika.

«Non trovammo nulla, pensammo che fosse abbandonato».

«Ma Bob Jennings ci viveva», disse Peterson, soffiando sul tè caldo.

«Sì, ma sapete come funziona con gli abusivi, non sai mai se ci sono o no. Vivono nello squallore, capite? Per questo li chiamano anche squatter». Alzò lo sguardo verso Moss. «Qualcuno vuole altro tè? Sto andando a prenderlo».

Fecero tutti di no con la testa e Crawford si allontanò. Il ronzio dei tosaerba era persistente.

«Mi irrita proprio», disse Peterson.

«Mi parla come se fosse il mio superiore, ma in realtà abbiamo lo stesso grado», commentò John.

«Non preoccuparti, bello. Presto ti promuoveranno e sarai tu il suo superiore», rispose Peterson.

«Ha questo modo di scherzare così fastidioso, sempre con le sue battutine da so tutto io», aggiunse Moss.

Erika non disse che lo aveva visto tornare alla centrale sabato con aria sospetta. Ma era decisa a tenerlo d'occhio.

Il ronzio si fece improvvisamente più intenso. Un rumore sordo di legno spezzato, poi un grosso blocco di sterpaglia cadde a terra, scoprendo un'ampia porzione di casa. Si voltarono a guardare un altro ammasso di vegetazione che veniva giù.

«È messa meglio di quanto pensassi», disse Peterson. La canna fumaria era crollata, ma il tetto sembrava ancora integro. Quasi tutti i vetri delle finestre erano infranti ma i telai erano intatti.

«Avete avuto fortuna con la compagnia elettrica?», domandò Erika.

«Lo stabile è effettivamente fuori dalla rete. Niente elettricità. Tuttavia è dotato di acqua corrente e fossa biologica», rispose Peterson.

Crawford apparve alle loro spalle con una nuova tazza di tè e s'intromise nel discorso: «Nella fossa biologica potrebbero esserci ancora delle prove. Sempre che non l'abbiano svuotata».

«Giusto. Ci pensi tu a trovarla e a esaminarla?», domandò Erika.

«Ehm, io, ecco, speravo di unirmi alle ricerche dentro la casa», protestò Crawford.

«No. Preferirei che guidassi quest'altra operazione: porta

un paio di agenti con te. Ci sono guanti e tute protettive nella camionetta».

«Certo, capo», rispose Crawford allontanandosi con un'espressione amareggiata.

Moss e Peterson guardarono da un'altra parte, cercando di non ridere.

Capitolo 35

Inerpicandosi fra la vegetazione che circondava il cottage, insieme a due giovani agenti, Crawford rifletteva sulla sua vita. Era un poliziotto decente. Aveva lavorato sodo, fin troppo a volte, ma non era mai riuscito a raggiungere le vette a cui aspirava e che sentiva di meritare. Un tempo aveva sognato di diventare sovrintendente capo, ma le speranze lo avevano abbandonato presto e a quarantasette anni era ancora un poliziotto semplice.

Avevano appena chiuso un caso di omicidio in cui aveva preso ordini da un ispettore capo più giovane di lui di ben quindici anni. Questa cosa gli faceva ribollire il sangue. E ora gli toccava pure cercare una fossa biologica. Si fermò di fronte a un rigonfiamento del suolo, una striscia uniforme sulla quale sorgeva un alberello tagliato. L'umidità faceva brillare la poltiglia all'interno. Pestò con forza la terra, pensando di aver trovato il bordo della fossa biologica. Ma il suolo si appiattì sotto la suola della sua scarpa.

Sospirò e si voltò a guardare la camionetta di fronte alla quale Moss, Peterson e l'agente McGorry se ne stavano a chiacchierare con l'ispettore Foster. John McGorry aveva vent'anni in meno di lui, ed era in lizza per la promozione. Era evidente.

Crawford aveva perso interesse per la carriera già da tempo ormai, ma continuava a pensare che gli spettasse qualcosa di più.

Aveva venduto droga confiscata dalla strada per molti anni. Un affare remunerativo, un modo per prendersi ciò che gli era dovuto. Era sempre stato attento a guadagnare i soldi sufficienti per togliersi qualche sfizio senza attirare troppo l'attenzione. Amanda Baker l'aveva tirato in mezzo, quindici anni prima o giù di lì. Sua moglie non aveva mai scoperto che andava a letto con lei e la loro relazione si era affievolita sempre di più. Ma ora Amanda era tornata in pista, come un fulmine a ciel sereno, pretendendo favori e minacciando di denunciarlo. L'aveva aiutata con diverse multe per divieto di sosta negli anni e per ben due volte aveva sepolto dei verbali per guida in stato d'ebbrezza che le sarebbero costati la patente.

Il telefono nella tasca cominciò a squillare e lo tirò fuori. Si era allontanato un bel po' dagli altri due agenti che stavano perlustrando la zona intorno all'abitazione, mentre lui ora si trovava su un terreno roccioso e più praticabile. Era proprio Amanda a chiamarlo.

«Dove sei? Che è questo ronzio in sottofondo?», gli disse. Neanche un *ciao, come stai?* O un minimo di educazione nel tono di voce. Gli parlava ancora come se fosse il suo capo.

«Sono a lavoro», bisbigliò. «Non posso parlare».

«L'ispettore Foster è nei paraggi?»

«No».

«Allora puoi parlare. Mi servono quei video, quelli girati da Trevor Marksman».

«Non siamo ancora riusciti a trovarli».

«È per questo che ti ho telefonato. Ho riflettuto un po' sulla vicenda e mi sono tornate in mente delle cose. Doveva controllarli un tizio alla centrale di Croydon, e così gliel'avevo fatti inviare. Manda qualcuno a controllare nel loro magazzino. Forse sono ancora lì. Voglio che ne fai una copia prima di consegnarli alla detective Foster».

«A che ti servono?», le chiese.

«Ho un presentimento. Non ti dirò ancora di che si tratta, ma quando sarò arrivata fino in fondo ti lascerò l'esclusiva e ti potrai prendere tutta la gloria… Magari finalmente ti promuoveranno», lo prese in giro, ridendo raucamente.

Crawford si voltò a guardare la casa. Tutta la sterpaglia che la copriva era stata rimossa ormai ed erano arrivati un paio di agenti della scientifica, che stringevano la mano ai detective Foster, Moss e Peterson. *Persino quell'idiota di John McGorry è nel vivo dell'azione*, pensò Crawford, *e a me tocca cercare quella maledetta fossa biologica.*

Stritolò il telefono e si girò di nuovo.

«D'accordo. Vedo se riesco a trovare quei video», sibilò. «Ma sarà meglio che ne valga la pena».

Capitolo 36

La scientifica entrò subito nell'abitazione e la mattinata proseguì così, mentre Erika camminava nervosamente avanti e indietro sul ciglio dell'acqua. Il sole rimase nascosto fra le nuvole, ma il lago brillava di una bellezza inquietante, incorniciato dai rovi secchi e dagli alberi spogli. Erika si fermò a osservare la brezza leggera che tracciava nuove increspature nell'acqua. Uno stormo di sei anatre lasciò dodici scie allineate planando all'unisono. Si sentiva in colpa a godersi la bellezza della cava.

«Hanno trovato qualcosa, vogliono che entriamo», le arrivò la voce di Moss alle sue spalle. Erika si asciugò velocemente le lacrime e si voltò.

Prima di entrare, Erika, Moss e Peterson infilarono al volo la tuta della scientifica stendendo il tessuto blu di plastica sopra i loro abiti e sollevando la mascherina. C'era un grosso telo plastificato a coprire l'ingresso principale e Nils Åkerman, il responsabile della scena del crimine, lo scostò per permettere agli agenti di entrare. Era un uomo sulla trentina, con un bel viso e lineamenti nordeuropei. Annuiva e sorrideva man mano che gli passavano davanti.

Lo squallore che trovò all'interno sconvolse Erika. L'ingresso si apriva direttamente su una stanza piccola e soffocante: la puzza di marciume era soverchiante, acida e melensa. Si voltò a guardare Moss e Peterson e notò che anche loro erano rimasti scioccati. Il pavimento era irregolare, coperto di chiazze nere e bianche e frammenti di vetro.

«Il pavimento, è cacca d'uccello. Una tonnellata», spiegò Nils.

«Abbiamo provato a rimuoverne un po' ai lati. C'è il parquet sotto». Il leggero accento svedese trapelava di tanto in tanto nel suo inglese perfetto.

«Certa gente pagherebbe una fortuna per dare questo effetto al pavimento», borbottò Moss.

Sopra di loro, le travi marce correvano lungo un soffitto fatiscente con infiltrazioni d'acqua nell'intonaco – cosa che non giovava affatto all'umidità della stanza. Al centro c'era un cumulo deforme e cadente ricoperto di cacca d'uccello, giornali vecchi e vetri rotti. Qua e là spuntavano alcune molle arrugginite, probabilmente erano i resti di un vecchio divano. Un'agente della scientifica lavorava sotto una luce intensa, accanendosi su un cuscino sottile: aveva staccato lo strato di feci e la federa per arrivare alla gomma piuma. Il divano fumava appena sotto la luce bollente.

In un angolo, vicino a una sudicia finestra rotta, c'era un tavolo con delle tazze sporche e i resti di un fuoco che qualcuno aveva provato ad accendere. Anche in altri due punti della casa avevano tentato di attizzare le fiamme, sulla parete di fondo e vicino alla porta. Sul muro si vedevano i segni neri delle bruciature, intorno ai quali trovarono tutto un armamentario di arnesi per gli stupefacenti: stagnole annerite, siringhe, cucchiaini piegati. Erika attraversò il pavimento appiccicoso avvicinandosi a un punto in cui la parete era coperta da chiazze scure e marroni.

«Schizzi di sangue. Di qualche drogato probabilmente, ma preleveremo comunque dei campioni», disse Nils.

«Di sopra che c'è?», domandò Moss, guardando il soffitto cadente.

«Nessuno ci è ancora salito. Le scale sono marce, in alcuni punti crollate. E non sapremo se è sicuro procedere finché non le avremo fatte controllare».

Un'ombra attraversò la finestra ed Erika saltò per lo spavento.

«Merda», disse quando si rese conto che era solo la sagoma di un agente al lavoro all'esterno. Nils li condusse attraverso una porticina che si affacciava sul retro dell'abitazione. La cucina era vecchia e sudicia tanto quanto il salotto. Un bancone basso correva lungo tutta una parete, i cassetti erano spariti, si vedeva dentro. Ma, a parte qualche bruciatura e alcune padelle vecchie e impolverate, era vuota. Sul muro sopra il bancone erano affisse delle credenze, ma molte erano cadute e i frammenti se ne stavano a terra al centro della stanza. Gli stop spuntavano ancora dai buchi sulle pareti. I lampadari erano spariti, lasciando solo qualche filo pendente dal soffitto.

«Cos'è questa puzza?», domandò Peterson, coprendosi il naso sopra la mascherina con il dorso della mano guantata.

Nils inclinò la testa verso una finestrella che sormontava un lavandino di pietra. Nel vetro sporco di sangue secco c'era un grosso buco in cui si era infilato un piccione che aveva cercato di uscire ed era rimasto incastrato. La carcassa era ormai in putrefazione.

Erika si avvicinò e la puzza si fece ancora più insostenibile.

«Quella è...», farfugliò vedendo il lavandino pieno di una sostanza marrone e secca.

«Merda», concluse Nils. «Forse dei tossici».

Il soffitto era leggermente più alto rispetto a quello del salotto, una trave di sostegno scoperta correva per tutta la lunghezza della stanza.

«Bob Jennings può essersi impiccato lì, forse?», chiese Moss.

«Non posso saperlo con certezza, ma ho trovato questo», disse Nils.

Li portò di fronte a una porticina all'angolo della stanza. La porta era rotta, marciva sul pavimento. Allo stipite avevano attaccato una lampada potente, che illuminava una scala sudicia e angusta che scendeva nell'oscurità dove volteggiava la polvere spessa. I pochi scalini che riuscivano a vedere erano ricoperti da una sostanza marrone e dura, mescolata alle feci di uccelli e all'immondizia.

Nils fece un passo avanti e con una mano guantata indicò in alto. C'era una corda decomposta e marcia attaccata a un uncino sul ciglio delle scale.

«Potrebbe essere stata usata per un'impiccagione», disse Nils. «Farò esaminare ciò che ne resta». Quando la polizia si imbatte in un cadavere impiccato, taglia sempre la corda mantenendo il cappio integro. Come prova. Nils continuò: «Seguitemi, per piacere. Fate attenzione a dove mettete i piedi, camminate al lato dei gradini», disse mentre superava la soglia e avanzava sui gradini scricchiolanti.

Lo scantinato era piccolo e angusto, con un soffitto talmente basso da far venire la pelle d'oca. Il team aveva piazzato un'altra lampada da terra in un angolo ma, nonostante il bagliore intenso, alcune parti dello scantinato restavano ancora in ombra. Le pareti erano marroni, scure, e gli angoli ricoperti di ragnatele. Anche lì il pavimento era irregolare. Dal piano di sopra arrivavano gli scricchiolii attutiti degli uomini di Nils al lavoro.

«Fa un caldo bestiale», disse Moss.

«Man mano che ci avviciniamo all'inverno il suolo rilascia il calore immagazzinato», spiegò Nils.

Come il piano superiore, anche lo scantinato presentava qua e là segni di bruciature e mucchietti di stagnola annerita e legnetti. Il suolo era compatto, di un marrone acceso. L'area era punteggiata di chiazze più scure. Due agenti della scientifica erano in ginocchio e setacciavano attentamente la terra estratta da alcune piccole sezioni di suolo scuro.

«Il terreno è saturo», disse Nils.

Raccolse una busta per le prove e la passò a Erika. L'ispettore la avvicinò al naso e, anche senza togliersi la maschera, capì subito di cosa si trattava.

«Benzina», annunciò passando il sacchetto a Peterson. «Credi che il generatore fosse qui sotto?»

«Probabile. A quanto pare i tossici hanno acceso diversi fuochi qui, potrebbe anche trattarsi di un liquido infiammabile», rispose Nils. Peterson passò il sacchetto a Moss. «Se il generatore si fosse trovato davvero qui sotto, in una stanza priva di ventilazione, i vapori sarebbero stati davvero opprimenti».

Gli agenti si scambiarono un'occhiata.

«Penso proprio che abbiamo qualcosa qui», disse qualcuno della scientifica, con la voce attutita dalla mascherina. Si voltò verso di loro tenendo con le pinze un piccolo oggetto compatto. «Era incastrato nel suolo, esattamente qui».

Nils preparò subito una busta per la raccolta delle prove e l'agente lo rovesciò dentro. Sollevò la plastica sotto la luce e tutti si avvicinarono a guardare.

Un dentino. Calò il silenzio, ed Erika si voltò verso Moss e Peterson.

«Dai resti che abbiamo trovato di Jessica Collins mancava uno dei denti davanti... Voglio che eseguiate un esame tossicologico, immediatamente», ordinò Erika cercando di non far trapelare l'emozione. Nils annuì. L'ispettore si guardò attorno, rabbrividendo al pensiero della bambina intrappolata in un posto del genere. «Se il dente è di Jessica, significa che siamo vicini a risolvere il caso», disse.

Capitolo 37

Dopo il momento di euforia per il ritrovamento del dente, tornarono fuori e raggiunsero Crawford. Cercarono insieme la fossa comune, senza successo. La vegetazione intorno alla casa era folta e nel corso degli anni si erano accumulate terra e sporcizia, gli alberi e l'erba avevano cominciato a crescere dovunque.

Nils se ne andò insieme alla sua squadra, portando con sé il dente rinvenuto nello scantinato. Erika sentiva che la soluzione del caso era vicina e lontana allo stesso tempo. Il dente poteva rivelarsi una svolta incredibile, ma poteva anche appartenere a un tossico qualunque, o magari a un senzatetto che nell'arco degli ultimi ventisei anni aveva trovato riparo in quel buco infernale. Non poteva fare altro che aspettare.

Alle sette e mezza decisero di fermare le ricerche. La squadra raccolse le proprie cose e il convoglio abbandonò le rive della cava. Erika era a bordo di un minibus insieme a Moss, Peterson, John, Crawford e altri due agenti della polizia del CID che si erano uniti a loro per la perlustrazione. Il telefono squillò di nuovo. Lo estrasse dalla tasca e vide che si trattava ancora di un numero sconosciuto. Rifiutò la chiamata e appoggiò la testa al finestrino, infischiandosene del vetro freddo e del lento sussultare del veicolo che usciva dal parco. Fuori, gli alberi spogli scorrevano uno dopo l'altro.

Quando tornarono alla centrale di Bromley, Erika portò la squadra a bere qualcosa. Occuparono una lunga tavolata in un pub sulla strada principale. Il locale era affollato, pieno di gente che si rilassava dopo una lunga giornata di lavoro.

«Deve per forza essere il cottage alla cava...», disse Erika solcando la condensa sul bicchiere con un dito. Era seduta a un'estremità del tavolo, insieme a Moss e Peterson. «Chiunque abbia rapito Jessica ha avuto a disposizione pochissimo tempo. All'inizio potrebbero averla nascosta lì, nel seminterrato».

«La scientifica deve ancora finire i lavori, capo. Dobbiamo avere pazienza», le rispose Moss.

Erika osservò il resto della squadra che parlava e rideva e abbassò la voce. «Voglio parlare con Crawford domani. Ha preso parte alle indagini iniziali, potrebbe sapere molte cose sui documenti scomparsi e sulle prove. Il problema di non prendere qualcuno sul serio è che finisci per non notarlo proprio. È stato un errore da parte mia».

«Non essere così severa con te stessa, capo».

«Hai letto il suo fascicolo?»

«Sì. Ha avuto una carriera anonima. È irritante e scansafatiche, ma non c'è nessuna nota negativa nel suo fascicolo».

Erika bevve un lungo sorso di birra. «Se viene fuori che il dente non è di Jessica siamo fregati. E anche se lo fosse, dovrei provare che è stata assassinata da un uomo che non ha alcun precedente di violenza ed è morto ventisei anni fa».

«Be', ma se è stato lui, pensa a quanto farai risparmiare al sistema penitenziario», disse Peterson. Rimasero tutti in silenzio per qualche istante e bevvero la loro birra. «Scusa. Non faceva ridere».

«Tranquillo. Dovremmo cercare tutti di rilassarci per un paio d'ore. Ma oggi non sono molto divertente».

«Tu non sei mai divertente», rispose Moss. «È questo che mi piace di te. Non bisogna per forza essere allegri. Con te posso essere triste quanto mi pare. E in effetti mi hai risparmiato un mucchio di rughe. Dimostro almeno tre anni di meno grazie alla mancanza di risate».

Erika sorrise.

«Cavolo, ecco che arrivano le rughe», aggiunse Moss ridendo. Le suonò il cellulare e lo tirò fuori. «Oh, è Celia. Scusatemi un attimo».

Si fece strada e uscì.

«Per quello che può valere, mi piace lavorare con te. Mi sei davvero mancata», disse Peterson. Erika sollevò il capo e lo guardò negli occhi. La testa le girava appena. Notò che era alla terza birra.

«Uhm, non è vero. O sì?»

«Be', forse un pochettino». Le fece l'occhiolino. Erika sostenne il suo sguardo per un istante e gli sorrise a sua volta. Peterson aprì la bocca per dire qualcos'altro.

«Credo che andrò un attimo in bagno», lo interruppe Erika, presa improvvisamente dal panico.

Si appiattì al muro per passare dietro la sedia di Peterson e scappò alla toilette. Si chiuse a chiave in bagno. Si sedette sulla tavoletta abbassata del water e fece un respiro profondo. Si sentiva in colpa. Perché lei era lì a divertirsi quando l'assassino di Jessica girava ancora a piede libero. Perché aveva perso il controllo sulle indagini. Perché Peterson flirtava con lei... Ma stava veramente flirtando? O era lei che segretamente lo sperava?

«Devi darti una controllata», disse parlando a se stessa a voce alta.

«Come?», rispose una voce in un bagno un po' più giù.

«Niente, scusami», farfugliò. Tirò fuori il cellulare e vide che il numero sconosciuto le aveva lasciato ben due messaggi. «Chi diavolo è?», mormorò. Selezionò il numero della segreteria, ma non c'era campo. Rimase seduta lì per qualche altro minuto, ascoltando lo scroscio dello sciacquone e il ronzio dell'asciugamani elettrico.

Ricominciò a pensare a Jessica Collins. Avrebbe avuto trentatré anni se fosse stata viva. Cosa sarebbe successo se non avesse deciso di andare al compleanno della sua amichetta tanti anni prima?

Se fosse uscita di casa qualche minuto prima o dopo? Sarebbe stata una di quelle donne che vanno nei locali a divertirsi, che giocano a "Chi vuol esser milionario?" e ridono con le amiche?

E poi ripensò al suo passato. Cosa sarebbe successo se lei e Mark avessero decisero di restare a letto il maledetto giorno della retata? La sua vita sarebbe stata così diversa. A quest'ora sarebbe stata a casa con lui, a guardare la TV, a fare l'amore, a parlare della loro giornata... *Sono una vedova*, pensò. *Ma ho solo quarantaquattro anni... Potrei ancora avere dei figli, no? Ne ho sentite di donne che hanno partorito a tarda età.*

Staccò un pezzo di carta igienica, lo arrotolò e si asciugò gli occhi decidendo che era ora di tornare a casa. Tre birre erano il suo limite.

Ma quando tornò fuori, c'era solo Peterson seduto al tavolo insieme ai loro drink.

«Per quanto tempo sono stata là dentro? Sono entrata in un varco temporale, per caso?», chiese.

«No. La ragazza di John l'ha chiamato, chiedendogli dove fosse finito. Celia ha chiamato Moss perché Jacob ha la febbre ed è preoccupata... Gli altri agenti si sono dileguati, volevano andare da Wetherspoon».

«Bene», rispose Erika sedendosi di fronte a lui. Calò un silenzio imbarazzante.

«Spero di non averti messa in imbarazzo, prima», le disse. Appoggiò la schiena alla sedia. Aveva le maniche arrotolate e il viso solcato da un sorriso sghembo. «Volevo solo dirti che mi sei mancata. Non mi aspetto che tu dica o faccia nulla, volevo soltanto che lo sapessi».

«No, nessun imbarazzo. È un complimento, perciò grazie». Inclinò il bicchiere verso di lui e brindarono.

«Ne vuoi un'altra?», chiese Peterson.

«No. Meglio che vada. Domani mi devo alzare presto. Devo trovare quel video e supplicare la scientifica di sbrigarsi con il dente...».

«Giusto».

Mentre si alzavano per andare via, Crawford tornò dal bancone affollato con un vassoio pieno di birre.

«Ma dove sono tutti? Mi ci è voluto un secolo per prendere un altro giro».

«Se ne sono andati, amico», rispose Peterson.

Calò un silenzio imbarazzato. «Grazie, ma mi dispiace, non posso restare», disse Erika.

«Già, neanch'io. Però grazie davvero, amico», aggiunse Peterson. Gli augurarono la buonanotte e se ne andarono, lasciandolo lì da solo con tutte quelle birre.

«Cazzoni», borbottò Crawford. Si sedette al tavolo deserto e ne prese una.

Capitolo 38

Erika e Peterson uscirono sulla strada principale, che brulicava di gente che sciamava da un pub all'altro. Camminarono verso la stazione ferroviaria in silenzio. C'era un solo taxi lì davanti, con il motore spento.

«Pensavi di prendere un taxi?», le chiese Peterson.

«Sì, sono troppo stanca».

«Già, anch'io».

Controllarono un lato e l'altro della strada. Non c'era traffico. Cominciarono a cadere le prime gocce di pioggia, che presto divenne torrenziale.

«Dovete andare da qualche parte o no?», chiese l'autista abbassando il finestrino. Era un uomo anziano dall'aspetto misero, con qualche rado ciuffo di capelli grigi in testa. Peterson aprì lo sportello e insieme montarono sul sedile posteriore, tenendosi a distanza.

«Dove andiamo?», chiese l'autista.

«Lei è la prima a Forest Hill. Poi Sydenham», rispose Peterson.

«Sei tu il primo, bisogna attraversare Sydenham per arrivare a Forest Hill», chiarì l'autista.

«Portiamo a casa prima lei, è il mio capo», scherzò Peterson.

Il vecchio alzò gli occhi al cielo e uscì dal parcheggio. Viaggiavano in silenzio, mentre la pioggia tamburellava sul tettuccio della macchina e il buio scivolava oltre il finestrino. Si era formato un po' di traffico. Erika lanciò uno sguardo di soppiatto a Peterson. Per una volta non voleva lasciarsi opprimere dalla vita, dal dolore e dalle responsabilità. Desiderava soltanto qualcuno da stringere durante la notte. Voleva svegliarsi insieme a un uomo al mattino, senza sentirsi sola e desolata.

Peterson si voltò e i loro occhi s'incrociarono. Distolsero subito lo sguardo. Il cuore le martellava nel petto, mentre il taxi svoltava verso Manor Mount e cominciava la risalita che portava al suo edificio. Una dopo l'altra le case si alternavano in fretta, un secondo dopo erano arrivati.

«Prima fermata», annunciò l'autista. Le serrature automatiche si sbloccarono e la portiera si riaprì.

«Ti va una tazza di caffè? Da me, intendo», disse Erika.

Peterson sembrava sorpreso. «Sì... Certo, ci vuole proprio un po' di caffè».

Pagarono il povero autista e scesero dal taxi, affrettandosi lungo il parcheggio. Erika vide che nell'atrio le luci erano accese e che dentro c'era una donna bionda insieme a dei bambini.

Arrivati di fronte al portone, rovistò nella borsa in cerca delle chiavi. Peterson la circondò con un braccio, premette il corpo al suo e la baciò sulla guancia. Erika si voltò verso di lui e gli sorrise. Stava per dirgli qualcosa, quando sentì una voce acuta. «Erika!».

Il portone si spalancò e una donna bionda e alta si precipitò verso di loro. Somigliava a Erika, con il volto dai bei lineamenti slavi e gli occhi quasi a mandorla. I lunghi capelli biondi le ricadevano umidi sulle spalle; sopra i jeans blu e stretti e una magliettina scollata indossava un lungo cappotto nero. Alle sue spalle due bambini dai capelli scuri erano aggrappati a un passeggino costoso in cui dormiva una bambina. La donna abbracciò forte Erika e fece un passo indietro.

«Sono così felice di vederti. È tutto il giorno che ti chiamo!», urlò.

«Chi è?», domandò Peterson, colto completamente alla sprovvista.

«Mia sorella, Lenka», rispose Erika.

Capitolo 39

Erika aiutò Lenka a trascinare valigie, passeggino e nipoti nell'appartamento. Dalla finestra dell'atrio vedeva Peterson in piedi sotto la pioggia, con la giacca tirata fin sopra la testa mentre cercava di fermare un taxi sul bordo della strada. Gli aveva detto di entrare ad aspettare, ma Lenka aveva iniziato a parlarle a raffica in slovacco e la bambina era scoppiata a piangere. Così Peterson aveva deciso di andarsene alla svelta, dopo un saluto veloce e imbarazzante.

Jakub e Karolina, i suoi nipoti, avevano un'aria davvero sfinita e nonostante tutto le si sciolse il cuore vedendoli. Avevano rispettivamente cinque e sette anni adesso, e fu un vero shock ritrovarseli davanti: quant'erano cresciuti! Erika accese le luci e il riscaldamento e li fece accomodare in salotto, dicendo che sarebbe tornata subito.

Uscì di corsa nel pianerottolo fiondandosi fuori, sotto la pioggia, avanzando a testa bassa sul vialetto di ghiaia. La pioggia cadeva a secchiate. Il marciapiede era deserto, riuscì appena a distinguere i fanali rossi di un taxi che svoltava l'angolo alla fine della discesa. Rimase lì impalata per qualche istante, mentre la pioggia le rigava il viso. Si sentiva come se avesse perso qualcuno. Ma si trattava di Peterson. L'avrebbe rivisto il giorno dopo.

Quando tornò dentro, la porta del bagno era chiusa. Jakub e Karolina erano seduti sul divano con la bambina in mezzo a loro che stringeva con la minuscola manina il dito della sorella e sorrideva sdentata. Indossava un cappellino rosa con un paio di bottoncini colorati cuciti sul davanti.

«Come sta la piccola Erika?»

«La chiamiamo Eva noi», rispose Jakub. Se ne stava spaparanzato sul divano con le mani strette intorno a un cappellino del Manchester United.

«Mamma è in bagno», disse Karolina, sollevando timidamente lo sguardo.

«E voi come state?», chiese Erika, avvicinandosi. Karolina si lasciò baciare, ma Jakub si allontanò ridendo. «Mi siete mancati tanto».

«Ma a Londra piove sempre?», domandò Karolina.

«Sì». Erika sorrise, accarezzando il mento della nipotina. Jakub tirò fuori il telefono e cominciò a muovere il dito fra i giochi nel menu.

«E quello? È nuovo?», chiese Erika.

«Sì. È l'ultimo modello», rispose con nonchalance. «Qual è la password del Wi-Fi?»

«Bisogna pagare per il Wi-Fi», disse Erika. «Due baci per ogni ora d'accesso».

«Che cosa?», scoppiò a ridere il nipotino.

«Che ci vuoi fare, è questo il prezzo...».

Il bimbo alzò gli occhi al cielo e le avvicinò il viso.

«Muà, muà!», disse Erika baciandolo. «La password è Fermituttipolizia1972».

Il bimbo sollevò il visetto corrucciato ed Erika lo aiutò con le parole straniere. Anche Karolina tirò fuori il suo iPhone – ultimo modello anche quello, notò Erika – e la aiutò a scrivere la password.

«Volete qualcosa da bere?».

Annuirono entrambi.

Erika andò alla credenza e trovò il succo di mirtilli che aveva comprato l'ultima volta che erano venuti a trovarla. Ne versò un bicchiere a testa e li appoggiò sul tavolino, accorgendosi di non aver messo via le foto dell'autopsia di Jessica Collins. Si sbrigò a raccoglierle prima che i bambini le vedessero. Sentì tirare lo sciacquone in bagno e Lenka tornò da loro. Era pallida e sembrava stressata.

«Perché non mi hai detto che stavate arrivando?», domandò Erika, prendendo in braccio la bambina e stringendola a sé.

«Ho provato a chiamarti. Ti ho lasciato dei messaggi, ma non mi hai mai risposto!».

«Aspetta, ma eri tu che chiamavi con un numero anonimo?»

«Sì...».

«Ma perché?»

«È così da un po' ormai...», rispose in tono evasivo.

«Lenka, io ho un lavoro. Un lavoro davvero stressante. E mi piacerebbe essere avvisata. Hai visto quant'è piccolo l'appartamento e...».

«Ti ho avvisato! Sei tu che non mi hai risposto!».

«Anche se ti avessi risposto, non sarebbe stato certo un grande preavviso!».

«Sono tua sorella!».

Le sorsate di Jakub, che svuotava il bicchiere con gli occhi incollati sullo schermo, riempirono il silenzio. A quel punto Karolina sollevò lo sguardo e chiese: «Chi era quell'uomo alto e nero?»

«Chi? Oh, un collega. È un poliziotto. Lavoro con lui...».

Karolina guardò la madre, che sollevò un sopracciglio e disse: «Ti stava abbracciando. E sono quasi le dieci di sera...».

«Ne parliamo più tardi, Lenka, okay?», rispose prontamente Erika.

«Puoi scommetterci. Voglio sapere tutto».

Erika sorrise. Sotto sotto, le faceva piacere rivedere sua sorella.

«Bene. Chi ha fame?», chiese. «E chi vuole un po' di pizza?». I bambini sorrisero e le loro mani schizzarono in alto. «Ottimo. C'è qualche menu nel cassetto».

Ordinarono la pizza ed Erika preparò il divano letto e riordinò il soggiorno, mentre Lenka faceva la doccia ai bambini e il bagnetto alla neonata. Ogni traccia di fastidio evaporò non appena sentì i gridolini e le risate dei nipoti in bagno. L'appartamento sembrava diverso ora che vi risuonavano i rumori della sua famiglia. E sapeva del profumo di sua sorella. Sembrava casa.

La pizza arrivò un'ora più tardi e i bambini l'assalirono, tirando fuori le fette e chinandosi a raccogliere la mozzarella filante. Lenka aveva portato il DVD di *Rapunzel*, lo mise e diede da mangiare alla bimba seduta sulla poltrona vicino alla finestra.

Dopo aver mangiato, i bambini tornarono sul divano e si addormentarono di fronte al film.

«Li ho visti solo un paio di mesi fa, ma già mi sembrano più grandi», disse Erika fissando quei visetti rossi e addormentati. Eva si era addormentata subito e Lenka l'aveva rimessa sul passeggino avvolta in una copertina. Erika si chinò a baciarli tutti, sistemando la coperta su Jakub e Karolina.

«Lei è diventata altissima», disse Erika.

«Lo so. Litighiamo già perché vuole mettersi il rossetto. E ha solo sette anni».

«Parli tu che ti truccavi ancora prima di imparare a camminare», rispose Erika. «Sei passata direttamente dalle tette di mamma a Max Factor».

Lenka scoppiò a ridere, ma poi si incupì. «Possiamo parlare?»

«Certo», rispose Erika. Aprì la finestra del cortile e vide che aveva smesso di piovere. S'infilarono i cappotti e uscirono fuori al freddo.

«Questo sarebbe il tuo giardino?», domandò Lenka sbirciando nel buio.

«Sono solo in affitto, ma sì. Adesso vuoi dirmi perché ti sei presentata a Londra così all'improvviso?»

«Te l'ho detto. Ho provato a telefonarti, ma non hai risposto e non hai ascoltato i messaggi».

«Avrei dovuto farlo, scusa. Ma perché mi chiamavi con un numero anonimo?».

Lenka si morse un labbro. «Le cose a casa si sono fatte difficili. Dovevo andarmene. E poi i bambini non vedevano Londra da un bel po'».

«Oh, andiamo. È periodo di scuola. Mi stai dicendo che li hai trascinati via per portarli in gita a Londra i primi di novembre? Dov'è Marek?»

«Lui, ehm…». Gli occhi le si riempirono di lacrime. «Marek ha avuto un po' di problemi con il lavoro».

«Quando dici lavoro ti riferisci al crimine organizzato?»

«Non dire così!».

«E cosa vuoi che dica? Mafia? O facciamo solo finta che gestisca la gelateria più redditizia di tutta l'Europa dell'Est?»

«È una gelateria vera, Erika».

«Lo so, e non capisco perché non possiate farvela bastare».

«Sai com'è la vita a casa. Tu te ne sei andata tanti anni fa, e non sei più tornata».

«Dov'è Marek?»

«Se n'è andato».

«Dove?»

«Fra i monti Tatra. Un tizio pensa che gli abbia rubato dei soldi».

«Un mafioso?». Lenka annuì. «Ed è vero?»

«Non lo so… Non mi dice mai niente. La settimana scorsa mi ha fatto cambiare la scheda del cellulare. E stamattina mi ha detto di andare via, di partire, finché le acque non si fossero calmate».

Piangeva adesso, le lacrime le rigavano il viso.

«Oh, mi dispiace… Vieni qui…», rispose Erika. Strinse fra le braccia la sorella scossa dai singhiozzi. «Puoi restare da me, non c'è nessun problema. Sarete al sicuro e cercheremo di sistemare questa faccenda».

«Grazie», rispose Lenka.

Qualche minuto più tardi erano distese una accanto all'altra nel letto di Erika. Jakub e Karolina dormivano da tempo nel soggiorno. Erika aveva preso il lato vicino alla finestra, così che Lenka potesse tenere il passeggino con la bambina vicino a sé.

«Quell'uomo di prima è un collega. Peterson. James. L'avevo invitato per un caffè», disse Erika.

«Un caffè e basta?», chiese Lenka.

«Sì. Forse… Non lo so».

«È carino».

«Lo so, ma non si tratta di questo, non solo. Volevo svegliarmi accanto a qualcuno, non essere più sola ogni mattina. E avevo bevuto un po'. Sono contenta che ci fossi tu. Sarebbe stato stupido andare a letto con lui. Lavoriamo insieme».

«Anche tu e Mark lavoravate insieme».

«Ma è diverso: ci siamo messi insieme prima di entrare in polizia, ed eravamo già moglie e marito, quindi l'hanno preso tutti come un dato di fatto… Sono a capo di un'indagine per omicidio ora. Devo guidare la squadra. Non voglie storie di una notte o appuntamenti saltuari con uno del mio team».

«Mi manca molto Mark», disse Lenka. «Era un brav'uomo. Il migliore».

«Sì», disse Erika. Si asciugò le lacrime con il palmo della mano.

«Non credo che Marek sia un brav'uomo».

«Ama te e i bambini. Si prende cura di tutti voi. A volte capita che ti trovi in situazioni particolari, e devi cercare di tirarne fuori il meglio».

«Magari venire qui è stato un bene. Non sarai da sola. Ti sveglierai accanto a me domattina», sorrise Lenka.

«Tu sì che sai come rigirare la frittata», rise Erika. Si voltò a guardare la sorella immersa nel buio. Erano simili per tanti aspetti, ma Lenka vestiva in modo più provocante, si truccava e teneva i capelli lunghi mentre quelli di Erika erano tassativamente corti.

«A che stai lavorando?».

Erika le raccontò del caso e di Jessica Collins.

«Karolina ha la sua stessa età. Non voglio neanche immaginare cosa farei se la rapissero», disse Lenka.

Quella frase rimase sospesa nell'aria ed Erika ci mise un bel po' ad addormentarsi.

Capitolo 40

La pioggia continuava a cadere su Manor Mount. L'acqua correva lungo i tubi di scarico e sui marciapiedi, guadagnando sempre più velocità nella ripida discesa della collina. L'eco sorda delle gocce che picchiettavano sulle tubature riempiva le vie.

Gerry era dall'altro lato della strada, nascosto nell'ombra, al riparo sotto un grosso albero e l'impalcatura di una casa non ancora terminata. Una giacca cerata spessa e lunga gli copriva il corpo muscoloso e il cappuccio tirato su gli celava il viso nell'ombra.

Aveva ispezionato la zona a piedi quella sera, aggirandosi furtivamente con un piano che prendeva forma nella sua testa. Trovare l'indirizzo online nel registro elettorale era stato facile. C'era solo un'Erika Foster il cui nome si scriveva con la "k". Adesso sorvegliava Amanda Baker e quel detective, Crawford, che le riportava le informazioni importanti del caso, ma Gerry sapeva leggere le persone: quel tizio era un vero idiota. Non era fra gli uomini fidati della Foster.

Ma era riuscito ad accedere al telefono dell'ispettore capo. Il messaggio di testo non l'aveva insospettita: per fortuna sua sorella le aveva lasciato tutti quei messaggi in segreteria con il numero privato. Ma ora gli serviva l'accesso alla linea fissa, era necessario che parlasse con qualcuno a casa.

Prima aveva visto un tizio di colore, uno degli agenti del suo team, che saliva su un taxi. Se n'era andato dopo qualche istante, ma per fortuna la sua pazienza era stata ricompensata. Erika Foster in persona era uscita di corsa dall'edificio con un'espressione addolorata stampata in faccia. Quando aveva visto il taxi svoltare l'angolo, aveva abbassato le spalle, afflitta. Era rimasta lì impalata per qualche secondo, con il viso pallido rivolto verso il cielo e gli occhi chiusi.

Gerry aveva sentito il principio di un'erezione. Il dolore sul suo volto, la pelle liscia, e quelle labbra rosse e semiaperte... Pioveva incessantemente e nel giro di qualche minuto la camicetta che aveva addosso le si era appiccicata alla pelle. Aveva i seni piccoli, ma eleganti.

Gerry chiuse gli occhi e cercò di non ripensare alla scena. Doveva concentrarsi. Ora bisognava trovare un modo per entrare e uscire velocemente dal suo appartamento, ma gran parte delle finestre al piano terra di quel vecchio edificio era dotata di grate. Si passava solo dall'atrio.

Era rimasto al riparo sotto l'impalcatura finché Erika non era tornata dentro. Aspettò che le luci nel suo appartamento si spegnessero. Si stava godendo quel momento: il buio, il ticchettio della pioggia sulla strada deserta, la sensazione di essere nascosto, invisibile.

Il telefono gli vibrò in tasca. Lo estrasse e sbloccò lo schermo.

«Ma tu non dormi mai?», chiese Gerry.

«Sei riuscito a entrare nel telefono della Foster?», rispose la voce dall'altra parte.

«Sì».

«E che cos'hanno?»

«La scientifica ha trovato un dente nello scantinato del cottage alla cava e sedimenti di terra imbevuta di benzina...».

Silenzio.

«Il dente è umano?»

«Certo che è umano».

«Di chi è?»

«Ancora non lo sanno: la scientifica ci sta lavorando... Ma non importa. Bob Jennings potrebbe aver fatto di tutto là sotto insieme ai pedofili della zona... La cosa potrebbe persino rigirarsi a nostro favore».

«Ti comporti come se fosse un gioco», rispose la voce bassa e minacciosa.

«È la mia natura irlandese allegra e spensierata», ribatté Gerry imperterrito. «Ma lo so che non è un gioco».

«Ricordati solo una cosa: se io vado a fondo, tu verrai giù con me... E non verrai pagato. Forse questo ti interessa di più».

L'uomo all'altro capo del telefono riattaccò.

«Fanculo», sibilò Gerry. Infilò di nuovo il cellulare in tasca e si allontanò dai pesanti rami dell'albero. Sollevò il viso verso il cielo per un istante, godendosi il formicolio delle gocce fredde sulla pelle.

Poi girò i tacchi e scomparve nella pioggia.

Capitolo 41

Quando Erika si risvegliò era ancora buio fuori. Si trovò di fronte a Lenka che passeggiava per la stanza con la piccola Eva in braccio e le ci volle un po' per capire dove fosse.

«Che ore sono?», chiese accendendo la luce. Eva aprì la boccuccia e starnutì teneramente.

«Le cinque e mezza», rispose Lenka. «Scusami, non volevo svegliarti».

«Tranquilla. Dovevo comunque alzarmi presto». Erika si tirò su, stropicciandosi gli occhi. «Tu che farai oggi? Per me sarà una giornata importante a lavoro».

«Hai delle chiavi in più?»

«Sì».

«C'è un parco da queste parti?»

«C'è l'Horniman Museum in fondo alla strada, è un posto carino per una passeggiata».

«Non è dove hai trovato la donna nel ghiaccio?»

«Be', sì, ma ci sono dei giardini immensi e un museo. C'è anche un bar davvero carino... Potreste anche andare in centro e vedere le luci di Natale...». Erika pensò che sarebbe stata una padrona di casa davvero misera in quei giorni.

«Ce la caveremo. Credo che i bambini vorranno riposarsi un po' oggi, ieri è stata una giornata estenuante. Puoi tenermi Eva per un po'? Vorrei fare una doccia prima che scoppi il delirio».

Le passò il fagotto di coperte in cui era avvolta la bambina e scappò in bagno. Eva era così calda. Sollevò una manina e fissò Erika con i suoi grandi occhietti marroni e starnutì di nuovo.

Erika le asciugò il viso con un fazzolettino di cotone e l'assalì un'improvvisa ondata di amore e tristezza. Amore per quella nipotina perfetta. E tristezza per i figli che probabilmente non avrebbe avuto mai.

Lasciò a Lenka il numero di telefono del lavoro e le chiavi, mostrandole i luoghi importanti sulla mappa. Diede un bacio a Karolina e Jakub ancora addormentati e uscì dall'appartamento alle prime luci del mattino.

Arrivò alla centrale di Bromley poco prima delle sette e mezza e salì direttamente in sala operativa. Si fermò a fissare la lavagna con il caffè in mano, passando al vaglio tutti gli indizi trovati finora. Dopo la scoperta del dente, spostò le foto di Bob Jennings e Trevor Marksman ai lati dell'immagine del cottage e con un pennarello tracciò una linea di collegamento tra le tre fotografie.

All'improvviso le squillò il telefono. Era Nils Åkerman.

«Abbiamo effettuato un confronto fra il dente rinvenuto nello scantinato e le impronte dentali di Jessica», disse senza alcun preambolo. «Mi dispiace. Non c'è corrispondenza. Non è suo».

Erika sentì il cuore affondare. Dovette sedersi su un angolo della scrivania.

«Ne sei sicuro?»

«Sì. Ho effettuato gli esami base, confrontandolo con il dente mancante nella mandibola. Ma non c'entra e non corrisponde. Poi ho controllato le impronte dentali, nell'ipotesi che sia stato esposto al fuoco e di conseguenza possa essersi ristretto. Niente da fare. L'ho spedito a un collega per vedere se riesce a estrarne la polpa e ottenere il DNA, ma non è sicuramente di Jessica. Siamo pure tornati allo scantinato, abbiamo scavato ancora e fatto altri test con la sonda. Non c'è nient'altro che sporcizia lì».

«Maledizione!».

«Mi dispiace».

«Va tutto bene, non è colpa tua. Questo fa sorgere altre domande senza risposta… Perché c'era il dente di un bambino nello scantinato di Bob Jennings?».

Solo silenzio all'altro capo della cornetta.

«Scusa, Nils. So benissimo che non tocca a te scoprirlo…».

«Non ti invidio per niente», rispose.

«Già. Be', grazie per avermi chiamato», lo congedò Erika senza il minimo entusiasmo.

Chiuse la chiamata e tornò alla lavagna, dove le informazioni riguardanti la cava erano state appese accanto alla cartina del parco. Un tempo era stata una cava di argilla. Raggiunse la scrivania più vicina, andò su Wikipedia e scrisse «cava di argilla nel Kent», soffermandosi su un piccolo trafiletto:

> L'argilla di Londra è un tipo di argilla bluastra che stagionando diventa marrone. Viene attualmente usata per scopi commerciali, come la costruzione di mattoni, tegole e ceramiche. Non è adatta a giardini o coltivazioni.

Continuò a cercare e scoprì che la contea di Kent sorge su un miscuglio di gesso, arenaria e argilla.

«Ma che sto facendo? È una ricerca troppo ampia, senza senso», borbottò.

«Eh già. La contea di Kent è davvero grande», esplose una voce alle sue spalle, spaventandola. Erika si voltò di scatto e trovò Crawford in piedi dietro di lei che curiosava sullo schermo. «Scusi», aggiunse.

«Non si arriva alle spalle delle persone in questo modo», lo rimproverò Erika.

«Pensavo che sapessimo già a cosa serviva la cava, no?»

«È così. Mi sto solo sforzando di trovare un legame, di individuare la giustapposizione che…».

«Che parole difficili di prima mattina», scherzò Crawford. Ma Erika non rise.

«Jessica è scomparsa da anni, eppure riappare a meno di due chilometri da casa». Gli raccontò della conversazione avuta con Nils. Crawford s'appollaiò su un angolo della scrivania, annuendo per tutto il tempo. Quando Erika finì di parlare, rimase in silenzio per qualche istante.

«Sapeva che lo stretto di Dover separa la costa del Kent dall'Europa di trentatré chilometri soltanto?»

«Sì, l'ho appena letto al computer», tagliò corto Erika.

«Un momento», disse alzandosi. «Prima ha detto che l'argilla veniva usata per scopi commerciali, per i mattoni e le tegole. Pensa che possa esserci un collegamento con Martin Collins? Era un costruttore».

Quel suo continuo annuire le stava dando sui nervi. «Crawford, la cava è dismessa dalla prima guerra mondiale. Martin Collins si è trasferito lì con la famiglia soltanto nel 1983. E poi è un maledetto parco: la cava era un bene pubblico».

«Oh», rispose Crawford arrossendo.

Un paio di agenti entrarono nella sala operativa, con Moss e Peterson al seguito. Erika sentì la rabbia e la frustrazione ribollirle nello stomaco, e Crawford era lo sfogo perfetto.

«Questo è un caso già abbastanza complicato senza che mi arrivi alle spalle con delle stupide teorie del cavolo. Non è una cosa che ti fa apparire più furbo e, anzi, mi fai solo incazzare. Ora, a meno che tu non abbia qualcosa di davvero utile da dirmi, fuori dai piedi».

Gli altri agenti presero posto alle loro scrivanie e si tolsero il cappotto. Crawford era diventato paonazzo e aveva gli occhi lucidi.

«E bada che non ho tempo per consolare agenti in lacrime», gli disse. «Cosa puoi dirmi della fossa biologica?»

«Io, ehm, sto ancora aspettando novità», farfugliò Crawford cercando di contenersi.

«Be', allora smettila di fare il cretino alla disperata ricerca di un modo per sembrare più intelligente e datti da fare. Sbriga il tuo maledetto lavoro!», urlò. Piano piano arrivò anche il resto della squadra e, mentre gli agenti si mettevano al computer, nella sala operativa calò un silenzio pieno di disagio. «Qualcun altro ha un'inutile teoria sull'assassino di Jessica Collins?», chiese. Nessuno si azzardava a fiatare. «Bene. Ora, ho appena saputo che il dente rinvenuto nella cava di Hayes non è di Jessica».

Si levò un gemito di malcontento.

«Già, esatto, proprio come mi sento io adesso. Quindi non ci resta che raddoppiare gli sforzi».

Entrò in ufficio e sbatté la porta di vetro, arrabbiata anche per il fatto che tutti potevano ancora vederla. Si sedette alla scrivania e attaccò la pila di cartelle in costante crescita, aggiornando i documenti sul sistema Holmes.

Un'ora dopo, qualcuno bussò alla porta. Era Moss, che sventolava un piccolo fazzoletto bianco.

«Vengo in pace», annunciò aprendo la porta.

«Che c'è?»

«Hanno trovato i video di Trevor Marksman nei magazzini della centrale di Croydon», disse Moss. «Ce li ha appena consegnati il corriere. John sta cercando un apparecchio per poterli vedere».

Capitolo 42

Crawford se ne stava in piedi di fronte a una fila di bidoni della spazzatura, al riparo sotto un piccolo tendone di plastica nel retro della centrale di Bromley. Era sgattaiolato fuori dalla sala operativa e stava parlando animatamente al telefono con Amanda Baker. Faticava a sentire le sue parole sopra il clangore della pioggia sulla plastica.

«Non hai pensato di arrivare presto al lavoro? O di sforzarti almeno per intercettare le cassette?», disse Amanda.

«Sono arrivato presto», rispose Crawford a denti stretti.

«Be', non abbastanza, chiaramente. Che hai fatto ieri sera?»

«Non sono affari tuoi», disse. Aveva continuato a bere da solo al pub, e ora era alle prese con un brutto dopo sbornia.

«Voglio quelle cassette, Crawford».

«Adesso è troppo difficile prenderle. Sono la prova principale al momento: l'ispettore capo Foster le sta controllando proprio ora, in una delle stanze multimediali. Non posso avvicinarmi».

Sentì il leggero schiocco dell'accendino di Amanda. Stava fumando una sigaretta.

«Le digitalizzeranno di sicuro. Non devi far altro che copiare il file su una pennetta. Facile».

«Come no, facile per te», borbottò.

«Comunque, pensavo che avessi trovato tu i video. Perché non sei dentro a guardarli? Dovresti esserci anche tu».

Sono stufo di tutte queste donne che mi danno ordini, pensò. Il vento cambiò direzione e la pioggia iniziò a cadere di traverso, raggiungendolo anche sotto il tendone di plastica.

«Ho altre cose da fare», rispose avvicinandosi ai puzzolenti bidoni blu.

«Tipo?».

Ignorò la sua domanda e proseguì riferendole che il dente trovato nello scantinato non era di Jessica.

«Il dente di un bambino nello scantinato punta dritto a Bob Jennings come indiziato. È probabile che fosse lui il complice di Trevor. Magari avevano già preso di mira altri bambini della zona prima di Jessica».

Ci fu qualche istante di silenzio. Poteva quasi sentire gli ingranaggi che si mettevano in azione nella mente di Amanda.

«Mi sembra di ricordare qualcosa di quei video...», disse alla fine. «Non sono sicura, è soltanto una sensazione, non riesco ad afferrarla. Ora torna dentro, sta' attento a non sollevare sospetti, e procurami una copia di quelle cassette».

Buttò giù.

«Scommetto che invece qualcosa lo afferri per bene, adesso. Il terzo bicchiere di vino», borbottò irritato, notando un liquido denso e marrone che colando dai bidoni gli aveva macchiato la giacca.

Gerry era nel suo appartamentino a Morden. Le tende erano chiuse contro il vento e la pioggia che infuriavano fuori.

Il portatile era sulla scrivania, aperto. Staccò le cuffie e riascoltò un frammento della conversazione. La voce roca di Amanda riecheggiava nella stanzetta.

"Mi sembra di ricordare qualcosa di quei video... Non sono sicura, è soltanto una sensazione, non riesco ad afferrarla".

Prese il cellulare e compose un numero.

«Amanda Baker. Ci sta andando vicina. Vuoi che passi direttamente alla prossima mossa?», chiese Gerry.

«No. Continua ad ascoltare», rispose la voce. «Prima di farlo dobbiamo esserne certi».

Capitolo 43

Erika e John se ne stavano stipati all'interno della minuscola sala multimediale della centrale di Bromley. Per risparmiare, Trevor Marksman aveva usato cassette da centoventi minuti in modalità LP per la sua videocamera Hi8, quindi ogni nastro andava avanti per quattro ore.

«Ora tocca alla numero due», disse John, cambiando cassetta.

Erika si alzò e stiracchiò le braccia.

«Ma davvero aveva intenzione di riguardarle?», sbadigliò.

«E lo chiedi a me, capo? Quattro ore di passeggiate, vento, parchi vuoti, traffico sulla circonvallazione e fuochi d'artificio sgranati ripresi dalla sua camera da letto: sbancherebbe al botteghino», rispose John. Con addosso un paio di guanti in lattice, estrasse la prima cassettina dall'adattatore e prese la seconda.

«Che c'è scritto lì?», domandò Erika. John sollevò la custodia.

«Compleanno di Gary, aprile 1990», lesse prima di aprirla. Osservò la cassettina sotto la luce. «Il nastro magnetico sembra in buono stato».

La infilò nell'adattatore e poi nel videoregistratore. Controllò che la sequenza venisse caricata correttamente sul computer, e poi premette PLAY.

Lo schermo sulla scrivania di fronte a loro prese vita. Ci fu qualche interferenza all'inizio, ma poi cominciarono a delinearsi i contorni del salotto del centro di riabilitazione. L'immagine era inizialmente in bianco e nero, ma dopo qualche scossa divenne a colori. In piedi sul pavimento in legno c'era una ventina di uomini di diverse età, quasi tutti vestiti in modo trasandato. Qua e là spuntavano vecchi divani e poltrone logore e, in alto, sul muro, era stato sistemato un piccolo televisore. Un'ampia finestra panoramica si affacciava su un cielo grigio e una striscia di prato. Per qualche momento la luce esterna accecò la ripresa della telecamera. Sentirono delle voci e l'inquadratura si spostò verso uno specchio. Il riflesso mostrava Trevor Marksman con in mano la cinepresa. Aveva la pelle liscia: non era ancora stato bruciato.

«Oggi è il 2 aprile e siamo qui a festeggiare il ventiquattresimo compleanno di Gary Lundy!», diceva al suo riflesso.

L'inquadratura scivolò di colpo su un ragazzo magrissimo, seduto su un divano fatiscente. Aveva i lineamenti delicati e i capelli unti e con la riga a sinistra. Il naso era enorme e ci aveva infilato un dito, su per la narice sinistra fino alla nocca.

«Che stai facendo?», chiese Trevor da dietro la telecamera.

«Cerco qualcosa di decente da mangiare», rispose Gary tirando fuori il dito dal naso. «Ora levati dalle palle», ringhiò.

La telecamera vagava per la stanza, facendo ballare l'inquadratura. Riprese un gruppetto di uomini tristi e piuttosto inquietanti, riuniti intorno all'instabile tavolo del buffet, pieno di ciotole di stuzzichini e una torta gelato tonda con gli smarties. Un tipo basso e paffutello indossava un cappellino da festa, con l'elastico che gli affondava nel grasso del doppio mento e i capelli lunghi e grigi che gli spuntavano da sotto.

«Gesù, tutti quei pedofili abitavano nella stessa via dei Collins», commentò John continuando a guardare.

Sullo schermo, il tipo basso e paffutello fissava l'obiettivo: «Posso provare?», chiese allungando una mano e sorridendo. Aveva solo due denti.

«No», rispose Trevor. La sua mano coprì l'inquadratura mentre colpiva con forza il palmo grassoccio del tizio che voleva prendere la telecamera.

«Dài, non ne ho mai usata una...».

«Tieni lontano quelle mani, cazzo!», urlò Trevor.

Sventolò il braccio e tirò una sberla in faccia a quel tipo. L'uomo cadde a terra, l'elastico del cappellino si strappò di colpo. Si rialzò e caricò verso la telecamera. Ci fu una zuffa, qualche spintone, e l'immagine si annerì.

«Maledizione, dobbiamo per forza guardare tutta la festa, non è vero?», disse John.

Erika annuì mestamente. Lo schermo si riaccese di nuovo: ancora la festa di compleanno, ma qualche ora più tardi. C'era la musica adesso e qualcuno ballava con goffaggine imbarazzante. L'inquadratura tornò su Gary, seduto ancora in un angolo con le dita nel naso. Tirò fuori l'indice e se lo infilò in bocca.

«Oh, ma è disgustoso», disse John distogliendo lo sguardo dallo schermo.

«Tranquillo, è passato», disse Erika.

Trevor stava inquadrando di nuovo l'uomo di prima. Aveva un nuovo cappellino e se ne stava seduto in un angolo vicino a un pianoforte verticale. Si stava riempiendo la bocca da un piatto pieno zeppo di cibo. Un altro piatto carico lo aspettava sul coperchio del pianoforte accanto a lui.

«Che gli è successo?», chiese qualcuno fuoricampo.

«Ha fatto il coglione. Voleva usare la mia telecamera», rispose Trevor mentre zoomava crudelmente sulla bocca piena di quell'uomo. «Non ha neanche tutte le dita. E poi non la faccio toccare a nessuno la mia telecamera».

L'inquadratura zoomava avanti e indietro mentre l'uomo si infilava un boccone enorme di quiche in bocca, con le briciole che rimanevano incastrate nella barba.

Si sentirono delle risatine femminili e la telecamera si cimentò in una lenta panoramica che terminò con il primo piano di un uomo alto e calvo, con il viso paonazzo e i denti storti da coniglio.

«A me la farai provare, vero?», gli chiese.

«NO!».

Ci fu un'altra baruffa, o così sembrava, e l'immagine seguente passò direttamente alla sera. Il salotto era immerso nel buio, le uniche luci erano quelle delle candeline su una torta che veniva trasportata attraverso la stanza da un uomo alto. Trevor lo seguì da vicino finché non consegnarono il dolce a Gary, ancora seduto sulla poltrona.

«Avanti, soffia!», urlò qualcuno. Gary sbuffò, ma poi spense tutte le candeline.

«Che cos'hai desiderato?», gli chiese qualcun altro.

«Di morire», rispose Gary, rimettendosi a sedere con le braccia conserte.

L'uomo con la torta si voltò per un secondo e poi uscì subito dall'inquadratura.

«Ehi», esclamò Erika. «Un momento, torna indietro».

«Non posso. Sta facendo la conversione digitale», rispose John.

Trevor seguì l'uomo lungo il tavolo.

«So chi è quel tizio», disse Erika. «Era a casa di Trevor Marksman l'altro giorno. Metti in pausa, subito!».

Erika uscì di corsa dalla sala multimediale e salì in fretta le scale verso la sala operativa. Peterson aveva appena terminato una telefonata; lo prese per un braccio e lo trascinò di sotto. Tornati nella sala multimediale, l'ispettore si fermò a guardare il video insieme a loro. Trevor stava inquadrando quell'uomo dall'aria familiare, che scherzava con la telecamera parlando come se fossero sul red carpet.

«Quello è il tizio che abbiamo incontrato a casa di Marksman: Joel, no? Joel. Nel video ha i capelli, ma l'accento sudafricano è lo stesso», disse Erika.

«Ha anche gli stessi occhi azzurri e opachi», aggiunse Peterson. «E la cicatrice, quella che dalla tempia gli corre dietro l'orecchio».

«Ha detto di chiamarsi Joel, ma non ci ha detto il cognome.

Voglio la lista completa di chi ha alloggiato nel centro di riabilitazione nel 1990», ordinò Erika.

Puntarono di nuovo gli occhi sullo schermo. Un uomo del centro di riabilitazione aveva preso la telecamera e, mentre *Careless Whisper* risuonava nell'impianto audio, Trevor e Joel ballavano un lento assieme.

Capitolo 44

Erika e John guardarono altre due videocassette nel pomeriggio. Erano più corte, registrate in modo standard. Intere giornate primaverili al parchetto di Avondale Road. Trevor Marksman aveva filmato un mucchio di bimbi del posto, esortando i genitori che spingevano le altalene o aspettavano alla fine degli scivoli a sorridere e salutare la telecamera.

Jessica Collins compariva per la prima volta in un filmato dell'11 giugno 1990, mentre giocava su un dondolo con un'altra bambina dai capelli scuri. Le ragazzine ridevano e facevano su e giù, mentre all'ombra di una grossa quercia sullo sfondo Marianne e Laura, più giovani, sedevano su una panchina. Laura fumava con aria distratta, mentre Marianne le parlava da vicino.

La videocamera puntò su Jessica per diversi minuti, zoomando su di lei dall'altra parte del parco. Vederla così libera e bella, mentre ballava con le amichette e si dondolava nel quadro svedese, colpì Erika nel profondo. Ma le bastò ricordare che stava osservando la scena attraverso gli occhi di Trevor Marksman perché la commozione mutasse subito in repulsione.

L'inquadratura si spostò bruscamente su un sottile sentiero a un'estremità del parco, superando un bidone della spazzatura malmesso e una vecchia panchina fatiscente fino ad arrivare a un uomo che cercava di rovesciare una vanga piena di foglie secche in un sacco dell'immondizia. Ma il vento non lo aiutava di certo.

«Ci stiamo divertendo un mondo, eh?», disse qualcuno. L'uomo si voltò. Quei capelli castani e selvaggi, quel visetto... riconobbero Bob Jennings.

«Andate via, stronzi», farfugliò in modo quasi incomprensibile.

Qualcuno imprecò e il segnale della batteria scarica lampeggiò in un angolo dello schermo. L'immagine traballò e, giusto un secondo prima che il dispositivo si spegnesse, mentre la telecamera passava di mano in mano, intravidero un viso familiare.

«Cristo santo, quello era Bob Jennings. E l'altro volto, quello alla fine del video... Possiamo mandare un attimo indietro?».

John estrasse la cassetta dal videoregistratore e avvicinò il computer sulla scrivania. Avevano il formato digitale ora. Risalì agli ultimi minuti di registrazione e mandò leggermente avanti, superando il momento dell'incontro con Bob Jennings e fermandosi nel punto in cui il segnale della batteria scarica lampeggiava all'angolo dello schermo. Non fu un'impresa facile, dato che quel volto compariva solo per una frazione di secondo, ma alla fine ottennero l'immagine: era Trevor Marksman.

Rimasero a fissarlo per qualche istante.

«Questo significa che qualcun altro ha passato la telecamera a Trevor, che non era lui a filmare nel parco tutto quel tempo. Ma nel primo interrogatorio ha affermato il contrario», ragionò Erika.

«E nel video della festa di compleanno ha dato di matto: non ha permesso a nessuno di toccare la telecamera», aggiunse John.

Mandò indietro i fotogrammi ancora una volta: l'inquadratura si stava avvicinando al cancello. Sul ferro, il riflesso di Joel.

«Ascolta bene, lo senti? C'è qualcuno che dice: "Prendila tu". Ha l'accento sudafricano».

Bussarono alla porta. Peterson era tornato. «Ho trovato Joel Michaels, capo. Sono dovuto risalire ai registri originali in cui compare il suo vero nome, che è Peter Michaels. L'ha cambiato in Joel nel 1995. Ha cinquantatré anni. È andato nel centro di riabilitazione dopo essere uscito di prigione. È stato dentro per sei anni, dal febbraio 1984 fino al rilascio nel marzo 1990. È stato incriminato per il rapimento e lo stupro di un bambino di nove anni».

Erika e John si scambiarono un'occhiata. Peterson andò avanti: «Hanno interrogato anche Peter Michaels nel 1990, insieme a tutti gli altri ospiti del centro. Come Marksman, aveva un alibi di ferro per il 7 agosto 1990. Tuttavia, non è mai stato tenuto sotto sorveglianza nelle settimane in seguito alla scomparsa».

«E neanche Bob Jennings», disse John. «Non riesco a trovare nulla su di lui nei nostri rapporti. Non l'hanno mai interrogato, mai sospettato...».

«E guardate: è tutto qui, nei video. Si parlano. Si conoscevano tutti», disse Erika.

Capitolo 45

Si era fatto tardi quando Erika chiamò il comandante Marsh dalla sala operativa. Aveva mandato tutti a casa dopo una lunghissima giornata di lavoro.

«Erika, ti avevo già avvertito. Non stare troppo addosso a Trevor Marksman», disse Marsh. «L'ultima cosa che vogliamo è un'altra causa».

«Con rispetto, comandante, ma non mi sta ascoltando. Non voglio interrogare Marksman. Voglio convocare Joel Michaels e fargli qualche domanda sul suo rapporto con Trevor Marksman e Bob Jennings, che continua a spuntare dappertutto. Abbiamo trovato un dente di bambino nel seminterrato del cottage che occupava!».

«Un dente che, finora, non sappiamo a chi appartenga».

«Ma non per questo la cosa è meno preoccupante!».

«Certo, ma negli ultimi ventisei anni chissà quante persone hanno occupato quel posto. Drogati magari, che forse avevano dei bambini, i quali forse hanno perso i denti da latte».

«Ma abbiamo trovato anche dei sedimenti di benzina nel suolo del seminterrato. La sorella ha confermato che Bob Jennings utilizzava un generatore e nelle ossa di Jessica abbiamo riscontrato un'alta quantità di piombo tetraetile, che indica che la bambina è stata esposta ai vapori della benzina al piombo. Ora ho persino una prova video che attesta il legame fra Trevor, Bob e Joel...».

All'altro capo del telefono, Marsh restò in silenzio per un istante. Erika continuò a parlare: «Signore, Bob è morto. E non posso stare troppo addosso a Trevor. Voglio solo fare un tentativo con Joel Michaels».

«Chiaramente la decisione spetta a te, Erika», rispose.

«Lo so, signore. Ma vorrei il suo supporto. Il suo consiglio. Se ho ragione, forse ci troviamo di fronte a una rete di pedofili».

«Quando vuoi farlo?»

«Subito».

«Domattina si terrà il funerale di Jessica Collins. Ti suggerirei di aspettare la fine. Io ci andrò, e credo sia saggio che venga anche tu. È una buona occasione per fare pubbliche relazioni e, come ben sai, tutto gira intorno alle pubbliche relazioni».

«D'accordo».

«Devi anche tenere presente che Trevor Marksman è un uomo facoltoso adesso. Immagino che chiamerà i migliori avvocati in difesa del suo amico quando lo arresterai».

«Questo non mi preoccupa. Mi rattrista di più aver passato tutta la giornata a guardare ore e ore di video di pedofili pluricondannati che davano feste o facevano gite al mare e di Trevor Marksman che riprendeva Jessica Collins e tanti altri bambini del posto. Di lei non resta altro che un mucchio di ossa, mentre il responsabile è ancora a piede libero. È una cosa che mi fa infuriare. Voglio interrogare Joel Michaels. Tutto qui, e ho delle prove a sostegno della mia tesi».

Marsh rimase in silenzio per un momento.

«Tienimi aggiornato e, prima di interrogarlo, voglio vederti al funerale domani».

«D'accordo. Grazie». Erika riagganciò e cominciò a raccogliere le sue cose per andare a casa. Tornò nel suo ufficio e infilò tutto in borsa, accorgendosi di aver dimenticato il quaderno degli appunti nella sala multimediale.

Capitolo 46

Quando la squadra lasciò la sala operativa per tornarsene a casa, Crawford rimase volutamente indietro e andò alla toilette degli uomini nascondendosi nel bagno per una ventina di minuti, sudando copiosamente. Quando ritenne che fosse passato abbastanza tempo, uscì, si lavò le mani e tornò alla sala operativa. Controllò che nessuno lo stesse seguendo, poi scese le scale che portavano alla sala multimediale, dove Erika e John avevano controllato le videocassette di Trevor Marksman per tutta la giornata.

Si trovava al secondo piano, nascosta sul retro della centrale alla fine di un lungo corridoio. Esistevano diverse copie delle chiavi, e poco prima ne aveva presa una dalla scrivania di John mentre lui era distratto a parlare al telefono. Crawford la infilò nella serratura e, con suo grande sollievo, la porta si aprì. Accese le luci e vide che il portatile era ancora sulla scrivania, connesso al videoregistratore. Si richiuse la porta alle spalle, girando la chiave. La stanza era piccola, angusta e priva di finestre. Su un paio di mensole erano sistemati cavi e cavetti e manuali per il lettore DVD e il registratore. Ce n'era persino uno per il laserdisc.

Crawford agì alla svelta, avviando il PC e aprendo le pennette USB nuove di zecca che aveva preso da Maplins, in fondo alla strada. Era preoccupato che la memoria non bastasse: avevano solo quelle da 16 giga, così ne aveva comprate tre. Il sudore continuava a colargli sulla fronte, mentre combatteva con lo spesso involucro di plastica intorno alla pennetta che non voleva saperne di aprirsi.

Guardò sulle mensole, ma niente forbici. Estrasse le chiavi dell'auto dalla tasca e provò a rompere la plastica con quelle. Dopo un'altra manciata di secondi che gli parvero lunghissimi riuscì a tirare fuori le pennette e, asciugandosi il sudore dagli occhi, infilò la prima nella porta USB al lato del portatile.

Il computer cominciò a ronzare mentre Crawford fissava lo sfondo di Windows. Alla fine l'icona della pennetta USB apparve sul desktop. Cliccò sui video creati da John quel giorno, selezionò il primo e lo trascinò nella cartella del disco rimovibile.

L'hard drive cominciò a ronzare di nuovo, mentre sullo schermo compariva una finestra:

COPIA IN CORSO DI 2 FILE SU USBDRIVE1

11.8MB DI 3.1GB

TEMPO RESIDUO: 9 MINUTI

«Sbrigati», sibilò. Una goccia di sudore gli colò dalla fronte e atterrò sulla tastiera. Fu allora che sentì un rumore proveniente dalla porta. La serratura era bloccata, ma la maniglia si muoveva.

Capitolo 47

Erika abbassò la maniglia, ma la porta della sala multimediale era chiusa. Prese il mazzo che aveva portato con sé e infilò la prima chiave nella serratura, ma non entrava. Era bloccata dall'altro lato, lo sentiva. Stava per abbassare di nuovo la maniglia quando qualcuno la chiamò. Era Peterson, che le andava incontro nel corridoio.

«Ce l'ho io il tuo quaderno per gli appunti, capo», disse sollevandolo.

«Grazie», gli rispose lei non appena l'ebbe raggiunta.

«Pensavo che ve ne foste andati via tutti».

«Sì, be', ero andato da Waitrose dall'altra parte della strada e quando sono tornato al parcheggio mi sono accorto di aver preso il quaderno per sbaglio», disse.

«Grazie».

Calò un silenzio imbarazzante.

«Per quanto riguarda ieri sera… Davvero, non avevo idea che mia sorella sarebbe sbucata fuori così», gli disse.

«È tutto a posto. Come sta?»

«Benone».

«Perfetto».

Le sorrise. Ci fu un altro silenzio pieno d'imbarazzo, e poi: «D'accordo, be', ci vediamo domani», le disse.

«Certo, a domani».

Con un ultimo cenno del capo, Peterson girò sui tacchi e si allontanò. Erika finse di armeggiare ancora con le chiavi e, quando fu sicura che se n'era andato, si accasciò contro la porta.

Rimase lì per qualche minuto e poi riattraversò il corridoio, decisa a tornare a casa.

Crawford appoggiò l'orecchio alla porta, in ascolto, ma le voci se n'erano andate. Cambiò velocemente pennetta e cominciò a copiare gli altri video.

Aveva la camicia madida di sudore.

Capitolo 48

Erika arrivò a casa poco dopo le nove e mezza. Quando aprì il portone, trovò Lenka all'ingresso. Aprì la bocca per parlare, ma sua sorella le premette un dito sulle labbra.

«Karolina e Jakub si sono appena addormentati», bisbigliò. «È tardissimo. Dove sei stata?»

«A lavoro», rispose Erika sottovoce, sfilandosi le scarpe e posando la borsa.

«È tutto okay?»

«Sì, certo».

«Sei uscita alle sette questa mattina!».

Erika si tolse il cappotto.

«È questo l'orario che faccio di solito».

«E Mark cosa ne pensava?»

«Lenka, lasciami entrare in casa almeno!».

«Shhh! Li ho appena fatti addormentare».

Erika si affacciò nel soggiorno. Riusciva a intravedere le testoline addormentate dei suoi nipoti sotto le coperte del divano letto.

«Ho il computer quasi scarico, Lenka. E il caricabatterie è là», mormorò.

«Com'è fatto?»

«In che senso com'è fatto? È un caricabatterie», sibilò Erika, entrando in salotto. Ma la sorella la trattenne.

«No, li sveglierai di sicuro. Karolina è stata strana tutto il giorno, si sono addormentati un momento fa».

«Lenka, mi serve il caricabatterie».

«Hai mangiato?»
«A pranzo».
Lenka incrociò le braccia e sollevò gli occhi al cielo. «Dovresti mangiare, almeno. Ho già cucinato. Fatti una doccia, io ti cerco il caricabatterie».
Erika cominciò a protestare, ma sua sorella la spinse in bagno e chiuse la porta.

Uscita dalla doccia, fu sopraffatta da un delizioso odorino di carne affumicata, patate e sottaceti. Il *bip* del microonde risuonò nella cucina, e Lenka le portò un piatto fumante di Francúzske Zemiaky, una pietanza a base di patate, uova, cetriolini e salsiccia affumicata tagliata a tocchetti e cotta al forno.
«Oh mio Dio, ha un odore meraviglioso. Proprio come lo preparava la mamma», disse Erika con l'acquolina in bocca.
Andarono in camera sua, adesso occupata dal passeggino di Eva, una pila di pannolini e un comò trasformato in fasciatoio. La foto incorniciata di Mark era stata spinta in un lato. Il suo volto affascinante la osservava con un imperturbabile sorriso. Erika si sedette sul letto e affondò la forchetta nel piatto fumante.
«Wow, è buonissimo. Grazie».
«Sono andata a fare spesa», disse Lenka. «È carino da queste parti, pieno di gente di tutti i tipi: indiani, neri, cinesi. I bambini avevano un po' paura di tutto... Anche il tuo cortile è carino. Ah, poi abbiamo incontrato un paio di vicini. Una donna che abita al piano di sopra con due figlie piccole. Jakub ha bussato a tutte le porte finché non le ha trovate. Alla fine sono venute qui a giocare».
«Davvero? E come avete fatto a capirvi?»
«Conosco qualche parola di inglese: la madre era davvero gentile. Com'è che si chiama?».
Erika alzò le spalle.
«Ma come? Sei qui da cinque mesi e non conosci neanche i tuoi vicini?»

«Sono molto impegnata», rispose con la bocca piena.

«Che è successo oggi con quel bel tipo? Peterson?»

«Niente, in realtà. Non ne abbiamo parlato».

«Credi che accadrà qualcosa fra voi? È davvero carino».

Erika alzò di nuovo le spalle.

«Potresti invitarlo a cena. Cucinerei io...».

Le lanciò un'occhiataccia e con la bocca piena disse: «Dammi tregua».

Lenka raggiunse il comò e aprì il primo cassetto, mettendoci dentro il materassino sul fasciatoio e diverse coperte.

«È venuto un tipo oggi, per la lettura del contatore, o così mi ha detto. Ero indaffarata con i bambini: c'erano anche le figlie dei vicini a giocare. Ha lasciato una lettera», disse, indicandole un foglio di carta sul davanzale della finestra.

Erika gli diede una controllata e vide che era da parte dell'agenzia immobiliare: la informavano che il contatore del gas andava revisionato.

«Il cibo qui costa davvero un occhio della testa. Tu in genere che cosa compri?»

«Lenka, mi lasci un secondo per respirare? Ho avuto una giornata stressante e mi stai tempestando di domande!».

Sua sorella continuò a sistemare le copertine nel cassetto.

«Che stai facendo?»

«Preparo un letto per Eva».

«Nel comò?».

La piccola Eva nel passeggino cominciò a piangere.

«Ecco, l'hai svegliata», disse Lenka, superando di corsa Erika e prendendo la figlia in braccio. «Buona, buona. Va tutto bene. Shh, shh». Lenka si abbassò la maglietta e provò ad allattare la bimba, che però non fece altro che piangere più forte. «Puoi andare di là a chiudere la porta del soggiorno?».

Erika prese un altro boccone e raggiunse l'ingresso, chiudendo la porta del soggiorno con il piatto ancora in mano. Le urla di Eva si alzarono di un'altra ottava, così chiuse anche la porta della camera. Si sedette di fronte alla porta d'ingresso, appoggiò il piatto a terra e finì di mangiare.

Non si accorse, però, che sopra la sua testa qualcuno aveva messo una cimice, nascosta nel contatore elettrico.

Erano passate da poco le undici e Amanda Baker ronfava sulla sua poltrona. C'era una tazza di tè lasciata a metà sul tavolino di fianco a lei, in mezzo a una pila di immagini stampate e due quaderni. La parete sopra il divano era tappezzata di fogli, tutti scarabocchiati: una fitta ragnatela di scritte nere. In mezzo spuntava un primo piano in formato A4 di Trevor Marksman, insieme ad altre foto che ritraevano Joel Michaels e Bob Jennings. Sul muro opposto, invece, accanto al televisore, c'era un'immagine di Jessica Collins.

Qualcuno bussò piano, disturbando il suo sonno leggero. Si alzò a fatica dalla poltrona e raggiunse la finestra. C'era Crawford fuori, con il viso paonazzo e madido di sudore. Sollevò un'anta e una folata di vento gelido s'intrufolò dentro casa.

«Ce li ho», disse, controllando che la strada alle sue spalle fosse deserta.

«Li hai presi tutti?», chiese Amanda.

Crawford annuì e dondolò sui piedi. «Posso entrare?»

«È tardi, devo dormire. Domani c'è il funerale di Jessica Collins», disse Amanda.

Crawford sbirciò nella stanza alle sue spalle e vide un vestito nero appeso in fondo al soggiorno e pronto per essere indossato. «Che fai, ci vai?»

«Sì», rispose Amanda. E tese la mano aperta.

«Fammi entrare, solo per un bicchiere veloce... È stata una giornata tremenda».

«Non bevo più, e non voglio che tu metta a rischio la mia sobrietà», rispose, con la mano ancora tesa.

«Mi prendi in giro! Hai smesso?»

«Da tre giorni, per ora».

Crawford tirò fuori una busta dalla tasca interna della giacca e gliela passò.

«Grazie», gli disse Amanda, prendendola subito. Poi chiuse la finestra e le tende.

Crawford rimase lì impalato per un istante, a fissare la tenda immobile. E poi arrancò di nuovo fino alla sua macchina.

Capitolo 49

I funerali di Jessica Collins si tennero a Bromley, nella chiesa della santa Vergine Maria. La sala era piccola e arredata con semplicità. Odorava d'incenso e lucido per pavimenti e le candele accese brillavano nell'ombra.

Marianne e Martin avevano scelto per Jessica la bara di mogano più pregiata che erano riusciti a trovare. Rialzata su una struttura di legno, non era piccola quanto quella di un bambino, ma nemmeno grande quanto quella di un adulto.

Marianne era arrivata all'alba, voleva essere presente quando l'agenzia funebre avrebbe portato la salma. Si sedette e rimase a guardare i resti di sua figlia, quelle ossa piccine e vulnerabili adagiate nell'imbottitura di raso della bara e coperte da un leggero strato di mussolina. Il cappottino rosso che le avevano regalato per il compleanno era stato piegato e sistemato accanto al cuscino di raso.

Martin, Laura e Toby arrivarono un po' più tardi. Bussarono dolcemente al portone di legno massiccio e Marianne si alzò e andò ad aprire.

Si fermarono sulla soglia, sorpresi e in silenzio.

«La bara è aperta», disse Martin, fissando i resti di Jessica. Da come erano state disposte le ossa, sembrava che lo scheletro fosse semplicemente saltato dentro per mettersi a dormire. «Pensavo che fossimo d'accordo che l'avremmo tenuta chiusa».

«Non siamo mai stati d'accordo. Sei tu che me l'hai imposto», rispose Marianne cupamente. «Io voglio vedere la mia bambina. Voglio accarezzarla. Voglio essere qui con lei».

Toby guardò prima il padre, poi Laura. «Papà. Non è giusto», disse. Si avvicinarono al sottile strato di mussolina, e Martin allungò una mano.

«Oh, Jessica», mormorò, sfiorando il tessuto sopra il teschio.

Laura era rimasta indietro, con una mano davanti alla bocca e uno sguardo di terrore negli occhi.

«Vieni. Toccala», disse Marianne. «È Jessica... tua sorella».

Laura si avvicinò di qualche passo, con gli occhi ancora spalancati. Marianne allungò un braccio e le prese la mano. Lei cercò di sottrarsi, ma la stretta della madre era troppo forte: le appoggiò il palmo sulla fronte di Jessica. «Senti i suoi capelli, Laura. Ti ricordi com'era pettinarle i capelli?»

«No!», urlò Laura, tirando via di scatto la mano e uscendo di corsa dalla sala. Marianne quasi non se ne accorse, continuava semplicemente a fissare la bara.

«Toby, voglio che la tocchi anche tu. Voglio che tocchi tua sorella», gli disse.

«No, mamma... Non voglio ricordarla così. Mi dispiace», rispose. Guardò suo padre, che sembrava ipnotizzato dallo scheletro nella bara, e poi seguì Laura fuori nel corridoio.

«Volevo soltanto un'altra figlia. Non desideravo altro che vederla felice e al sicuro», disse Marianne voltandosi verso Martin. «È la nostra punizione per quello che abbiamo fatto?»

«Avevamo giurato di non parlarne mai più», disse Martin guardandola negli occhi.

«Sono d'accordo. Ma questa è la fine, non è vero?»

«No, non è la fine. Ce l'hanno portata via, ma ora è insieme al Signore. E un giorno la rivedremo. Non dovremmo chiederci perché l'ha presa così presto, ma rallegrarci di averla ritrovata. Adesso riposa in pace».

«Oh, Martin», disse Marianne. Si gettò tra le sue braccia e lui la strinse, come non faceva più da anni. E insieme piansero per la loro perdita e il senso di colpa.

Quando anche Martin lasciò la stanza, Marianne rimase da

sola. Le candele continuavano a bruciare e un quadrato di luce colorata, proiettata da una vetrata decorata, avanzava sulla parete.

Trascorse l'intera giornata a pregare, china sul corpicino della figlia. Recitò con cura tutte le preghiere, quasi in automatico dopo tanti anni di pratica. Ma quando sussurrava le parole «Perdonami, padre, perché ho peccato», le sembrava sempre che fosse la prima volta.

Capitolo 50

Dopo la messa, i fedeli seguirono la bara nel vasto cimitero per la sepoltura.

Erika e Marsh parteciparono a quell'ultima parte della funzione, unendosi alla folla in lutto sulla tomba appena scavata. L'aria era fredda e stava quasi per scoppiare una tempesta. Il cielo in lontananza si stava lentamente colorando di blu scuro.

Erika si sentiva sempre a disagio ai funerali delle vittime: tecnicamente era in servizio, ma era davvero difficile trovare un equilibrio fra la necessità di mostrare rispetto e quella di guardarsi intorno. Spesso era l'unico momento in cui tutti i protagonisti di un caso si ritrovavano nello stesso luogo.

Il prete era in piedi di fronte alla tomba decorata dai gigli, la bara aspettava di essere calata. Cominciò a parlare.

«Dio eterno, disobbedendo alle tue leggi abbiamo perso la grazia, e la morte è entrata nel mondo...».

Marianne era seduta in prima fila di fronte alla tomba, vestita completamente di nero con un cappello a falda larga. Piangeva apertamente ma in silenzio, con il rosario in una mano. Con l'altra stringeva la mano di Martin, lasciandola soltanto per asciugarsi gli occhi con un fazzolettino. Dall'altro lato sedeva Toby e accanto a lui c'era Laura, insieme al marito e ai due figli piccoli. Tanvir, notò Erika, era stato relegato nelle ultime file.

Dietro di loro sedeva Nancy Greene, l'agente di collegamento con la famiglia, anche lei vestita di nero da capo a piedi. L'unico cenno di colore erano le minuscole garze bianche che le coprivano ancora il naso in via di guarigione. Oscar Browne se ne stava un po' più giù, seduto accanto a una donna di colore alta ed elegante. Incrociò lo sguardo di Erika e inclinò leggermente il capo. Lei rispose allo stesso modo, incerta sul significato da attribuire a quel cenno.

Il prete parlava con una voce fragorosa che sembrava librarsi sopra le loro teste: «È con sommo pentimento che umilmente ti chiediamo di vegliare su questa tomba e custodirla nella tua grazia...».

Erika lanciò un'occhiata a Marsh, per vedere se anche lui avesse notato Oscar, ma il comandante era ipnotizzato da una gigantografia che era stata sistemata su un cavalletto di legno vicino alle corone di fiori. L'immagine mostrava Jessica con il cappottino rosso: era la foto che Marianne teneva all'ingresso. Una cosa insolita per un funerale britannico.

«Continuo a pensare che sarebbe potuto accadere a una delle mie figlie», bisbigliò Marsh. «E non posso fare a meno di chiedermi come affronterei io una prova del genere».

Erano arrivati al funerale insieme. In macchina Marsh le aveva raccontato che il legale di Marcie aveva già segnalato una data utile per l'udienza sulla custodia delle figlie.

Le tornò in mente una scena del funerale di Mark: il momento esatto in cui la bara era stata sollevata e messa nel carro funebre, traballando per il peso del corpo al suo interno...

Erika si voltò verso Marsh e gli prese la mano. E così ebbe modo di notare Amanda Baker, seduta più in là, in fondo alla loro fila. Amanda la stava fissando, abbassava lo sguardo sulla mano intrecciata a quella di Marsh.

Erika la salutò con un cenno del capo e cercò lentamente di lasciare la presa, ma il comandante continuava a stringerla. Amanda notò anche questo, e alzò un sopracciglio. C'era qualcosa di diverso in lei. Sembrava meno gonfia e rossa, indossava un vestito elegante, si era truccata e aveva persino tinto i capelli di una chiara tonalità di castano.

Presto il prete giunse al termine della benedizione. «Cosicché, rimettendo alla terra il corpo di Jessica, tua servitrice, la sua anima possa essere accolta in paradiso. Lo chiediamo per Cristo, nostro Signore. Amen». E la folla ripeté all'unisono: «Amen».

Erika tornò a osservare Marianne e vide tutto il dolore che la dilaniava: era il momento in cui avrebbe dovuto dire addio per sempre a Jessica. Martin le stringeva la mano, e solo allora Erika notò la sua fidanzata. L'avevano fatta sedere un paio di posti più giù, i bambini tra di loro erano quasi come una barriera. La piccola si agitava sulla sua sedia con addosso un vestitino nero e svolazzante, se l'era tirato su fino a mostrare le calze dello stesso colore. Il fratellino indossava un completino elegante e fissava il cielo, dove i tuoni cominciavano a rombare.

Marianne si alzò e traballando raggiunse la tomba dove la bara veniva calata lentamente. Un fulmine tuonò in lontananza e la pioggia cominciò a cadere, trasformandosi nel giro di pochi secondi in un vero e proprio acquazzone. Marianne agitò il pugno contro il cielo e improvvisamente il suo corpo parve perdere forza, precipitando giù, nella tomba aperta.

La pioggia martellava a più non posso e la luce dei lampi illuminava la fossa. Urla e confusione, mentre i presenti accorrevano alla tomba e la terra raccolta diventava un pantano.

Capitolo 51

La pioggia continuava a cadere, martellando sul tettuccio dell'auto di Erika. C'erano anche Marsh e Amanda Baker a bordo. Nella confusione della tempesta, i taxi erano stati occupati immediatamente e così Erika si era offerta di darle un passaggio.

Erano nel parcheggio di un McDonald's, si erano fermati a mangiare qualcosa, e ora bevevano il caffè senza dire una parola. Amanda era seduta dietro.

«Santo cielo. Questo sì che è *umorismo macabro*», commentò Amanda, rompendo il silenzio. Marsh si voltò a lanciarle un'occhiataccia. «Oh, andiamo. Cade nella tomba e viene tirata fuori dal prete, tutta urlante e ricoperta di fango. Sembrava la scena di un film horror… Tutti quegli anni passati a tendere verso il cielo, e ora finisce sottoterra!». Sbottò a ridere, una risata cupa e densa. Erika fissò Marsh, che aveva ancora uno sguardo glaciale. «Merda, scusate», disse Amanda, spazzolando via le briciole dal giubbotto di pelle. «Sono solo anni e anni di frustrazione e angoscia». Si accorse dell'aria cupa di Marsh e non riuscì a trattenere un'altra risata. Erika distolse lo sguardo e fu costretta a mordersi un labbro.

Nella confusione tutti i presenti si erano radunati di corsa intorno alla tomba, fradici per via dello scroscio torrenziale. Appena erano riusciti a tirar fuori Marianne, il prete l'aveva portata nella chiesa insieme al resto della famiglia. A quel punto la folla si era dispersa, fuggendo dalla pioggia.

Ma lasciando il parcheggio Erika si era accorta che Laura era rimasta fuori insieme a Oscar. Erano al riparo sotto una quercia lontana dalla chiesa, impegnati in una conversazione.

«Be', sono contento che *lei* trovi divertente quello che è successo, ex ispettore capo Baker… Ma noi che stiamo ancora lavorando sul caso non lo riteniamo neanche lontanamente buffo».

«No, non lo è. Non lo è affatto», disse Amanda, ricomponendosi e asciugandosi gli occhi con un fazzolettino.

Marsh controllò l'orologio. «Bene, Erika. È mezzogiorno e mezza, meglio che rientriamo per…». Non terminò la frase. Aprì la portiera e corse verso la sua auto parcheggiata poco più in là.

«Dove ti lascio?», domandò Erika.

«Alla stazione ferroviaria di Bromley, per cortesia. Posso venire davanti? Non vorrei che qualcuno pensasse male», disse Amanda.

Una volta che si fu accomodata, Erika fece manovra e imboccò la strada principale.

«Allora, che avete in mente? Qual è la cosa che tu e Marsh dovete fare? Un incontro segreto in albergo?»

«No», rispose Erika fulminandola con lo sguardo.

«Ti ho visto che gli tenevi la mano…».

«Non è come pensi. E in realtà, non mi importa cosa pensi».

«A tutti importa l'opinione degli altri, invece. State per arrestare Marksman?»

«No».

«E chi allora? Puoi fidarti di me».

«No. Non posso discutere del caso con un civile».

«Ahi», rispose Amanda, pulendo la condensa sul suo finestrino. «Sai, condivido ancora i vostri ideali. Anch'io voglio far rispettare la legge, arrestare i cattivi… Puoi dirmi almeno se ci siete vicini? Se avete qualche sospettato?»

«Che cosa ne pensavi di Laura e Oscar Browne?», domandò Erika, fermandosi a un semaforo. Vedeva anche l'auto di Marsh poco più in là, davanti a loro.

«Sospetti di loro?»

«No, sto solo provando a comprendere quella famiglia».

«In bocca al lupo, allora. Io non sono mai riuscita a capire se Laura stesse con Oscar per far arrabbiare i suoi genitori o se lo amasse davvero... Anche se la loro relazione è finita un secondo dopo la scomparsa di Jessica. Lui l'ha piantata come una patata bollente. Almeno, così diceva Nancy Greene».

«E non vi è sembrato sospetto?»

«No. C'era Laura a confermare il suo alibi, e Martin e Marianne adoravano Oscar, il giovane avvocato rampante. Aveva vinto una borsa di studio. Credo che sia stata proprio la sua sete di successo a spingerlo a lasciare Laura. Quella tragedia era terribile, è stato un vero e proprio macello. Il dolore della famiglia, l'attenzione dei media. Non voleva essere associato a tutto ciò».

Erano arrivate di fronte alla stazione. Erika accostò vicino alla fermata dei taxi.

«Grazie», disse Amanda. «Ascolta, ho cominciato a ricordare delle cose sulle cassette confiscate a Marksman. Se vuoi posso partecipare alle indagini a titolo di consulente. Gratuito, ovviamente. Firmerò tutto quello che volete. Vorrei davvero aiutarti a risolvere questo caso».

Erika si fermò un secondo a guardarla: sprizzava entusiasmo da tutti i pori. «Oggi non è giornata. Ma dammi un po' di tempo per pensarci».

«D'accordo. E grazie per il passaggio», rispose Amanda. Raccolse la sua borsa e scese dall'auto.

Erika rimase a osservarla mentre entrava in stazione. Era una pazzia lasciarla partecipare alle indagini? E come avrebbe fatto a convincere Marsh nel caso?

Si allontanò dalla fermata dei taxi ed entrò nel parcheggio della polizia, preparandosi mentalmente al pomeriggio di lavoro che l'aspettava.

Capitolo 52

Quando Erika bussò alla porta dell'attico di Trevor Marksman, fu Joel Michaels ad apparire sulla soglia. Indossava un paio di jeans firmati e una camicia elegante ed in mano aveva una tazza di caffè con una cannuccia e un piatto vuoto e sporco. Alle sue spalle, Marksman stava schiacciando un pisolino pomeridiano – o almeno così sembrava – steso su una delle poltrone reclinabili di fronte alla vetrata.

«Che state facendo?», chiese spostando lo sguardo tra Erika, Moss e due poliziotti. «Perché non avete citofonato? Chi vi ha fatto entrare?».

Erika fece un passo avanti. «Joel Michaels, è in arresto per il sospetto rapimento e omicidio di Jessica Collins. Ha il diritto di rimanere in silenzio. Qualsiasi cosa che dirà potrà essere usata contro di lei in tribunale».

Osservò il distintivo che Erika gli mostrava. Dietro di lui, Marksman si mosse sotto le coperte e si tirò su.

«Che succede?», chiese, scoprendosi e avvicinandosi faticosamente a loro.

Joel appoggiò il piatto e la tazza sul tavolino e gli andò incontro, offrendogli il braccio. Uno dei due poliziotti lo afferrò, ma lui si voltò e lo spinse via.

«Ehi, ehi, piano», intimò Moss.

«Sono il suo accompagnatore», disse Joel. La sua testa calva brillava di sudore adesso, mentre la cicatrice intorno all'orecchio era di un rosso arrabbiato.

«Joel non ha fatto nulla, prendete me al suo posto», disse

Marksman, che ora era di fronte a loro appoggiato allo schienale del divano. Guardò Erika. «Dico sul serio. Prendete me». La pelle scorticata intorno agli occhi si raggrinzì dolorosamente. «Confesso. Sono stato io a uccidere Jessica. L'ho rapita mentre andava alla festa. L'ho presa per strada e…».

«Trevor, smettila», disse Joel, posandogli dolcemente una mano sul petto. «Chiama subito Marcel… Digli che mi hanno arrestato. Dove mi portate?»

«Alla centrale di polizia di Bromley», rispose Moss.

«Digli che lo aspetto là».

«Ma è una follia!», urlò Trevor. «State proprio raschiando il fondo, voi poliziotti». Rimase a guardare gli agenti che ammanettavano Joel e lo portavano via. «Perché non arrestate direttamente me? Avete paura?»

«Ci terremo in contatto con lei», disse Erika mentre se ne andavano.

Arrivarono alla centrale di Bromley sul calar della sera. Joel Michaels fu accusato ufficialmente e portato in cella. Il suo avvocato arrivò poco dopo: un uomo anziano, con i capelli grigi e gli occhiali enormi. Gli illustrarono i capi d'accusa e si accordarono per l'interrogatorio.

«Tutto bene, capo?», chiese Moss. Erano nella sala d'osservazione e attraverso il vetro guardavano Joel Michaels che aspettava insieme al suo avvocato di essere interrogato. Joel sedeva al tavolo spoglio con le braccia incrociate e un'aria imperturbabile. Il legale, al suo fianco, aveva davanti a sé una cartella e diverse scartoffie. Ogni tanto gli parlava all'orecchio gesticolando con la penna.

«Sì. È solo che non mi sembra giusto. Non mi sento di essere nelle condizioni adatte per…».

«Come lo capisco», disse Moss. «Speriamo di coglierlo impreparato, dopo tanti anni che si è tenuto lontano dalla polizia.

Quel bastardo non ha mai dovuto iscriversi nel registro dei maniaci sessuali. Non ha mai avvertito quella pressione».

Erika annuì. «Fino a ora».

Entrarono nella sala interrogatori e Moss prese posto di fronte all'avvocato. Erika si sedette davanti a Joel, appoggiando il suo fascicolo sul tavolo.

«Sono le ore diciassette di giovedì 10 novembre. Nella sala interrogatori sono presenti l'ispettore capo Foster e l'ispettore Moss», disse Erika. Appoggiò la schiena alla sedia e fissò Joel per un istante.

Lui sostenne il suo sguardo, senza la minima esitazione.

«Sono andata al funerale di Jessica Collins oggi. Avrebbe avuto trentatré anni, se fosse stata ancora viva».

«Davvero triste», rispose Joel.

Erika aprì il suo fascicolo e fece scivolare una foto di Bob Jennings dall'altro lato del tavolo. «Che sai dirmi di quest'uomo?». Joel continuava a fissarla. «Guarda la foto, per favore».

Lui abbassò per un secondo la testa. «Mai visto».

«Sei sicuro?»

«Sì».

«Il suo nome è Bob Jennings. Occupava il cottage vicino alla cava di Hayes, dove è scomparsa Jessica».

«Tutto molto interessante», rispose Joel.

«Ho le cassette di Trevor Marksman. Gli piaceva filmare, non è vero?»

«No comment».

«Ha vinto la telecamera a una gara. E con quella gli piaceva spiare i bambini nel parco di Hayes».

«No comment».

«Anche tu facevi i video per conto suo, vero? Filmavi i bambini e, come lui, hai filmato anche Jessica Collins. Non l'hai semplicemente ripresa per sbaglio, ci sono ore e ore di registrazioni, tutte incentrate su di lei. Un atteggiamento persecutorio e ossessivo nei confronti di una bambina di sette anni».

«No comment».

«Ci sono dei video girati da te, con la telecamera di Trevor Marksman, in cui appare anche Bob Jennings. Proprio lui, sì, e tu lo saluti chiamandolo per nome».

Joel si agitò appena sulla sedia e alzò gli occhi al cielo. «No comment».

«Quando ti hanno interrogato, nell'agosto del 1990, hai affermato di non conoscere Trevor Marksman».

«No comment».

«Be', su questo un commento lo vorrei fare io: hai mentito alla polizia».

«Devo essermi sbagliato».

«Ti piacevano i bambini, è giusto? Li trovavi sessualmente attraenti».

«Sappiamo tutti che il mio cliente è stato accusato di molestie su minori. E ha già pagato per questo», intervenne l'avvocato.

«Una bella fortuna che il suo nome non sia stato iscritto nel registro ufficiale dei maniaci sessuali...».

«Questa non è una domanda». Joel sghignazzò.

Erika si appoggiò allo schienale della sedia, cercando di restare calma.

Tre ore dopo, lei e Moss riemersero dalla sala interrogatori. Videro Joel che veniva condotto in fondo al corridoio, giù fino alle celle di detenzione.

«Merda», disse Erika. «Abbiamo fra le mani tutto e niente... Non ho prove sufficienti per attaccare Marksman e Bob Jennings è morto. Cristo».

«Sono quasi le otto e mezza», disse Moss, controllando l'orologio. «Lasciamolo una notte qui al Bromley Hilton. E riproviamoci domattina».

Erika annuì. Capiva che Moss stava soltanto cercando di mostrarsi sicura di sé, ma in realtà era d'accordo con lei. Non avevano niente.

Capitolo 53

Erika trascorse una notte insonne nel suo claustrofobico appartamento, girandosi e rigirandosi nel letto senza riuscire a prendere sonno. Adorava Lenka e i bambini ma vivere così, ammassati gli uni sugli altri, stava cominciando a diventare insopportabile. Il mattino seguente uscì di casa molto presto, prima ancora che gli altri si svegliassero. Prese un caffè e un cornetto al cioccolato sulla strada verso la centrale, e fece colazione nella sala operativa.

Poi prese posto a una delle scrivanie ed esaminò un'altra volta tutte le prove. Le foto di Jessica, della cava, di Bob Jennings. Il caso continuava a espandersi, a gonfiarsi e a sfuggirle.

Poco prima delle nove, la sala operativa cominciò a riempirsi. Erika stava lavorando al computer nel suo ufficio quando Moss entrò di corsa senza bussare.

«Capo, scusa», disse ansimando, mentre riprendeva fiato. «Devi venire di sotto, ora».

«Merda, si tratta di Joel Michaels? Credevo che avessimo preso tutte le precauzioni anti suicidio e che ci fossero delle guardie a tenerlo d'occhio».

«No, non si tratta di Joel. È Trevor Marksman».

Erika scattò in piedi e la seguì di sotto.

All'ingresso della centrale di polizia, notarono che una grossa monovolume nera era stata parcheggiata sulle doppie strisce gialle. Erika e Moss uscirono sulle scale, ma capirono subito che qualcuno aveva fatto una soffiata alla stampa. Ai piedi della scalinata si stava riunendo un folto gruppo di giornalisti e fotografi e, in piedi accanto alla macchina, c'era Trevor Marksman con addosso un lungo cappotto nero, un cappello dello stesso colore e un bastone da passeggio con il manico dorato. Parlava direttamente alla stampa, con la sua voce rauca.

«L'arresto di Joel Michaels, solo perché è il mio badante, è un'altra tattica vessatoria della polizia metropolitana... Joel è innocente ma, come ormai sapete, questo non significa nulla per il MET. Li affrontai in tribunale nel 1995, quando uno dei loro ufficiali riferì il mio indirizzo privato a un gruppo di vigilanti che tirarono una bomba molotov nel mio appartamento. E già una volta il tribunale ha deciso in mio favore...».

Con un ampio gesto teatrale si tolse il cappello, esponendo l'entità delle cicatrici riportate.

«Ma che diavolo...», disse Erika osservando la scena insieme a Moss dall'ingresso della centrale. «Possiamo fare qualcosa?».

Trevor non si fermava. «Sarò costretto a vivere per il resto dei miei giorni con questa faccia!», gridò, mentre la pelle si raggrinziva intorno agli occhi. «La morte di Jessica Collins è stata una tragedia, ma io sono innocente! Sono stato rilasciato, libero da ogni accusa. Non sono stato io. E ora la polizia arresta Joel Michaels, un uomo che mi è stato accanto per ventisei anni, il mio badante full-time. Anche lui è innocente e questo non è altro che un disperato tentativo di intimidazione da parte della polizia, per punirmi della causa vinta contro di loro».

A quel punto si alzò una voce fra la folla di curiosi e giornalisti che si erano riuniti sul marciapiede, e Marianne Collins si fece largo con addosso un lungo cappotto. Sbandava e ondeggiava, fendendo la folla fiancheggiata da Laura.

«Assassino!», urlava. «Schifoso pezzo di merda!».

Seguì qualche secondo di trambusto, mentre avanzava fra il gruppo di giornalisti e telecamere che la separavano da Trevor.

Erika corse alla reception e sollevò il telefono. «Abbiamo dei problemi all'ingresso della centrale, sì, a Bromley. Voglio che tutti gli agenti presenti vengano subito alla reception».

Riagganciò e tornò all'entrata. Marianne e Trevor erano ancora a qualche metro di distanza. Negli occhi della donna bruciava un odio profondo e selvaggio. Lui teneva entrambe le mani alzate, in segno di pace.

La folla si era gonfiata a dismisura e, oltre ai giornalisti, c'erano molti giovani che filmavano con i cellulari.

«Hai rapito mia figlia, l'hai uccisa con i tuoi schifosi amici e ora ci prendi pure in giro!», strillava Marianne con la voce spezzata.

«La prego, mi ascolti», disse Trevor, «ho sempre cercato un modo per parlarle…».

«Non chiedermi di ascoltarti! Non avrai mai modo di parlare con me!», gridava Marianne. «L'hai uccisa, porco bastardo! Hai ucciso la mia bambina e l'hai buttata in acqua! Ho dovuto seppellirla ieri, era solo un mucchio di ossa!».

Le lacrime le rigavano il viso. La folla tutt'intorno osservava la scena in un silenzio rapito. Ormai tutto il marciapiede era occupato, la gente si riversava persino in strada. Le macchine suonavano il clacson, il passaggio ostruito su entrambe le carreggiate.

«Andiamo! Dove cazzo sono gli agenti?», gridò Erika. La segretaria alla reception sollevò di nuovo il telefono. Erika tornò a guardare fuori e vide Laura in piedi vicino alla macchina di Marksman, con le lacrime agli occhi.

L'atmosfera cambiò non appena si accorsero che Marianne aveva in mano un grosso coltello da cucina. Lo brandì minacciosamente, facendo dileguare di colpo la folla che corse in strada mentre gli automobilisti ormai strombazzavano come matti.

Marianne si scagliò contro il suo obiettivo, affondando il coltello da una parte all'altra, ferendolo agli avambracci, che Marksman aveva alzato d'istinto per proteggersi. Laura aveva gli occhi sgranati e urlava a sua madre di fermarsi.

«Cazzo!», gridò Erika. «Dove sono gli agenti?».

Lei e Moss si fiondarono fuori, scendendo di corsa le scale. Dopo una manciata di secondi le seguirono sei agenti.

Riuscirono a fermare Marianne Collins, immobilizzandola a terra. Aveva una smorfia selvaggia sul volto ricoperto di sangue, tre chiazze le macchiavano la camicetta bianca e uno spruzzo le sporcava la guancia. Un giovane poliziotto con il giubbotto anti taglio riuscì a immobilizzarle il braccio e a buttare a terra il coltello. Con un calcio lo tirò verso un altro agente, che lo fermò con la suola della scarpa.

Marianne urlava a più non posso, un suono terribile e graffiante. Un'agente donna le piazzò un piede sulla schiena, mentre lei si dimenava ribellandosi alle manette.

Erika corse verso Trevor Marksman, steso sul marciapiede. Era coperto di sangue, gli fuoriusciva dai tre grossi tagli sull'avambraccio. L'ispettore notò che in un punto il coltello gli aveva persino sfiorato l'osso. Si tolse immediatamente la giacca e l'avvolse intorno alle braccia ferite.

«Chiamate un'ambulanza, presto! Quest'uomo è ferito!», gridò sopra la baraonda.

La folla adesso si stava accalcando ai due lati del marciapiede, con la gente che usciva dalla stazione ferroviaria e si ritrovava suo malgrado coinvolta nell'incidente.

Portarono via Marianne Collins che urlava ricoperta di sangue, mentre un altro agente correva fuori con un kit di primo soccorso.

In mezzo al caos, la stampa registrava e scattava foto.

Capitolo 54

Il commissario aggiunto Camilla Brace-Cosworthy distolse lo sguardo dall'enorme televisore sulla parete dell'ufficio e si voltò verso Erika, in piedi di fronte alla sua scrivania.

Era mattina, Camilla aveva appena mostrato a lei e a Marsh un servizio di due lunghissimi minuti sugli avvenimenti del giorno prima. Il comandante era seduto al suo fianco in un lugubre silenzio.

L'incidente di fronte alla centrale di polizia di Bromley era stata la notizia principale della serata precedente. L'esaustivo servizio trasmesso dall'app di Sky News era stato montato ed editato per mostrare il picco del caos e i momenti salienti della vicenda. Trasmettevano degli spezzoni dei video professionali girati dalla stampa mentre Trevor Marksman parlava di fronte alla centrale di Bromley, inframmezzati con le riprese tremolanti dei cellulari che inquadravano Marianne Collins con il coltello, fino al momento del suo arresto – faccia a terra, coperta dal sangue di Marksman.

Erika era palesemente a disagio. Spostava il peso del corpo da un piede all'altro: il commissario aggiunto non le aveva detto di sedersi, e questo non era un buon segno.

«L'idea era di portare in centrale Joel Michaels con la massima discrezione per condurre l'interrogatorio senza suscitare troppo trambusto. Ma evidentemente questa parte non ti era chiara», disse Camilla, fissando Erika da sopra gli occhiali. «Eppure quando ce ne hai parlato i nostri consigli erano stati piuttosto chiari, o sbaglio?»

«No signora. Non potevamo prevedere un evento simile. Crediamo che qualcuno abbia informato la signora Collins, così come la stampa», rispose Erika.

«Ti suggerisco di cercare la causa di questa fuga di notizia e di tapparla con tutta la forza possibile».

«Sissignora. I miei agenti se ne stanno occupando proprio ora».

«Quindi qual è la situazione?»

«Trevor Marksman è in ospedale: ha perso una grande quantità di sangue, ma i medici dicono che si riprenderà. Considerando la natura dei suoi innesti cutanei resterà ricoverato in terapia intensiva».

«E Marianne Collins?»

«È stata arrestata. È uscita su cauzione».

«Joel Michaels?»

«Mi restano altri due giorni prima di doverlo rilasciare», rispose Erika.

Camilla si tirò indietro e fissò l'ispettore per qualche istante. «Ovviamente, detective Foster, questo è il tuo caso, ma fossi in te lo rilascerei subito».

«Ma, signora, le prove dimostrano che anche lui seguiva Jessica, la riprendeva con la telecamera. È già stato condannato per pedofilia. E ci ha mentito per quanto riguarda Bob Jennings. Credo che abbiano tenuto Jessica prigioniera nel cottage di Hayes, nello scantinato».

«Hai trovato un dente in quello scantinato, ma non combacia con le impronte di Jessica Collins».

«È vero, ma resta pur sempre il dente di un bambino. E i sedimenti di benzina trovati nel suolo dello scantinato contengono piombo tetraetile. Sostanza trovata in grande quantità nelle ossa di Jessica».

Camilla sollevò una mano. «Quello che ti serve è una prova solida e consistente. Puoi collegare con certezza Joel Michaels o Trevor Marksman a quello scantinato?»

«No, ma...».

«Puoi collegare, senza nessun ma, Jessica Collins a quello scantinato?»

«No». Per Erika era sempre più difficile sostenere lo sguardo del commissario aggiunto invece di fissare il pavimento.

«Stavamo pensando a un appello televisivo insieme alla famiglia Collins», disse Marsh prendendo la parola per la prima volta. «Ma credo sia meglio soprassedere. L'immagine di Marianne Collins che brandisce un coltello da cucina è ancora viva nell'immaginario del pubblico…».

«Certo, ci serve una madre addolorata, non una pazza armata», concordò Camilla. Si tolse gli occhiali e mordicchiò per qualche secondo una delle asticelle.

Erika sentiva le goccioline di sudore che le scendevano lungo la schiena.

«Sempre la stessa storia, eh, detective Foster?», le chiese.

«Veramente non capita molto spesso che una madre…».

«Dicevo in senso metaforico. Mi riferivo alla situazione», le rispose in tono secco. «Sembri oscillare fra una brillante intelligenza e una stupidità cieca».

«In mia difesa, quando Marianne Collins ha tirato fuori il coltello, ho mandato immediatamente gli agenti sulla scena…».

«È successo sulle scale della tua centrale! Ogni giorno ci sono dai cinque ai cinquanta agenti, perciò non rifilarmi queste cazzate!», urlò Camilla sbattendo la mano sulla scrivania. «Le stesse scale su cui il sovrintendente Yale ha annunciato la campagna di repressione dei crimini all'arma bianca!».

Camilla si ricompose e rimise gli occhiali. Erika aprì la bocca per parlare, ma lei la bloccò all'istante. «Non dubito che tu sia un ottimo elemento, detective Foster, ma ora abbiamo i riflettori dei media puntati addosso, e c'è capitato un caso incredibilmente difficile. Credi di poter trovare delle prove sufficienti per inchiodare Joel Michaels, Trevor Marksman o Bob Jennings per l'omicidio di Jessica Collins?»

«Sì e vorrei riesumare il corpo di Jennings».

«Assolutamente no», rispose Camilla. «Dopo ventisei anni sotto terra, cosa speri di trovare?»

«La presenza di sostanze tossiche o ossa rotte. La prova che non si è trattato di un suicidio».

«E poi? Eventuali dati sarebbero comunque di scarsa utilità, e la scientifica ha già passato al vaglio il cottage. E non ha trovato praticamente niente».

«Abbiamo trovato il dente», provò a controbattere Erika, ma sapeva di aver perso ormai. Non poteva far altro che arrendersi e alzare bandiera bianca.

«Potrebbe essere caduto per motivi naturali o per un urto. La gente che vive negli edifici occupati non è certo rinomata per l'attenzione all'igiene orale. Ti suggerisco vivamente di rilasciare Joel Michaels. Ora, ho intenzione di tenerti al timone finché non troverò un degno sostituto. E magari questa cosa giocherà in tuo favore. A quanto pare raggiungi dei risultati solo quando le cose vanno male».

Dopo l'incontro, Marsh fermò Erika davanti agli ascensori.

«Poteva andare molto peggio».

«Peggio di *così*? E come?», ribatté voltandosi.

«Be', poteva esserci Oakley al suo posto», rispose lui con un sorriso e un'alzata di spalle.

«Sono in grado di gestire un interlocutore come il commissario aggiunto Oakley. Era solo un vecchio idiota bigotto. Bastava lanciargli un amo e lui abboccava sempre. Riuscivo a batterlo in intelligenza. Invece lei... lei è dannatamente brava».

«Già. Se posso parlarti per un momento in qualità di tuo amico, e non come ufficiale di grado superiore, mi fa letteralmente sparire i testicoli».

Le porte dell'ascensore si aprirono ed entrarono. Marsh premette il bottone per il piano terra e, mentre scendevano lentamente i dodici piani del nuovo edificio di Scotland Yard, Erika sentiva lo stomaco attorcigliarsi.

«Signore, questo è il primo caso che sento...», non terminò la frase e abbassò lo sguardo.

«Cosa?», le chiese lui.

«Che sento di non poter risolvere».

Marsh sembrava sul punto di abbracciarla, ma a quel punto l'ascensore si fermò per far salire altri agenti. Erika si voltò verso la parete e cercò di tenere sotto controllo le proprie emozioni.

Fuori, in strada, il traffico era furioso e il cielo sembrava promettere altri giorni di pioggia. Si incamminarono verso la metropolitana.

«Continuo a tornare a quel 7 agosto», disse Erika. «A controllare le dichiarazioni dei testimoni. Centinaia di persone in zona, i vicini. Com'è possibile che una bambina così piccola sia sparita nel nulla?»

«I bambini spariscono in continuazione, ogni giorno, in ogni Paese», rispose Marsh abbottonandosi il cappotto per ripararsi dal vento freddo. «Scomparvero più di seicento bambini nel Kent, quell'anno. Quasi tutti vennero ritrovati vivi, ma otto risultano ancora dispersi».

«E secondo lei c'è un legame?».

Iniziò a piovere e i due si rifugiarono in un portone.

«No, Erika. Sto solo dicendo che non si tratta di un incidente isolato. Altri otto bambini scomparvero nel 1990. Chi è che sta cercando *loro*? Jessica Collins era una bimba bianca del ceto medio con i capelli biondi. I media hanno scelto la sua storia, facendo leva sul nostro cuore, dandole una risonanza incredibile. E anche a ragione, devo dire. Ma gli altri bambini? Come Madeleine McCann, è Jessica la vittima che rimane in testa alle persone. Odio ammetterlo, ma non possiamo risolvere ogni caso. Quindi non prendere l'incapacità di trovare il colpevole come un tuo fallimento personale».

Marsh le appoggiò un braccio intorno alle spalle e sorrise.

«Facile a dirsi. L'unica cosa che posso fare nella vita è la poliziotta. Non sono una moglie, non sarò mai una madre. È questa la mia vita».

«E cosa accadrà fra dieci anni, quando dovrai andare in pensione, Erika?», rispose. «Devi trovare un posto tutto tuo in questo mondo. Un posto dove essere felice *senza* essere un poliziotto».

Capitolo 55

Dalla finestra della sala operativa, Erika osservò Joel Michaels che lasciava la centrale di polizia da uomo libero. In quel momento stava attraversando; si fermò sul marciapiede di fronte alla centrale, si voltò e la vide, incrociando il suo sguardo attraverso il vetro. Invece di nascondersi come le suggeriva l'istinto, Erika sostenne il suo sguardo. Lui sorrise, per poi girare sui tacchi e scomparire fra la folla che sciamava sotto la tettoia della stazione. Chissà dov'era diretto, si domandò. In ospedale a trovare Trevor, forse?

«Pensi ancora che sia stato lui?», chiese Moss, raggiungendola alla finestra.

«È questo il problema: non ne sono sicura», rispose Erika.

Trascorse il resto del pomeriggio nel suo ufficio, provando a concentrarsi, a trovare un senso a quella storia – sempre che ne avesse uno. Alle cinque e mezza, dopo aver passato un paio d'ore a controllare svogliatamente i vari file del caso sul computer, afferrò il cappotto e se ne andò.

Si ritrovò a guidare verso Hayes, così svoltò per Avondale Road. Era tutto molto calmo, non c'era nessuno nei dintorni, solo una manciata di auto parcheggiate. Si fermò all'altezza del civico sette e, chiudendo a chiave la macchina, s'incamminò sul vialetto in leggera pendenza. Di fronte al portone d'ingresso trovò una donna dal viso tondo e un uomo brizzolato con una macchina fotografica appesa al collo. Dall'interno proveniva una voce attutita, che intimava loro di andare via.

«Questa è proprietà privata. Chi siete?», chiese l'ispettore mostrando il distintivo.

Si voltarono entrambi. «Eva Castle, "Daily Mail"», rispose la donna, squadrandola dall'alto in basso. «Vogliamo solo sapere la versione della madre...».

La porta si aprì di colpo di qualche centimetro, bloccata dalla catena del chiavistello. «Mia madre non è qui! È in ospedale», rispose la stessa voce. Erika la riconobbe: si trattava di Laura.

«Ha preso a coltellate un noto pedofilo della zona, in pubblico...», continuò Eva, avvicinandosi alla fessura della porta. «In che ospedale è? Al manicomio? Questa è la sua opportunità di raccontare la sua versione, la pagheremo».

«Avanti, fuori dai piedi», disse Erika spingendola via con un braccio.

Il fotografo sollevò la telecamera e cominciò a scattare a raffica. Erika allungò una mano e abbassò l'obiettivo.

«Ehi, questo è abuso di potere!», le disse con una scintilla rabbiosa negli occhi. Aveva una voce rauca.

«Potrei arrestarvi entrambi per molestie. Siete su una proprietà privata», rispose Erika, tenendo sempre l'obiettivo abbassato. «E potrei dire agli agenti di prendersi tutto il tempo per esaminare il vostro caso, prelevando campioni di DNA e tutto il materiale che avete appresso. Farei confiscare la macchina fotografica, ovviamente, e con tutta la burocrazia non credo che la rivedreste tanto presto».

«Andiamo, Dave», disse Eva con una smorfia. Tirò fuori un biglietto da visita e lo infilò nella porta. «Mi chiami se dovesse cambiare idea, Laura».

Erika li guardò allontanarsi poi si girò. Laura la fissava dalla fessura.

«Posso entrare per parlare un po'?», chiese Erika.

Laura tolse il catenaccio alla porta e l'aprì del tutto. «Di cosa?», le chiese con il volto terribilmente stanco. Indossava un paio di jeans stretti a vita alta con una camicetta bianca infilata dentro che metteva in mostra la sua linea impeccabile. Non era truccata e sembrava molto più vecchia così: fu quasi uno shock per Erika.

«Di tua madre, di quello che è successo davanti alla centrale».

«Ho già rilasciato una dichiarazione».

«Te lo chiedo per favore, Laura. Potrebbe esserci d'aiuto con il caso. Ho appena dovuto rilasciare Joel Michaels».

«D'accordo», le disse, lasciandola passare.

Erika si pulì le scarpe sullo zerbino ed entrò in casa.

Laura le fece strada attraverso l'ingresso e in cucina. «Ti va un po' di tè?». Erika annuì. Laura riempì il bollitore, le mani le tremavano. «Cosa accadrà a mia madre?»

«È accusata di tentato omicidio ma, come sai, per ora si trova nel reparto psichiatrico dell'ospedale di Lewisham. Deve essere esaminata dai dottori. Non ha precedenti, perciò potrebbe andare incontro a un processo per aggressione o lesioni. Sono convinta che la corte dovrebbe mostrare un minimo di clemenza. È un caso che sta a cuore a tutta la nazione».

Laura continuò a preparare il tè.

«Dov'è il resto della famiglia?»

«Papà è a casa mia, a North London, con la compagna e i figli. Sono venuta qui per riordinare un po' dopo la funzione».

«Laura. Chi vi ha detto che Trevor Marksman sarebbe venuto a Bromley?»

«Qualcuno ha chiamato mia madre», rispose la donna, posando il bollitore.

«Quando?»

«Ieri mattina, presto».

«E chi era al telefono?»

«Non lo so. Io ero fuori in giardino».

«Quindi ha risposto Marianne?»

«Sì, e poi è venuta qui a dirmelo». Laura aprì la credenza e tirò fuori due tazze.

«Credevo avessi detto che ti trovavi fuori, in giardino».

Le tazze le sfuggirono di mano, frantumandosi a terra. «Mi dispiace...».

«Va tutto bene», rispose Erika adocchiando la scopa e la paletta vicino al termosifone accanto alla porta. Le prese e l'aiutò a raccogliere i cocci.

«Ero in giardino. Volevo dire che si è affacciata e mi ha chiamato», disse Laura sollevando due grossi pezzi di porcellana.

«Ed è stata sua l'idea di andare ad affrontare Trevor?», chiese Erika spingendo i frammenti più piccoli nella paletta.

Laura annuì. Raccolse l'ultimo coccio più grande e si alzò per gettarlo nel cestino.

«E tu hai pensato che fosse una buona idea?»

«No, certo che no!».

«Ti ha detto chi l'aveva chiamata?»

«Ha detto solo che si trattava di un giornalista», rispose Laura rovesciando nel cestino anche il contenuto della paletta. «Ma non so il nome».

«*Un* giornalista? Quindi un uomo?».

Laura arrossì di nuovo. «Non mi ha detto il nome, né se era maschio o femmina... Nel corso di tutti questi anni ce ne sono stati tanti che ci spiavano o si fingevano altre persone. Di solito erano maschi».

Riempì la teiera dando le spalle a Erika.

«Tua madre ti ha detto che cosa aveva in mente?»

«Ha detto che voleva incontrare Trevor e chiedergli una volta per tutte se fosse stato lui».

«Non ti sei resa conto che era una pessima idea, Laura?».

Lei appoggiò entrambe le mani sul bancone e abbassò la testa, annuendo. «Era il giorno dopo il funerale, e poi la veglia... Aveva bevuto molto, ha detto che sarebbe andata in città con o senza il mio aiuto».

«Dov'erano tutti gli altri?»

«Sono tornati a casa prima che facesse sera. Io sono rimasta qui con lei, per tenerle compagnia».

«Sai dove si è procurata quel coltello?»

«No, e non l'avrei mai accompagnata se avessi saputo le sue intenzioni! D'accordo? Cosa le succederà ora?». Scoppiò a piangere.

«Hai contattato Oscar Browne?»

«Che vuoi dire?», le chiese in tono secco.

«È un ottimo avvocato. Presumo che possa essere d'aiuto a tua madre».

«Sì, capisco», rispose Laura. Le mani le tremavano ancora. «Ma no, non l'ho più sentito. Be', l'ho visto al funerale».

«Che relazione avete dopo tutti questi anni?»

«Non abbiamo nessuna relazione. Abbiamo rotto tanto tempo fa, non è proprio nella cerchia delle mie conoscenze più intime. Io ho mio marito e i miei figli e lui ha...».

«D'accordo. Richiederò i vostri tabulati telefonici per provare a rintracciare il giornalista», disse Erika.

Laura annuì, con la fronte corrugata. «Vuoi ancora il tè?»

«No, grazie. Meglio che vada».

Attraversarono il salotto – tutte le tende erano tirate – e arrivarono all'ingresso. Quando Laura aprì la porta trovarono Oscar Browne sullo zerbino, con il dito sul campanello. Trasalì quando si trovò di fronte a Erika.

«L'ispettore capo Foster era qui per chiedermi di mamma», si affrettò a dire Laura.

«Oh, ma certo», fece lui. Raddrizzò la schiena e assunse di colpo un'aria formale. «Sono qui per questo anch'io. Laura mi ha chiesto di occuparmi della difesa di sua madre».

«Già, gliel'avevo chiesto», confermò lei in tutta fretta. «Mi scusi, ho il cervello in poltiglia in questo momento».

Fra i tre calò un silenzio imbarazzato.

«Be', d'accordo. Riguardati, allora», disse Erika.

«Grazie per essere passata a vedere come stava, detective Foster», disse Oscar. Entrò e mantenne la porta aperta per Erika.

In macchina, Erika rifletté sul rapporto fra Oscar e Laura. Le pareva tutto così confuso. Questo caso le dava il capogiro. Veniva costantemente bombardata di informazioni che non riusciva a elaborare. Le serviva una buona notte di sonno. E un drink.

Accese la macchina e guidò verso casa.

Capitolo 56

Quando varcò la soglia di casa si trovò davanti Jakub e Karolina che gridavano correndo, giocando ad acchiapparella.

«Ciao zia Erika!», strillarono passandole davanti.

La piccola piangeva a pieni polmoni sovrastando il ronzio della lavatrice e della televisione che era a tutto volume su MTV. Lenka danzava qua e là con la piccola Eva in braccio, cercando di calmarla. Erika rimase a bocca aperta. Dopo una giornata terribile come quella che aveva vissuto, non desiderava altro che un po' di pace e silenzio.

«*Zlatko!* Sei tornata presto!», urlò Lenka. «Quindi hai seguito il mio consiglio per una volta».

Erika andò in cucina e aprì lo sportello del congelatore, mentre Jakub e Karolina si rincorrevano fra le sue gambe.

«Dov'è la mia vodka?», chiese.

«L'ho tolta, per far posto alla verdura surgelata. Avevo paura che la bottiglia potesse rompersi», rispose Lenka mettendosi Eva, che ancora piangeva, sull'altra spalla. In TV apparve il video di *Spice Up Your Life* e i bambini corsero sul divano.

«Ehi, vi date una calmata per favore!», disse Erika.

«Sei la zia e non ti vedono mai, potresti anche parlarci un po', sai», sbottò Lenka.

«Sono appena tornata dal lavoro! E poi perché devono correre sui mobili?»

«È un letto, ed è normale che i bambini saltino sul letto…».

«È un divano letto, non un letto, Lenka».

«Quando è aperto è un letto, Erika».

I bambini continuavano a saltare su e giù a ritmo di musica.

«Ma perché hai tolto anche il ghiaccio?», chiese Erika vedendo lo stampo dei cubetti nel lavandino.

«È metà novembre, a che ti serve il ghiaccio?», rispose Lenka stizzita, spostando di nuovo Eva sull'altra spalla.

«Volevo un drink freddo. Solo uno!». Fece un respiro profondo e andò in camera sua. La stanza era un macello: le coperte erano ammucchiate da un lato, c'erano giocattoli dappertutto e una pila di pannolini sporchi vicino al termosifone che emanavano una puzza tremenda.

Erika spostò il passeggino che bloccava l'entrata e vide che la foto di Mark sul comò se ne stava a faccia in giù, con una bottiglia di olio per bambini appoggiata sopra. Prese immediatamente la cornice e l'aprì. L'olio si era insinuato dentro, macchiando la testa di Mark fino all'attaccatura dei capelli.

Marciò in salotto tenendo stretta la foto, quasi travolgendo i bambini che le passarono davanti di corsa.

«Chi diavolo ti credi di essere?», urlò.

Lenka si voltò insieme a Eva e fissò la foto. «Che vuoi?»

«Hai appoggiato la bottiglia di olio per bambini sulla mia foto di Mark…».

«Scusa, Erika. Te ne stampo un'altra: ce l'hai una pennetta USB?»

«Lenka. Non ho un'altra copia di questa foto… L'ho presa da un vecchio rullino», rispose con la voce spezzata.

«Tuo marito ti manca più dell'aria che respiri e dell'unica foto che hai di lui non fai nemmeno una copia? Perché non l'hai scansionata?».

L'aveva presa in contropiede. E aveva ragione. Perché non l'aveva scansionata? Era tanto facile.

«Sei una stronza menefreghista e disordinata!», urlò.

«Ti vanti di essere la migliore detective del mondo e poi non fai neanche una copia della foto più preziosa che hai! L'avevo tolta dal comò e tu ce l'hai rimessa! Lo sapevi che lo stavo usando per cambiarla! Prima mi dici che posso restare, che non c'è problema, poi mi fai sentire di troppo!».

«Solo perché mi aspetto che non rovini le mie foto? Questo ti fa sentire di troppo? Guardati intorno! Mi sembra proprio che ti senti a casa TUA!».

Lenka si voltò di nuovo verso la TV. Eva aveva smesso di piangere e la fissava con i suoi occhioni enormi.

«Quanto hai intenzione di restare? O dipende tutto da quell'idiota di tuo marito?»

«Almeno io ce l'ho ancora, un marito!», urlò Lenka.

Calò un terribile silenzio fra loro.

«Che cosa hai detto?»

«Erika, non intendevo questo», rispose voltandosi verso di lei con un'espressione addolorata.

«Bene. Vi voglio fuori di qui insieme a tutta la vostra roba entro domattina. Mi hai sentito?», gridò Erika. Attraversò il salotto prendendo le chiavi e andandosene di casa con la fotografia di Mark ancora in mano.

Pioveva a dirotto quando rimontò in macchina. Avviò il motore e partì, senza sapere dove fosse diretta.

Capitolo 57

Amanda Baker non si accorse neanche della pioggia che tamburellava sulla sua finestra, tanto era assorta dallo schermo del computer. Guardava e riguardava i video girati dalla telecamera di Trevor Marksman. Crawford era stato bravo: procurandole quei file, l'aveva aiutata a riempire i vuoti nella sua memoria.

I fogli appesi alle pareti del salotto si erano moltiplicati, occupando ormai tutto il muro alle spalle del divano. Ad Amanda era sempre piaciuto fare ricerche, risolvere enigmi, unire i puntini. Senza la pressione di dover rispondere a un superiore, senza essere costretta a uscire di casa, sentiva di avere tutto sotto controllo. Le sembrava di aver ripreso in mano le indagini.

Si avvicinò al computer immergendosi nell'alone di luce proiettato dallo schermo. Era arrivata al punto in cui Marianne e Laura Collins erano al parco. Era una giornata calda e soleggiata e loro erano sedute su una panchina al riparo di una quercia gigantesca. L'inquadratura panoramica comprendeva anche Jessica che giocava sull'altalena insieme a un'amichetta, con i capelli lunghi che volteggiavano mentre si dondolavano avanti e indietro all'unisono, sempre più in alto. La discussione fra Marianne e Laura si stava scaldando e la telecamera zoomò. L'immagine sfocò per un istante prima di riprendere nel dettaglio la loro lite. Il vento improvviso interferì nell'audio, ma Amanda sentì chiaramente cosa si erano dette. Mise in pausa il video e allungò una mano sulla ciotola di popcorn caramellati che era a terra accanto alla poltrona. Ma era vuota.

Si alzò e andò in cucina. Era determinata a non bere, e lo zucchero la aiutava a spegnere la voglia. Quando aprì lo sportello del frigo, notò che aveva mangiato tutto il gelato e la credenza con i biscotti era deserta. Andò nel ripostiglio, aprì la porta e usando la luce dello smartphone cercò qualcosa da mangiare. Il cellulare illuminò lattine, spezie, pacchi di riso e pasta. Doveva esserci qualcosa di dolce nei meandri della dispensa, ne era certa.

Si avvicinò alla finestra sul retro. La pioggia si abbatteva freneticamente sul vetro e i fulmini illuminavano la distesa disordinata d'erba. Non era proprio il caso di uscire in missione cioccolata.

Afferrò una sedia dal tavolo della cucina e la trascinò nel ripostiglio, salendoci sopra. Con il cellulare illuminò le mensole più alte, curiosando oltre le lattine e una vecchia scatola di Weetabix finché la luce non si fermò dietro una pila di dadi Oxo. C'era una confezione di Terry's Chocolate Orange. La scatola blu era coperta di polvere e attraverso il contenitore di plastica vide che la pellicola arancione si era rotta lasciando fuoriuscire un po' di cioccolata. Ma non fu questo a fermarla: era la scritta sulla confezione che la fece pensare.

«Non è di Terry, è mia», disse leggendo il vecchio slogan. Prese la scatola, scese dalla sedia e tornò in salotto. «Non è di Terry, è mia...», ripeté, come in trance. Si rimise di fronte al computer e fece ripartire il video un paio di volte, soffermandosi sul momento in cui Marianne schiaffeggiava Laura. Ascoltò attentamente le parole che le urlava addosso.

Prese il telefono e digitò un numero, ma rispose soltanto la segreteria. «Crawford, sono io», disse. «L'omicidio di Jessica Collins. Credo di aver capito... Chiamami appena senti il messaggio. Mi serve aiuto per controllare una cosa».

Dall'altra parte della città, nel suo appartamento di Morden, Gerry se ne stava disteso di fronte alla TV. Il segnale a cui ormai si era abituato richiamò la sua attenzione con un sonoro *bip*. Mettendo in pausa il programma che stava guardando, andò al computer e si mise in ascolto.

Capitolo 58

Peterson era nella cucina del suo appartamento, con addosso soltanto un piccolo asciugamano legato intorno alla vita. Stava osservando il contenuto del suo frigo: solo un barattolo semivuoto di spaghetti precotti e del pane ammuffito.

Casa sua si trovava al piano terra di una bella zona di Sydenham. I vicini erano per lo più impiegati che uscivano la mattina presto e tornavano la sera tardi, o signore anziane a cui brillavano sempre gli occhi quando lo incontravano. Ci avevano messo poche settimane per scoprire che era un poliziotto, dopo che si era trasferito, e trovavano molto confortante il fatto di vivere nello stesso palazzo di un tutore della legge. E, come aveva detto il suo amico Dwayne, probabilmente avevano anche un debole per lui.

Sospirò e chiuse lo sportello del frigo, proprio mentre qualcuno suonava il campanello. Probabilmente era una delle vecchiette in questione, pensò. Aveva trovato un bigliettino sulla porta, riguardo a una riunione di condominio. Tuttavia quando aprì si ritrovò di fronte a Erika, bagnata fradicia.

«Capo, ciao», disse raccogliendo le mutande e i calzini buttati a terra di fronte alla porta del bagno.

«Scusami, sei in compagnia, forse?», gli chiese. Gli occhi le scivolarono sulla medaglietta di san Cristoforo che pendeva fra i pettorali scolpiti e sul ciuffo di peli intorno agli addominali.

«No, sono solo disordinato». Sorrise. «Scusami, sono appena uscito dalla doccia», disse infilandosi una T-shirt bianca. E nel farlo per poco non perse l'asciugamano. «Vuoi entrare?»

«Mi dispiace. Non sarei dovuta venire così», rispose Erika voltandosi per andare via.

«Capo, sei zuppa e stai congelando. Permettimi almeno di darti un asciugamano… Un altro, è chiaro», aggiunse abbassando lo sguardo su quello che aveva addosso.

L'accompagnò in salotto, poi si diresse in camera. Erika si guardò intorno – era proprio l'appartamento di uno scapolo. C'era un'enorme TV a schermo piatto su un tavolino, vicino alla PlayStation con i due controller ancora collegati. Su due pareti si rincorrevano file di mensole zeppe di libri e DVD. Il divano era in pelle nera e sulla parete c'era un calendario Pirelli fermo ancora su ottobre. Peterson tornò in salotto con addosso un paio di pantaloni della tuta oltre alla T-shirt bianca. Aveva un buon odore, pensò Erika.

«Che calendario è quello?», chiese indicando la foto in bianco e nero di Yoko Ono, seduta su uno sgabello con addosso un paio di calze, una giacca di pelle e un cilindro nero.

«Ah sì, ogni anno i miei amici mi regalano un calendario Pirelli… E quest'anno è tutta roba di arte concettuale».

«Niente sventole con le tette al vento», sorrise Erika.

«Purtroppo no», sorrise lui. Peterson abbassò gli occhi sulla sua camicetta e lei seguì la direzione del suo sguardo, rendendosi conto mortificata che era bagnata fradicia e il reggiseno era ben visibile oltre la stoffa.

«Oh mio Dio», disse, sollevando l'asciugamano per coprirsi.

«Tranquilla», rispose lui. «Vuoi una maglietta? Posso metterti la camicia sul termosifone, magari».

Se ne andò e dopo qualche momento tornò con una maglietta asciutta. Gliela diede e andò in cucina, per lasciarla sola a cambiarsi. Erika si infilò in un angolo e sbottonò velocemente la camicetta. Anche il reggiseno era zuppo, e si fermò un istante a riflettere se fosse il caso di toglierlo o no. Alla fine lo sfilò, appoggiando anche quello al termosifone. Peterson tornò in salotto con due bicchierini di whisky, proprio mentre Erika nascondeva il reggiseno sotto la camicetta. Un paio di fulmini illuminarono il cielo e la pioggia spinta dal vento si abbatté contro la finestra.

«Tieni, questo ti scalderà un po'. Solo uno non ci farà male», le disse. Erika prese il bicchiere e bevvero il primo sorso. Peterson le fece cenno di accomodarsi sul divano.

«Va tutto bene con il caso? So che è stata una giornata di merda...».

«Sì, va tutto bene, cioè no...».

«Ma?»

«Non so perché sono qui», rispose fissando il liquido color ambra nel bicchiere. «C'è ancora mia sorella a casa, quella che hai incontrato tu».

«Ma non vivi in un bilocale?», le chiese bevendo un altro sorso.

Erika annuì. «C'è stata un bel po' di tensione stasera e me ne sono andata sbattendo la porta».

«Mi dispiace».

Bevvero entrambi un altro sorso. Il whisky le stava scaldando lo stomaco e pian piano Erika cominciava a rilassarsi.

«Sono una stronza, secondo te?».

Peterson si morse un labbro. «Devi tenere testa a un'intera squadra di sbirri, devi per forza essere tosta».

«Questo è un sì chiaro e tondo, grazie».

«Non intendevo questo, capo».

«Non chiamarmi capo, chiamami...».

«Miss Ross», disse Peterson.

Erika scoppiò a ridere e lui seguì il suo esempio. Erika abbassò lo sguardo sul suo bicchiere e quando lo rialzò vide che Peterson si era avvicinato. Le prese il whisky dalle mani e lo appoggiò sul tavolino di fronte a loro. Poi con gentilezza le sfiorò il mento e la baciò. Le sue labbra erano morbide, calde e sensuali, solo una punta di lingua. Sapeva di whisky, di uomo, ed Erika cominciò a sciogliersi.

Gli infilò le mani sotto la T-shirt, affondando le dita su quella schiena muscolosa. La pelle era calda e morbida. Anche Peterson la accarezzava, facendosi lentamente strada sulla schiena, sotto la maglietta.

«Ti sei già tolta il reggiseno?», mormorò.

«È sul termosifone», rispose Erika, indignata.

Dalla schiena le sue mani si spostarono in avanti, accarezzandole un capezzolo. Erika gemette e si lasciò spingere sul divano mentre lui le montava sopra, le labbra premute sulle sue.

All'improvviso le tornò in mente il volto di Mark. Un'immagine così nitida che le venne da urlare.

«Che c'è? Stai bene? Ti ho fatto male?», chiese Peterson ritraendosi di colpo.

Erika fissò quegli occhi marroni e meravigliosi e scoppiò a piangere. Saltò in piedi e corse in bagno, chiudendosi a chiave. Si sedette sulla tavoletta del water e versò calde lacrime, i singhiozzi le squassavano il corpo. Non piangeva così da tanto, tanto tempo. Era bello e brutto al tempo stesso. Quando smise di singhiozzare, Peterson bussò dolcemente alla porta.

«Capo, voglio dire, Erika. Stai bene? Scusa se ho esagerato…», diceva.

Erika andò di fronte allo specchio, si asciugò il volto e aprì la porta.

«Non hai fatto nulla…».

«L'ho fatto eccome, ti ho praticamente strizzato una tetta».

«Sto cercando di essere seria», disse, soffiandosi il naso con un fazzoletto. «Non è facile essere vedova. Mark era la mia vita, il mio grande amore, e ora non c'è più. Non tornerà mai e non c'è giorno che io non ci pensi… è estenuante, sì, un dolore estenuante. Vivere con questo vuoto enorme… Ma sono umana, e vorrei soltanto… lo sai… con te, ma mi sento in colpa. Mark era un uomo così leale». Si strinse nelle spalle e si asciugò gli occhi.

«Erika, ascolta, possiamo semplicemente stare qui e rilassarci. Guarda, ti do qualche minuto. Aspetta soltanto che prenda quella foto di Yoko Ono alla parete e…».

Erika sollevò lo sguardo.

«Troppo presto per farci battute sopra?», chiese.

«No», sorrise. «Una battuta è proprio quello che ci voleva».

Erika si sollevò sulle punte dei piedi. Sorridendo guardò Peterson negli occhi, mentre si chinava su di lei. Lo strinse forte e lo baciò ancora. E così camminarono abbracciati, inciampando per il corridoio finché non trovarono la camera e finirono insieme sul letto. E stavolta, non lo fermò.

Capitolo 59

Ancora sveglia in camera di Erika, Lenka fissava il soffitto cullata dal ticchettio della pioggia. Eva, al suo fianco nel letto, ronfava e si muoveva nel sonno. Allungò una mano per controllare che stesse bene, accarezzandole i capelli morbidi e sottili.

Riviveva la lite con Erika di poco prima, un dolore che si rifiutava di andarsene dalla sua testa. L'aveva aspettata in piedi fino a dopo mezzanotte, seduta nel salone insieme ai bambini addormentati. Poi aveva provato a chiamarla al cellulare. Ma la suoneria attutita arrivava dal cappotto appeso alla sedia. Lenka aveva rovistato nelle tasche, ma il telefono scarico si era spento, e al buio non riusciva a trovare il caricabatterie.

Si tirò a sedere e osservò Jakub e Karolina. Si sentiva davvero lontana da casa. Sapeva solo che un amico di Erika faceva il medico legale, ma non riusciva a ricordare il suo nome, e che il padre di Mark si chiamava Edward Foster, però viveva nei pressi di Manchester. Era davvero preoccupata per sua sorella: non era da lei comportarsi in modo così incosciente, andandosene senza dire dove.

Erika dormiva con il capo appoggiato sul petto di Peterson, godendosi il tepore del suo corpo e lasciandosi cullare dal ritmo placido del cuore. Il ragazzo si mosse nel sonno, stringendola più forte.

Era sconvolta dal misto di eccitazione e senso di colpa scaturito dall'aver fatto sesso. Per ben due volte. La prima era stata intensa e veloce e avevano ricominciato quasi subito, con più calma e sensualità. Si erano addormentati poco dopo, ma lei si era svegliata più o meno un'ora prima e da allora la sua testa non aveva più smesso di lavorare. Era sveglia e fissava l'orologio in camera di Peterson.

Le 3:04 del mattino. Si accucciò accanto a lui, chiuse gli occhi e si sforzò di dormire.

Lenka si agitava nel letto, prese il telefono sul comodino e vide che erano le 3:05. Si girò dall'altro lato per controllare Eva. La piccola respirava sommessamente, con il pollice infilato in bocca.

Un rumore nell'altra stanza, un lieve scricchiolio di plastica. Le si gelò il cuore. Il suono si ripeté di nuovo, seguito da un leggero tintinnio, come se fosse caduto qualcosa sulla moquette del soggiorno. Scese dal letto all'istante e si guardò velocemente intorno: c'era solo l'aspirapolvere in un angolo, con il tubo staccato e la barra di metallo in un angolo. L'afferrò e andò in soggiorno.

La porta finestra del giardino era aperta e per terra notò la plastica rimossa per forzare la serratura. Le tende sventolavano spinte dalla brezza che entrava dalla fessura. Si voltò con la barra di ferro stretta in mano. Fortunatamente, i bambini dormivano sotto le coperte.

Uno scricchiolio, e un paio di mani grosse e forti le strinsero il collo. Senza pensare dimenò la barra di ferro sopra la spalla destra. Il colpo andò a segno, qualcuno urlò. I bambini si svegliarono di colpo e iniziarono a gridare, mentre Lenka si voltava alla svelta, ritrovandosi di fronte alla sagoma incombente di un uomo alto e grosso che le si scagliava addosso. Affondò di nuovo la barra di ferro, colpendolo all'inguine. Non troppo forte, ma lui si piegò dal dolore dandole il tempo di fare un passo indietro e caricare un altro colpo. Lo prese alla testa, una, due volte. L'uomo cadde sul pavimento, e lei continuò a colpirlo ancora e ancora, per altre tre volte, finché non rimase a terra immobile.

Jakub e Karolina urlavano e piangevano. Lenka gli ordinò di andare a prendere Eva. Non riusciva a distinguere i lineamenti dell'uomo a terra. Era grosso, e aveva un sacco di capelli neri e ricci. Senza togliergli gli occhi di dosso, afferrò il ceppo dei coltelli dalla cucina e il telefono di casa, infilandolo in tasca. Camminò all'indietro verso il bagno, sempre con la barra in mano.

«Dentro», ordinò ai bambini, che erano appena usciti dalla camera da letto. Karolina teneva in braccio Eva, che miracolosamente dormiva ancora. Entrarono tutti nel bagno e Lenka chiuse a chiave la porta, bloccandola con una sedia – ma era troppo bassa per impedire alla maniglia di girare.

«Va tutto bene», disse a Karolina e Jakub che se ne stavano rannicchiati come due animali impauriti nella vasca. «Andrà tutto bene. Karolina, ho bisogno che mi aiuti e che ti occupi di Eva», disse. La bambina annuì fra i singhiozzi.

Lenka fissò il telefono, rendendosi conto di non avere nessun numero da chiamare: non aveva idea di come contattare la polizia di Londra e non avrebbe neanche saputo spiegare in inglese che avevano bisogno di aiuto. L'unico numero che ricordava a memoria era quello di Marek.

Si sedette con la schiena contro la porta e digitò il numero slovacco di suo marito. Jakub era pallido e la tirava per una manica.

«Che c'è?», gli chiese.

«Mamma, la chiave non funziona», mormorò bianco in faccia e tremante. «La zia Erika ha detto che era rotta...».

Non appena il telefono cominciò a squillare, Lenka sentì un cigolio e sollevò lo sguardo. La maniglia stava girando, la porta lentamente si apriva alle sue spalle.

Dalla fessura spuntò una mano imponente, e stavolta Lenka urlò a squarciagola insieme ai bambini.

Capitolo 60

Quando Erika si risvegliò, il mattino seguente, vide che durante la notte Peterson era rotolato dall'altro lato, lontano da lei. E ora dormiva su un fianco, con le coperte attorcigliate intorno alle gambe nude. Erano le 6:01 del mattino. Così tante emozioni la travolsero. Si sentiva in colpa per aver passato la notte con Peterson e provava tristezza per essersi allontanata un altro po' da Mark. Il suo ricordo si era offuscato. Ora che era stata con un altro uomo, era già meno nitido e più perso nel passato. Si tirò su e raccolse i vestiti ai piedi del letto, infilandosi la biancheria. Peterson si girò verso di lei quando gli tirò via le coperte. Fuori era ancora buio.

«Buongiorno. Non resti per colazione?»

«No, devo andare», rispose Erika.

«Vieni qui».

«Perché?».

Si tirò su anche lui. «Come perché? Voglio darti un bacio».

Erika andò al suo lato del letto e si sedette sul bordo del materasso. Lui le mise un braccio sulle spalle.

«Dobbiamo stabilire dei confini», gli disse.

Peterson alzò un sopracciglio. «Non mi sembrava che ce ne fosse bisogno ieri».

«Dico sul serio. Sono il tuo capo. E sarebbe tutto più facile se non ne parlassimo a lavoro».

«Cavolo, e io che volevo alzarmi in piedi e proclamare di fronte a tutta la sala operativa che sei brava a letto...».

«Peterson».

«Sei davvero brava a letto», disse facendole l'occhiolino. Lei gli lanciò un'occhiataccia. «No che non dirò nulla...».

«Bene».

«Ma tu vuoi che succeda di nuovo?»

«Non lo so. Non possiamo schedarla come una bella serata?»

«Schedarla?».

Erika si alzò e si guardò intorno alla ricerca dei calzini. «Cos'è che vuoi? Una relazione?»

«No».

«Bene. Perché non è affatto quello che voglio io».

«Lo so, era già abbastanza chiaro», rispose tirandosi su.

«Bene. Si è trattata di una botta e via, ci siamo divertiti e adesso tutto torna com'era prima...».

«Certo. Come vuoi. Ci vediamo a lavoro». Peterson scese dal letto, la superò e andò in bagno sbattendo la porta.

Erika lo seguì fuori dalla stanza. Si fermò un attimo prima di bussare alla porta. Andò in soggiorno e raccolse camicetta e reggiseno, piegandogli la maglietta e lasciandola ordinatamente sul divano. Poi uscì.

Capitolo 61

Erika passò al McDrive di Sydenham e ordinò un McMuffin con salsiccia e uova strapazzate e un caffè. Arrivata alla cassa, si accorse di non avere con sé né il cellulare né il portafogli e le toccò pagare con le monetine che teneva in auto.

L'alba stava sorgendo, blu e fredda, e arrivò a Manor Mount qualche minuto dopo le sette. Il cuore cominciò a batterle all'impazzata quando vide due volanti della polizia parcheggiate di fronte al suo palazzo. Fermò l'auto accanto alla loro sul vialetto di ghiaia e attraversò di corsa l'atrio. I battiti aumentarono ancora quando vide che la porta del suo appartamento era spalancata e c'era un poliziotto di guardia.

Un uomo alto, con addosso la tuta blu della scientifica, varcò la soglia con in mano una grossa busta per le prove. Dentro c'era il tubo del suo aspirapolvere. Il metallo e la plastica erano incrostati di sangue, e nell'altra mano l'uomo teneva uno dei suoi asciugamani per gli ospiti, anche quello sporco di sangue.

«Scusi, chi è lei?», chiese l'agente di guardia alla porta bloccandole il passaggio con un braccio. Erika lo guardò in faccia: un ragazzo molto giovane dal viso delicato con un tremendo sfogo cutaneo dovuto alla rasatura.

«È il mio appartamento. Dove sono mia sorella e i suoi figli?», disse irrequieta cercando di superarlo.

«Questa è una scena del crimine», le disse continuando a sbarrarle la strada.

«Sono un'agente di polizia anch'io, ma non ho il distintivo con me. Perché c'è del sangue lì?». Era accecata dal panico adesso, con il cuore che le martellava in petto e le lacrime che bruciavano ai lati degli occhi.

E poi proprio il poliziotto che non avrebbe mai e poi mai voluto incontrare uscì da casa sua. Il sovrintendente Sparks tirò giù il cappuccio della tuta della scientifica, scoprendo la fronte alta e un casco di capelli unti e pettinati all'indietro. Il suo viso pallido e sfregiato dall'acne la fissò per un istante.

«Erika?»

«Sparks, che sta succedendo? Questa è casa mia. Dov'è mia sorella con i tre figli?», disse con la voce straziata. Non le importava dei loro diverbi passati, voleva solo la verità.

«Tua sorella e i bambini stanno bene», rispose. «Sono di sopra, a casa di una vicina. Siamo riusciti a trovare un interprete mezz'ora fa. Sono scossi, ma incolumi».

«Oh, grazie al cielo», disse Erika asciugandosi le lacrime con il dorso della mano. «Cos'è successo?».

Sparks l'accompagnò di nuovo all'entrata del palazzo.

«È arrivata una chiamata alle tre e mezza di questa mattina dal tuo telefono di casa... L'operatore all'inizio non è riuscito a capire che cosa stessero dicendo, ma poi ne ha trovato un altro che parlava slovacco».

Sparks andò avanti e le raccontò che un intruso si era introdotto in casa sua attraverso la porta finestra che dava sul giardino e che Lenka l'aveva aggredito con il tubo dell'aspirapolvere. «Si è chiusa in bagno con i bambini e ha chiamato il 112, che fortunatamente reindirizza al 999. L'intruso, chiunque sia, ha perso un mucchio di sangue. Ha provato a entrare nel bagno, sporcando completamente la porta. Ma per qualche motivo poi se l'è data a gambe. Quando siamo arrivati noi, alle quattro, non c'era più nessuno».

Erika si accasciò al muro. «Hanno preso niente?», domandò.

«Finora non ci pare».

«Sparks, ho tutto là dentro, maledizione. Il cellulare, il distintivo, la borsa... il computer».

Si mise le mani fra i capelli. Sparks restò lì impalato, senza sapere cosa dire.

«Sai come funziona. È una scena del crimine...».

«Senti, so che abbiamo avuto le nostre divergenze, ma non potremmo metterle da parte per un paio di ore? Io lo farei per te. Puoi fare in modo che i miei beni vengano controllati subito?»

«Te l'ho detto: questa è una scena del crimine. Non si è fatto male nessuno, perciò puoi aspettare».

«Perché sei qui, comunque?», chiese Erika. «Pensavo che una roba del genere fosse ben al di sotto del tuo status».

«Ho risposto a una chiamata per violazione di domicilio con possibile presenza di cadavere. Con una donna originaria dell'Europa dell'Est in pericolo».

«Ti scegli ancora i casi migliori, eh? Sei il solito bastardo».

Sparks fece un passo indietro. «Non credo sia questo il modo di parlare a un tuo superiore, detective Foster», sghignazzò.

«Oggi non sono la detective Foster. Sono solo la signora Foster, la vittima che paga con le tasse il tuo stipendio. Ora dimmi dov'è mia sorella».

Erika non aveva mai incontrato la vicina del piano di sopra, una donna vivace e trasandata di nome Alison. Aveva quarant'anni e passa e i capelli erano una massa indisciplinata di ricci.

«Salve», disse quando aprì la porta a Sparks ed Erika. «Tua sorella e i bambini si trovano in salotto, sono molto scossi». Aveva un leggero accento gallese e indossava un vestitino floreale. L'appartamento era più grande di quello di Erika, arredato con gusto: mobili rustici di legno, libri a ogni parete e foto di famiglia. La donna li accompagnò in salotto, dove Lenka era seduta con la piccola Eva addormentata in braccio. Parlava in slovacco con un uomo magro che indossava un completo verde di velluto a coste. Era seduto di fronte a lei, dall'altro lato del tavolino.

Karolina e Jakub erano su un lungo divano e in mezzo a loro

troneggiava un enorme, vecchio rottweiler, che dormiva con il muso sulle gambe di Karolina.

«Erika», disse Lenka vedendola arrivare.

Lei le corse incontro e li abbracciò tutti. «Mi dispiace. Mi dispiace di essermene andata in quel modo e di non essere tornata», disse.

«E a me dispiace per quello che ti ho detto, non volevo...».

«Va bene, non c'è problema. È andato tutto per il meglio e io vi amo tantissimo», disse Erika. Si riabbracciarono di nuovo ed Erika andò dai bambini e chiese se fosse tutto okay. I due annuirono solennemente e Karolina continuò a grattare le orecchie del cane, mentre Jakub inclinò la testa per guardare la TV che Erika gli stava coprendo.

«Chi è quel tizio inquietante? Quello che sembra un vampiro?», chiese Lenka indicando con il capo Sparks, che se ne stava in un angolo, scintillante nel suo completo nero.

«Sembra quello di *Hotel Transylvania*», aggiunse Jakub.

«Che stanno dicendo?», sbottò Sparks.

L'interprete stava per rispondere, ma Erika gli mise una mano sul braccio.

«D'accordo, posso continuare io adesso... Stavo solo chiedendo se stessero tutti bene». Poi si voltò di nuovo verso Lenka e in slovacco le disse: «È quel coglione di cui ti parlo sempre».

«Sapete, siamo in Inghilterra e dovremmo tutti parlare inglese», protestò Sparks.

«*Kokot*», commentò Lenka concordando con la sorella.

«Sono abbastanza sveglio da capire che quello non era un complimento», disse Sparks. «Be', a quanto pare vi siete ripresi tutti quanti e i miei agenti hanno raccolto le vostre dichiarazioni. Quindi noi togliamo il disturbo», disse congedandosi. Lenka ringraziò l'interprete, che se ne andò poco dopo.

«Vuoi una tazza di tè, cara?», chiese Alison.

«Volentieri, grazie», rispose Erika.

«Da' una spinta a Duke se ti vuoi sedere», aggiunse indicando il rottweiler. «È innocuo, non fa altro che dormire e scoreggiare... Non ha sentito il tuo aggressore».

«Grazie per averli ospitati questa mattina», disse Erika. «Mi dispiace non essere mai venuta a presentarmi...».

Alison la zittì con un cenno della mano. «Oh, ci vuole sempre una crisi per mettere insieme le persone. Ti preparo il tè».

Quando se ne andò, Erika allungò un braccio sul tavolino e strinse la mano di Lenka. «Sei riuscita a vedere l'aggressore?»

«Solo una parte del viso. Era un grosso bastardo, con un mucchio di capelli», rispose Lenka. Sospirò e fece per parlare, ma poi esitò.

«Che c'è? Qualsiasi cosa che tu riesca a ricordare potrebbe tornarci utile, per quanto insignificante...».

«Ricordi che l'altro giorno ti ho detto che è venuto un uomo per leggere i contatori del gas e dell'elettricità?»

«Sì».

«Non posso esserne certa, era *così* buio, ma sembrava proprio la stessa persona».

Capitolo 62

In seguito all'irruzione, l'appartamento di Erika era considerato una scena del crimine, così dovettero prenotare una stanza d'albergo nella periferia di Bromley.

L'ispettore aveva già alloggiato lì in precedenza, era vicino al centro ma situato in mezzo a diversi terreni, con una bella vista su un campo da golf. Nonostante le proteste della sorella, Lenka prenotò una suite per lei e i bambini con una stanza comunicante per Erika.

«No, ci penso io. Sono stata parsimoniosa con la carta di credito di Marek», disse Lenka. «Ma può tranquillamente permettersi di pagarci un paio di notti di lusso. Ti ho detto che l'ho chiamato la sera che quello svitato ci è entrato in casa? Mi ha richiamata soltanto il mattino dopo!».

«È successo nel cuore della notte», provò a dire Erika.

«Io dormo sempre con il cellulare acceso, nel caso avesse bisogno di me. Pensavo che facesse lo stesso, se non proprio per me, almeno per i bambini...».

«Gli hai raccontato cos'è successo?»

«Sì. Era preoccupato, ma non si è neanche offerto di prendere un aereo per raggiungerci. È troppo impegnato a evitare proiettili, metaforici e non, insieme ai suoi avvocati».

«La suite è dotata del servizio maggiordomo», le informò la receptionist. Erika tradusse.

«Certo, lo prendiamo, e qual è il percorso spa più costoso?», chiese Lenka.

«Dice che è quello della idrocolonterapia», tradusse Erika.

«Bene, allora voglio prenotarne uno al giorno la prossima settimana!».

«Il maggiordomo sarà più che sufficiente», disse Erika alla receptionist. Presero le chiavi e salirono nelle loro stanze che erano bellissime.

Erika riuscì a dormire quella notte, ma non poté condividere l'eccitazione di Lenka e dei bambini: era ancora in modalità indagini ed era contenta di tornare al lavoro lunedì mattina.

Quando arrivò nella sala operativa, gli agenti della squadra erano appena arrivati e si stavano togliendo il cappotto chiacchierando di ciò che avevano fatto quel fine settimana. Ammutolirono tutti quando comparve sulla soglia.

«Come probabilmente avrete saputo, ho trascorso un weekend movimentato. Non si è fatto male nessuno, a parte l'intruso, messo abilmente in fuga da mia sorella. Sarà una cosa di famiglia...».

Osservò gli agenti nella stanza – John, Moss e Knight –, tutti la salutarono con un cenno del capo. E poi vide Peterson che le restituì semplicemente lo sguardo.

«Quindi è una giornata come le altre. Abbiamo ancora un caso da risolvere. Perciò mettiamoci a lavoro».

Si diresse nel suo ufficio, con Moss al seguito.

«Capo, la scientifica ha mandato indietro il tuo iPhone, il PC e il distintivo. Non hanno trovato nulla: nessuna impronta. Oh, e Sparks ti saluta».

Erika sollevò lo sguardo.

«Sto scherzando».

«Molto divertente. Pensavo che il sovrintendente Sparks si sarebbe subito messo all'opera con un caso di alto profilo a Lewisham».

«È questo il suo problema: cerca solo i casi di alto profilo, che è un po' come se un attore partecipasse soltanto ai film destinati a vincere l'Oscar...».

«Quindi continua ad appioppare agli altri i casi che non gli interessano?».

Moss annuì. «Secondo me sperava di aver messo le mani su qualcosa di succoso quando ha risposto alla chiamata di tua sorella, ma…».

«Alla fine era solo mia sorella», sorrise Erika. «Ora che ci penso, potresti chiamare uno dei nostri esperti di identikit e mandarlo da lei con un interprete? C'è proprio qualcosa che non mi torna in questa irruzione».

«Certo, capo».

Moss se ne andò ed Erika aprì la busta trasparente con dentro tutti i suoi effetti personali. Recuperò il distintivo e se lo infilò in tasca. La batteria dell'iPhone era morta, così lo attaccò al caricabatterie che teneva in ufficio e l'accese. Le arrivò un fiume di chiamate perse e di messaggi in segreteria. Molti erano di Lenka, ma rimase sorpresa quando scoprì che il primo messaggio le era stato lasciato da Amanda Baker. Le diceva che aveva delle informazioni importanti sul caso Collins e le chiedeva di richiamarla.

Le aveva telefonato altre cinque volte, lasciando sempre dei messaggi. Erika provò a richiamarla, ma partiva subito la segreteria. Si collegò al computer, cercò la rubrica e inserì l'indirizzo di Amanda. Provò a chiamarla anche a casa, ma il telefono squillò a vuoto.

Erika aprì la porta dell'ufficio e chiamò John.

«Puoi provare a chiamare questi due numeri? Sono entrambi di Amanda Baker. Quando ti risponde passamela subito».

«Sì, capo», disse, prendendo il foglietto su cui aveva scarabocchiato i suoi contatti.

Erika tornò alla scrivania e si concentrò di nuovo sul caso Collins. Ricontrollò gli appunti che aveva preso negli ultimi giorni, dall'arresto di Joel Michaels in poi.

Qualcuno bussò sul vetro e Peterson aprì la porta. Teneva in mano un vassoio con due caffè presi da Starbucks, in fondo alla strada. Si avvicinò alla scrivania e ne appoggiò uno.

«Cos'è questo?», gli chiese Erika.

«Ti ho preso un caffè».

«Ma io non te l'ho chiesto».

«Be', hai proprio l'aria di una che ha bisogno di un caffè...».

Erika allontanò la tazza, spingendola verso di lui. «Peterson, che cosa stai facendo?»

«Non posso portarti un caffè?».

Erika abbassò la voce. «Mi stai portando un caffè come tuo capo o come, non saprei, compagna di una notte?»

«Così non è giusto. Ti ho solo portato un caffè, vedici dentro quello che ti pare. E per la cronaca, l'altra notte è stato speciale».

«Non ne parleremo ora, qui, nella maledetta sala operativa!».

Moss bussò di nuovo e riapparve sulla soglia. «Stavo andando a prendere un caffè qui di fronte, volete...». Non terminò la frase. «Oh. Mi sono persa la pausa caffè?»

«Io l'ho appena preso», rispose Peterson.

«Sei andato già fino a Starbucks?», chiese vedendo le tazze. Poi il suo sguardo volò tra Erika e Peterson e sorrise. «Oh... capisco. Non è che voi due...?»

«Moss, entra e chiudi la porta, per favore», le ordinò Erika.

Aspettò che la porta fosse del tutto chiusa. «Non so che cosa ti abbia detto Peterson, ma qui non stiamo giocando al colpo di fulmine. A lavoro non voglio sentir parlare della mia vita privata o di quella di Peterson. Non c'è nessuna storia d'amore fra colleghi da seguire con interesse o da vivere in prima persona...».

Calò un silenzio di piombo.

«Peterson non mi aveva detto niente, ma ora vedo che c'è stato davvero qualcosa tra di voi».

«Non c'è stato niente», disse Peterson.

«Ah sì? Ma guarda quel caffè di Starbucks. Ti sei preso il disturbo di portare sia lo zucchero bianco che quello di canna e persino un tovagliolo. Hai anche messo le palette in equilibrio sul tappo, è così dolce».

«Smettila, Moss», rispose Peterson.

«Il vostro segreto è al sicuro con me… Per la cronaca, non potrei essere più contenta».

«Ritornate al lavoro tutti e due», disse Erika. E quando se ne furono andati, fissò quel caffè per un momento e poi cedette e ne bevve un sorso.

Qualcuno bussò di nuovo alla sua porta. Era John.

«Che c'è? Sei riuscito a contattare Amanda?», gli domandò.

«No, capo. Ma c'è stata una chiamata d'emergenza all'indirizzo della Baker da parte del postino. Ha chiamato il 999 perché gli è sembrato di vedere qualcosa dalla finestra…».

«Che cosa?».

John deglutì nervosamente. «Pensa di aver visto i suoi piedi che penzolavano dal soffitto».

Capitolo 63

Di fronte alla casa di Amanda Baker c'era già una volante della polizia quando arrivarono Erika e John. Due poliziotti, un uomo e una donna, stavano parlando con il postino che Erika aveva incontrato la prima volta che aveva fatto visita alla donna. Sembrava decisamente scosso.

«Salve, sono l'ispettore capo Foster e lui è l'agente McGorry», si presentò quando li raggiunsero. Tirarono fuori i distintivi. Qualche porta più giù, un paio di vicini osservavano la scena davanti ai loro cancelli.

«Io sono l'agente Desmond e lui è l'agente Hewitt», rispose la giovane donna. «Nessuno è ancora riuscito a entrare nella proprietà. Abbiamo provato a forzare la porta, ma non cede».

«Ci sono dei giornali impilati dall'altro lato», disse il postino, con il volto cinereo.

Erika si avvicinò alla finestra e sbirciò tra le tende. Riuscì a distinguere appena due piedi che penzolavano, con addosso soltanto i calzini. Sentì un brivido di paura gelarle la schiena.

«Io di solito uso la finestra, non si chiude bene. Glielo dicevo in continuazione di farla aggiustare».

«Un ottimo accesso per un aggressore. Non voglio contaminare le tracce per la scientifica», bisbigliò Erika a John.

«Ma capo, tutto porta a pensare che si sia impiccata», rispose.

Erika guardò di nuovo dalla finestra. C'era qualcosa che non quadrava. Amanda non le era mai sembrata un soggetto a rischio di suicidio. E poi, quando le aveva dato quel passaggio, il giorno del funerale, le era apparsa carica di vita ed entusiasmo.

«Passiamo dal retro», disse.

Forzarono il cancelletto laterale e percorsero il vialetto che attraversava il cortile. La porta di servizio era spalancata.

«Merda», disse Erika sottovoce.

Fece strada, con John e gli altri agenti al seguito, addentrandosi nella cucina. Era ben pulita. Ogni cosa era linda e ordinata. La porta del corridoio era chiusa, si avvicinarono lentamente. Uno scricchiolio di un'asse del pavimento li fece fermare di botto. Proveniva dall'altro lato della porta chiusa. Gli agenti tirarono fuori il manganello.

«Polizia! Venga fuori con le mani in vista», disse Erika.

Seguì un momento di silenzio. E poi altri scricchiolii, più numerosi, più intensi. Uno strappo, uno schianto e un boato terribile che scosse le assi del pavimento, seguito da una pioggia di detriti che si abbatté sulle scale.

Rimasero immobili per qualche secondo mentre il silenzio riecheggiava per la casa. Erika si voltò verso gli altri agenti e annuì. Aprì rapidamente la porta.

Il corpo di Amanda Baker era accasciato a terra ai piedi delle scale, in una posizione del tutto innaturale. Indossava soltanto una camicia da notte bianca e un paio di calzini blu. Il braccio e la spalla sinistri erano bloccati dietro la schiena e il ginocchio destro sembrava slogato. Polvere e pezzi di intonaco ricoprivano tutto il corpo, e poco distante c'era un pezzo di legno: la botola della soffitta. Nell'aria vorticavano minuscole particelle di polvere.

«È caduto dal soffitto», disse John, coprendosi la bocca e indicando un buco in cima alle scale. Erika si riparò gli occhi dalla polvere e dai pezzettini di intonaco che continuavano a cadere giù. Pian piano si avvicinò al corpo di Amanda, notando il viso viola e rigonfio. Stretto intorno al collo c'era un cappio. E gli occhi erano ancora aperti.

Capitolo 64

«Si è trattato di un suicidio, secondo te?», domandò Erika. Erano trascorse un paio d'ore e Isaac Strong si era presentato sulla scena del crimine insieme a Nils Åkerman e alla sua squadra.

Erika e John erano in corridoio con il medico legale.

«Decesso per asfissia. Il collo è tirato, come vedete presenta segni profondi», disse Isaac, spingendo delicatamente di lato la testa di Amanda. «È il bicchiere di vetro sulla moquette in cima alle scale a farmi sorgere dei dubbi. Dall'odore, i residui all'interno sembrerebbero di Coca-Cola, e lo schizzo sulla parete corrisponde», spiegò. «Se aveva intenzione di impiccarsi, non credo che l'avrebbe fatto con un bicchiere in mano. Dobbiamo farlo controllare: potrebbero esserci tracce di una qualche droga, sciolta nella bibita…».

«È possibile che l'abbiano colta di sorpresa in cima alle scale?», chiese Erika. «Indossa una vestaglia, il che suggerirebbe che si sia svegliata nel cuore della notte. E se ci fosse stato qualcuno qui, ad attendere nel buio che incappasse nella trappola?»

«Questo tocca a te scoprirlo», rispose Isaac. Erika si coprì il volto con una mano. «Tu non vuoi che si tratti di suicidio, vero?», aggiunse.

«Era una di noi», gli rispose con un filo di voce. «E non sembrava che…».

«Non si può mai sapere cosa passa nella mente delle persone».

John si avvicinò alla botola, che era ancora a terra sulla moquette ai piedi delle scale. E ancora attaccata all'altra estremità del cappio.

«La corda è stata legata all'interno della botola a una piccola sbarra di ferro».

Erika si guardò intorno, immersa in quel caos di intonaco e polvere che ricopriva il corridoio.

«È già possibile stabilire l'ora del decesso?»

«Ne sapremo di più quando la esamineremo nel dettaglio», rispose.

Il fotografo della scena del crimine si affacciò in salotto e cominciò subito a scattare. Gli occhi aperti di Amanda scintillavano riflettendo la luce del flash.

Nils comparve alle sue spalle. «Venite. C'è una cosa che dovete vedere», disse.

Lo seguirono. Il salotto era perfettamente in ordine, ma la parete alle spalle del divano era piena di fogli appesi. C'erano cartine prese da Google, foto di Jessica, di Trevor Marksman e altre immagini stampate che ritraevano Marianne e Laura sedute nel parco.

«Questo è il video. Sono fotogrammi del video girato da Trevor Marksman», disse Erika voltandosi verso John. «Come ha fatto a procurarselo? Dov'è il suo computer?»

«Era qui», rispose Nils, avvicinandosi a una postazione di lavoro in un angolo della stanza. «Ma ci sono solo la custodia e il caricabatterie. Sotto c'è una stampante a getto d'inchiostro», disse, indicando la base della postazione. «Nessun segno del suo cellulare e la linea fissa è stata staccata», aggiunse. «In compenso la sua borsa è ancora sul bancone della cucina, accanto al bollitore. E dentro ci sono duecento sterline e tutte le carte di credito».

«Quindi non si è trattato di un furto».

«Non ci sono tracce di scasso», aggiunse Nils.

«La porta della cucina era ben aperta quando siamo arrivati», disse John.

«Ma se l'intruso fosse entrato da lì avrebbe sicuramente visto la borsa sul bancone».

Qualcosa sulla postazione catturò l'attenzione di Erika. Si avvicinò, tirando fuori dalla tasca un paio di guanti di lattice. Raccolse una piccola scatola di Terry's Chocolate Orange. Vide che il cioccolato dentro aveva superato da un bel po' la data di scadenza, si era solidificato e aveva rotto l'involucro arancione.

«Non l'ha aperto», disse Erika. «E guardate, lo slogan sulla scatola è stato sottolineato con un pennarello indelebile».

«"Non è di Terry, è mia"», recitò Nils unendosi a loro e leggendo il motto alle spalle di Erika. «È una confezione davvero vecchia. Non usano più quello slogan ormai... Mangio uno di questi cosi a settimana: sono drogato».

«E come fai a essere così magro?», chiese John squadrando la figura esile di Nils.

Lui alzò le spalle. «Metabolismo veloce».

Erika li ignorò e continuò a rigirarsi la scatola fra le mani. «"Da consumarsi entro l'11 novembre 2006"», lesse. «Ma perché sottolineare la scritta sulla scatola?».

John e Nils le restituirono lo sguardo, alzando le spalle.

Quando Erika e John rimontarono in macchina, rimasero seduti per qualche istante a guardare il corpo che veniva portato fuori dalla proprietà in un sacco nero sopra una barella di metallo.

«Voglio la sua cronologia Internet e il pieno accesso ai tabulati telefonici. Voglio sapere cosa ha guardato e con chi ha parlato prima di morire», disse Erika. «E voglio la lista di tutti quelli che hanno avuto accesso ai video di Trevor Marksman. Scopri se qualcuno le ha inviato quei fotogrammi o tutta la maledetta registrazione».

«Certo, capo».

Erika abbassò lo sguardo sulla scatola di Terry's Chocolate Orange custodita nella busta per le prove che aveva in grembo.

«"Non è di Terry, è mia"», ripeté leggendo la frase sottolineata. «C'è qualcosa che non mi quadra. Amanda mi ha chiamato, diverse volte. Nei messaggi che mi ha lasciato diceva di aver scoperto qualcosa e mi chiedeva di richiamarla subito».

Erika tirò fuori il cellulare e ascoltò la segreteria.

«Non hai nuovi messaggi», le comunicò la voce automatica.

«Ma che cavolo?». Riprovò di nuovo, ma la risposta rimase identica. «C'erano tre messaggi di Amanda fino a un paio d'ore prima».

«Non è che li ha cancellati per sbaglio?», chiese John.

«No che non li ho cancellati per sbaglio. Qualcuno li deve aver eliminati».

Capitolo 65

Nel tardo pomeriggio, Erika era di nuovo nella sala operativa. Il suo telefono era stato affidato al dipartimento crimini informatici del MET, con sede a Tower Bridge, e la richiesta dei tabulati telefonici e della cronologia Internet di Amanda Baker era stata inoltrata.

Erika era di fronte allo schermo di un computer, a osservare i video del circuito di sicurezza della centrale insieme a Moss e Peterson.

«Questo è di mercoledì scorso, il 9 novembre», disse Moss. Lo schermo mostrava un'immagine statica e in bianco e nero del corridoio in cui si trovava la porta della sala multimediale. «Qui ci sei tu, capo, che entri nella sala insieme all'agente McGorry», aggiunse mentre mandavano avanti i minuti della ripresa. «Qualche ora dopo Peterson fa un piccolo cameo», aggiunse mentre i secondi scorrevano sullo schermo. «E qui ci siete di nuovo voi che ve ne andate poco prima delle sette chiudendo a chiave la porta».

«Era poco prima che mandassi tutti a casa», aggiunse Erika.

«Bene, ora vediamo che succede dopo le sette di quello stesso giorno», disse Moss, riportando il video alla velocità normale. Il corridoio era vuoto, finché Crawford non comparve nell'inquadratura, guardandosi intorno. Si fermò ad ascoltare i suoni provenienti dalla sala multimediale e poi infilò la chiave ed entrò dentro.

«Potrebbe esserci entrato per un'altra ragione, no?», ipotizzò Erika.

Moss proseguì: «D'accordo, quindi ora è dentro, mando avanti un paio di minuti e... Ecco, qui ci sei di nuovo tu capo, alle sette e dodici. Provi ad aprire la porta...».

«Ma Crawford l'aveva bloccata dall'interno», continuò Erika, osservandosi sullo schermo.

«Oh, ed ecco di nuovo Peterson, con le buste della spesa e...».

«Il mio quaderno degli appunti», disse Erika. Rimasero a guardare Erika e Peterson che parlavano in maniera imbarazzante sullo schermo. «Puoi mandare un po' avanti?», chiese.

«No problem», rispose Moss, lanciandole un'occhiata.

Le immagini accelerate mostrarono Peterson che se ne andava per primo ed Erika che, pochi minuti dopo, si allontanava nel corridoio.

«Ed eccoci qua. Alle sette e trentasei di sera, quasi venti minuti più tardi, Crawford riemerge dalla sala multimediale», disse Moss. Lo schermo mostrava la porta della stanza che si apriva lentamente, la testa di Crawford che si affacciava appena da quello spiraglio e l'agente che usciva, richiudendo in fretta la porta e sparendo lungo il corridoio.

Rimasero tutti in silenzio a riflettere su quanto appena visto. E poi John li raggiunse dall'altro lato della sala operativa: «Capo, ho appena controllato i tabulati telefonici di Amanda Baker. Non ci sono molti numeri, non chiamava granché, ma il numero di Crawford compare un mucchio di volte. Gli ha telefonato diverse volte al giorno nell'arco delle ultime due settimane».

«E questo solleva un unico quesito: dov'è il detective Crawford?», rispose Erika. Si voltò a guardare gli agenti sparsi per la stanza.

John sollevò le spalle. «Non saprei proprio, capo».

«Be', metti in moto il cervello e chiamalo, no?», sbottò Erika.

Pioveva ancora, e il cielo si faceva sempre più scuro mentre Erika e Moss partivano da Bromley per raggiungere casa di Crawford, fra Beckenham e Sydenham. Avevano provato a raggiungerlo sia al cellulare che al telefono di casa, senza successo. Persino la chiamata alla moglie si era rivelata un fiasco. Non lo vedeva da giorni.

«Ho una brutta sensazione», disse Moss quando si fermarono di fronte a casa sua.

«È qui che abita?», chiese Erika guardando fuori dal parabrezza. Si trovavano a Beckenham Hill Road, una strada piena di monti dei pegni, edicole, centri scommesse, qualche lavanderia scadente e un supermercato Iceland. Il traffico infuriava sulle carreggiate.

«Non posso parcheggiare fuori. Ho un paio di autobus dietro di me», disse Erika. Andò un po' più avanti ed entrò nel parcheggio di un McDonald's.

Scesero di corsa e aspettarono un paio di minuti per attraversare la strada affollata. Crawford viveva in un appartamento sopra un banco dei pegni, con la porta d'ingresso bianca che si apriva sulla strada. Trovarono il suo campanello e suonarono un paio di volte, senza ricevere risposta. Un uomo uscì dal portone e lo tenne aperto per Erika e Moss, che s'intrufolarono dentro.

Le scale, rivestite da una moquette sudicia, salivano per quattro piani. Quello di Crawford era l'ultimo. Al terzo piano trovarono una porta aperta, da cui arrivavano le urla di una signora cinese. Sulla porta apparve un uomo dai capelli grigi, seguito dalla donna piccola ma feroce.

«Tu idraulico ma non aggiusta perdita?»

«Gliel'ho detto, viene dall'appartamento di sopra ma ora non c'è nessuno in casa».

«Salve, sono l'ispettore capo Foster e lei è la detective Moss», si presentò Erika mostrando i distintivi. «Non risponde nessuno al piano di sopra?»

«Questo dice lui», sbottò la donna. «C'è una perdita in mia cucina. Da ieri notte si è allargata su tutto soffitto…».

Erika e Moss si guardarono per un attimo e poi si fiondarono su per le scale.

Ci vollero due tentativi per sfondare la porta. Crawford viveva in un monolocale. Il letto era sfatto e posizionato sotto una finestra che si affacciava sulla strada principale e nel cucinino all'angolo mosche e moscerini ronzavano sul cumulo di piatti sporchi. Appesa a una parete c'era un collage di foto che mostravano Crawford insieme a due ragazzini, un maschio e una femmina, intorno ai tredici anni.

C'era una grossa chiazza umida in un angolo della moquette, davanti a una porta. L'anta era accostata e le due agenti si avvicinarono lentamente.

Con una spinta Erika aprì la porta. Era il bagno, un minuscolo e squallido bagno. Il corpo nudo di Crawford galleggiava nell'acqua, colorata di rosa. C'erano degli schizzi di sangue sulla parete alle spalle della vasca, che formavano un'enorme macchia di almeno un metro. Si trovava dalla parte opposta del braccio di Crawford, che pendeva molle verso il pavimento sommerso dall'acqua.

Si era tagliato le vene.

Capitolo 66

Il giorno seguente Erika si presentò all'obitorio di Penge. L'aria sembrava più fredda del solito e anche le luci fluorescenti erano più accecanti: tutta quella brillantezza le feriva gli occhi. Amanda Baker e Crawford erano stesi uno accanto all'altra sugli immacolati tavoli d'acciaio del laboratorio, e vedere i suoi colleghi, due agenti di polizia, in quello stato riportò a galla dei ricordi che Erika avrebbe preferito di gran lunga dimenticare. Suo marito Mark e gli altri quattro ufficiali che avevano perso la vita quel fatidico giorno.

Fece un respiro profondo e si accorse che Isaac le stava dicendo qualcosa.

«Quello che mi disturba di queste due morti, è che chiunque sia stato non si è impegnato neanche troppo a farli passare come suicidi».

«Quindi non credi che Crawford si sia suicidato?», gli chiese.

«Assolutamente no».

Le mostrò il corpo di Amanda Baker per primo. Era stesa a pancia in sotto, coperta da un lenzuolo bianco che Isaac rimosse delicatamente. La donna aveva il viso rivolto a Erika, le guance premute contro la superficie immacolata e i lunghi capelli brizzolati pettinati di lato per esporre il collo con i lividi e le ferite. Erika era ancora scioccata dall'accaduto: aveva parlato con Amanda soltanto qualche giorno prima.

«Qui puoi notare il tipo di ferite che ci si aspetta da un'impiccagione», disse Isaac. «La corda è affondata nella pelle intorno al collo lasciando una netta linea di escoriazioni». Con i guanti indicò le macchie violacee che le giravano intorno al collo. «Ma guarda qui, oltre a quelle ci sono anche delle piccole ferite circolari sulla nuca. Questo mi porta a pensare che il cappio le sia stato infilato a forza e poi stretto, e che lei abbia cercato di lottare e difendersi. Il nodo della corda si è mosso durante lo scontro, creando questi cerchietti rossi… E poi, guarda il livido al centro della schiena».

Erika vide una macchia scura di forma oblunga.

«Potrebbe essere stato causato da qualcuno che l'ha spinta giù dall'ultimo gradino. Il collo è rotto, il che significa che è caduta con un certo slancio, e che si è fratturato quando la corda è finita… Potrebbe anche aver combattuto contro il suo aggressore. Ho trovato dei campioni di pelle sotto le sue unghie. Li ho già mandati al laboratorio».

«Era una vera combattente», commentò Erika.

Isaac restò in silenzio per qualche istante, poi le mostrò il corpo di Crawford al tavolo successivo. Lui era steso a pancia in su, i capelli pettinati all'indietro e, tolto il colorito pallido e giallastro, sarebbe potuto passare per un uomo addormentato.

Isaac abbassò il lenzuolo da entrambi i lati, scoprendogli le braccia. Si voltò verso Erika e vide le lacrime che le rigavano il viso.

«Oh, sei sicura di voler continuare?»

«Sì», rispose Erika, tirando fuori un fazzolettino per asciugarsi gli occhi. «È che vederne uno dei nostri è già abbastanza, ma due…».

«Vuoi fermarti un attimo?»

«No, sto bene, va' avanti», disse trattenendo a stento le lacrime e ricomponendosi.

«D'accordo. Allora, se guardi bene le braccia vedrai due lunghe incisioni, qui e qui, sugli avambracci. Sono entrambe di trenta centimetri più o meno, verticali in mezzo al braccio invece che orizzontali come sui polsi. Entrambi i tagli hanno reciso l'arteria radiale, che porta il sangue alle braccia e alle mani.

Sono stati effettuati con un rasoio da barbiere, o quella che chiameresti una lametta».

Moss corrucciò il volto di fronte alle due ferite profonde ricucite alla perfezione.

«La profondità e la lunghezza di queste incisioni hanno determinato una perdita di sangue molto veloce e irreversibile. Aveva anche un alto tasso di alcol nel sangue e tracce evidenti di cocaina…».

«Sì, abbiamo trovato una piccola quantità di sostanza nel suo appartamento… Potrei capire se si trattasse di suicidio in questo caso, Isaac. Più che con Amanda. A lavoro, negli ultimi giorni, sembrava arrivato al limite. Non ne so molto, ma a quanto pare stava affrontando un brutto divorzio: sua moglie gli voleva togliere i figli. E lei stessa ci ha detto che era depresso».

«Non si è tagliato le vene», disse Isaac.

«Come fai a dirlo?»

«Il rasoio da barbiere, la lametta, è stata trovata sul lavandino. Lavata e pulita, priva di impronte».

«Ed è ovvio che non possa avercela messa lui, no?», chiese Erika.

«Avrebbe anche potuto, ma perdeva un torrente di sangue quando ha reciso l'arteria radiale di entrambe le braccia».

Erika chiuse gli occhi, rievocando la scena nella sua testa con tutti quegli schizzi di sangue sulle mattonelle e al lato della vasca.

«Avrebbe utilizzato un asciugamano o un fazzoletto per asciugare il rasoio e appoggiarlo sul lavandino. Ma non c'erano asciugamani o fazzoletti insanguinati sulla scena. L'emorragia era confinata all'acqua nella vasca e alle mattonelle limitrofe. A parte qualche goccia, il lavandino era pulito. Chiunque sia stato, voleva farlo passare come un suicidio».

Erika fissò entrambi i corpi, stesi uno accanto all'altra.

«Stavano discutendo del caso Collins poco prima di essere uccisi. Amanda Baker aveva scoperto qualcosa. Non so se si trattasse di una nuova prova o di una svolta vera e propria. Stava cercando di mettersi in contatto con me», disse.

«È successo la stessa sera dell'intrusione in casa tua».

«Già. Credo che avessero anche me come obiettivo», rispose Erika.

Capitolo 67

Gerry sedeva sul suo divano e guardava una puntata di *Deal or No Deal*. Indossava soltanto un paio di pantaloncini e stesa accanto a lui c'era la ragazza dai capelli scuri. Aveva addosso la sua maglietta: stavolta aveva ceduto e gliel'aveva prestata. Gli aveva detto di chiamarsi Trish. Ma lei ancora non gli aveva chiesto il suo nome.

Trish aveva bussato alla sua porta il pomeriggio dopo la fuga dall'appartamento di Erika Foster, quando Gerry era stato pestato fino a perdere i sensi. Si era rifiutata di andare via finché non le avesse aperto e l'avesse lasciata entrare. Così erano rimasti sull'uscio di casa, uno di fronte all'altra. Il livido in faccia alla ragazza era niente se paragonato alle ferite dell'uomo.

«Sei conciato male, molto male», gli aveva detto, allungando la mano delicata sulla ferita gonfia e incrostata di sangue che aveva sulla fronte. Aveva provato a chiudere il taglio spesso tre centimetri con della colla chirurgica, ma aveva fatto un pessimo lavoro e la tintura di iodio con cui l'aveva tamponata conferiva alla sua pelle olivastra una sfumatura verdognola.

Aveva afferrato la mano della ragazza, trascinandola dentro e sbattendo la porta alle sue spalle. Prendendola in braccio, l'aveva portata in camera dove erano rimasti per tutta la notte.

In TV, il concorrente del gioco era arrivato al suo ultimo pacco. Era un uomo slanciato, con la faccia da patata e gli occhi piccoli.

«Com'è che si chiama?», chiese Gerry.

«È scritto sulla targhetta il nome», sorrise Trish, staccando il viso dal suo petto. Fece per baciarlo, ma lui si scansò.

«E secondo te riesco a leggerla quella scritta del cazzo con la faccia conciata così?», sbottò Gerry indicando il volto tumefatto.

«Daniel, si chiama Daniel», si sbrigò a dire Trish.

Ci fu una piccola pausa e poi Daniel, il concorrente del gioco a premi, si avvicinò alla scatola e sollevò il coperchio. L'inquadratura si spostò sulla moglie, seduta fra gli spettatori del programma. Non era vestita bene. Non aveva l'aria di una donna fortunata. La telecamera si spostò di nuovo su Daniel, che aveva completamente tirato su il coperchio. «No!», urlò con le mani fra i capelli buttandosi in ginocchio a terra. Un primo piano della telecamera mostrò che quella scatola valeva una sterlina.

«Che razza di idiota», commentò Gerry.

Sullo schermo apparve di nuovo la moglie di Daniel, invitata a raggiungerlo sul palco. Stava cercando di sembrare coraggiosa.

«Quanto ha rifiutato?»

«Il banchiere gli ha offerto quindicimila sterline», rispose Trish mettendosi il pollice in bocca.

Gerry si alzò e raggiunse il frigorifero. Trish si tirò su e appoggiò la testa sullo schienale del divano.

«Hai un po' di succo?», gli chiese togliendosi il pollice dalla bocca.

Gerry aprì il frigorifero e tirò fuori una lattina di birra e una bottiglia di succo. Soltanto un tavolo tondo di legno separava lui da Trish, ancora seduta sul divano. E su quel tavolo c'era una Glock 17 e cinquantamila bigliettoni in banconote non segnate.

Gerry rimase fermo per un istante a fissare Trish, con la bottiglia in una mano e la lattina nell'altra; la ragazza aveva posato lo sguardo sulla pistola e i soldi, ma l'aveva distolto subito.

«Brava bambina», le disse. «Tieni gli occhi puntati su di me».

Tornò da lei e le buttò la bottiglia di succo sul divano, mentre si apriva la birra. Trish si tirò su e bevve una lunga sorsata di succo.

«Ti va di guardare *Hollyoaks* dopo?», gli chiese.

Il cellulare sul tavolino cominciò a squillare. Gerry lo prese e uscì fuori in balcone, richiudendosi la porta finestra alle spalle.

«Dove cazzo sei stato?», gli disse una voce familiare. Non rispose. «Ci sei?»

«Sono qui», disse. Era buio fuori e le file di aranci sotto di lui si allungavano in maniera ordinata.

«Dovevi far fuori tutti e tre. Due suicidi e un'irruzione. La Foster è ancora viva».

Gerry esitò un istante. Gli tornò in mente la faccia di Daniel in *Deal or No Deal*.

«Mi chiamo fuori», disse.

«Che cosa? Che vuol dire che ti chiami fuori? Devi finire il lavoro o non ti darò neanche un centesimo».

«Tieniti il resto dei soldi. Io sono fuori».

«Non si tratta solo dei soldi, lo sai».

«Sai che c'è? È da fin troppo tempo che non fai che minacciarmi, e ne ho abbastanza. Non riesci a vedere cosa sta accadendo? Non puoi rimettere il tappo al barattolo. Ormai è aperto. E se vado a fondo io, tu verrai con me. Non ho niente da perdere se me ne vado».

E con quell'ultima frase, Gerry mise fine alla chiamata. Girò il telefono, lo aprì e tolse la SIM card, rompendola in quattro pezzi.

Ora doveva fare in fretta. Gli restava un giorno, forse meno. Buttò giù il resto della birra e tornò dentro.

Capitolo 68

Quel tardo pomeriggio, Erika era nell'ufficio del sovrintendente Yale seduta di fronte a lui all'altro lato della scrivania. Il capo aveva l'aria esausta. Il viso era pallido e due cerchi neri e spessi gli contornavano gli occhi. Stavano aspettando Marsh, che aveva appena chiamato per annunciare il suo ritardo.

«Signore, non credo ci sia bisogno che affidiate altre risorse al mio caso», disse.

Yale sollevò una mano. «Erika, non penso che mettere una pattuglia di guardia al tuo albergo ci farà fallire. C'è già stato un accoltellamento sulle scale della nostra centrale, in pieno giorno, e uno dei miei agenti è stato trovato morto in circostanze sospette».

«Erano due agenti», rispose Erika. «Be', un'ex agente, Amanda Baker».

«Sì», ammise con un pelo di riluttanza. Si strofinò gli occhi. «Immagino che tu abbia saputo di Jason Tyler?»

«A che proposito?»

«Dopo che gli hanno negato la cauzione l'hanno portato a Belmarsh: prigioniero di categoria A. Si è sparsa la voce che avrebbe fatto la spia in cambio di un patteggiamento e l'hanno ammazzato. La notte scorsa è stato accoltellato nelle docce».

«Come hanno fatto a procurarsi dei coltelli?»

«Non ci crederai mai. Kit Kat».

«È una parola in codice?»

«No», rispose Yale impaziente. «I veri Kit Kat, o meglio l'involucro che avvolge le barrette. Qualche genio con l'ergastolo li ha messi da parte per mesi, accumulandone centinaia, e con quelli ha costruito un coltellaccio appuntito e letale. Tyler è stato ferito alla gamba e lasciato morire dissanguato nella doccia. E ora tutto il suo impero se ne va con lui».

Qualcuno bussò alla porta, e una donna dello staff entrò con un vassoio di tè. Passò a Yale la sua tazza *Chi è il capo?* e a Erika un'altra con il Cookie Monster disegnato sopra.

«Ecco qui», disse. «Ho pensato che magari avreste gradito un dolcetto». Appoggiò sulla scrivania due Kit Kat, uno per ciascuna tazza, e se ne andò.

«Per l'amor del cielo!», urlò Yale.

Erika stava per scoppiare a ridere: dovette ricorrere a ogni briciola di autocontrollo che aveva per mantenere un'espressione compita mentre Yale li toglieva dalla scrivania e andava a buttarli nel cestino.

Bussarono di nuovo, e Marsh entrò.

«Scusate il ritardo».

«Non fa niente, si accomodi».

«Davvero una brutta cosa perdere un agente così, non giova affatto all'umore collettivo», commentò Marsh.

«Due agenti», puntualizzò Erika.

«Ma sì, certo», concordò Marsh.

L'ispettore spiegò i nuovi sviluppi del caso.

«Abbiamo messo mano sui tabulati dell'agente Crawford e possiamo confermare che è rimasto in contatto con Amanda Baker nelle ultime settimane. Siamo riusciti anche a trovare il cellulare della Baker: era caduto fra i cuscini della poltrona, quindi chiunque l'avesse cercato probabilmente non l'ha trovato. I ragazzi della sezione crimini informatici gli hanno dato una bella rivoltata e hanno scoperto che era stato hackerato con un programma trojan e tenuto sotto controllo da settimane. Lo stesso vale per il cellulare di Crawford e il mio. Qualcuno ha ascoltato e monitorato le nostre chiamate, modificando persino la memoria. Amanda mi aveva chiamato al cellulare la notte in cui è morta, lasciando un messaggio in segreteria. Aveva provato a contattare anche Crawford, sempre tramite la segreteria. Ma i messaggi sono stati cancellati da remoto, su entrambi i dispositivi».

«Cristo, Erika!», disse Marsh. «Quindi l'intera indagine potrebbe essere compromessa?»

«Sìssignore».

«Devo informare assolutamente il commissario aggiunto...».

«E, con rispetto parlando, signore, io sono costretta a vivere in albergo perché qualcuno si è introdotto in casa mia. Abbiamo di fronte qualcuno che è sempre diversi passi avanti a noi, da settimane ormai».

«Quindi non credi che Joel Michaels c'entri qualcosa?»

«Joel Michaels ha passato gli ultimi giorni accanto al letto d'ospedale di Trevor Marksman, ancora ricoverato in terapia intensiva. Secondo lo staff ospedaliero, si allontana soltanto per andare in bagno. Marianne Collins può anche essere risultata una pazza armata di coltello, ma rientra nella legge sulla salute mentale e si trova in un reparto sicuro. Non posso incontrarla, non posso interrogarla... E l'unico dannato agente che sembrava averci capito qualcosa, be', lei è morta... E come ho già detto, chiunque sia il responsabile è sempre un passo avanti a noi».

Yale e Marsh rimasero in silenzio.

«Oh, e ho mandato alcuni dei miei uomini a recuperare materiale utile a casa di Amanda Baker. A quanto pare aveva iniziato a lavorare al caso per conto suo: abbiamo trovato scartoffie e immagini. Passeremo al vaglio tutto quanto. E sempre in casa sua, hanno trovato una cimice nascosta nel rilevatore di fumo».

«Chi diavolo è davvero la famiglia Collins?», mormorò Marsh.

«Non ho intenzione di lasciar perdere», disse Erika. «E spero che lei e il commissario aggiunto mi lascerete continuare e ricalibrare le mie ipotesi».

Marsh si appoggiò allo schienale della sedia. Lasciò passare un momento prima di rispondere.

«Per adesso, sì. Ma ti aggiornerò con quanto espresso dal commissario aggiunto, non appena l'avrò aggiornata».

Dopo la riunione, Erika entrò nella toilette delle donne e si sciacquò il viso con dell'acqua fresca, fermandosi a osservare il viso stanco riflesso nello specchio. In uno dei bagni, qualcuno tirò lo sciacquone e una giovane donna la raggiunse ai lavandini. Erika la riconobbe: era una delle agenti che aveva partecipato alla raccolta fondi nella notte di Guy Fawkes. Era pronta a iniziare il suo turno. Sopra la divisa indossava un giubbotto anti-taglio Kevlar.

«Tutto bene, signora?», le chiese mentre si lavava le mani.

Erika notò il giubbotto e smise immediatamente di provare pena per se stessa.

«Sì. È stata solo una giornata lunga e difficile», le rispose.

«Tutta la settimana è stata lunga e difficile, signora». La ragazza si asciugò le mani e fece per andarsene.

«Sta' in guardia là fuori, d'accordo, agente...?». Le parole le uscirono di bocca prima che se ne fosse resa conto.

«Agente Claremont».

«Tieni gli occhi aperti, agente Claremont».

«Come sempre. Grazie, signora», rispose uscendo in fretta dalla toilette.

Erika si lavò le mani. E tornò subito alla sala operativa.

Capitolo 69

Erika si fermò brevemente all'albergo quella sera, per farsi una doccia e cambiarsi d'abito. Bussò alla porta adiacente, la stanza di sua sorella. Lenka le aprì con in braccio la piccola Eva.

«Come va? State bene?», le chiese. «Mi dispiace, vi ho visti a malapena nei giorni passati».

«I bambini non potrebbero stare meglio: abbiamo il servizio in camera, la piscina e l'albergo non è troppo affollato. Mi ero quasi scordata di avere un marito che mi aspetta a casa», rispose Lenka. E poi aggiunse: «Tu stai bene?»

«Sì, sono qui solo per fare una pausa, ma ora torno in centrale. Sei attenta? Stai tenendo gli occhi ben aperti?», domandò Erika.

«Sì, ci sentiamo davvero al sicuro ora. E tanto per essere accorti», indicò l'identikit che aveva elaborato insieme al disegnatore.

«Perché l'hai appeso al muro?», chiese Erika avvicinandosi all'immagine inquietante di un uomo dalle sopracciglia spesse e un mucchio di capelli ricci e selvaggi.

«Perché i bambini vedano esattamente chi è e com'è fatto. Ho fatto fare una copia anche per la reception, la saletta dello staff e la cucina».

«Stava cercando me», disse Erika.

«Sì, ma siamo praticamente identiche. Anche se io sono leggermente più carina», sorrise Lenka.

«Simpatica. Be', non so a che ora tornerò. Lavorerò fino a tardi stasera. Ma c'è una pattuglia di guardia nel parcheggio».

Diede un bacio a Lenka ed Eva, e le disse di salutarle Jakub e Karolina quando sarebbero tornati dalla piscina.

Tornata in centrale, Erika salì direttamente alla sala operativa dove Moss e Peterson stavano scaricando una busta piena di cibo d'asporto.

«È cinese?», chiese aprendo la porta.

Moss annuì, sollevando una busta bianca e rigonfia. «E tutta roba buona, anche. Manzo croccante al chilli, pollo in salsa agrodolce, alghe fritte e nuvolette di gamberi».

«Come facevate a sapere che non avrei cenato?».

Finirono di mangiare un'ora dopo, e si sedettero a una scrivania con i tabulati telefonici di Amanda Baker, la sua cronologia Internet e le scartoffie che aveva appeso in giro per il salotto.

Ci volle qualche ora per riesaminare tutto quanto.

«Ci sono due cose che saltano all'occhio: il fotogramma che ha preso dal video di Trevor Marksman», disse Erika sollevando l'immagine che ritraeva Marianne e Laura sedute sulla panchina. «E l'altra, secondo me, è la scatola di cioccolata su cui ha sottolineato la frase: "Non è di Terry, è mia"».

Gli agenti si scambiarono un'occhiata.

«Cavolo, ucciderei per un po' di Terry's Chocolate Orange, ora che mi ci fai pensare», disse Moss.

«Espressione infelice, direi», commentò Peterson. «E poi abbiamo appena finito con il cinese».

«Dài, non distraetevi», disse Erika. «Voglio controllare la registrazione da cui ha estrapolato questa immagine».

Accesero il computer di Erika e, dopo un'intricata ricerca, trovarono i video in cui comparivano entrambe. In tutte e due le registrazioni, sembrava che Laura e Marianne stessero litigando, ma l'audio era debole. Erika rimandò indietro allo stesso punto, alzando il volume al massimo. Le urla e le risate dei bambini del parco rimbombarono nelle casse, così come il cigolio delle altalene che facevano avanti e indietro. Dovettero sforzarsi per capire perché stessero litigando.

«Cos'ha detto Laura? "Non puoi comandarmi a bacchetta... o lei..."», disse Erika.

«Sì, la sua voce è più forte. Quella di Marianne si sente a malapena», concordò Peterson.

Rimandarono indietro di nuovo.

«Non puoi comandarmi a bacchetta... non è tua... mia...», diceva la voce di Laura attraverso le casse altoparlanti.

«Di nuovo», disse Erika. «E alza il volume più che puoi».

Moss rimandò indietro la sequenza, e la voce di Laura rimbombò chiara e forte nella stanza: «Non puoi comandarmi a bacchetta... Lei non è tua... è mia...».

Erika fermò il video e si alzò di scatto, con il cervello a mille.

«Che c'è?», chiese Peterson.

«Non è tua, è mia... Non è tua, è mia... La scatola dei Terry's Chocolate Orange, vicino al computer di Amanda».

Rovistò fra le foto della scena del crimine. «Si è presa il disturbo di sottolineare lo slogan della pubblicità: "Non è di Terry, è mia"».

«Credi che sia coinvolto qualcuno di nome Terry?», domandò Peterson, fissando Erika che camminava avanti e indietro, gli ingranaggi della sua mente visibilmente in moto.

A un certo punto, si fermò di colpo.

«E se Laura stesse parlando di Jessica quando dice: "Non è tua, è mia"?». Si voltò verso Moss e Peterson. «Quanti anni si toglievano Laura e Jessica?»

«Allora, Jessica è scomparsa a sette anni e a quell'epoca Laura ne aveva venti», rifletté Peterson. «Un momento, non penserai mica...?». Erika si buttò a capofitto fra le scartoffie sul tavolo.

«Cosa cerchi, capo?», domandò Moss.

«Ho visto qualcosa fra la cronologia Internet di Amanda Baker. L'indirizzo di un sito Internet con un dominio .ie, che starebbe per Irlanda».

«Passami qualche foglio», disse Peterson. Si divisero le scartoffie e passarono i minuti seguenti a vagliare ogni pagina.

«Trovato», disse Erika. Si avvicinò al computer e copiò l'indirizzo del sito web.

«Amanda stava cercando un certificato di nascita. Un certificato di nascita irlandese. Non poteva avere accesso all'ufficio registri come ce l'abbiamo noi, perciò è andata su questa pagina per ottenere il certificato».

Moss si avvicinò allo schermo e lesse:

«A causa delle crescenti richieste dei certificati di nascita a seguito del recente referendum nel Regno Unito, la consegna dell'oggetto da parte del servizio è prevista entro trenta (30) giorni lavorativi a partire dalla data dell'ordine».

«Amanda avrebbe dovuto aspettare un mese; pensi che ti abbia chiamata per questo?»

«Ci stiamo avventurando in un terreno pericoloso, per caso?», si chiese Erika. «Può essere che nessuno prima di noi se ne sia mai accorto?»

«La prima indagine è stata un disastro. E poi perché avrebbero dovuto guardare il certificato di nascita di Jessica? Noi quand'è che lo facciamo? Solo quando c'è qualcosa di sospetto sotto».

«È possibile, secondo voi?», chiese Erika con il volto arrossato per l'emozione. «Laura Collins non era la sorella di Jessica. Era sua madre?».

Capitolo 70

«Ascoltate tutti quanti, voglio la vostra completa attenzione», disse Erika alla squadra riunita nella sala operativa il mattino seguente. C'era un silenzio di tomba mentre l'ispettore capo raccontava gli avvenimenti della sera prima e spiegava i motivi per cui sospettavano che Laura Collins non fosse la sorella di Jessica, ma sua madre in realtà.

«Abbiamo inviato una richiesta all'anagrafe irlandese per ottenere una copia del certificato di nascita di Jessica Collins, chiedendo di cercarlo con urgenza prioritaria».

«Capo, c'è un fax in arrivo per lei nel sistema», l'avvertì John, indicando lo schermo del suo computer.

«Be', che fai, non startene lì impalato, stampalo subito!», rispose Erika.

«Certo, capo».

Erika si avvicinò alla stampante in fondo alla stanza: sentiva gli occhi di tutti puntati su di lei. Sembrò volerci una vita, ma la macchina iniziò a ronzare e stampare. Poi, con tutta la calma del mondo, apparve l'immagine scannerizzata di un certificato di nascita. Riportava la data del 1983 ed era scritto nero su bianco a mano ma con una grafia leggibile. Non poteva crederci. Erika si voltò trionfante: «La madre è Laura Collins… e, un momento, c'è anche il padre. Tale Gerry O'Reilly, residente al civico 4 di Dorchester Court, Galway».

Moss era già pronta alla lavagna, stava annotando tutto.

«D'accordo, ci serve qualsiasi cosa riusciamo a trovare su questo Gerry O'Reilly. Non sappiamo in che circostanze sia avvenuto il fatto, potrebbe essere giovane o vecchio, ma abbiamo un numero e un indirizzo».

Tutti gli agenti della sala operativa si misero all'opera.

Novanta minuti più tardi, erano riusciti a rintracciare ben due uomini che rispondevano al nome di Gerry O'Reilly e che erano residenti al numero 4 di Dorchester Court.

«Sono padre e figlio con lo stesso nome», spiegò Moss.

«D'accordo, come facciamo a scoprire quale dei due è il padre di Jessica?», chiese Erika.

«Gerry O'Reilly senior è nato il 19 novembre del 1941, il che significa che avrebbe avuto...», cominciò Moss.

«Quarantadue anni alla nascita di Jessica, nell'aprile del 1983», terminò John.

«Sei veloce», sorrise Erika.

Moss andò avanti: «Gerry junior invece è nato lo stesso anno di Laura Collins, nel 1970. Avrebbe avuto tredici anni alla nascita di Jessica».

«Merda. Potrebbero essere entrambi il padre», disse Erika.

Capitolo 71

I preparativi avevano portato via a Gerry O'Reilly più tempo di quanto non avesse sperato. Aveva calcolato i rischi, pensato a che cosa avesse su di lui la polizia, arrivando alla conclusione che la possibilità che quella donna nell'appartamento di Erika Foster lo avesse identificato era remota. Era l'unica persona che lo aveva visto, ma di notte e durante uno scontro.

Gli altri due agenti che lo avevano identificato erano morti.

Si era pure chiesto se uccidere o no Trish, passando diversi minuti a osservarla sul divano di fronte alla Tv pesando i pro e i contro. Alla fine aveva preso la sua decisione ed era andato in cucina a prendere dei guanti di gomma e una grossa busta della spazzatura.

«Che cosa fai?», aveva chiesto la ragazza impaurita, mentre le si avvicinava.

«Mi aiuterai a ripulire questo posto da cima a fondo. Bisogna lavare ogni centimetro, non devono esserci capelli, né residui di ogni tipo».

«Ti trasferisci?»

«Sì. E devo riavere la caparra».

Avevano lasciato l'appartamento quella sera stessa, e gli era persino dispiaciuto dire addio a Trish sotto il ponte della ferrovia di Morden. Era rimasta lì in piedi al freddo, con il vapore caldo che le usciva dal naso e dalla bocca, a guardarlo mentre se ne andava. Se solo l'avesse incontrata prima, sarebbe stato utile avere una come lei con cui lavorare.

Era salito sulla metro con un cappellino da baseball con la

visiera abbassata, percorrendo la Northern Line fino a Charing Cross e da lì si era avviato su Goodge Street dove aveva trovato un ostello a buon prezzo. Tutto quello che gli serviva era un letto in cui passare la notte e una connessione Internet decente.

Era rimasto a lavorare al computer in un minuscolo caffè fino a tarda notte e il giorno seguente si era svegliato presto per farsi la doccia. Era andato a piedi fino a Soho, dove aveva acquistato un bel completo scuro ed elegante, una camicia bianca avvitata e un paio di scarpe nere ed eleganti. La tappa seguente era stato un barbiere in voga a Neal's Yard, dove aveva lasciato una bella quantità di denaro per domare quella massa selvaggia di ricci e ottenere un taglio corto e alla moda. Poi era passato da Selfridges e aveva comprato un borsone da viaggio, che aveva subito portato con sé nel bagno dei disabili. Ne era riemerso pochi minuti dopo, con solo il completo e la borsa carica dei suoi averi. I vestiti vecchi e le scarpe li aveva buttati in un bidone dell'immondizia.

A quel punto era sceso al piano terra, aggirandosi fra i vari banconi di make-up fino a raggiungere un giovane ragazzo slanciato con i capelli rosso fuoco.

«Ehi», disse Gerry sfoggiando un bel sorriso.

«Salve», aveva risposto il ragazzo, squadrandolo dall'alto in basso.

Gerry tirò fuori dalla tasca la foto di un cantante americano, Adam Lambert.

«Puoi farmi somigliare a lui?», gli aveva chiesto, guardandolo negli occhi e flirtando deliberatamente.

Il ragazzo aveva guardato prima la foto e poi lui. Indossava un piccolo grembiule di pelle, largo sui suoi fianchi sottili, carico di pennelli per il trucco.

«Certo che posso», aveva sorriso, flirtando a sua volta e scegliendo una matita per gli occhi. «Mi piace l'accento irlandese. Cosa ti porta così lontano da casa?»

«Mah, questo e quello. Riesci a coprirmi le ferite? Ho un colloquio di lavoro. Con una casa cinematografica».

«Ah, vuoi fare bella figura, vero?»

«Sì, qualcosa del genere. Fa' un bel lavoro e saprò come ringraziarti», gli disse sfoggiando il suo bel sorriso.

Mancava qualche minuto alle undici di giovedì mattina. Gerry sedeva di fronte al suo portatile nello Starbucks della stazione di King's Cross. Buttò giù l'ultimo sorso di caffè e finì di scrivere l'e-mail che aveva iniziato. Allegò un file e poi attivò la telecamera frontale del telefono. Sorrise e scattò un selfie, che aggiunse agli allegati. Una volta finito programmò l'invio in tarda serata.

Gettò il bicchiere di carta nel piccolo cestino del bar e se ne andò. Attraversò l'atrio e salì le scale due alla volta verso il binario del suo Eurostar. Il treno sarebbe partito nel giro di sette minuti, ed era un "ora o mai più". Con l'adrenalina che gli correva nelle vene, posò la borsa nel carrello di sicurezza. Le venticinquemila sterline che aveva tenuto sul tavolo della cucina erano state cambiate in diverse banconote da cento e cinquecento euro, che aveva diviso fra la borsa, il portafogli e la tasca interna della giacca.

Presentò il passaporto a una mocciosa antipatica, che lo prese e osservò bene la foto scattata qualche anno prima. Aveva un aspetto più trasandato, ma lei non batté ciglio. La donna appoggiò il passaporto sul lettore elettronico: quelli che trascorsero furono degli istanti lunghi e terribili, in cui lei fissava lo schermo con il documento stretto e aperto nella sua mano sottile. Ma con un *bip* il lettore diede l'okay e la donna gli restituì il passaporto con un sorriso di cera, augurandogli buon viaggio. Ora era il turno dei controlli di sicurezza. Si unì alla fila, corta e composta essenzialmente da uomini d'affari, e si affacciò a guardare chi ci fosse ai metal detector.

Risultato: il tizio ai controlli sembra un fessacchiotto da manuale, pensò mentre la fila si accorciava. Si era assicurato di non impacchettare niente in modo da non destare sospetti e si era tolto la cintura e qualsiasi altra cosa di metallo avesse addosso. I soldi che aveva con sé tecnicamente erano legali, dato che viaggiava da una nazione europea all'altra, ma non voleva essere trattenuto.

Arrivato il suo turno, attraversò in fretta le barriere dei metal detector fermandosi un momento soltanto per aspettare la borsa.

«Buon viaggio», sorrise il tizio della sicurezza. Gerry gli fece l'occhiolino, afferrò la borsa e salì sul suo vagone con tre minuti d'anticipo.

Trovò il posto assegnato proprio mentre il treno cominciava a uscire dalla stazione. Trenta minuti dopo, il treno lasciò i confini inglesi cominciando il suo viaggio sott'acqua, verso l'Europa.

Capitolo 72

Mentre l'Eurostar di Gerry lasciava i confini inglesi per iniziare il viaggio di trentanove chilometri nel tunnel della Manica, Erika, Moss, Peterson e John fremevano d'ansia davanti alla fila di stampanti nella sala operativa di Bromley. Dei due Gerry O'Reilly, avevano scoperto che il più anziano era morto nel 1982, poco prima di Natale, più o meno a un anno di distanza dalla nascita di Jessica. Ci fu un ronzio seguito da un segnale acustico, e una luce rossa cominciò a lampeggiare.

«Chissà come si cambia la carta in questa maledetta cosa?», gridò Erika.

John arrivò in fretta e infilò subito un nuovo pacco di fogli nel cassetto della stampante, che riprese a ronzare animata da una nuova vita. E, alla fine, sputò fuori l'immagine del passaporto di Gerry O'Reilly.

Erika la prese e fissò quegli occhi furiosi sotto le sopracciglia spesse e una massa selvaggia di ricci. Sollevò lo sguardo verso Moss e Peterson. «Dov'è l'identikit del tizio che è entrato nel mio appartamento?».

L'agente Knight corse da lei e glielo consegnò prontamente. Erika appoggiò i fogli sulla scrivania. Uno accanto all'altro.

«Cristo. È lui! È la stessa persona!», esclamò Peterson.

«D'accordo, ascoltatemi tutti», disse Erika spostandosi sul fronte della sala operativa, con la fotocopia del passaporto e l'identikit sollevati. Li attaccò al centro della lavagna bianca.

«Questo è il nostro indiziato numero uno: il quarantaseienne Gerry O'Reilly. Voglio subito un mandato d'arresto per lui, contattate la polizia ferroviaria, le dogane, gli aeroporti, i gestori delle carte di credito e di debito, tutti. Dobbiamo trovarlo subito. Ha ucciso due dei nostri. Inoltre crediamo che sia il vero padre di Jessica Collins… Voglio che mi diciate che cosa ha fatto negli ultimi ventisei anni e se sapeva di avere una figlia. Laura Collins ha dato alla luce Jessica nell'Irlanda dei primi anni Ottanta, in un ambiente fortemente cattolico. Non sto dicendo che Gerry O'Reilly abbia un movente per aver ucciso sua figlia, ma lui è la pista più promettente che abbiamo finora. E se anche non avesse ucciso sua figlia, sta facendo di tutto per impedirci di trovare il vero colpevole. Trovandolo, sveleremo il mistero. Ora tutti a lavoro».

La sala operativa brulicava di vita con tutti gli agenti che immediatamente cominciarono a lavorare al computer o al telefono. Poco dopo Moss comparve sull'uscio dell'ufficio di Erika, con in mano un fascicolo. «La fedina penale di Gerry ci è appena arrivata via fax. È bella folta», disse.

«Spara», rispose Erika.

«D'accordo. I primi guai con la legge sono iniziati quando aveva dieci anni, nel 1980», lesse Moss. «Faceva parte di una gang di sei ragazzini che aggrediva le signore anziane per derubarle, è stato arrestato e multato… Arrestato di nuovo a undici e dodici anni per taccheggio, incendio doloso e per aver ferito un compagno di scuola alla gamba con un coltello. A diciassette anni è stato accusato di lesioni aggravate per aver colpito una barista con un bicchiere durante una rissa al pub, la ragazza ha perso l'occhio. L'hanno spedito all'istituto per minori St. Patrick di Dublino per diciotto mesi… E poi sembra che abbia girato un po' per il mondo, si è unito all'esercito nel 1991. È stato due anni in Kuwait per la Guerra del Golfo, poi Eritrea per un altro anno e ha passato diverso tempo in Bosnia nelle forze di pace… Nel 1997 litiga con un altro ufficiale e per poco non lo ammazza, così lascia l'esercito con l'accusa di disonore. Negli anni seguenti ha svolto diversi lavori nella sicurezza, a parte una multa per possesso di marijuana si è tenuto sempre lontano dai guai e fuori dal radar».

«Gesù».

«Lo so».

«Va bene, ma la domanda più importante è: dov'era nell'estate del 1990, quando è scomparsa Jessica?»

«John sta aspettando i registri del passaporto... Che cosa vuoi fare con tutta questa roba, capo? Vuoi arrestare Laura e interrogarla?»

«No. Preferisco affrontarla di persona, coglierla di sorpresa», disse Erika.

Capitolo 73

Erika, Moss e Peterson percorsero la breve distanza che divideva la centrale di polizia di Bromley da Hayes, con le nuove rivelazioni di quelle ore che risuonavano con forza nella testa.

Quando svoltarono l'angolo verso Avondale Road non trovarono auto o passanti. La strada era immersa nel silenzio totale, fatta eccezione per il brusio del vento che spingeva un mucchietto di foglie nella loro direzione. Erika aveva parlato con il marito di Laura: lui le aveva detto che la sera prima sua moglie aveva deciso di restare nella casa di Avondale Road, per sistemare alcune questioni per conto della madre.

Dal tono della voce si capiva che quella scelta gli era parsa strana, ma Erika aveva deciso di non pressarlo troppo. Mentre uscivano dalla centrale avevano scoperto anche che Gerry O'Reilly aveva affittato un appartamento di Morden nelle settimane passate, ma se n'era andato dicendo al padrone di casa che si trasferiva.

Erika rallentò e si fermò accanto al marciapiede, poco prima del civico 7. Moss era seduta accanto a lei, mentre Peterson era sul sedile posteriore.

«D'accordo, dobbiamo andarci piano con lei», disse voltandosi verso di loro. «Laura non è un sospettato, ma è assolutamente necessario parlarle. Non possiamo neanche escludere che Gerry O'Reilly sia con lei… Insomma, dobbiamo stare davvero attenti».

Proprio in quel momento un'enorme Range Rover nera con i vetri oscurati uscì dal vialetto del civico 7, svoltando a sinistra.

Si allontanò sgommando, sparendo dopo pochi secondi oltre la cima della collina.

«Chi diavolo era quello?», chiese Erika.

«Non l'ho visto. I finestrini erano oscurati, ma ho preso il numero di targa», disse Moss appuntandolo sul suo taccuino.

Qualche istante dopo, una Range Rover color argento sbucò dallo stesso vialetto e girò a destra. Quando si avvicinò, gli agenti riconobbero il conducente: era Laura.

Erika le lampeggiò e aprì la portiera per scendere e fermarla. Laura rallentò per qualche secondo, ma poi tirò dritto sgommando fino alla fine della strada.

«Ma che diavolo...», esclamò Erika. Rimontò di corsa in macchina e accese il motore, e con una veloce inversione a U partì all'inseguimento.

La Range Rover era ancora ferma all'incrocio alla fine della via, ma non appena li vide arrivare accelerò mancando per un pelo un'auto che aveva la precedenza e che fu costretta a deviare bruscamente per evitare lo scontro.

«Ma che cavolo sta facendo?», chiese Moss. Lei e Peterson si tennero forte mentre Erika sfrecciava dietro alla Range Rover.

La strada era a due corsie, una per senso di marcia. Superarono varie case, un piccolo pub e un'edicola. La Range Rover stava ancora guadagnando velocità, correndo per la ripida salita che si dipanava per circa quattrocento metri. Erika schiacciò l'acceleratore, accorciando la distanza. L'altra corsia era piena di macchine che procedevano ad alta velocità nel senso opposto, così Erika accese sirene e lampeggiante. L'auto di fronte accostò immediatamente e l'ispettore riuscì a guadagnare spazio. Ma la Range Rover aveva raggiunto la cima della collina, e sparì velocemente dall'altra parte.

«Perché se la sta dando a gambe?», chiese Peterson incredulo.

Raggiunsero anche loro la cima della collina, a una velocità di centoventi chilometri orari. Le ruote persero aderenza con l'asfalto, la strada faceva un brusco salto, con alberi su entrambi i lati. Videro l'auto di Laura in lontananza. Via radio Erika comunicò alla centrale che erano all'inseguimento di una Range Rover argentata su West Common Road.

«Non rallenta», disse Moss.

Attraverso gli alberi l'ispettore capo intravedeva le distese del parco. «Dove porta questa strada?», chiese premendo a tavoletta sull'acceleratore.

Peterson, sul sedile posteriore, era già pronto con il cellulare in mano. «Attraversa il parco e porta direttamente alla stazione», rispose.

Davanti a loro la Range Rover rallentò, gli stop si accesero un paio di volte. Poi mise la freccia.

«Sta girando a sinistra», disse Erika.

«È l'incrocio con Croydon Road», rispose Peterson.

L'auto svoltò a sinistra e scomparve dalla visuale.

Erika attraversò l'incrocio con le sirene ancora accese, rallentando un pochettino. Moss e Peterson si tennero forte, mentre sgommavano bruscamente a sinistra.

«La vedo, è laggiù», disse Erika. E accelerò di nuovo.

«Se la perdiamo…», disse Moss.

«Non la perderemo», rispose subito Erika a denti stretti. Più in là, la Range Rover rallentò, mise la freccia e scomparve dietro una fila di alberi.

«E ora che fa?»

«Sta entrando nel parcheggio del parco», rispose Moss.

Arrivarono sul piazzale di ghiaia e rallentarono. Non c'erano auto a parte la Range Rover argentata di Laura. Si era fermata, e la donna stava scendendo.

Erika accelerò di colpo, le ruote sgommarono.

«Sta scappando», disse Peterson, guardando incredulo Laura che correva tra l'erba e l'erica in direzione della cava. Aveva un pesante cappotto nero, dei leggings e degli stivali alti fino al ginocchio.

Frenarono di botto, schizzando ghiaia dappertutto.

Erika saltò fuori dall'auto.

«Laura! Fermati!», urlò, ma il vento forte rapiva la sua voce.

«Dove scapperà?», chiese Moss, scendendo dall'auto con Peterson al seguito.

Iniziarono a correrle dietro. Peterson era il più veloce, con falcate lunghe e salti decisi superò l'erica alta, i rami e le pietre. Erika lo tallonava.

«Cristo Santo!», urlò Moss, senza fiato, con una mano sul petto. «Mi sarei dovuta mettere il reggiseno sportivo!».

«Laura!», urlava Peterson. «Laura, fermati! Che diavolo stai facendo?».

Laura si voltò per un secondo, i capelli lunghi e scuri le coprirono il volto spinti dal vento. Se li spostò indietro e continuò a correre su per la collina. Peterson ed Erika erano solo a un paio di metri da lei ormai. Arrivarono in cima e sotto di loro comparve la vasta distesa della cava. L'acqua era leggermente increspata dal vento.

«Laura! Fermati!», urlò Peterson allungando una mano e afferrandole il braccio.

La donna girò su se stessa e perse l'equilibrio, finendo sulla ghiaia.

Anche Peterson cadde con un tonfo e per poco la stessa sorte non toccò pure a Erika. Ma si fermò in tempo, con i polmoni in fiamme per l'aria gelida inspirata troppo velocemente.

Laura si dimenava e scalciava, i leggings si erano strappati sopra a un ginocchio, perdeva sangue.

«Laura! Laura!», urlava Erika mentre cercava di immobilizzarla e metterle le mani dietro la schiena. «Cristo santo, Laura, ma perché fai così... Non mi lasci altra scelta: sei in arresto per resistenza a pubblico ufficiale».

«Tre pubblici ufficiali», disse Moss, fermandosi senza fiato accanto a loro. Tirò fuori un paio di manette e Peterson le prese mettendole ai polsi di Laura.

«Sei in arresto per sospetto favoreggiamento», disse con il fiatone. «Hai il diritto di rimanere in silenzio, ma potrebbe nuocere alla tua difesa non menzionare informazioni di cui intendi avvalerti successivamente in tribunale. Qualsiasi cosa dirai potrà essere usato…».

Laura si fermò di colpo. Fissò la ghiaia e cominciò a piangere.

Capitolo 74

Portarono Laura alla centrale di polizia di Bromley, dove le medicarono la gamba prima di sottoporla all'interrogatorio.

Erika, Moss e Peterson la guardavano dalla sala d'osservazione. Sembrava così piccola e vulnerabile, seduta tutta sola a quel tavolo vuoto. Bussarono alla porta. Era John.

«Che cos'ha detto Laura Collins?», domandò.

«Niente», rispose Erika, fissando la fila di monitor. «In macchina non ha detto nulla. Ha rifiutato persino l'avvocato».

«Pensi che ci sia bisogno di una perizia psicologica?», domandò Peterson.

«Se facciamo venire un dottore, ci toccherà rimandare l'interrogatorio», sbottò Erika. «Non siamo mai stati così vicini a...».

«A cosa? Era palesemente sconvolta. E accompagnare sua madre alla centrale di polizia affinché potesse aggredire Trevor Marksman con un coltello in pieno giorno non è sicuramente indice di sanità mentale».

«Peterson, le ho parlato sabato scorso e mi ha detto che non sapeva che sua madre avesse un coltello... Mi è sembrata lucida e perfettamente in grado di sostenere una conversazione, fino a quando non me ne sono andata ed è arrivato Oscar Browne...». La sua voce si perse pian piano. «Un momento, ha rifiutato di avvalersi di un avvocato, anche se conosce bene Oscar?».

Bussarono ancora, e stavolta entrò l'agente Knight insieme a un fascicolo di carta. «Capo, la Range Rover che avete visto allontanarsi dal civico 7 di Avondale Road appartiene a tale Oscar Browne, avvocato della Corona».

Erika, Moss e Peterson si scambiarono un'occhiata.

«D'accordo, grazie», rispose Erika.

«Quando hai detto che Oscar Browne si è presentato a casa sua, capo?», chiese Peterson.

«Sabato. Le avevo chiesto se l'avesse chiamato per la difesa di Marianne e mi ha detto di no, ma poi proprio mentre me ne stavo andando si è presentato lui e l'ha contraddetta. Voglio parlargli. Knight, me lo trovi?»

«Certo, capo», rispose l'agente Knight, uscendo subito dalla stanza.

Erika si voltò di nuovo verso Laura, osservandola oltre il vetro. «Bene, vediamo se comincia a parlare».

Erika e Moss entrarono nella sala interrogatori, mentre Peterson e John rimasero a osservarle dall'altra parte del vetro. Laura non ebbe alcuna reazione quando le due agenti presero posto di fronte a lei. Restò semplicemente accasciata sulla sua sedia con le braccia conserte e lo sguardo fisso.

Erika lesse ad alta voce il nome dei presenti, enunciando anche la data e l'ora. Terminò i preamboli dicendo che Laura aveva rinunciato al patrocinio dell'avvocato.

La donna non smise neanche per un secondo di fissare il tavolo.

«Laura. Come ci sei finita qui dentro?», chiese Erika. «Non ci hai dato altra scelta, abbiamo dovuto arrestarti. Perché sei scappata?».

Silenzio.

«Il giorno in cui tua madre ha aggredito Trevor Marksman mi hai detto che un giornalista vi aveva chiamato a casa e vi aveva fatto una soffiata. Abbiamo controllato i tabulati di quel giorno: risultano tre chiamate. Due la mattina, dal cellulare di tuo marito, e una poco prima dell'una, da parte di Oscar Browne».

Laura non disse una parola, lo sguardo sempre, costantemente fisso. Erika aprì un fascicolo sul tavolo ed estrasse il certificato di nascita di Jessica, facendolo lentamente scivolare dall'altra parte del tavolo. Laura lo guardò, spalancando gli occhi.

«Sappiamo che Jessica era tua figlia. Perché la tua famiglia ha sempre cercato di nasconderlo?».

Silenzio.

Erika tirò fuori anche la fotocopia del passaporto di Gerry O'Reilly e l'identikit. «Sappiamo che quest'uomo, Gerry O'Reilly, è il vero padre di Jessica. E sospettiamo che sia il responsabile dell'omicidio di ben due agenti di polizia. Che puoi dirci su di lui?».

Una singola lacrima le scivolò sulla guancia, ma Laura l'asciugò subito con la manica della maglia.

Silenzio.

«L'hai incontrato nelle settimane passate? Ma perché hai rinunciato all'avvocato?».

Laura si morse un labbro, quasi con aria di sfida. Poi sollevò lo sguardo, fissò Erika negli occhi e disse: «No comment».

«Sai che c'è, Laura? Sono stanca. Siamo tutti stanchi. Per anni la polizia ha lavorato duramente per trascinare l'assassino di tua figlia di fronte alla giustizia. Anche se all'epoca credevamo che fosse tua sorella. Tanti agenti si sono sacrificati, impegnandosi al massimo per trovare il responsabile. Due di loro hanno persino perso la vita… E tu non fai altro che startene lì, nascondendoci informazioni importanti e dicendo "no comment"!». Erika sbatté la mano sul tavolo.

«No comment», ripeté lei.

«E va bene, Laura. Ti va di giocare? Giochiamo. Sbattila in cella».

Capitolo 75

Peterson era già in corridoio quando Erika uscì dalla sala interrogatori. Moss arrivò qualche momento dopo insieme a Laura, ammanettata e con uno sguardo tetro. L'agente aspettò che si fossero allontanate prima di parlare.

«Capo, Gerry O'Reilly è salito su un Eurostar che ha lasciato Londra poco prima di pranzo».

«Merda», gridò Erika, sbattendo la mano sul muro.

«E Oscar Browne è scomparso nel nulla. Avrebbe dovuto presentarsi in tribunale questo pomeriggio, ma non si è fatto vedere. La segretaria ha detto che non l'aveva mai fatto prima. Si stava occupando di un caso di frode di alto profilo. Lei non sa dov'è, e neanche la moglie…».

Erika controllò l'orologio. «Scopri se Gerry è sceso a Parigi o se ha continuato la corsa ed è finito Dio solo sa dove. Magari Disneyland, per quel che ne sappiamo. Contatta l'Interpol. Voglio un mandato d'arresto internazionale».

«Sì, capo».

«E metti in allerta gli aeroporti e le stazioni inglesi, nel caso Oscar Browne tentasse di lasciare il Paese».

«Credi che intenda farlo?»

«E chi lo sa. Ora come ora non sappiamo niente, ma ovviamente evita di dirlo in giro. Laura Collins è a conoscenza di qualcosa di grosso e non se ne andrà di qui finché non capirò cos'è. Anche a costo di inventarmi qualcosa per trattenerla più di quattro giorni. Per quanto mi riguarda, può marcire in quella maledetta cella».

«Solo un'altra cosa, capo... Il marito e i bambini sono appena arrivati. Chiedono di parlare con il responsabile delle indagini».

Erika e Peterson scesero di sotto alla svelta, raggiungendo la reception. Era tutto tranquillo. C'era un agente al bancone e la lunga fila di sedili in plastica era praticamente vuota, fatta eccezione per Todd, il marito di Laura, e i due bambini piccoli. Intorno a loro erano ammucchiate diverse buste di TK Maxx. I bambini erano in ginocchio per terra e giocavano con delle macchinine.

Todd si alzò non appena li vide arrivare.

«Che significa tutto questo?», disse con voce nasale. L'accento americano lasciava trasparire la sua indignazione. «Mi hanno chiamato i vicini di Avondale Road: c'è stato un inseguimento? E che c'entra Laura? Stavo facendo la spesa e ho provato a chiamarla. Mi ha risposto un vostro agente, che mi ha detto che avete arrestato mia moglie!».

«Esatto».

«E la telefonata che le spettava di diritto? Sarà meglio che non le rivolgiate più la parola finché non avremo trovato un avvocato...».

I bambini sollevarono lo sguardo.

«Hanno arrestato mamma?», chiese uno dei due. Todd lo ignorò.

«A Laura è stata offerta la possibilità di effettuare una chiamata e le abbiamo proposto di rivolgersi a un avvocato, ma ha rinunciato».

«Mi prendete in giro?», disse infilandosi le mani fra i capelli. «Perché l'avete arrestata?»

«Qualche ora fa siamo arrivati ad Avondale Road con l'intenzione di rivolgerle qualche domanda, ma lei è fuggita in auto a tutta velocità. Non ci ha lasciato altra scelta. Abbiamo dovuto arrestarla per resistenza a pubblico ufficiale», spiegò Erika.

«Perché volevate parlarle? Siete sicuri che l'avesse capito?»

«L'abbiamo seguita per diversi chilometri con le sirene e i lampeggianti accesi», disse Peterson.

Todd scuoteva la testa, era sbiancato di colpo. «Ma non ha nessun precedente. Neanche una multa per divieto di sosta».

«Papi, ho paura», disse uno dei bambini. Todd si abbassò e li prese entrambi in braccio, uno su un fianco e uno sull'altro. Erika e Peterson si trovarono di fronte a sei confusi occhi marroni.

«Todd. Cosa ti ha detto Laura di Jessica?», chiese Erika.

«Che sua sorella era scomparsa. Conosco tutta la storia, ne abbiamo parlato e riparlato...».

Erika e Peterson si scambiarono uno sguardo: *Non lo sa*.

«Devo chiederti di accomodarti e aspettare qui», gli disse Erika e lasciò la reception insieme a Peterson.

«Ehi! Non potete tenerla rinchiusa per questa stronzata! Dovete specificare un'accusa!», urlò Todd alle loro spalle, con i bimbi ancora in braccio.

«Che cosa facciamo ora?», chiese Peterson dopo aver passato il badge all'entrata di sicurezza da cui si accedeva al cuore della centrale.

«Voglio vedere se adesso vuole parlarci», rispose Erika.

Si diressero alle celle nei sotterranei e varcarono la spessa porta d'acciaio. Non appena si richiuse alle loro spalle, l'urlo dell'allarme interruppe la conversazione. Si guardarono e corsero all'istante verso le celle.

C'erano delle verdi porte metalliche chiuse, sudicie e rovinate, lungo tutto il corridoio illuminato al neon. L'ultima la trovarono aperta. Due agenti erano chini sul pavimento. Quando Erika e Peterson la raggiunsero, videro che Laura era stesa a terra mentre un poliziotto cercava disperatamente di sciogliere il sottile laccio delle scarpe che si era stretta al collo. Il filo portava alla fessura della porta, era stato annodato intorno alla maniglia di ferro.

Laura riprese fiato all'improvviso, il volto riacquistò colore mentre tossiva e farfugliava. Erika le corse accanto e le prese la mano.

«Ehi, va tutto bene, Laura. Te la caverai», le disse.

Laura deglutì, tossì e con voce roca sussurrò: «D'accordo, ve lo dico. Vi dirò tutto…».

Capitolo 76

Qualche minuto dopo Erika, Moss e Peterson erano di nuovo nella sala d'osservazione. Guardavano Laura, seduta al tavolo con un avvocato d'ufficio.

«Credete che parlerà davvero?», chiese Moss.

«Quando le ho detto che il marito e i figli l'avevano cercata e che non sapevano ancora niente, mi è sembrato che avesse cambiato idea. Credo che voglia essere lei a dirglielo».

«A dirgli cosa?», chiese Peterson.

«Lo scopriremo presto, spero», rispose Erika.

Erika e Moss rientrarono in sala interrogatori, dove Laura adesso era seduta al fianco di una giovane donna che era stata nominata suo avvocato difensore. Entrambe avevano in mano una tazza di tè fumante. Laura si era tolta il cappotto, ma aveva tenuto la sciarpa al collo. Erika annunciò ad alta voce la data e l'ora per la registrazione, e poi allungò il braccio sul tavolo e strinse la mano di Laura.

«Okay, noi ci siamo, andrà tutto bene», le disse.

Moss sorrise e annuì, nascondendo bene il suo scetticismo.

«No, non è vero!», rispose la donna con le lacrime agli occhi. «Non è vero».

«Comincia dal principio», le disse Erika.

Moss le passò un fazzoletto. Laura lo prese e si asciugò il viso. Singhiozzò, ma poi parve calmarsi. E cominciò a raccontare.

«Adoravo vivere in Irlanda. Abitavamo in una casetta a Galway, vicino al mare. Non avevamo molto: papà lavorava in qualche cantiere e mamma stava a casa con me. Ma eravamo felici. Ho conosciuto Gerry O'Reilly a tredici anni».

«Dove l'hai incontrato?», chiese Erika.

«Al circolo cattolico del quartiere. Un piccolo capannone su una collina sopra il mare. Era come una chiesetta, il capannone, pieno di vecchie foto della Vergine. E poi c'erano un mucchio di giochi e a volte tiravano fuori la televisione e mettevano qualche cartone. I ragazzi più grandi sgattaiolavano sulla spiaggia, in coppia, e si nascondevano fra le dune di sabbia. Io sono stata la sventurata che è rimasta incinta».

«Di Gerry, giusto?».

Laura annuì e bevve un sorso di tè. Trasalì, deglutendo.

«E poi cos'è successo?».

La donna proseguì il suo racconto: «Dio, era così tanto tempo fa e l'Irlanda nei primi anni Ottanta era come l'Inghilterra degli anni Sessanta, forse. Mia madre *impazzì*. Riuscii a nasconderglielo per un bel po' di tempo, ma una sera, quando mi alzai di fronte alla televisione, notò la pancia e capì che la mia infanzia era finita…».

«Tua madre era più religiosa di adesso?», chiese Moss.

Laura annuì. «In Irlanda è come una febbre, una sorta di cattolicesimo competitivo. Tipo *Le spie della porta accanto*, solo che la gente non investe in lavatrici e ristrutturazioni, ma nell'accumulo di favori divini, in tempo passato a messa. Mi hanno mandata via, da una zia… zia Mary. Una terribile stronza crudele. Di sicuro ne avrete incontrate, di persone come lei. Pensava che l'intero Concilio Vaticano II fosse un abominio. È morta, adesso, non c'è bisogno che controlliate. Come avete visto ho dato alla luce la bambina. La mia Jessica…». Scoppiò di nuovo a piangere e tutti le lasciarono il tempo di calmarsi. «Ci siamo trasferiti in Inghilterra qualche mese dopo il mio ritorno dalla "vacanza" con zia Mary».

«E cos'è successo al padre di Jessica? Gerry O'Reilly?», domandò Moss.

«Niente. Era uno dei tanti ragazzini della città. Non sapeva neanche che fossi rimasta incinta. Non è che avessimo programmato di avere un figlio. E io non glielo dissi. Quella della mia famiglia fu una specie di fuga di mezzanotte dall'Irlanda. Ce ne andammo senza dire niente a nessuno. Era il 1983, non c'erano le mail, tantomeno Facebook. Zero cellulari. Mio padre e mia madre avevano perso da poco i genitori. Così sparirono. Si sforzarono di dimenticare. Sarebbe dovuto essere un nuovo inizio per loro. Arrivammo a Londra con poco e niente. Vivemmo in un ostello della gioventù a London Bridge per due settimane. E a tutti raccontavamo che mia madre aveva avuto Jessica pochi mesi prima. Era sua figlia e mia sorella. L'ostello era un postaccio, nessuno diceva le preghiere prima di andare a dormire, nominavano tutti il nome di Dio invano. C'erano delle ragazze che scopavano con chiunque... E sapete qual era la cosa fuori di testa? Che i miei genitori non erano mai stati così felici! A nessuno sarebbe importato che fossi una ragazza madre di tredici anni! Avrebbero potuto lasciarmela. Sarebbe potuto essere un nuovo inizio anche per me».

«E come siete finiti da un ostello della gioventù a London Bridge alla casa di Hayes?», chiese Erika.

«Dopo qualche settimana dal nostro arrivo a Londra, mio padre ottenne un appalto per un cantiere importante, una serie di uffici. Erano indietro con i lavori, così gli diedero un mucchio di soldi per finirlo in tempo. Uno straordinario, quasi quattro o cinque volte quello che guadagnava a casa. E così iniziò a farsi i suoi contatti e i lavori continuavano ad arrivare. Non aveva mai fatto tutti quei soldi. Nel giro di poche settimane ci trasferimmo in una casa in affitto a East London».

«E per tutto quel tempo tu hai continuato a dire che Jessica era tua sorella?»

«Litigavo con loro per questo», rispose Laura, guardando Erika dritto negli occhi con un'espressione feroce. «Mi sono opposta con tutta me stessa, e pensavo che l'avrei avuta vinta, ma...».

«Ma non è stata così».

Laura fece di no con la testa, le lacrime riaffiorarono di nuovo. «Mi ricordo quel giorno come se fosse ieri. Avevo quasi quattordici anni e papà mi portò a lavoro con lui quel giorno. Avevamo lasciato mamma a casa con Jessica. Lavorava alla costruzione di un grosso complesso residenziale, degli appartamenti per giovani rampanti, yuppie. Avevano raso al suolo un mucchio di edifici e c'era un buco gigantesco là dove avrebbero costruito le fondamenta. La terra era secca e si poteva scendere con una scala e camminare nelle zone in cui gli operai non erano ancora arrivati. Papà mi lasciò libera di gironzolare e incontrai questo bellissimo ragazzo, un senzatetto. Stava setacciando le macerie alla ricerca di pezzi di metallo. Avevo iniziato a fumare di nascosto così gli offrii una sigaretta e cominciammo a parlare. Era intelligente, mi spiegò che cosa significava il termine "yuppie": giovani ambiziosi e in cerca di successo professionale. Io non lo sapevo. Gli raccontai che avevo una bambina e che volevo crescerla per bene. Lui mi fece gli auguri e mi disse che sarei stata una brava madre e proprio allora mio padre cominciò a chiamarmi. Tornai indietro e mi disse che aveva chiuso un affare e avrebbe comprato un pezzo di terra per costruire la nostra casa. Tornammo subito a casa per dirlo alla mamma: era così emozionato. Quando arrivammo, scoprii che mia madre aveva iscritto Jessica all'asilo, le aveva trovato un pediatra, un dentista. E l'aveva registrata come sua figlia: ora era ufficiale. Dopo, non ho più detto a nessuno che ero io la vera madre di Jessica».

Laura si fermò e bevve un sorso di tè. Erika e Moss aspettarono pazientemente che ricominciasse a parlare.

«Il terreno che aveva comprato mio padre è quello dove sorge ora la nostra casa, ad Avondale Road. In seguito accadde tutto molto velocemente. La vita cambiò in fretta, io faticavo a restare al passo. Ci trasferimmo nella casa grande, poi arrivò Toby. Mi fermavo spesso a osservare mamma e papà insieme a Jessica e Toby: la classica famigliola perfetta. E io ero la pecora nera, l'esclusa. Mia madre non perdeva occasione per ricordarmi che ero una peccatrice, una donna perduta. Soltanto quando andai all'università a Swansea, mi resi conto che non era che una fanatica religiosa. Quando tornai a casa dopo il primo anno di studi, nel 1990, scoprii che mia madre aveva iscritto Jessica e Toby a catechismo: voleva farli studiare per la prima comunione. Jessica era la *mia* bambina e io non volevo che anche lei subisse tutte quelle cazzate, che fosse costretta a entrare nel confessionale quando era ancora piccola, a studiare tutte le teorie sul peccato originale... E fu più o meno allora che incontrai Oscar a Swansea, al primo anno di università. Era così affascinante, intelligente e mi amava... Era un po' come mio padre, un uomo che si era fatto da solo. Aveva una borsa di studio, aveva lavorato sodo per ottenerla».

«Ed eri al campeggio con lui quando Jessica è scomparsa, no?», chiese Erika.

Laura abbassò lo sguardo per diverso tempo. Passò un minuto, poi due. Alla fine alzò la testa e disse: «Jessica non è scomparsa. L'ho presa io».

Capitolo 77

Martedì 7 agosto 1990

Il clima era mite e la brezza leggera proveniente dal mare soffiava su Laura e Oscar Browne, seduti sulla sabbia di fronte a un fuoco tremolante. Era una notte tersa e il cielo si stendeva sopra di loro punteggiato dalle stelle. Erano le uniche due persone nel raggio di chilometri su quella spiaggia deserta della penisola di Gower, vicino Swansea.

«È carina, la tua sorellina», disse Oscar attizzando le braci con un bastone.

«Jessica è sempre stata carina. Anche da piccola. Ci sono certi neonati, invece, che sono proprio brutti».

«Obiezione, vostro onore!», scherzò lui. «Io ero un bambino carinissimo».

«Non lo metto in dubbio, e ora sei un uomo meraviglioso, forte e sexy…».

Oscar tirò Laura verso di sé e la baciò.

«Tu li vuoi, dei bambini?», gli chiese sollevando lo sguardo.

«Certo. Un giorno», rispose lui. Ci fu un momento di silenzio, poi Oscar allungò un braccio per prendere una bottiglia di vino appoggiata a una roccia. «Ne vuoi ancora?», le domandò, inclinando la bottiglia. Laura avvicinò il bicchiere e se lo lasciò riempire. Era davvero bello illuminato dal fuoco, pensò. Oscar si alzò e si sgranchì le gambe. Poi si diresse verso la pila di legnetti che avevano raccolto prima, insieme a Jessica.

«Tu non me lo hai chiesto».

«Non ti ho chiesto cosa?», disse rovistando nel mucchio e selezionando una tavoletta piatta dipinta di bianco.

«Se voglio dei bambini».

«Immagino che la risposta sia sì», sorrise, buttando il legno nel fuoco.

«Certo che è sì».

«Mettiamola così. Quando sarò avvocato, potremo avere dei figli», rise.

Laura fissò il mare. Era una battuta, ma lei sapeva che diceva sul serio.

Di fronte a quella spiaggia deserta e un po' nascosta Jessica era rimasta confusa, ma vedendo la roulotte e il mare scintillante sotto la luce del sole si era sentita super eccitata. La penisola di Gower era bellissima, e quella baia un vero paradiso in terra: un prato folto con le rocce che spuntavano dall'erica conduceva a un'ampia spiaggia ondulata, dove il mare brillava baciato dal sole e la sabbia bagnata era piena di piccole pozze naturali.

«Possiamo cercare i granchi e le stelle marine?», aveva chiesto Jessica, sfoggiando il suo sorriso felice e sghembo, aveva appena perso il primo dente da latte.

«Ma certo. Tu va' con Oscar, io preparo la roulotte», aveva risposto Laura.

Voleva che ogni cosa fosse perfetta. E così, mentre Jessica e Oscar scendevano in spiaggia con un grosso retino verde, Laura si era messa subito all'opera per trasformare quella roulotte nella loro casa. Aveva preparato un piccolo lettino per Jessica all'ingresso, sotto la finestra, così avrebbe potuto guardare il mare di giorno e le stelle di notte. Aveva infilato il suo orsacchiotto preferito sotto le lenzuola.

Oscar aveva trovato l'annuncio di quella roulotte in affitto sul retro di una guida turistica e, da brava amante delle comodità, Laura era rimasta molto soddisfatta quando aveva saputo che la vettura era dotata di corrente elettrica. Tuttavia, quando erano arrivati con il gelato e gli hamburger che avevano comprato lì vicino, avevano scoperto che la corrente arrivava da un fastidioso generatore a benzina che aveva tolto un po' del romanticismo che c'era nell'aria, cominciando a ronzare rumorosamente. Ma fuori il rumore era decisamente attutito.

Quando Laura ebbe finito di sistemare, la roulotte aveva un aspetto decisamente più accogliente. Non vedeva l'ora di rannicchiarsi lì per la notte. Si era tirata su, si era pettinata e aveva sbirciato fuori dalla finestra. Oscar e Jessica erano ormai lontani, giocavano sulla spiaggia a piedi nudi saltando dentro e fuori da una piccola pozza.

Jessica saltellava, gridando di gioia e ridendo, con in mano il retino con cui aveva catturato un granchio enorme... Laura aveva sorriso. Poi aveva notato che la bambina aveva ancora indosso il vestitino della festa, e le era venuto un pizzico di senso di colpa.

Avrebbe avuto bisogno di vestiti. Peccato che non avesse preso un po' di roba, ma non voleva che sua madre se ne accorgesse e mandasse all'aria l'intero piano.

Laura aveva mentito ai suoi genitori, dicendo che lei e Oscar sarebbero partiti il 6 agosto. E aveva mentito a Oscar, dicendo che i suoi sapevano che Jessica sarebbe andata con loro. Non erano le bugie a preoccuparla, ma il modo in cui aveva portato via Jessica.

Portato via... era l'espressione esatta? Era passata a prenderla, ecco. Meglio. Erano andati a casa sua in macchina, il pomeriggio del 7 agosto, e avevano aspettato fuori che Jessica uscisse.

Laura sapeva che sarebbe dovuta andare al compleanno di un'amichetta alle due del pomeriggio. Era una bambina indipendente e di sicuro avrebbe insistito per andare da sola, come i grandi. Quando era sbucata dal vialetto, Laura la aspettava con una finta nonchalance, appoggiata al cofano della macchina. Oscar era dentro, che studiava la cartina.

«Sorpresa!», aveva urlato.

«Ma non eri andata via?», aveva detto Jessica, strizzando gli occhi con il regalo per la sua amichetta stretto sotto al braccio.

«Ho una sorpresa per te: andiamo al mare!».

«Ma io devo andare al compleanno...».

«Oh, ma questo sarà molto più divertente. Nuoteremo, mangeremo il gelato, faremo i castelli di sabbia. E dormiremo in una roulotte proprio di fronte al mare. Possiamo ammirare il tramonto e non appena ci sveglieremo la mattina scenderemo in spiaggia a guardare l'alba...».

Laura stava cercando di non far trapelare la disperazione che le incrinava la voce.

«Mamma lo sa?», aveva domandato Jessica passandosi il regalo da una mano all'altra.

«Certo che lo sa! Le ho detto che volevo farti una sorpresa. Un premio speciale. Darai il regalo a Kelly quando torneremo. Le ho già detto che non puoi andare alla festa e ha risposto che va bene. Questo è un viaggio speciale... Accenderemo un bel fuoco in spiaggia stasera, faremo i marshmallow».

Alla fine Jessica aveva ceduto, e si era subito fatta prendere dall'eccitazione. Era salita in macchina, Oscar si era voltato a salutarla ed erano partiti.

Non li aveva visti nessuno.

Non l'ho portata via, io sono sua madre, si era ripetuta Laura nella testa. Ancora e ancora. Sarebbero andati a Swansea il mattino seguente, e avrebbe comprato a Jessica qualcosa da indossare. Nessun problema.

La cosa più importante adesso era che aveva sua figlia per tutto il fine settimana. E poteva fare la mamma, un ruolo che le era stato negato e per cui l'avevano fatta sentire in colpa per tutti quegli anni.

Quando Laura era tornata dall'università, il mese prima, il potente istinto materno che provava per Jessica era ritornato. Desiderava passare un po' di tempo con sua figlia durante quell'estate. Aveva provato ad affrontare l'argomento un pomeriggio in cui gli altri erano usciti: si era avvicinata a Marianne nella lavanderia e le aveva chiesto se poteva portare Jessica a Londra l'indomani.

«No! Basta, devi piantarla», aveva sbottato Marianne mentre tirava fuori i panni puliti dall'asciugatrice. «Lei è felice, e se proprio deve andare da qualche parte ci andrà con sua madre. E nel caso l'avessi dimenticato, sono io sua madre!».

«No. Non è vero».

«Sì che lo sono», aveva ringhiato Marianne. «Piangi e ti lamenti perché non la vedi abbastanza, però sei stata felice quando hai potuto prenderti tutta la libertà che volevi nel corso degli anni! Quando uscivi e tornavi a qualsiasi ora del giorno e della notte, facendo la puttanella con i ragazzi…».

«Io non…».

«Jessica ha solo pochi anni in meno di quanti ne avevi tu quando sei caduta in tentazione, ma lei non ripeterà i tuoi stupidi sbagli. Tu eri solo una puttanella come tante. Speravo fosse stato un errore, un caso, ma in questo tempo hai soltanto dimostrato che c'è del malvagio in te».

«Quindi per te Jessica è uno sbaglio? Se io ho commesso uno sbaglio, allora Jessica è uno sbaglio».

Marianne si era voltata di scatto e piena di furia le aveva tirato uno schiaffo. Laura era indietreggiata, fino a cadere a terra, sbattendo la testa contro lo spigolo della porta. Era rimasta qualche istante sul pavimento, scioccata. E poi si era toccata la testa. Le dita erano sporche di sangue. Aveva sollevato lo sguardo verso sua madre. Lei non era minimamente preoccupata, aveva continuato a sistemare i panni. Canticchiava, sì, canticchiava, mentre li metteva a posto.

Era stato allora che Laura aveva elaborato il suo piano: avrebbe portato Jessica in campeggio con Oscar. Avrebbe mentito a Marianne sul giorno della partenza, il 6 agosto, e sarebbero partiti dopo.

Non aveva raccontato tutta la verità nemmeno a Oscar. Lui credeva che i suoi genitori fossero d'accordo, quindi non era stato difficile convincerlo. Adorava i bambini.

In spiaggia, accanto al fuoco ma nascosti nelle ombre, Oscar e Laura se ne stavano distesi sulla sabbia morbida. Il fuoco crepitava ai loro piedi e l'aria fresca era carica degli aromi del mare e dei suoni della marea.

Lui le teneva il braccio intorno al collo, e pian piano Laura si accorse che la mano cominciava a vagare sulla spalla e poi sotto il colletto.

«Cos'è stato?», disse Laura, sfuggendo alla sua presa e tirandosi bruscamente su.

«Cosa? Non ho sentito niente», rispose Oscar tirandola di nuovo fra le sue braccia. «Dài, vieni... Ho davvero voglia di farlo sulla spiaggia. Non c'è nessuno qui».

«Jessica è dentro e le luci si sono spente», disse Laura indicando la roulotte con il dito.

Oscar si voltò e vide che era tutto buio.

«Stai tranquilla. Si sarà spento il generatore. Sarà finita la benzina».

«Ma lei ha paura del buio. Ed è lì tutta sola!», rispose Laura alzandosi e cercando le scarpe.

«Va tutto bene, probabilmente si è addormentata. Era esausta dopo la giornata di mare...».

«Non avremmo dovuto lasciarla sola!», gridò Laura.

Oscar sollevò le mani. «Ehi, non è colpa mia. E poi sta' calma. Se si fosse spaventata, sarebbe venuta qui. Le hai detto di chiudere a chiave la porta, no?», disse Oscar tirando fuori la chiave dalla tasca.

«Smettila di fare il sapientone. Voglio tornare», disse Laura. Si era già infilata le scarpe e stava marciando sul sentiero che portava alla roulotte.

Oscar dovette correre per raggiungerla. Arrivati di fronte alla porta, infilò la chiave nella serratura. «Quel generatore puzza da morire», disse Laura.

«Sono i vapori della benzina», rispose Oscar. Quando aprì la porta la puzza si fece più forte. E il fumo, denso e nero, si riversò fuori.

Capitolo 78

Giovedì 17 novembre 2016

Erika e Moss erano immobili, inorridite, mentre Laura continuava a raccontare la sua storia.

«La roulotte era piena di fumo e vapori… Avevamo spostato il generatore perché non poggiava bene a terra, e non volevamo che il vento lo facesse cadere. Ma non ci eravamo accorti di averlo messo proprio sopra la ventola di aereazione della roulotte. Di fronte al lettino di Jessica. L'avevamo chiusa a chiave dentro, con le finestre abbassate mentre la roulotte si riempiva di fumo.

Oscar aprì tutte le finestre e cercò di far circolare l'aria, ma quando andai da Jessica… Non si muoveva più. Era ancora sotto le coperte. Aveva la pelle di un terribile colorito violaceo e grigiastro. Era morta».

Ci fu un lungo momento di pausa. L'avvocato si tolse gli occhiali e si asciugò le lacrime.

«Quindi si è trattato di un incidente?», chiese Erika, incredula.

«Sì. Avremmo dovuto controllare. Avremmo dovuto fare attenzione a certe cose. Le ventole, le finestre…».

«E dopo che accadde?», chiese Moss.

«Eravamo entrambi nel panico. Non riuscivamo a ricordare chi avesse spostato il generatore: io pensavo che fosse stato Oscar, lui pensava che fossi stata io… Poi gli dissi che Jessica era mia figlia. E lui cominciò a parlare di cose come sequestro di persona, condanne per omicidio colposo. Disse che era stato lui a firmare per l'affitto della roulotte, e anche per l'utilizzo del generatore. Aggiunse che era un giovane di colore agli inizi di una brillante carriera... "Sai come vengono trattati i neri dal sistema giudiziario?", continuava a urlare.

Così presi Jessica e corsi sulla spiaggia con lei in braccio. Mi misi a sedere e la tenni stretta tutta la notte. Volevo solo tenerla fra le mie braccia. Era così bella... Oscar non mi seguì. Poi ricordo solo che si fece giorno, e a un certo punto sentii il motore della macchina che si accendeva. Oscar partì e tornò indietro dopo un po'. Era stato in un negozio, a qualche chilometro da dove eravamo noi. Disse che tutti i giornali parlavano del rapimento di Jessica. Diede ancora più di matto quando scoprì che gli avevo mentito».

«E poi che cosa avete fatto?», chiese Erika, a malapena in grado di ascoltare ciò che le veniva rivelato.

«L'abbiamo seppellita... Abbiamo seppellito la mia bambina... Abbiamo scavato una fossa e l'abbiamo messa lì dentro. Oscar mi minacciava. Non avevo chiuso occhio...».

A quel punto non ce la fece più e scoppiò a piangere. Erika si alzò e fece il giro del tavolo per andare ad abbracciarla. Lanciò uno sguardo fugace a Moss e vide che anche lei stava piangendo. Laura riuscì a ricomporsi e allontanò Erika.

«Oscar è riuscito a staccarsi completamente dalla vicenda. Siamo tornati a Bromley e lui ha semplicemente accantonato la questione nella sua testa. Ero io che continuavo a tenere quell'orribile segreto. Ero schiacciata da quel peso e dal pensiero di aver lasciato lì la mia bambina... La mia Jessica. Ma sapete qual è la cosa più brutta? Che ci godevo a tenere mia madre all'oscuro. Quella stronza mi aveva portato via la mia bambina, ma ora sapeva come ci si sentiva! Per me può anche andare all'inferno!». Laura gridò e sbatté forte la mano sul tavolo. «Io la odio!».

«Come ha fatto Jessica a finire nella cava di Hayes, se era sepolta a tanti chilometri di distanza?», chiese Moss.

«Io stavo impazzendo: la polizia la cercava ovunque e poi hanno arrestato Trevor Marksman ed è stato come una manna dal cielo. Era un pedofilo: non mi dispiaceva affatto che lo incolpassero per la morte di Jessica... Ma non potevo sopportare il pensiero di lasciarla lì da sola, sepolta così lontano da casa. Ho fatto una cosa che non avrei mai dovuto fare, e ho scritto a Gerry. Pensavo che avesse il diritto di sapere... Gli ho scritto una lettera».

«Gerry O'Reilly? Il padre di Jessica?».

Laura annuì. «Gli ho chiesto di telefonarmi. Abbiamo iniziato a parlare e ha detto che sarebbe venuto a Londra per incontrare degli amici prima di partire in missione in Iraq. Sono andata nel suo albergo, abbiamo passato la notte insieme e gli ho raccontato ogni cosa. Pensavo che si sarebbe arrabbiato da morire, ma dovevo dirglielo. Era il padre di Jessica».

«E cosa è successo?»

«È successo che mi sono resa subito conto che era un vero, infimo bastardo. Sapete qual era la cosa che gli interessava di più? Che ci fosse di mezzo un avvocato, che Oscar sarebbe diventato un legale importante... Mi ha costretto a dargli il suo numero, dicendo che si sarebbe occupato lui di tutto...».

«E l'ha fatto?»

«Più in là mi ha detto che era tutto a posto. Che Jessica era nella cava».

«E Bob Jennings? L'uomo che viveva nel cottage?»

«Gerry mi ha detto che erano stati visti, ma che si era occupato anche di questo. Mi ha avvertito di tenere la bocca chiusa e che, se l'avessi fatto, avrei continuato a vivere. Avrei avuto un futuro».

«Bob Jennings non meritava di morire. L'hanno fatto passare per un suicidio», disse Moss.

Solo il ticchettio dell'orologio rompeva il silenzio.

«Ci andavo, qualche volta», disse Laura. «Era confortante per me sapere che era lì. Non l'ho mai detto alla mia famiglia, a mio marito, né a nessuno dei miei nuovi amici. L'ho completamente rimosso. Quando vivi una bugia, ti entra così in profondità che ti spinge quasi a credere che sia la verità. Finché non l'avete trovata, nella mia testa ho sempre pensato che fosse scomparsa quel pomeriggio della festa».

«E allora perché Gerry è riapparso, Laura?», chiese Erika.

«Oscar. Sempre per Oscar. Avete visto cosa è diventato, no? Un avvocato di successo. Si diceva addirittura che l'avrebbero fatto giudice».

«Perché Oscar non si è ribellato in qualche modo?»

«Qualche anno dopo la morte di Jessica, Gerry è finito nei guai: l'hanno accusato di tentato omicidio. Ha costretto Oscar a difenderlo in tribunale. Non so come abbia fatto, ma l'hanno assolto. E da allora è iniziata questa... complicità malata. Oscar si è lasciato corrompere dal potere, sempre di più. E Gerry è diventato il suo scagnozzo. Quello che gli faceva il lavoro sporco. Così quando Jessica è stata ritrovata, Oscar ha ordinato a Gerry di indagare sugli sviluppi del caso e di tenerlo aggiornato...».

«E quando Amanda Baker si è avvicinata alla verità, lui l'ha fatta sparire. Ha fatto in modo che sembrasse un suicidio. Ma ne aveva già parlato con il detective Crawford, quindi ha dovuto far fuori anche lui. E aveva provato a informare anche me, no?», disse Erika.

Laura sollevò la testa e la guardò dritto in faccia. C'era così tanta tristezza e disprezzo verso se stessa in quegli occhi. «Doveva sembrare che tu avessi sorpreso un ladro in casa e lui t'avesse uccisa».

«C'erano mia sorella, i bambini e un neonato in casa. Davvero sareste arrivati a tanto per mantenere il vostro segreto? Come pensavate di passarla liscia?»

«L'abbiamo passata liscia per ventisei anni», rispose Laura.

Erika e Moss si tirarono indietro. Ogni sentimento di pietà nei confronti di Laura si era dissolto.

«Sai dov'è diretto Gerry O'Reilly?», le chiese Moss. «È salito su un treno per Parigi oggi».

«Ha sempre detto che un giorno avrebbe fatto la sua mossa finale… Avrebbe preso le sue cose e sarebbe sparito in una nuvola di fumo».

«Sii più chiara», disse Erika.

«Parlava del Marocco».

«Marocco? Perché?», chiese Moss, lanciando uno sguardo fugace a Erika.

«Non c'è l'estradizione per il Regno Unito là», rispose Laura.

Capitolo 79

Gerry viaggiava a bordo dell'Eurostar ormai da sei ore, e cominciava a sentirsi nervoso. Controllò l'orologio mentre i campi verdi si rincorrevano fuori dal finestrino e i primi edifici e palazzi comparivano in lontananza.

Sette minuti. Mancavano sette minuti per arrivare alla stazione Saint-Charles di Marsiglia. Sentì una gamba che premeva contro la sua, e alzò lo sguardo verso il giovane dagli occhi scuri che gli sedeva di fronte. Era un ragazzo slanciato, con i lineamenti perfetti e il piercing sul labbro. Si chiamava Pierre. Gli venne quasi da ridere, che stereotipo, "Pierre da Parigi"! Ma il ricordo del loro incontro nella toilette spense ogni risata. Aveva già flirtato con uomini in passato. Ne aveva persino baciati alcuni, durante le serate più alcoliche o per il gusto della sfida. Ma il sesso completo non gli aveva lasciato altro che una sensazione di nausea e rabbia. A Pierre era piaciuto, piegato sul lavandino sudicio… con un piede sul cesso del treno. Più Gerry lo sbatteva con rabbia, più lui sembrava godere.

«Il mio albergo è vicino alla stazione», disse Pierre strusciando la gamba ancora più forte sotto il tavolino.

«Fantastico», sorrise Gerry. Aveva pensato che scendere dal treno mano nella mano con Pierre sarebbe stata un'ottima copertura. A vederli, nessuno avrebbe sospettato nulla. Sperava soltanto di riuscire a scaricare il ragazzino senza troppi drammi.

C'era un peschereccio che lo attendeva nel porto di Marsiglia. Un amico di un amico che gli doveva un favore l'avrebbe portato dal Grand Port Maritime di Marsiglia fino a Rabat in Marocco, attraverso il Mediterraneo. Be', probabilmente sarebbe stata una traversata difficile, ma almeno sarebbe entrato nel Paese senza dare nell'occhio, tenendosi fuori dai radar della polizia.

Controllò di nuovo l'orologio. Quattro minuti. Avrebbe dovuto prendere l'aereo, pensò, ma se lo stavano cercando, le misure di sicurezza sarebbero state maggiori proprio negli aeroporti.

Gli edifici diventavano sempre più grandi man mano che si avvicinavano al centro di Marsiglia, al calar della sera. E poi apparve il gigantesco tetto di vetro della stazione, scintillante di luci.

Pierre sorrise e si alzò per prendere la sua valigia dallo scompartimento. Sorrise di nuovo e passò a Gerry il suo borsone.

«Mi piace», disse quasi canticchiando.

Gerry annuì, ricambiando il sorriso. Era una delle poche espressioni inglesi che Pierre conosceva, e l'aveva usata di continuo, per tutto il viaggio: per il panino che stava mangiando, per la nuvola a forma di coniglio che aveva visto, per il colore dei sedili e più e più volte nel bagno, mentre Gerry lo scopava e la sua testa sbatteva contro l'asciugamani elettrico.

Gerry si alzò e insieme andarono in fondo alla carrozza. Il treno ormai era sotto la tettoia di vetro e il binario che scorreva di fronte a loro stava rallentando. Si affacciò dal finestrino ma vide solo qualche gruppetto di pendolari. Niente polizia.

Scesero dal treno e respirarono l'aria calda e accogliente che arrivava dal Mediterraneo.

«*Vive la France*», sorrise Pierre, con gli occhi marroni e scintillanti. Prese Gerry per mano e attraversarono il binario verso l'immensa area arrivi. Il vetro arrotondato sopra di loro mostrava il cielo della sera: una distesa blu profondo con qualche stella accesa qua e là.

Ci misero un secolo ad attraversare il gigantesco atrio di marmo, passando accanto al grosso monitor degli arrivi, a una donna elegante con un barboncino e a due giovanotti rapiti dai loro iPhone.

«Andiamo da me con il taxi?», chiese Pierre.

«Okay», rispose Gerry spostando lo sguardo da una parte all'altra mentre imboccavano l'uscita.

«Non ti piace?», domandò Pierre.

«Sì, sì...».

Uscirono in strada, e Gerry finalmente si rilassò. Non c'era nessuno, solo traffico e la solita gente che pensa agli affari suoi. Si avvicinarono alla fermata dei taxi e Gerry si voltò verso Pierre. Stava per dirgli che era stato bello incontrarlo, ma che adesso doveva andare, quando qualcuno urlò e un gruppo di *gendarmes* scese dai due furgoni parcheggiati da entrambi i lati della fermata del taxi. Gli corsero incontro, con le pistole in mano. Non ebbe il tempo di scappare o lottare: Gerry venne spinto a terra insieme a Pierre che cominciò a urlare un fiume di parole francesi incomprensibili.

Gerry sentì la canna di una pistola contro la guancia e uno stivale che gli spingeva la faccia a terra. Era uno di quei *gendarmes*, un tizio con i baffetti e l'aria da fighetto.

«Gerry O'Reilly? GERRY O'REILLY!», disse, premendo sempre più forte.

«Sì», rispose Gerry.

«C'è un mandato d'arresto a tuo carico. Sei uno di quei famosi inglesi bastardi, eh? Un inglese bastardo e assassino».

«Sono irlandese, fottuto stronzo francese!», rispose respirando un bel po' di polvere.

«Non importa. Sei comunque in arresto».

Lo spinsero a forza nel furgone della polizia. L'ultima cosa che vide, prima che le porte si chiudessero davanti al suo volto, fu Pierre immerso in un'animata conversazione con uno dei *gendarmes*. Aveva in mano il suo borsone. Con dentro venticinquemila euro.

Capitolo 80

Mentre Gerry mangiava polvere sul marciapiede della stazione di Marsiglia, l'avvocato della Corona Oscar Browne sedeva alla sua scrivania della Fortitudo Chambers Legal Firm e guardava Londra fuori dalla finestra. Si stava facendo buio, la pioggia martellava contro la vetrata che occupava l'intera parete.

Prese il cellulare e provò a chiamare Laura. Ma scattò subito la segreteria. Lanciò il telefono contro la scrivania e cominciò a camminare avanti e indietro nell'ufficio, le gocce fredde di sudore e paura che gli scivolavano lungo la schiena. Quando aveva lasciato Avondale Road e aveva visto la polizia era andato nel panico. E si era maledetto da solo per quell'errore fatale. Alla fine i suoi nervi l'avevano tradito. Aveva guidato per ore senza meta e, con suo profondo rammarico, non si era presentato a un'udienza in tribunale.

Credeva che l'ufficio fosse il luogo più sicuro in cui rifugiarsi, e gli serviva un posto per pensare. Aveva detto alla segretaria di tornare a casa e ordinato alla receptionist di non disturbarlo per nessun motivo... Questo un'ora e mezza prima.

Quel silenzio lo preoccupava... Ma no, era andato veloce come un razzo, non lo aveva seguito nessuno ed era la prima volta in tutta la sua carriera che non si presentava a un appello.

Ma dov'era finita Laura? E Gerry?

Sentì il segnale di una mail in entrata e andò dietro alla scrivania per controllare il computer. Non riconobbe l'indirizzo del mittente, ma l'oggetto era: UN CITTADINO PREOCCUPATO.

Aprì il messaggio e lesse con orrore crescente.

Oscar,

nel primo pomeriggio è stata inviata alla polizia un'e-mail contenente un dossier sui tuoi loschi affari. INSIEME A TUTTO CIÒ CHE SO SU JESSICA COLLINS.

Se i bellimbusti in blu faranno bene il loro lavoro, dovresti ricevere una visitina da un momento all'altro, ormai.

Ora ti saluto. Ciao ciao!

Te l'ho sempre detto che prima o poi sarei sparito in una nuvola di fumo.

Gerry

Ora Oscar sudava sul serio. A quel punto il suo telefono prese a squillare. Rispose subito.

«Che c'è? Avevo detto che non volevo essere disturbato…».

«Lo so, signore. Ma un gruppo di poliziotti sta salendo da lei: non hanno voluto sentire ragioni… Ho controllato i loro distintivi e…».

Il braccio gli ricadde lungo il fianco, senza forza. Rimise il telefono al suo posto. Fissò la foto della moglie e dei figli e poi si guardò intorno. Quell'ufficio, la carriera che si era costruito.

Le porte dello studio si aprirono di scatto e l'ispettore capo Foster fece irruzione insieme al detective Peterson e altri tre agenti. Prima che potessero dire qualunque cosa, Oscar afferrò il suo portafoglio, le chiavi e il telefono e corse verso un'altra porta sulla destra, chiudendosi dentro.

Erika si avvicinò e bussò con il pugno.

«Apri la porta, Oscar. È finita. Sappiamo tutto. Abbiamo parlato con Laura. Ora è in custodia presso la nostra centrale… E Gerry O'Reilly è stato arrestato per gli omicidi di Bob Jennings, Amanda Baker e l'agente Crawford». Batté di nuovo sulla porta. «Oscar, ogni minuto che ci tieni fuori il tuo futuro diventa sempre più cupo».

La segretaria arrivò di corsa, senza fiato.

«Dove conduce questa porta?», chiese Erika.

«Ehm, io...».

«Dove?»

«È un bagnetto, una stanza per cambiarsi... e si affaccia su un balconcino», disse.

Erika guardò uno degli agenti e gli fece un cenno. Lui sfondò la porta, che si ruppe all'istante e si aprì facilmente. Entrarono in un bagno decisamente elegante, con un lavandino, un frigorifero e un divanetto. C'erano anche delle porte finestre alla francese, che davano sul balcone. Erano aperte, sbattevano investite dalla forza del vento e della pioggia.

Uscirono sul terrazzo ed Erika guardò in basso. L'altezza era mortale, la pioggia scendeva impetuosa sulla strada tredici piani più giù, illuminata dal traffico dell'ora di punta. Sollevarono lo sguardo e videro una scala di ferro con delle maniglie di sicurezza, che si inerpicava per altri due piani sulla parete del balcone. Oscar era a metà strada. Si stava arrampicando verso il tetto.

«Maledizione, odio le altezze».

Scambiò un cenno con Peterson e corsero entrambi sulla scala, lei per prima, lui subito dietro.

Uno degli agenti seguì Peterson, l'altro rimase con la segretaria.

«È quasi arrivato in cima», urlò Erika provando ad accelerare. Ma le suole delle sue scarpe erano scivolose e doveva fare molta attenzione. Il traffico dell'ora di punta sotto di loro era un tappeto di luce. Si sentì un boato, il rombo del tuono e poi un fulmine squarciò il cielo.

«Proprio quello che ci voleva mentre ci arrampichiamo in cima a un grattacielo! Una tempesta!», urlò Peterson.

«Non è un grattacielo, sono solo uffici», gridò Erika.

«Comunque sia è maledettamente alto!», le strillò a sua volta.

Erika abbassò lo sguardo su Peterson e vide la strada lontana sotto di lui. Sbatté velocemente gli occhi per scacciare le gocce di pioggia e si voltò di nuovo verso la scala, sforzandosi di combattere il tremore delle gambe e delle braccia.

Oscar raggiunse la cima e si arrampicò sul tetto, svanendo nel nulla. Erika cercò di salire più in fretta. Qualche secondo dopo era arrivata anche lei in cima alla scala. Si sollevò sull'orlo dell'edificio fino a raggiungere il tetto.

Oscar si era accasciato contro un'uscita di sicurezza, ma non appena la vide scattò in piedi.

«Oscar, è finita», gli disse. Presto arrivò anche Peterson, e infine il poliziotto.

«Avanti, amico», provò Peterson. «Dove pensi di andare? Sappiamo tutto: la morte di Jessica nella roulotte, te e Gerry. Lascia perdere e vieni con noi».

«Stai facendo la parte dell'amico?», rise Oscar. «Credi che mi arrenderò solo perché siamo neri? Così, per solidarietà?»

«Certo, perché siamo entrambi stupidi», disse Peterson.

All'improvviso Oscar si mise a correre sull'asfalto liscio, verso il bordo del tetto. Mise un piede sul cornicione.

«Fermati!», disse Erika mentre si avvicinava con Peterson.

«La mia vita è finita!», urlò. «Cosa mi resta?»

«Hai una moglie e dei figli!», strillò Peterson.

Sentendo quelle parole, la schiena di Oscar s'incurvò. «I miei figli, mia moglie», disse chinando la testa per un momento e asciugandosi le lacrime. «I miei figli...».

«Vieni con noi, per favore», disse Erika avvicinandosi ancora un po' e tendendogli la mano.

«Non ho mai voluto che succedesse tutto questo», gridò Oscar sopra l'infuriare dei fulmini e della tempesta. «Lo so che sembra una frase fatta, ma io non... io non sono un assassino. Le cose ci sono solo sfuggite di mano».

Si voltò a guardare il precipizio e scese dal cornicione con un piede.

«Va bene», mormorò. «Va bene».

«Okay, bravo, vieni verso di noi», lo chiamò Erika. L'agente si infilò una mano in tasca e prese un paio di manette. Ma di colpo Oscar si girò di nuovo e salì sul cornicione a braccia aperte.

«Dite a mia moglie e ai miei figli che li amo», disse. Poi si sporse e si lasciò cadere.

«Cristo! No!», urlò Erika. Corsero verso l'orlo del cornicione e guardarono la strada.

Il traffico si era fermato, i clacson suonavano all'impazzata. Si udirono delle urla deboli. In mezzo alla carreggiata, sotto di loro, videro il piccolo corpo di Oscar Browne. Sfracellato.

Epilogo

Due settimane dopo

Il sole splendeva forte e luminoso quando Erika, Moss e Peterson uscirono dalla chiesa di Honor Oak Park. Era una bella giornata di inizio dicembre. L'aria era fresca e il cielo azzurro.

Era il secondo funerale a cui partecipavano quel giorno. Il primo era stato a Bromley, per Crawford. Avevano scoperto che il suo nome di battesimo era Desmond e che prima di separarsi aveva delle tartarughe. Non avevano partecipato molte persone, ma gli era stata tributata una cerimonia rispettosa e sentita.

Il sovrintendente Yale aveva letto un elogio, faticando in certi punti a dipingere un ritratto fedele di Crawford. Poi la figlia, di soli dieci anni, era andata al leggio e aveva declamato una poesia. Sua madre e il fratello la osservavano, chiusi in un dolore muto.

> Se domani me ne andassi
> non sarebbe un vero addio,
> perché ti ho lasciato il cuore mio,
> perciò non piangere.
> L'amore che io sento
> verrà portato dal vento,
> lo sentirai dal paradiso
> e ti donerà un sorriso.

La dolcezza di quella poesia colse Erika di sorpresa, e l'intensità delle emozioni che una bambina così piccola era in grado di esprimere con i suoi versi la commosse.

Il secondo funerale era stato tutta un'altra storia. La chiesa di Honor Oak Park era bellissima e la funzione ben più animata. Avevano cantato *All things bright and beautiful* con l'accompagnamento dell'organo, che la tirava sempre su di morale.

Amanda Baker era più popolare di quanto avessero pensato, al suo funerale si era presentata una gran quantità di vecchi amici e colleghi. Erika era rimasta colpita vedendo l'ex commissario aggiunto Oakley, lindo ed elegante come al solito. Aveva partecipato alla funzione anche la donna che l'aveva sostituito, il commissario aggiunto Camilla Brace-Cosworthy, che aveva letto un elogio divertente e toccante. Aveva terminato dicendo: «Amanda Baker ha avuto fortune alterne nella sua carriera nella polizia metropolitana, ma purtroppo il maggior successo l'ha conseguito poco prima della sua prematura dipartita. È stato grazie ad Amanda e alla sua capacità di non arrendersi mai, neanche quando gli altri pensavano che tutto fosse perduto, che si è arrivati a una svolta nel caso Collins. Ha continuato a indagare, a fare domande, e alla fine è riuscita a consegnarci una prova che ci ha permesso di chiudere il caso. E io vorrei rendere pubblicamente onore ad Amanda per tutti i suoi anni di servizio».

Era seguito un lungo scroscio di applausi e, osservando la bara ai piedi dell'altare, Erika aveva immaginato il profondo orgoglio che avrebbe provato Amanda in quel momento.

Dopo la funzione, Erika, Moss e Peterson si incamminarono sul vialetto di ghiaia che portava alla strada principale.

«Che razza di caso che ci è capitato», commentò Moss. «Tre omicidi e un suicidio, solo per coprire la morte accidentale di Jessica Collins. Perché non hanno confessato e basta?»

«Avevano paura», rispose Peterson. «E la paura poi li ha trasformati, spingendoli a fare cose che non si sarebbero mai sognati di fare».

«Che spreco», concordò Erika.

Raggiunti i cancelli, rimasero sorpresi vedendo Toby Collins che li aspettava sulla strada insieme a Tanvir. Indossavano entrambi un completo nero e Toby aveva in mano un mazzo di garofani rossi. Aveva un'aria così giovane e vulnerabile.

«Ciao», disse con un sorriso debole.

«Ciao, Toby», rispose Erika. «Siete un po' in ritardo. Vi siete persi la funzione».

«No, è che non credevo fosse il caso di venire. Abbiamo portato dei fiori, però...». La sua voce si spense e la frase rimase sospesa nell'aria per qualche secondo. «Non sapevo nulla, davvero», aggiunse con le lacrime agli occhi. «Come ho fatto a essere così stupido? Ora che cosa accadrà a mia sorella?».

Gli agenti si scambiarono un'occhiata.

«Non lo so», rispose Erika. «Spetta al tribunale decidere. Noi abbiamo messo a verbale la sua storia ed è chiaro che la morte di Jessica all'inizio fu un incidente. È su ciò che ha fatto dopo con Gerry che la corte dovrà deliberare».

Toby annuì. «Ho perso tutta la mia famiglia. Mi resta solo Tan», disse. Tanvir allungò un braccio e gli strinse la mano. «Mia madre è ancora nel reparto psichiatrico... Non migliora. Papà si è limitato a ficcare la testa nella sabbia ed è tornato in Spagna con la nuova famiglia... E Laura è a Holloway, in attesa di essere giudicata. Devo aspettare un paio di settimane per poterla vedere, ma non so neanche se voglio farlo».

«Tuo padre dovrà tornare. Dobbiamo parlare anche con lui».

Toby annuì. «Che cosa devo fare ora?», chiese. La fissava così disperatamente che Erika rimase senza parole.

«Non puoi sceglierti la tua famiglia. Restate insieme, confidate l'uno nell'altro, qualunque cosa accada», disse Moss, posandogli una mano sulla spalla.

«Certo, grazie», rispose lui.

Rimasero a guardare Tanvir e Toby che si allontanavano verso la stazione ferroviaria.

All'improvviso si sentì un ruggito di clacson impazziti e la macchina di Erika sbucò dall'incrocio. Sul lato sbagliato della strada.

«È tua sorella, quella?», chiese Moss. «Lo sa che sta guidando contromano?».

Ci furono altri strombazzamenti furiosi quando una macchina che veniva dall'altra direzione inchiodò di botto. E Lenka sterzò sul lato giusto.

«Adesso sì», rispose Erika.

Lenka parcheggiò lungo il marciapiede di fronte a loro e abbassò il finestrino. I tre agenti si chinarono e videro Jakub e Karolina sul sedile posteriore con la piccola Eva sul seggiolino in mezzo a loro.

«Ciao a tutti!», disse Lenka con un accento marcato.

Moss e Peterson la salutarono e fecero ciao ciao ai bimbi con la mano.

«Dove ve ne andate di bello, capo?», chiese Moss.

«A Winter Wonderland a Blackheath. Lenka andrà a casa fra un paio di giorni. A quanto pare le cose torneranno alla normalità», disse Erika alzando gli occhi al cielo.

«Sarà un momento molto triste quando li dovrai salutare», rispose Moss guardando Peterson al finestrino che faceva le smorfie ai bambini per farli ridere.

«È vero». Sorrise. Lenka suonò il clacson ed Erika salì a bordo, dicendo: «Ci sentiamo presto. Vediamoci per bere qualcosa sotto Natale».

«Fatti sentire», disse Peterson.

La macchina si allontanò in fretta lungo la strada, sbandando pericolosamente dall'altro lato prima di spostarsi sulla corsia di sinistra. Moss si girò verso Peterson: stava guardando l'auto che spariva dietro l'angolo.

«Sai che non ci chiamerà mai, vero?», gli disse.

«Chissà».

«Sei proprio cotto di lei, eh?».

Peterson sospirò e fece di sì con la testa.

«Povero sciocco innamorato. Vieni, ti offro una birra», gli disse.

Moss gli mise un braccio intorno alle spalle, e insieme si diressero verso il pub più vicino. Alla ricerca di un po' di calore e di una birra a buon prezzo.

Una nota da parte di Rob

Per prima cosa, voglio ringraziarvi per aver scelto di leggere *La ragazza nell'acqua*. Se vi è piaciuto, lasciate una recensione, ve ne sarei immensamente grato. Non deve essere lunga, solo una manciata di parole: bastano a fare la differenza e ad aiutare nuovi lettori a scoprire i miei libri.

Alla fine degli altri due romanzi, *La donna di ghiaccio* e *La vittima perfetta*, ho scritto che mi sarebbe piaciuto sentire la vostra opinione e mi avete reso davvero orgoglioso. Wow! Grazie per tutti i messaggi che ho ricevuto sul mio sito, su Facebook e su Twitter – mi avete scritto da tutto il mondo e mi fa sempre piacere sapere cosa pensate dei miei romanzi. E mi piace anche ricevere le foto dei vostri cuccioli! Io ho due maltesi, e loro adorano incontrare nuovi amici!

Potete contattarmi su Facebook, Instagram, Twitter, Goodreads o attraverso il mio sito: www.robertbryndza.com. Leggo ogni messaggio e rispondo sempre.

Presto arriveranno altri libri, spero che rimaniate con me e vi godiate lo spettacolo!

Robert Bryndza

Ps: se volete essere informati via e-mail sulle uscite dei miei prossimi libri, iscrivetevi alla mailing list. I vostri dati non saranno divulgati e sarete liberi di cancellarvi in ogni momento: www.bookouture.com/robert-bryndza

Ringraziamenti

Grazie a Oliver Rhodes, Natasha Hodgson, Natalie Butlin, Kate Barker e a tutta la meravigliosa squadra della Bookouture. Voglio ringraziare anche Kim Nash, PR della Bookouture, ufficio stampa e intenditrice di gin che fa sempre un lavoro stupendo nella promozione dei nostri libri. Un grazie speciale va anche a Claire Bord, brillante editor e complice, sempre presente, guida esperta durante tutto il processo di scrittura.

Grazie anche a Henry Steadman per un'altra bellissima cover e grazie al sergente Lorna Dennison-Wilkins che ha pazientemente risposto a tutte le mie domande sulle unità subacquee della polizia e mi ha raccontato preziose storie sull'unità speciale di ricerca del Sussex.

Un grazie particolare va anche all'ex sovrintendente capo Graham Bartlett di www.policeadvisor.co.uk, per gli inestimabili consigli sulle procedure delle forze dell'ordine e per avermi aiutato a restare in equilibrio sulla linea sottile fra realtà e finzione. Tutte le libertà che mi sono preso sono dovute solo a una mia scelta.

Grazie a Lorella Belli della LBLA, che ha magicamente trovato casa in tutto il mondo ai libri di Erika Foster – ora tradotti in più di venti lingue.

Grazie a mia suocera Vierka, che compare sempre con un piatto di pollo fritto quando batto la fiacca con gli ultimi capitoli. E un gigantesco grazie a mio marito, Ján, e a Ricky e Lola. Non riuscirei a fare nulla di tutto questo senza il vostro amore e il vostro sostegno. Team Bryndza rules!

E infine, grazie a tutti i miei meravigliosi lettori, ai club del libro, ai bookblogger e ai critici. Lo dico sempre, ma è vero: il passaparola è un'arma potente, e senza il vostro duro lavoro, la vostra passione e il tempo che avete dedicato a parlare dei miei libri e a recensirli, a quest'ora avrei molti meno lettori.

Indice

Nuova Narrativa Newton

Ultimi volumi pubblicati

Mario Giordano, *Il mistero del Gattopardo*
Dot Hutchison, *Il giardino delle rose*
Jane Shemilt, *Una casa troppo tranquilla*
José Rodrigues dos Santos, *Profezia vaticana*
Alessandra Carnevali, *Il giallo di Palazzo Corsetti*
Eri Van Lustbader, *Il testamento di Satana*
Alison Belsham, *Il tatuatore*
Miriam Briotti, *Il mistero dell'isola di ghiaccio*
Robert Brydza, *La vittima perfetta*
Harry Sidebottom, *L'ultimo giorno dell'impero*
Erin Kelly, *La verità sul caso Beth Taylor*
Victor Methos, *L'avvocato*
Marzia Elisabetta Polacco, *Delitto nel campo di girasoli*
Kerry Wilkinson, *13 anni dopo*
Christian Gálvez, *Leonardo Da Vinci deve morire*
Stuart MacBride, *Il ponte dei cadaveri*
Max e Francesco Morini, *Rosso Barocco*
Eric Rickstad, *La donna senza nome*
Marcello Simoni, *Il patto dell'abate nero*
Gavino Zucca, *Il giallo di Montelepre*
Dominic Selwood, *La spada segreta del templare*
Andrew Hart, *L'isola dei delitti*
Salvo Toscano, *L'uomo sbagliato*
Paolo Pinna Parpaglia, *Quasi colpevole*
Alex Connor, *Maledizione Caravaggio*
M.R.C. Kasasian, *Gli strani delitti di Steep House*

Marilena Barbagallo, *Uno sconosciuto accanto a me*
Raffaele Malavasi, *Tre cadaveri*
Marc Raabe, *Chiave 17*
Philip Gwynne Jones, *Vendetta a Venezia*
Douglas Jackson, *I nemici di Roma*
David Gibbins, *Inquisizione*
James Douglas, *Codice Excalibur*
A.G. Riddle, *Genesi*
Barbara Frale, *In nome dei Medici*
Jeanne Kalogridis, *La dama dei Medici*
Fabio Delizzos, *La cattedrale dei vangeli perduti*
Massimo Lugli – Antonio Del Greco, *Il Canaro della Magliana*
Matteo Strukul, *Inquisizione Michelangelo*
Angela Marsons, *Una morte perfetta*
Araminta Hall, Il *nostro gioco crudele*
Marilena Barbagallo, *Ancora accanto a me*
Massimiliano Colombo, *Stirpe di eroi*
Joseph Kanon, *Omicidio a Mosca*
Holly Seddon, *Testimone silenziosa*
Scarlett Thomas, *Il potere del drago*
Kimberly Belle, *Il matrimonio delle bugie*
Alberto Beruffi, *Una ragazza cattiva*
Andrea Frediani, *Il cospiratore*
Esmeralda Batacchi, *La verità nascosta dei Templari*
K.L. Slater, *Non fidarti di lui*
Alma Katsu, *The Hunger. Affamati*
Tim Willocks, *Un caso complicato per l'ispettore Turner*
Ann Cleeves, *La ragazza dell'isola*
Matteo Di Giulio*, Il segreto della seconda pergamena*
Caz Frear*, Dolci, piccole bugie*
Samantha King, *Un assassino alla mia porta*
Tim Lebbon*, Silence*
Simon Scarrow, *La spada dell'impero*
Alex Connor, *Eredità Caravaggio*
Caroline Mitchell*, La vittima silenziosa*
Luigi De Pascalis*, Il sigillo di Caravaggio*

Robert Bryndza

La donna di ghiaccio

Volume rilegato di 384 pagine, euro 4,90

Il corpo congelato. Occhi spalancati e labbra socchiuse. Come se fosse morta mentre era sul punto di parlare…
Quando un ragazzo scopre il cadavere di una donna sotto una spessa lastra di ghiaccio in un parco di Londra, la detective Erika Foster viene subito incaricata dell'indagine sull'omicidio. La vittima, giovane, ricca e molto conosciuta negli ambienti della Londra bene, sembrava condurre una vita perfetta. Ma quando Erika comincia a scavare più a fondo tra le pieghe nascoste della sua esistenza, trova degli strani punti di collegamento tra quell'omicidio e l'uccisione di tre prostitute, assassinate secondo un macabro e preciso rituale. Ma chi era veramente la ragazza nel ghiaccio? Quali segreti nascondeva? Il ritratto che ne dà la famiglia corrisponde alla verità? Erika ha l'impressione che tutti gli elementi a cui si aggrappa nel corso delle ricerche le scivolino via dalle dita, ma è cocciuta, determinata e disposta a qualunque cosa pur di arrivare a capire che cosa si cela dietro quella morte violenta…